I libri della famiglia

LEON BATTISTA ALBERTI

1500

TABLE OF CONTENTS

PROLOGO
LIBRO I.LIBER PRIMUS FAMILIE
LIBRO II.LIBER SECUNDUS DE FAMILIA, DE RE UXORIA
LIBRO III. LIBER TERTIUS FAMILIE, ECONOMICUS
LIBRO IV.LIBER QUARTUS FAMILIE, DE AMICITIA

PROLOGO

Repetendo a memoria quanto per le antique istorie e per ricordanza de' nostri vecchi insieme, e quanto potemmo a' nostri giorni come altrove cosí in Italia vedere non poche famiglie solere felicissime essere e gloriosissime, le quali ora sono mancate e spente, solea spesso fra me maravigliarmi e dolermi se tanto valesse contro agli uomini la fortuna essere iniqua e maligna, e se cosí a lei fosse con volubilità e temerità sua licito famiglie ben copiose d'uomini virtuosissimi, abundante delle preziose e care cose e desiderate da' mortali, ornate di molta dignità, fama, laude, autoritate e grazia, dismetterle d'ogni felicità, porle in povertà, solitudine e miseria, e da molto numero de' padri ridurle a pochissimi nepoti, e da ismisurate ricchezze in summa necessità, e da chiarissimo splendore di gloria somergerle in tanta calamità, averle abiette, gittate in tenebre e tempestose avversità. Ah! quante si veggono oggi famiglie cadute e ruinate! Né sarebbe da annumerare o racontare quali e quante siano simili a' Fabii, Decii, Drusii, Gracchi e Marcelli, e agli altri nobilissimi apo gli antichi, cosí nella nostra terra assai state per lo ben publico a mantener la libertà, a conservare l'autorità e dignità della patria in pace e in guerra, modestissime, prudentissime, fortissime famiglie, e tali che dagl'inimici erano temute, e dagli amici sentiano sé essere amate e reverite. Delle quali tutte famiglie non solo la magnificenza e amplitudine, ma gli uomini, né solo gli uomini sono scemati e disminuiti, ma piú el nome stesso, la memoria di loro, ogni ricordo quasi in tutto si truova casso e anullato.

Onde non sanza cagione a me sempre parse da voler conoscere se mai tanto nelle cose umane possa la fortuna, e se a lei sia questa superchia licenza concessa, con sua instabilità e inconstanza porre in ruina le grandissime e prestantissime famiglie. Alla qual cosa ove io sanza pendere in alcuna altra affezione, sciolto e libero d'ogni passion d'animo penso, e ove fra me stessi, o giovani Alberti, rimiro la nostra famiglia Alberta a quante avversità già tanto tempo con fortissimo animo abbia ostato, e con quanta interissima ragione e consiglio abbino e' nostri Alberti saputo discacciare e con ferma constanza sostenere i nostri acerbi casi e' furiosi impeti de' nostri iniqui fati, da molti veggo la fortuna piú volte essere sanza vera cagione inculpata, e scorgo molti per loro stultizia scorsi ne' casi sinistri, biasimarsi della fortuna e dolersi d'essere agitati da quelle fluttuosissime sue unde, nelle quali stolti sé stessi precipitorono. E cosí molti inetti de' suoi errati dicono altrui forza furne cagione.

Ma se alcuno con diligenza qui vorrà investigare qual cosa molto estolla e accresca le famiglie, qual anche le mantenga in sublime grado d'onore e di felicità, costui apertamente vederà gli uomini le piú volte aversi d'ogni suo bene cagione e d'ogni suo male, né certo ad alcuna cosa tanto attribuirà imperio, che mai giudichi ad acquistare laude, amplitudine e fama non piú valere la virtú che la fortuna. Vero, e cerchisi le republice, ponghisi mente a tutti e' passati principati: troverassi che ad acquistare e multiplicare, mantenere e conservare la maiestate e gloria già conseguita, in alcuna mai piú valse la fortuna che le buone e sante discipline del vivere. E chi dubita? Le giuste leggi, e' virtuosi princípi, e' prudenti consigli, e' forti e constanti fatti, l'amore verso la patria, la fede, la diligenza, le gastigatissime e lodatissime osservanze de' cittadini sempre poterono o senza fortuna guadagnare e apprendere fama, o colla fortuna molto estendersi e propagarsi a gloria, e sé stessi molto commendarsi alla posterità e alla immortalità. Co' Macedoni fu seconda la fortuna e prospera quanto tempo in loro stette l'uso dell'armi coniunto con amor di virtú e studio di laude. Vero, doppo la morte d'Allessandro Grande, subito ch'e' príncipi macedoni cominciarono ciascuno a procurare e' suoi propri beni, e aversi solliciti non al publico imperio, ma curiosi a' privati regni, fra loro subito nacquero discordie, e fra essi cuocentissime fiamme d'odio s'incesoro, e arsero e' loro animi di face di cupiditate e furore, ora d'ingiuriare, mo di vendicarsi: e quelle medesime armi e mani trionfali, le quali aveano occupato e suggette la libertà e forze d'innumerabili populi, le quali aveano compreso tanto imperio, colle quali già era il nome e fama de' Macedoni per tutto el mondo celebratissima, queste armi medesime invittissime, sottoposte a' privati appetiti di pochi rimasi ereditarii tiranni, furono quelle le quali discissero e disperderono ogni loro legge, ogni loro equità e bontà, e persegorono ogni nervo delle sue prima temute forze. Cosí adunque finirono non la fortuna, ma loro stultizia e' Macedoni la conseguita sua felicità, e trovoronsi in poco tempo senza imperio e senza gloria. Ebbe ancora seco la Grecia vittoria, gloria e imperio, mentre ch'ella fu affezionata e officiosa non meno a reggere, regolare e contenere gli animi de' suoi cittadini, che in adornar sé

con delizie e sopra dell'altre con pompa nobilitarsi.
E della nostra Italia non è egli manifesto el simile? Mentre che da noi furono le ottime e santissime nostre vetustissime discipline osservate, mentre che noi fummo studiosi porgere noi simili a' nostri maggiori e con virtú demmo opera di vincere le lode de' passati, e mentre ch'e' nostri essistimorono ogni loro opera, industria e arte, e al tutto ogni sua cosa essere debita e obligata alla patria, al ben publico, allo emolumento e utilità di tutti e' cittadini, mentre che si esponeva l'avere, il sangue, la vita, per mantenere l'autorità, maiestate e gloria del nome latino, trovoss'egli alcun popolo, fu egli nazione alcuna barbara ferocissima, la quale non temesse e ubidisse nostri editti e legge? Quello imperio maraviglioso sanza termini, quel dominio di tutte le genti con nostre latine forze acquistato, con nostra industria ottenuto, con nostre armi latine amplificato, dirass'egli ci fusse largito dalla fortuna? Quel che a noi vendicò la nostra virtú, confesseremo noi esserne alla fortuna obligati? La prudenza e moderanza di Fabio, quello uno uomo, el quale indugiando e supersedendo restituí la quasi caduta latina libertà, la giustizia di Torquato qual per osservare la militare disciplina non perdonò al suo figliuolo, la continenza di quello, el quale contento nella agricultura, piú stimò la onestà che ogni copia d'auro, la severità di Fabrizio, la parsimonia di Catone, la fermezza di Orazio Cocles, la sofferenza di Muzio, la fede e religione di Regolo, la affezione inverso la patria di Curzio, e l'altre essimie, prestantissime e incredibili virtú, le quali tutte furono celebratissime e illustrissime apo gli antichi, e colle quali virtú non meno che col ferro e colla forza delle battaglie, e' nostri ottimi passati Itali debellorono e sottoaverono tutte le genti in qualunque regione barbare, superbe, contumace e nimiche alla libertà, fama e nome latino, quelle tutte divine virtú ascriverelle noi alla fortuna? La giudicaremo noi tutrice de' costumi, moderatrice delle osservanze e santissime patrie nostre consuetudini? Statuiremo noi in la temerità della fortuna l'imperio, quale e' maggiori nostri piú con virtú che con ventura edificorono? Stimeremo noi suggetto alla volubilità e alla volontà della fortuna quel che gli uomini con maturissimo consiglio, con fortissime e strenuissime opere a sé prescrivono? E come diremo noi la fortuna con sue ambiguità e inconstanze potere disperdere e dissipare quel che noi vorremo sia piú sotto nostra cura e ragione che sotto altrui temerità? Come confesseremo noi non essere piú nostro che della fortuna quel che noi con sollicitudine e diligenza delibereremo mantenere e conservare? Non è potere della fortuna, non è, come alcuni sciocchi credono, cosí facile vincere chi non voglia essere vinto. Tiene gioco la fortuna solo a chi se gli sottomette.
E in quanti modi si vide con ogni sua possa e malizia a Canne, a Trebia, a Trasimene, fra le Gallie, nelle Ispanie e in altri luoghi, non con minor odio e ira ch'e' crudelissimi e immanissimi inimici, la fortuna contro gli esserciti latini travagliarsi e combattere e in molti modi affaticarsi per opprimere e

abbattere l'imperio e la gloria nostra e tutta Italia, la qual con assidui e innumerabili triunfi di dí in dí maravigliosa cresceva! E chi mai racontasse come spesso e in che modi contro a noi, a que' tempi e poi, la fortuna istessa ci fusse iniqua e infesta, sollevando ad invidia populi, príncipi, nazioni, e a tutto il mondo perseminando avverso di noi odio e malivolenza? Né lei pur valse mai con alcuna sua furia o bestiale alcuno impeto frangere gli animi di que' buoni patrizii senatori latini, e' quali, vincendo e soperchiando ogni avversità, domorono e oppressorono tutte le genti superbe, e tutto in provincie el mondo ridussero, e persino fuori delli ambiti e circuiti della terra affissero e' termini dello incredibile nostro latino imperio. Poterono adunque gli avoli nostri latini ivi opporsi e sostenere ogni inimico impeto, ove per niuna sinistra fortuna quelli animi virilissimi, quelle menti divine, restorono di volere, come volendo poterono e potendo saperono, grandirsi e augumentarsi trionfando. Si fu la loro immensa gloria spesso dalla invidiosa fortuna interrutta, non però fu denegata alla virtú; né mentre che giudicorono l'opere virtuose insieme colle buone patrie discipline essere ornamento ed eterna fortezza dello imperio, all'ultimo mai con loro sequí la fortuna se non facile e seconda. E quanto tempo in loro quegli animi elevati e divini, que' consigli gravi e maturissimi, quella fede interissima e fermissima verso la patria fioriva, e quanto tempo ancora in loro piú valse l'amore delle publice cose che delle private, piú la volontà della patria che le proprie cupiditati, tanto sempre con loro fu imperio, gloria e anche fortuna.

Ma subito che la libidine del tiranneggiare e i singulari commodi, le ingiuste voglie in Italia piú poterono che le buone legge e santissime consuete discipline, subito cominciò lo imperio latino a debilitarsi e inanire, a perdere la grazia, decore e tutte le sue pristine forze, e videsi offuscata e occecata la divina gloria latina, quale persino fuori dello Occeano prima risplendea per tutto e collustrava. E tu, Italia nobilissima, capo e arce di tutto l'universo mondo, mentre che tu fusti unita, unanime e concorde a mantenere virtú, a conseguir laude, ad ampliarti gloria, mentre che tuo studio e arte fu debellar e' superbi ed essere umanissima e iustissima co' tuoi sudditi, e mentre che tu sapesti con animo rilevato e dritto sostenere qualunque impetuosa avversità, e riputasti non minor lode in ogni ardua e laboriosa cosa vincere sofferendo che evitarla schifando, e quanto tempo gl'inimici virtú, gli amici fede, e' vinti misericordia in te essere conobbero, tanto tempo allora potesti contro alla fortuna e sopra di tutti e' mortali, e potesti in tutte l'universe nazioni immettere tue santissime leggi e magistrati, e persino al termine degli Indii a te fu permesso constituire fulgentissimi insigni della tua inestimabile e divina meritata gloria, e per le tue prestantissime virtú, pe' tuoi magnificentissimi, validissimi e fortissimi animi fusti pari agli dii riverita, amata e temuta. Ora poi con tue discordie e civili dissensioni subito incominciasti a cadere di tua antica maiestà subito le are, e' templi e teatri tuoi latini, quali soleano di giuochi, feste e letizia vedersi pieni, e coperte e carche di ostili essuvie e vittoriosi voti e lauree trionfali, subito queste cominciorono essere piene di calamità e miseria, asperse di lacrime, celebrati con merore e lamenti. E le barbare nazioni, le serve remotissime genti, quali soleano al tuo venerando nome, Italia, rimettere ogni superbia, ogni ira, e tremare, subito queste tutte presero audacia di irrumpere in mezzo el tuo seno santissimo, Italia, sino ad incendere el nido e la propria antica sedia dello imperio de tutti li imperii.

E ora, poiché o l'altre nazioni se l'hanno per nostra negligenza e desidia usurpato, o poiché noi Latini abbiamo tanta a noi devuta gloria abandonata e derelitta, chi è che speri piú mai recuperare el perduto nostro imperial scettro, o che giudichi piú mai riavere o rivedere la purpura e diadema nel suo qui in Italia primevo sacratissimo e felicissimo domicilio e sedia, la qual già tanto tempo, nostro difetto, n'è rimasa spogliata e nuda? E chi adunque stimasse tanta incomparabile e maravigliosa nostra amplitudine e gloria latina per altri che per noi medesimi essere dal suo vero recettaculo e nido esterminata e perduta? Qual multitudine di genti mai arebbe potuto contro a chi tutto el mondo ubidiva? E chi avessi potuto, non volendo né lo permettendo noi, non obbedirci? Cosí adunque si può statuire la fortuna essere invalida e debolissima a rapirci qualunque nostra minima virtú, e dobbiamo giudicare la virtú sufficiente a conscendere e occupare ogni sublime ed eccelsa cosa, amplissimi principati, supreme laude, eterna fama e immortal gloria. E conviensi non dubitare che cosa qual si sia, ove tu la cerchi e ami, non t'è piú facile ad averla e ottenerla che la virtú. Solo è sanza virtú chi nolla vuole. E se cosí si conosce la virtú, costumi e opere virili, le quali tanto sono de' mortali quanto e' le vogliono, i consigli ottimi, la prudenza, i forti, constanti e perseveranti animi, la ragione, ordine e modo, le buone arti e discipline, l'equità, la iustizia, la diligenza e cura delle cose adempieno e abracciano tanto imperio, e contro l'insidiosa fortuna salgono in ultimo suppremo grado e fastigio di gloria; o giovani Alberti, chi di voi, per questa quale spesso si vede volubilità e inconstanza delle cose caduce e fragili, mai stimasse facile persuadermi che quello, el quale non può a' mortali essere vetato in modo che a loro arbitrio e volontà essi nollo apprendino e rendanselo suo, questo già in possessione degli uomini ridutto, possa non sanza grandissima difficultà a' diligenti e vigilanti possessori essere suttratto, o a' virili e forti defensori rapito? Saremo adunque sempre di questa opinione, nella quale credo siate ancora voi, e' quali tutti siete prudenti e savi, che nelle cose civili e nel vivere degli uomini piú di certo stimeremo vaglia la ragion che la fortuna, piú la prudenza che alcuno caso. Né chi locasse nella virtú speranza manco che nelle cose fortuite, mai parrebbe a me iudicarlo savio né prudente. E chi conoscerà l'industria, le buone arti, le constanti opere, e' maturi consigli, le oneste essercitazioni, le iuste volontà, le ragionevoli espettazioni prostendere e agrandire, ornare, mantenere e difendere le republice e príncipi, e con questo ogni imperio surgere glorioso, e senza queste rimanere privato di tutta sua maiestate e onore; e chi noterà la desidia, inerzia, lascivia, perfidia, cupidità, iniquità, libidine e crudezze d'animi e isfrenate affezioni degli uomini contaminare, dirupare e profondare quantunque ben alta, ben ferma e stabilita cosa, costui credo stimerà questo medesimo come a' principati, cosí alle famiglie convenirsi, e confesserà le famiglie rarissime cadere in infelicità per altro che per solo sua poca prudenza e diligenza.

Onde, perché conosco questo cosí essere, o per non sapere nelle cose prospere frenarsi e contenersi, o per ancora non essere prudente e forte nelle avverse tempestati a sostenersi e reggersi, la fortuna con suoi immanissimi flutti, ove sé stessi abandonano, infrange e somerge le famiglie; e perché non dubito el buon governo, e' solleciti e diligenti padri delle famiglie, le buone osservanze, gli onestissimi costumi, l'umanità, facilità, civilità rendono le famiglie amplissime e felicissime, però mi parse da investigare con ogni studio e diligenza quali ammonimenti siano al ben ordinare e amaestrare e' padri e tutta la famiglia utili per divenire all'ultima e suprema felicità, e non avere per tempo alcuno a succumbere alla fortuna iniqua e strana. E quanto m'è stato licito dall'altre mie faccende usurpare ocio, tutto mi diletta averlo conferito a ricercare apresso gli antichi scrittori quali precetti essi abbino lasciati atti e commodi al bene, onore e amplitudine delle famiglie; quali trovandogli essere molti e perfettissimi erudimenti, arbitra' lo nostro officio volerveli radunare e tutti insieme congregarvegli, acciò che avendogli noi qui in uno luogo racolti, voi con manco fatica abbiate da conoscerli, e conoscendogli seguitarli. E credo io, poiché voi arete meco riveduto e' ditti e le autorità di que' buoni antiqui, e notati gli ottimi costumi de' nostri passati Alberti, sarete in questa medesima sentenza, e giudicarete in voi stessi come la virtú cosí stare ogni vostra fortuna. Né manco vi piacerà leggendomi vedere l'antiche maniere buone del vivere e costumi di casa nostra Alberta, che riconoscendo consigli e ricordi degli avoli nostri Alberti tutti essere necessarii e perfettissimi, crederli e satisfarli. Voi vederete da loro in che modo si multiplichi la famiglia, con che arti diventi fortunata e beata, con che ragioni s'acquisti grazia, benivolenza e amistà, con che discipline alla famiglia s'accresca e diffunda onore, fama e gloria, e in che modi si commendi il nome delle famiglie a sempiterna laude e immortalità.

Né però sia chi reputi me sí arrogante ch'io vi proferisca tante singularissime cose, come se voi per vostro intelletto e prudenza da voi nolle ben conoscessi; ché a me sempre fu chiaro e notissimo, e per ingegno e per erudizione e per molto conoscimento d'infinite e lodatissime cose, di voi ciascuno m'è molto superiore. Ma non forse però questa mia volontà sarà indarno, colla quale già piú e piú giorni mi sono affaticato in questo modo essere utile piú a que' piú giovani che verranno che a voi, a' quali potrei poco insegnare e meno ricordare cosa la quale non vi sappiate e meglio di me tutto conosciate. Ma pure stimo l'avermi affaticato apresso di voi non poco mi gioverà, imperoché dove, secondo ch'io cerco, alla nostra Alberta famiglia questa nostra opera non fusse come sarà utile, pure a me fia gran premio una e un'altra volta essere da voi letto; anzi me lo riputerò a grandissima remunerazione, massime ove voi piglierete da me quello ch'io sopratutto desidero, tutte le mia volontà, ogni mia espettazione non altro cercare se non di rendermivi oveunque io possa, piú grato molto piú e accetto.

E cosí m'ho indutto a me stessi nell'animo non potervi Battista se non piacere, poiché in quel poco a me sia possibile, in questo tutto m'ingegno e sforzo darmivi di dí in dí migliore, a voi piú utile e viepiú caro. E sarammi veementissima cagione ad incitarmi con assai piú ardentissimo studio, con molte piú lunghe vigilie, con viepiú assidua cura in qualche altra piú culta e piú elimata opera satisfare a' giudicii ed espettazioni vostre. E questo, vero, se io vedrò che voi pregiate, come stimo assai quanto dovete pregiarete, gli amonimenti de' nostri passati Alberti, e' quali vederete essere ottimi e degni di memoria, e se me qui stimarete qual sono cupidissimo della vera laude e ferma essaltazione della nostra famiglia Alberta, la quale sempre meritò essere pregiata e onorata, e per cui ogni mio studio, ogni mia industria, ogni pensiero, animo e volontà ebbi sempre e arò a suo nome dedicato. Né mai quanto sia arte in me e forza, mai, né a fatica, né a sudore, né a me stessi perdonerò per fare qualunque cosa resulti in bene e utile della famiglia Alberta, e tanto con maggior volontà, con piú lieto animo, con piú assidua diligenza, quando vederò l'opere mie sieno a voi grate. E cosí prego anche voi giovani Alberti meco, come fate, facciate; proccurate el bene, accrescete lo onore, amplificate la fama di casa nostra, e ascoltate a quello e' passati nostri Alberti, uomini studiosissimi, litteratissimi, civilissimi, giudicavano verso la famiglia doversi, e ramentavano si facesse. Leggetemi e amatemi.

LIBRO I.LIBER PRIMUS FAMILIE

Mentre che Lorenzo Alberto nostro padre giaceva in Padua grave di quella ultima infermità che ce lo tolse di vita, piú dí aveva grandemente desiderato vedere Ricciardo Alberto suo fratello, del quale sentendo che subito sarebbe a visitarlo, ne prese grandissimo conforto e oltre all'usato si levò cosí in sul letto a sedere monstrando in molti modi esserne assai lieto. Noi ch'eravamo al continuo pressogli, insieme pigliammo conforto del piacere suo, ed eraci allegrezza cosí avere donde ricevere buona speranza qual parea ci fusse porta, vedendo Lorenzo piú che l'usato rilevato. Ivi era Adovardo e Lionardo Alberti, uomini umanissimi e molto discreti, a' quali Lorenzo quasi in simili parole disse:
- Non vi potrei con parole monstrare quanto io desideri vedere Ricciardo Alberto nostro fratello, sí per compor seco alcune utilitati alla famiglia nostra, sí ancora per raccomandargli questi due miei figliuoli costí Battista e Carlo, e' quali pur mi sono all'animo non piccolissimo incarco, non perch'io dubiti però in niuno loro bene, quanto gli fia possibile, Ricciardo non vi sia desto e diligente, ma pure e' mi pesava non assettar prima questa a noi padri adiudicata soma, e spiacevami lasciare adrieto simile alcuna giusta e piatosa mia faccenda. Uscirò di vita sanza quello incarco poich'io arò ciascuno di voi molto e Ricciardo imprima pregato guidi costoro a diventar buoni uomini, e di loro facci, per averli virtuosi, quanto vorrebbe al bisogno si facesse de' suoi.
Allora rispuose Adovardo, el quale era di piú età che Lionardo: - E questo tuo dire, Lorenzo, quanto m'ha egli commosso! Io scorgo in te quello amore e pietà inverso de' figliuoli quale spesso in molti modi stimola ancora me. E ben veggio vorresti che gli altri tutti avessero simile carità a ciascuno di casa, e tanta diligenza e cura a tutto el bene e onore della famiglia nostra quale sempre avesti tu. Poi mi pare giudichi come si debba della fede e integrità di Ricciardo, el quale di sangue e veramente in ogni pietà, umanità

e costume t'è fratello. Niuno piú di lui è mansueto, niuno piú riposato, nessuno è quanto lui continente. Ma non dubitare che noi altri, quanto ci fusse possibile, ciascuno sta di questo animo: in quello apartenesse all'utile e onore del minimo di casa, nonché a' tuoi figliuoli, e' quali ci sono non fra gli ultimi carissimi, voremmo che ogni uomo ci conoscesse esserti buoni e fedelissimi parenti. E s'egli ha piú forza l'amistà che 'l parentado, il simile faremmo come e' veri e dritti amici. Le cose care a te, le cose di Lorenzo, quale ciascuno di noi quanto sé stesso ama, sarebbono a noi care e racommandate quanto tu vorresti, e quanto a noi piú fusse possibile. E per qualunque di noi bisognando si farebbe per ogni rispetto volentieri, e per questo con molta piú pronta opera perché ci sarebbe leggiera e dilettosa cosa addurre in lode e onore questi giovani e' quali da te hanno già ottimo principio ed essemplo ad acquistare fama e virtú. E vediamoli d'intelletto e natura non inetti a farsi valere, donde a chi n'averà avuta cura ne risulterà anche parte di grado e contentamento. Ma Dio ti ci renda sano e lieto, Lorenzo. Non volere indurti cosí ad animo che tu istimi non esserti questo e ogni altra simile ottima cosa quanto sino a ora licita. E' mi pare vederti ralleggerito, e spero tu stessi potrai avere de' tuoi cura e degli altri non minore ti sia sempre usato d'avere.

LORENZO
Come? Anzi sarei da inculpare s'i' non facessi, Adovardo, di te stima, e di te, Lionardo, come debbo di cari parenti e veri amici. A chi m'è coniunto di sangue e chi sempre in vita mi sono sforzato a giugnermelo di benivolenza e amore, in che modo potre' io onestamente credere le mie cose gli fussero poco racomandate? Bene mi sarebbe piú grato non avere a lasciarvi ne' miei questa fatica. Benché il morire non mi turbi troppo, pure questa dolcezza del vivere, questo piacere d'avermi e ragionarmi con voi e con gli amici, questo diletto di vedermi le cose mie, pur mi duole lasciarlo. Non vorrei inanzi tempo esserne privato. Forse meno mi sarebbono grave e poco acerbe perderle, se io potessi di me come solea Iulio Cesare di sé dire, sé alla età, alla felicità essere assai vivuto. Ma né io sono in età che la morte non sia ancora in me pure acerba, né sono in tanta felicità che vivendo non desideri potere vedermi in piú lieta fortuna. E quanto mi sarebbe desideratissima letizia, quanto mi riputerei ad estrema felicità in casa del padre mio, nella patria mia potere, se non con qualche pregio vivere, almanco morirvi, e poi giacere tra' miei passati! Se la fortuna non me lo permette, o se la natura qui usa el corso suo, o se pure io sono nato a patire queste miserie, stimo non sarebbe saviezza fare senza pazienza quel che pure mi fusse forza fare. Ben sarei piú contento, figliuoli miei, in questa età non vi abandonare, e manco mi dorrebbe morire non giovane, solo per afaticarmi come soglio in utile e onore di casa nostra. Ma se altro destino richiede questo mio spirito, né debbo, né voglio averlo per male, né piglio contro a mio animo quello che nulla mi gioverebbe non lo volere. Sia di me quanto piace a Dio.

ADOVARDO
Cosí credo, a soperchiare ogni paura della morte, questo medesimo sia grande aiuto, pensare che a' mortali el finire sua vita sempre fu necessario. Ma ben si vole ancora nella infermità e debolezza non vi si adiudicare, ché benché e' giovi al superare la paura e ombre della morte, pur credo questo nuoce alla quiete e tranquillità dell'animo starsi colla mente in quella sollecitudine dalla quale forse e io non saperei distormi sendo in quella tale affezione, pensando e chi lascio, e come ordino, e a chi racomando le care mie e amate cose; alle quali tutte cocentissime cure non so chi allora potesse non pendervi coll'animo, e credo forse non gioverebbe a sostenere el carco della infermità. Però sarai da lodarti, Lorenzo, se starai di miglior voglia. E cosí fa. Confòrtati, spera bene e della fortuna e di te stesso in prima, e stima con noi insieme, se noi non siamo troppo grandemente ingannati, questi tuoi figliuoli saranno di certo tali che assai poteranno contentarti.

LORENZO
Figliuoli miei, alla virtú sempre fu questo premio non piccolo: ella per forza fa lodarsi. Vedetelo come costoro vi pregiano e quanti e' vi promettono. Saravvi onore, quanto piú in voi sia, con ogni opera e arte sforzarvi d'essere come essi vi sperano. E suole ogni lodata virtú ne' buoni ingegni crescere. Forse dirò quello che in verità, Adovardo, e tu Lionardo, non è; ma sia licito a' padri parergli le virtú de' figliuoli maggiori che le non sono, né sia in me ascritto ad imprudenza se per incender costoro ad amar la virtú, in presenza gli dimostro quanto m'agradi, e quanto mi piacerebbe vederli molto virtuosi, poiché ogni loro picciola lode a me parerà grande. Vero è che io sempre con ogni industria e arte mi sono molto ingegnato d'essere da tutti amato piú che temuto, né mai a me piacque apresso di chi mi riputasse padre volere ivi parere signore. E cosí costoro sono stati da sé sempre ubidienti, riverenti, e hannomi ascoltato molto e seguito i comandamenti miei, né in loro mai vidi alcuna durezza o rilevato alcuno vizio. Hommi d'ogni loro buono costume preso piacere, ed èmmi paruto potere meco meglio di dí in dí sperare e aspettare. Ma chi non sa quanto sia dubbiosa la via della gioventú, nella quale se alcuno vizio era, quello già o per paura o per vergogna de' padri o de' maggiori stava coperto e ascoso, di poi in tempo si scopre e manifesta? E quanto el timore e reverenza de' giovani manca, tanto in loro nascono di dí in dí e crescono vari vizii, ora per proprio ingegno da sé a sé depravato e corrotto, ora per brutte conversazioni e consuetudini viziato e guasto; e per mille ancora altri modi sufficienti a fare scelerato qualunque buono, come abbiamo altrove e nella nostra terra veduti figliuoli di valentissimi cittadini da piccioli porgere di sé ottima indole, avere in sé aere e aspetto molto ornatissimo, pieno di mansuetudine e costume, poi riusciti infami, credo per negligenza di chi no' gli resse bene. Però qui mi ramenta di nostro padre messer Benedetto Alberto, uomo di prudenza, autoritate e fama non vulgare, e come nelle

altre cose diligente, cosí al bene e onore della famiglia nostra affezionatissimo e officiosissimo, el quale spesso con gli altri antichi Alberti confortandogli a essere quanto egli certo erano in le cose desti e diligenti, solea dire queste parole:

«Non è solo officio del padre della famiglia, come si dice, riempiere el granaio in casa e la culla, ma molto piú debbono e' capi d'una famiglia vegghiare e riguardare per tutto, rivedere e riconoscere ogni compagnia, ed essaminare tutte le usanze e per casa e fuori, e ciascuno costume non buono di qualunque sia della famiglia correggere e ramendare con parole piú tosto ragionevoli che sdegnose, usare autorità piú tosto che imperio, monstrare di consigliare dove giovi piú che comandare, essere ancora severo, rigido e aspero dove molto bisogni, e sempre in ogni suo pensiero avere inanti il bene, la quiete e tranquillità della tutta universa famiglia sua, come quasi uno segno dove egli adrizzi ogni suo ingegno e consiglio per ben guidare la famiglia tutta con virtú e laude; sapere con l'aura, con favore e con quella onda populare e grazia de' suoi cittadini condursi in porto di onore, pregio e autorità, e ivi sapere soprastarsi, ritrarre e ritendere le vele a' tempi, e nelle tempestati, - in simili fortune e naufragii miserandi, quali iniustamente patisce la casa nostra anni già ventidue -, darsi a reggere gli animi de' giovani, né lasciargli agl'impeti della fortuna abandonarsi, né patilli giacere caduti, né mai permettergli attentare cosa alcuna temeraria e pazzamente, o per vendicarsi, o per adempiere giovinile alcuna e leggiere oppinione; e nella tranquillità e bonaccia della fortuna, e molto piú ne' tempestosi tempi, mai partirsi dal timone della ragione e regola del vivere, stare desto, provedere da lungi ogni nebbia d'invidia, ogni nugolo d'odio, ogni fulgore di nimistà in le fronti de' cittadini, e ogni traverso vento, ogni scoglio e pericolo in che la famiglia in parte alcuna possa percuotere, essere ivi come pratico ed essercitatissimo navichiero, avere a mente con che venti gli altri abbino navigato, e con che vele, e in che modo abbiano scorto e schifato ciascuno pericolo, e non dimenticarsi che mai nella terra nostra alcuno mai spiegò tutte le vele, benché non superchie fussero grandi, il quale mai le ritraesse intere e non in gran parte isdrucite e stracciate. E cosí conoscerà essere piú danno male navigare una volta, che utile mille giugnere a salvamento. Le invidie si dileguano dove risplende non pompa ma modestia; l'odio s'atuta dove non alterezza cresce ma facilità; l'inimicizia si rimette e spegne dove tu te armi e fortifichi non di sdegno e stizza, ma di umanitate e grazia. A tutte queste cose debbono e' maggiori delle famiglie aprire gli occhi e la mente, tendere el pensiero e l'animo, stare da ogni parte apparecchiati e pronti a prevedere e conoscere el tutto, durarvi fatica e sollecitudine, avervi grandissima cura e diligenza in far di dí in dí la gioventú piú onesta, piú virtuosa e piú a' nostri cittadini grata.

«E sappino e' padri ch'e' figliuoli virtuosi porgono al padre in ogni età molta letizia e molto sussidio, e nella sollecitudine del padre sta la virtú del figliuolo. La inerzia e desidia inrustichisce e disonesta la famiglia, i solleciti e officiosi padri la ringentiliscono. Gli uomini cupidi, lascivi, iniqui, superbi caricano le famiglie d'infamia, d'infortunii e di miserie. I buoni, per mansueti, moderati e umani che siano, se non saranno molto nella famiglia solliciti, diligenti, preveduti e faccenti in emendare e reggere la gioventú, sappino che cadendo alcuna parte della famiglia, sarà forza a loro insieme ruinare, e quanto e' saranno in la famiglia con piú amplitudine, fortuna e grado, tanto sentiranno in sé maggior fracasso. Le priete piú che l'altre in alto murate son quelle che cadendo piú s'infrangono. Però siano e' maggiori al bene e onore di tutta la famiglia sempre desti e operosi, consigliando, emendando e quasi sostenendo la briglia di tutta la famiglia. Né però è se non lodata, pia e grata opera con parole e facilità frenare gli apetiti de' giovani, destare gli animi pigri, scaldare le volontà fredde a onorare sé stessi insieme e magnificare la patria e la casa sua. Né anche a me pare opera se non molto dignissima e facilissima nei padri delle famiglie a contenere con gravità e modo, e ristrignere la troppa licenza della gioventú; anzi da qualunque di sé stessi vorrà da' minori molto meritare serà cosa molto condecentissima mantenersi il pregio in sé della vecchiezza, el qual credo sia non altro che autoritate e reverenza. Né possono bellamente e' vecchi in altro miglior modo acquistare, accrescere e conservare in sé maggiore autorità e dignità, che avendo cura della gioventú, traendola in virtú, e renderla qualunque dí piú dotta e piú ornata, piú amata e pregiata, e cosí traendola in desiderio di cose amplissime e supreme, tenendola in studii di cose ottime e lodatissime, incendendo nelle tenere menti amore di laude e onore, sedando loro ogni dissoluta volontà e ogni minima dislodata turbazione d'animo, e cosí estirpandogli ogni radice di vizio e cagione di nimistà, ed empiendogli di buoni ammaestramenti ed essempli, e non fare come usano forse molti vecchi dati alla avarizia, e' quali ove e' cercano e' figliuoli farli massai, ivi gli fanno miseri e servili, dove eglino stimano piú le ricchezze che lo onore, insegnano a' figliuoli arti brutte e vili essercizii. Non lodo quella liberalità quale sia dannosa senza premio di fama o d'amistà, ma biasimo troppo ogni scarsità, e sempre mi spiacque ogni superchia pompa. Stiano e' vecchi adunque come communi padri di tutti e' giovani, anzi come mente e anima di tutto il corpo della famiglia. E come avere il piè negletto e nudo sarebbe disonore al viso a tutto l'uomo e vergogna, cosí e' vecchi e ciascuno maggiore in qualunque infimo di casa negligente sappia sé meritare gran biasimo, se in parte alcuna lascia la famiglia essere dissorevole o disonesta. Stia loro in mente essere de' vecchi prima faccenda intraprendere per ciascuno di casa, come que' buoni passati Lacedemoniesi che si riputavano padri e tutori d'ogni minore, e correggevano ciascuno tutti i disviamenti in qualunque loro giovane cittadino si fusse, e aveano i suoi piú stretti e piú congiunti carissimo e accettissimo fossero da qualunque altri stati fatti migliori. Ed era lode a' padri render grazia e mèrze a chiunque si fusse, per far la gioventú piú moderata e piú civile, el quale n'avesse intrapreso alcuna opera. E con questa buona e utilissima disciplina de' costumi renderono la terra loro gloriosa, e ornoronla di fama immortale e meritata. Però che ivi non era inimistà fra loro, ove gli sdegni e le inimicizie subito erano nascendo svelte e regittate; ivi una sola volontà fra tutti commune e operosa d'avere la terra ben virtudiosa e costumata. Alle quali cose tutti s'afaticavano quanto in loro era studio, forza e ingegno, e' vecchi con ammunire e ricordare e di sé stessi porgere lodatissimo essemplo, e' giovani ubidendo e imitando».

Se queste e molte piú cose, quali soleva messer Benedetto recitare, tutte sono a' padri delle famiglie necessarie; se la cura del reggere la gioventú non solo ne' padri, ma negli altri ancora si conosce essere lodatissima, non sia adunque chi stimi non essere debito come degli altri padri cosí mio procurare con ogni argumento, ingegno e arte ch'e' miei a me figliuoli e carissimi rimangano quanto piú si può alla fede e pietà de' parenti e di ciascuno racomandatissimi e gratissimi. E cosí, o figliuoli miei, veggo essere officio de' giovani amare e ubidire e' vecchi, riverire l'età e avere e' maggiori tutti in luogo di padre, e rendergli come è dovuto grandissima osservanza e onore. Nella molta età si truova lunga pruova delle cose, ed èvvi el conoscere molti costumi, molte maniere e animi degli uomini, e stavvi l'aver veduto, udito, pensato infinite utilitati, e ad ogni fortuna ottimi e grandissimi rimedii. Nostro padre messer Benedetto, del quale uomo, come fo in ogni cosa, però m'è debito ricordarmi, perché in ogni cosa lui sempre cercò da noi essere conosciuto prudentissimo e civilissimo, trovandosi con alcuni suoi amici in l'isola di Rodi, introrono in ragionamenti delle inique e acerbe calamità della famiglia nostra, e iudicavano avesse la nostra famiglia Alberta dalla fortuna ricevuta iniuria troppo grande; e vedendo forse in qualcuno de' nostri cittadini qualche fiamma d'invidia e d'ingiusto odio essere incesa, accadde a ragionamento che messer Benedetto allora predisse alla terra nostra molte cose delle quali medesime già n'abbiàno non poca parte vedute. Ivi parendo a chi l'udiva cosa molto maravigliosa cosí apertamente predire quel che agli altri era udendo difficile comprendere, pregorono gli piacesse manifestarli donde egli avesse quel che cosí da lungi prediceva. Messer Benedetto, uomo umanissimo e facilissimo, sorridendo si discoperse alto la fronte e monstrònglí que' canuti, e disse: «Questi capelli di tutto mi fanno prudente e conoscente».

E chi ne dubitasse nella età lunga essere gran memoria del passato, molto uso delle cose, assai essercitato intelletto a pregiudicare e conoscere le cagioni, il fine e riuscimento delle cose, e sapere coniungere da ora le cose presenti con quelle che furono ieri, e indi presentire quanto domani possa riuscirne, onde prevedendo apparisca e conséguiti certo e accomodatissimo consiglio, e consigliando renda ottimo rimedio a sostenere la famiglia in stato riposato e rilevato, in qual sempre con fede e diligenza possa difenderla da qualunque subita ruina, e con forza e virilità d'animo adirizzarla e ristituirla se già fusse dagli urti della fortuna in parte alcuna commossa o piegata? L'intelletto, la prudenza e conoscimento de' vecchi insieme colla diligenza sono quelle che mantengono in fiorita e lieta fortuna e adornano di splendore e laude la famiglia. A chi adunque può questo ne' suoi, mantenerli in felicità, reggerli contro all'infelicità, sostenerli non senza ornamento a ogni fortuna, qual possano e' vecchi, debbase loro non aver grandissima riverenza?

Debbano adunque e' giovani riverire e' vecchi, ma molto piú i propri padri, e' quali e per età e per ogni rispetto troppo da' figliuoli meritano. Tu dal padre avesti l'essere e molti principii ad acquistare virtú. El padre con suo sudore, sollecitudine e industria t'ha condutto ad essere uomo in quella età, quella fortuna, e a quello stato ove ti truovi. Se tu se' obligato a chi nella necessità e miseria tua t'aiuta, certo a chi quanto poté mai te lasciò patire alcuno minimo bisogno, a quello sarai obligatissimo. Se e' si debba ogni pensiero, ogni tua cosa, ogni fortuna coll'amico communicare, sofferire sconcio, fatica e sudore per chi ti porta amore, molto piú pel padre tuo a chi tu se' piú che alcuno altro carissimo, e quasi piú che a te stesso obligatissimo. Se dell'avere, del bene, delle ricchezze tue, gli amici e conoscenti tuoi debbono in buona parte goderne, molto piú il padre, dal quale tu hai avuto se non la roba la vita, non la vita solo ma il nutrimento tanto tempo, se none il nutrimento l'essere e il nome. Adunque sia debito a' giovani referire co' padri e co' suoi vecchi ogni volontà, pensiero e ragionamento suo, e di tutto con molti consigliarsi, e con quegli in prima a' quali conoscono sé essere piú che agli altri cari e amati, udirgli volentieri come prudentissimi ed espertissimi, seguire lieti gli amaestramenti di chi abbia piú senno e piú età. Né siano e' giovani pigri ad aiutare ogni maggiore nella vecchiezza e debolezze loro; sperino in sé da' suoi minori quella umanità e officio quale essi a' suoi maggiori aranno conferita. Però siano pronti e diligentissimi cercando di dargli in quella stracchezza della lunga età conforto, piacere e riposo. Né stimino a' vecchi essere alcuno piacere o letizia maggiore quanto è in loro di vedere la gioventú sua ben costumata e tale che meriti d'essere amata. E di certo niuno sarà maggior conforto a' vecchi quanto di vedere quelli in chi lungo tempo hanno tenuto ogni loro speranza ed espettazione, quelli per chi hanno avuti sempre i suoi desiderii curiosi e solleciti, questi vederli per loro costumi e virtú esser pregiati, amati e onorati. Molto sarà contenta quella vecchiezza quale vedrà ciascuno de' suoi adritto e avviato in pacifica e onorevole vita. Sempre sarà pacifica vita quella de' molto costumati; sempre sarà onorevole vita quella de' virtuosi. Da cosa niuna tanto segue alla vita de' mortali gran perturbazione quanto da' vizii.

Però sia vostro officio, o giovani, con virtú e costumi cercare di contentare e' padri e ogni vostro maggiore come nell'altre cose cosí in queste, le quali sono in voi lodo e fama, e a' vostri rendono allegrezza, voluttà e letizia. E cosí, figliuoli miei, seguite la virtú, fuggite e' vizii, riverite e' maggiori, date opera d'essere ben voluti, fate di vivere liberi, lieti, onorati e amati. El primo grado a essere onorato si è farsi voler bene e amare; el primo grado ad acquistar benivolenza e amore si è porgersi virtuoso e onesto; el primo grado per adornarsi di virtú si è avere in odio e' vizii, fuggire i viziosi. Volsi adunque sempre aversi apresso de' buoni lodati e pregiati, né partirsi mai da quelli onde abbiate essemplo e dottrina ad acquistare e apprendere virtú e costume. E doveteli amare, riverire, e dilettarvi d'essere da tutti conosciuti senza alcuno biasimo. Non siate difficili, non duri, non ostinati, non leggeri, non vani, ma facilissimi, trattabili, versatili, e quanto s'appartenga nella età pesati e gravi, e quanto in voi sia cercate con tutti essere gratissimi, e inverso e' maggiori quanto molto si può reverenti e ubidenti. Suole la umanità, mansuetudine, continenza e modestia ne' giovani non poco essere lodata; ma verso e' maggiori la riverenza ne' giovani sempre fu grata e molto richiesta.

Non dirò per millantarmi, ma ben per darvi domestici essempli, e' quali vi siano piú ad animo udirgli e piú a mente a ricordarvene che gli strani. Non mi ramenta in luogo alcuno, dove Ricciardo nostro fratello, o de' nostri altri di piú età di me fossero, ch'io mai volessi ivi essere veduto o sedere o starmi senza rendergli grandissima riverenza. Mai fra piú gente né in alcuno luogo publico fu chi appresso de' miei maggiori mi vedesse se non ritto e aparecchiato se cosa mi volessino comandare. Dovunque io gli avessi veduti, sempre levavo me verso loro e discoprivami ad onorarli, e dovunque io gli trovassi, era mio costume lasciare adrieto ogni mio sollazzo e compagnia per essere co' maggiori, rendergli onore e acompagnarli. Né sarei mai ritrattomi da loro, né reduttomi tra' giovani amici, se prima come da padre non avea impetrata licenza. Ed era di questa mia osservanza e subiezione non da' vecchi tanto, ma da' giovani ancora non biasimato, e a me parea averne fatto el debito mio, ché fare il contrario, non aggradire, non pregiare, non sottoaversi a' maggiori arei riputatomi a vergogna e biasimo. E piú in ogni cosa a me sempre parse dovere con Ricciardo come sempre feci, apertomi con lui, consigliatomi, riputatolo come padre, tanto mi stava in animo essere debito degnare e onorare l'età.

Sarete adunque quanto vi conforto verso e' maggiori molto riverenti, e quanto in voi stessi potrete virtuosi. Né guardate, figliuoli miei, che la virtú in vista sia forse duretta e aspretta, gli altri disviamenti in primo aspetto sieno proclivi e dilettosi, imperoché adentro vi si truova questa tra loro grandissima differenza: nel vizio abita piú pentimento che contentamento, piú vi surge dolore che piacere, piú vi truovi perdimento da ogni parte che utile. Nella virtú tutto contra, lieta, graziosa e amena, sempre ti contenta, mai ti duole, mai ti sazia, ogni dí piú e piú t'è grata e utile. E quanto in te saranno buoni costumi e intere ragioni, tanto sarai pregiato e lodato, e da' buoni ben voluto, e godera'ne fra te stesso. E se conoscerai te non essere non uomo, e non vorrai umanitate alcuna essere da te lontana, certo arai non pochissima parte di vera felicità in te stessi. Questo può la virtú per sé sola, rendere beato e felice chi con tutto l'animo e tutte l'opere dedica sé a seguire e osservare ogni erudimento e precetto col quale alontani sé da' vizii e fugga ogni rio costume e cosa non lodata.

Io sono di quelli che vorrei piú tosto, figliuo' miei lasciarvi per eredità virtú che tutte le ricchezze, ma questo non sta in me. Quello che in me stimai licito, sempre mi sono operato darvi ogni principio, aiuto e modo con che voi conseguiate molta lode, assai grazia e grande onore. A voi sta usare l'ingegno avete da natura, credo non piccolo, né debole, e farlo migliore con studio ed essercizio di buone cose, e con molta copia di buone arti e lettere. E la fortuna, la quale io vi lascio, dovete adoperarla e distribuirla in que' modi tutti siano utili a farvi grati come a' vostri, ancora simile a ogni strano. E' mi par ben potere però dubitare che desiderarete qualche volta avermi in vita, figliuoli miei; forse patirete degli affanni e necessità, quale essendoci io, manco vi nocerebbono, ché a me non è nuovo quello possa la fortuna ne' deboli anni negli animi inesperti de' giovani, a' quali manca e consiglio e aiuto. Ed èmmi essemplo la casa nostra, la quale abonda di prudenza, ragione ed esperienza, fermezza, virilità e constanza d'animo; pure conosce in queste nostre avversità quanto con sua furia e iniquità la fortuna in qualunque saldo consiglio, e in qualunque ferma e ben constituta ragione vaglia. Ma siate di forte e intero animo. Le avversità sono materia della virtú. E chi è colui el quale di sua fermezza d'animo, di sua constanza di mente, di sua forza d'ingegno, di sua industria e arte vaglia di sé nelle seconde e quiete cose, nell'ozio e tranquillità della fortuna, tanto meritare e acquistare laude e nome quanto nella avversa e difficile? Però vincete la fortuna colla pazienza, vincete la iniquità degli uomini collo studio delle virtú, adattatevi alle necessitati e a' tempi con ragione e prudenza, agiugnetevi all'uso e costume degli uomini con modestia, umanità e discrezione, e soprattutto con ogni vostro ingegno, arte, studio e opera, cercate molto in prima essere, e apresso parere virtuosi. Né a voi sia piú caro, né prima desiderata alcuna cosa che la virtú, e in voi stessi arete statuito sempre alla scienza e sapienza posporre ogni altra cosa, e indi ogni utile della fortuna apresso di voi riputerete da non molto essere pregiato. E ne' vostri desiderii lo onore solo e la fama si vendicaranno e' primi luoghi, né mai posporrete le lode alle ricchezze e per asseguire onore e pregio niuna cosa benché ardua e laboriosa mai vi parrà da nolla intraprendere e proseguire, e delle fatiche vostre basteravvi aspettare non altro che grazia e nome. Né dubitate che chi è virtuoso, quando che sia troverrà frutto dell'opere sue, né vi sfidate con perseveranza e assiduità durare in studi di buone arti, in pervestigazioni di cose rarissime e lodatissime, e in apprendere e tenere buone dottrine e discipline, ché un tardo renditore

spess'ora ne suole venire con molta usura.
Né a me spiace in voi che 'nsino da questa puerile e tenera età abbiate apparecchiata non mezzana materia ad essercitarvi e ad imparare opporsi e sostenere gl'impeti degli avversi casi umani. Lasciovi in essilio e senza padre, fuori della patria e della casa vostra. Fievi lodo, figliuoli miei, ne' teneri e deboli anni, se none in tutto, in parte almanco traiettarvi a superare la durezza e asprezza delle necessitati, e nella ferma età a voi sarà quasi meritato in voi stessi triunfo, se arete in ogni vita saputo poco temere la malignità e vincere l'ingiuria della fortuna. E da ora stimate quanto in voi non mancherà diligenza, sollecitudine e amore alle cose pregiate e oneste, tanto rarissimo v'acaderà desiderare la presenza mia e molto meno l'aiuto degli altri mortali. Chi in sé arà virtú, a costui pochissime altre cose di fuori saranno necessarie. Troppo ampla ricchezza, troppo grande possanza, troppo singulare felicità risiede in colui el quale saprà essere contento solo della virtú. Beatissimo colui el quale si porge ornato di costumi, forte d'amicizie, copioso di favori e grazia fra' suoi cittadini. Niuno sarà piú in alta e piú ferma e salda gloria, che costui el quale arà sé stessi dedicato ad aumentare con fama e memoria la patria sua, e' cittadini e la famiglia sua. Costui solo meriterà avere il nome suo apresso de' nipoti suoi pien di lode e famoso e immortale, el qual d'ogn'altra cosa fragile e caduca ne giudicherà quanto si debba, da nolla curare e da spregiarla, solo amerà la virtú, solo seguirà la sapienza, solo desiderrà intera e corretta gloria. Qui, figliuoli miei, nella virtú, nelle buone arti, nelle lodate discipline sarà vostro officio essercitarvi, e dare opera che per voi non manchi di venire tali quali costoro aspettano voi siate e desiderano. Cosí fate, cercate in qualunque onesto modo, con tutte le fatiche, con molto sudore, con ogni forza e industria meritar apresso di costoro lodo e grazia, e insieme apresso degli altri benivolenza, dignità e autorità, e apresso de' nipoti e di chi de' nipoti verrà memoria di voi, di vostri singulari detti e fatti e opere.
E siate di migliore animo. Qui è Adovardo, e Lionardo, e saracci Ricciardo, a' quali spero sarete racomandati. Io conosco la natura di ciascuno di casa nostra Alberta molto amorevole, e stimo non vorranno essere riputati sí duri, né sí spiatati che non aiutassero e' suoi vedendo essercitarvi in virtú. Cosí vi priego, Adovardo e tu Lionardo; voi vedete l'età di questi garzoni, conoscete il pericolo della gioventú, gustate il bene e onore di casa; siate adunque solliciti, pigliatene ciascuno di voi tutta la somma fatica. Egli è debito a tutti studiare che nella casa crescano ingegni con virtú e fama. Perché piace egli onorare chi già sia caduto di vita con sepulcri, ornarli con quelle superchie e a' passati inutile pompe de' mortorii, se non perché la piatà e officio de' vivi sia lodata e approvata? Se cosí credete, non serà egli necessario molto piú ornare e onorare e' vivi, contribuirvi, concorrere ove bisogna a pignerli inanti e statuirli in luogo prestante e famoso a tutta la famiglia. Non però voglio s'intenda questo esser ditto perché io stimi tanta

cosa in alcuno di costoro due miei, ma pure sarà vostra faccenda monstrare che questo mio racomandarvegli, qual fo in presenza, doppo me gli sia giovato.

Cosí aveva detto Lorenzo. Adovardo e Lionardo stavano muti, intenti, ascoltando. In questi ragionamenti e' medici sopragiunsero e consigliorono Lorenzo alquanto si riposasse. Cosí fece. Asettossi, e noi usciti fuori in sala: - Chi potrebbe stimare, - disse Adovardo, - se none chi in sé stessi lo pruova, quanto sia l'amore de' padri inverso a' figliuoli grande e veemente? Ciascuno amore a me pare non piccolo. Sonsi veduti molti e' quali hanno esposto la roba, el tempo e ogni suo fortuna, e sofferte ultime fatiche, pericoli e danni, solo per dimonstrare quanto in sé sia fede e merito inverso dello amico. E dicesi essere stato chi per desiderio delle cose amate, stimando sé già esserne privato, non ha sofferto piú restare in vita. E cosí sono le storie e la memoria degli uomini piene di queste forze, le quali simili affezioni d'animo in molti hanno provate. Ma per certo non credo amore alcuno sia piú fermo, di piú constanza, piú intero, né maggiore che quello amore del padre verso de' figliuoli.

Ben confesserei a Platone que' suoi quattro furori essere nell'animo e mente de' mortali molto possenti e veementissimi, quali e' ponea de' vaticinii, de' ministerii, de' poeti e dell'amore. E cosí la passione venerea molto piú in sé mi par feroce e furiosissima. Ma vedesi quello non rade volte per disdegno, per disuso, per nuova volontà, o per che altro si sia, scema, perisce e quasi sempre di sé lascia inimistà. Né anche ti negherei la vera amicizia star legata d'uno amore bene intero e ben forte. Ma non credo però ivi sia maggiore, né piú officiosa e ardente affezione d'animo che quella la quale da essa vera natura nelle menti de' padri tiene sua radice e nascimento, se già a te altro non paresse.

LIONARDO
A me non acade giudicare quanto ne' padri verso de' suoi nati sia l'animo affezionatissimo, perché io non so questo avere figliuoli, Adovardo, che piacere o che dolcezza e' si sia. Ma quanto da lungi comprenda per coniettura, ben mi pare giustamente potere essere di questa tua sentenza, e dire che l'amore del padre per piú rispetti sia troppo grandissimo; come d'altronde, cosí vedendo da ora con quanta opera e con quanta tenerezza Lorenzo testé ci racomandava questi suoi, non perché essistimasse necessario rendere a noi piú grati costoro, e' quali conosce ci sono gratissimi, ma credo quel fervore del paterno amore lo traportava, e non gli parea che uomo alcuno, per sollecitissimo, curiosissimo, prudentissimo che sia, possa abastanza negli altrui figliuoli avere quanto riguardo e consiglio l'amore de' padri vi desidera. E dicoti el vero, quelle parole di Lorenzo testé movevano me non piú là se non quanto mi pareva giusto e ragionevole avere pensiero e buona diligenza de' pupilli e della gioventú di casa. Pure io

non poteva alle volte ritenere le lacrime. Te vedevo io stare tutto astratto; parevami pensassi fra te stesso molto piú oltre che io in me forse non faceva.

ADOVARDO
Or cosí era. Ogni parola di Lorenzo premeva me parte a pietà, parte a compassione. Conoscermi ancora me essere padre, a' figliuoli d'un amico, parente buono amorevole, a quelli che per sangue mi debbono essere cari, e tanto piú poiché e' sono a noi stati racomandati, non far quel medesimo loro che a' miei, non essere inverso di loro animato come a' propri miei figliuoli, veramente, Lionardo, sarei non buono parente né vero amico, anzi mi giudicaresti spiatato, fraudulento e bene di cattivissima condizione, sare'ne biasimato, infame. E chi non dovesse de' pupilli avere piatà? E chi non dovesse avere sempre inanzi agli occhi quel padre di questi orfani, quel medesimo tuo amico, e quelle ultime parole inscritte nel cuore, quali coll'ultimo spirito quel tuo, quel parente e amico ti racomanda la piú carissima cosa sua, e' figliuoli, fidasi di te, lasciali nel grembo, nelle braccia tue? Quanto io, Lionardo mio, sono di questo animo, che inanzi che io lasci costoro qui avere minimo disagio alcuno, prima patirò che a' miei proprii ogni cosa manchi. Delle necessità de' miei io solo n'ho a conoscere, ma de' mancamenti in chi m'è racomandato n'arà ogni buono, ogni piatoso, ogni discreto a giudicare. E cosí a noi è debito satisfarne alla fama, allo onore, al ben vivere e a' costumi. E stimo cosí: chi o per avarizia, o per negligenza lascia uno ingegno atto e nato a conseguire pregio e onore perire, costui merita non solo riprensione, ma ben grandissima punizione. S'egli è poco lodo non custodire, non tenere pulito e in punto el bue, la giumenta; e s'egli è biasimo, per inutile ch'ella sia, lasciare la bestia per tua negligenza perire, chi uno umano ingegno terrà sommerso fra le necessitati e malinconie, disonorato, arallo a vile, patirà per sua inerzia e strettezza che manchi e perisca, non sarà costui degno di grandissima riprensione? Sarà egli da nollo stimare ingiusto e inumanissimo? Ah! guardisi di tanta crudeltà, tema la vendetta d'Iddio, oda quel publico espertissimo e verissimo proverbio quale si dice: «chi l'altrui famiglia non guarda, la sua non mette barba».

LIONARDO
Ben veggio in parte quanto sia sollecita cosa l'essere padre. Le parole di Lorenzo mi pare abbino te piú a lungi tutto commosso che io non istimava. Questo tuo ragionamento mi tira là, credo, dove sta l'animo a te sopra a' fanciulli tuoi. E mentre che tu ragionavi, testé mi parse dubitare fra me stessi qual fusse piú o la cura e sollecitudine de' padri verso e' figliuoli, o il piacere e contentamento in allevare e' nati. Della fatica non dubito io, ma credo però essa sia non ultima cagione a voi padri farvi e' figliuoli piú carissimi. Veggo da natura quasi ciascuno ama l'opere sue, el pittore e il scrittore, e il poeta; el padre molto piú, stimo, perché piú vi dura richiesta e piú lunga fatica. Tutti cercano l'opere sue piacciano a molti, sieno lodate,

stiano quanto sia possibile eterne.

ADOVARDO

Sí bene, quello in che tu se' affaticatoti piú t'è caro. Ma pure egli è da natura ne' padri non so come una maggior necessità, uno tale appetito d'avere e allevare figliuoli, e apresso prenderne diletto di vedere in quelli espressa la imagine e similitudine sua, dov'elli aduni tutte le sue speranze, e indi aspetti nella sua vecchiezza averne quasi uno presidio fermo, e buono riposo alla già stracca e debole sua età. Ma chi vorrà tutto ripensare seco e considerare, troverrà che in allevare e' figliuoli sono sparse molte e varie malinconie, e vederà come stanno e' padri sempre sospesi coll'animo, qual faceva apo Terrenzio quel buono Mizio perché il figliuolo suo non era tornato ancora. Che pensieri erano e' suoi? Che sospetti gli scorrevono per l'animo? Quante paure lo premevano? Temea che il figliuolo non si trovassi caduto ove che sia, o rotto o fiaccatosi qualche cosa. Va! ha! che alcuno uomo si metta in animo a sé cosa cara piú che sé stesso, e cosí c'interviene. Stiamo sempre coll'animo al presente sollicito e timoroso, o col pensiero innanzi molto a lungi desto e pauroso a scoprire ogni via per la quale noi pensiamo guidare e' nostri a buona fortuna. E se la natura non richiedesse da' padri questa sollicitudine e cura, credo sieno pochi e' quali non si pentissino avere figliuoli. Vedi l'uccello e gli altri animali che fanno solo quanto in loro comanda la natura, durano fatica in finire il nido, le cove, il parto, e stanno obligati e faccendosi a guardare, difendere e conservare quello che è nato, aggirano solleciti per pascere e nutrire que' deboli suoi picchini, e cosí tutti questi e molti piú altri affanni in sé grandi e gravi el debito della natura ce gli alleggerisce. E quello che a te sarebbe spiacere e sconcio incarco, pare che a noi padri sia grata, condecente e lieta soma, essendoci quasi naturale necessità. E che però piú de' figliuoli che d'ogni altra cosa? Io nella vita de' mortali non so in che non sia tanto di male quanto di bene. Le ricchezze sono riputate utili e da volerle, pur si pruova quanto sieno piene di pensieri e malinconie. E sono le signorie riverite e temute, e pur si vede manifesto quanto sieno cariche di sospetti e paure. E pare che ad ogni cosa corrisponda il suo contrario; alla vita la morte, alla luce le tenebre; né puossi avere l'uno senza l'altro. Cosí acade de' figliuoli, ne' quali sta niuna speranza non accompagnata di molto desperare, né ivi truovi dolcezza alcuna o letizia senza qualche tristezza e amaritudine. Quanto e' ti piú crescono in età, non nego, tanto e' ti portano allegrezza e' figliuoli, ma insieme altretante maninconie ti s'aumentano. E negli animi umani si sentono piú le miserie che la felicità, meno le voluttà e letizie che e' dolori e acerbità, però che queste piú veementi pungono e premono, quelle piú soavi ti solleticano. E convienti avere de' figliuoli in ogni età pensiere e persino dalle fasce; ancora e vie maggior sollecitudine quando e' ti crescono, e molta, infinita piú diligenza quando e' vengono piú grandicelli, e molto piú ancora e piú cura e opera quando e' vengono di piú età. Però non dubitare, Lionardo, che

l'essere padre non sia cosa non solo sollicita, ma pienissima di maninconia.
LIONARDO
Io posso in voi padri credere cosí sia come altrove. Sempre veggo la natura da ogni parte sollecita a provedere che ogni cosa procreata sé stessi conservi, ricevendo da chi la produsse nutrimento e aiuto a perseverare in vita e a porgere le sue utilitati in luce. Veggo nelle piante e arbuscelli quanto le radici attraggono e distribuiscono alimento al tronco, el tronco a' rami, e' rami alle frondi e a' frutti. Cosí forse sarà da stimare naturale a' padri che nulla lascino adrieto per nutrire e mantenere quelli che sono di sé usciti e per sé nati. E confesso a voi padri essere non se non debito avere cura e sollecitudine per bene allevare i vostri nati. Né ora ti domando se quella cosí fatta sollecitudine a' padri sia naturale necessità, o pure quasi come nato e cresciuto amore da que' piaceri e da quelle speranze, quali si pigliano e' padri dagli atti e presenza de' figliuoli; già che non rarissimo si vede uno amerà questo piú che quello suo figliuolo, e di cui forse gli parerà possa piú sperarne, in questo tale sarà piú curioso a ornarlo, piú liberale e facile a compiacergli. E ancora si vede tutto il dí chi poco cura il suo figliuolo vada in lontani e strani paesi stracciato fra le stalle, fra' disagii, in mezzo a' pericoli, e dove, qual piú gli debba dispiacere, forse diventi vizioso e incorrigibile. Ma non sia per ora nostra contenzione investigare che principii, crescimenti o fini in sé abbia ciascuno amore. Né anche cerchiamo onde ne' padri verso i suoi nasca alcuna disparità d'amore, ché mi potresti rispondere l'essere vizioso viene da corrotta natura e depravato ingegno. Però la natura medesima, la quale in tutte le cose cerca convenienza e perfezione, disiunge e priva e' viziosi figliuoli dal vero amore e dalla intera carità de' padri. E anche forse hanno e' padri una o un'altra lode piú cara ne' figliuoli che tenersegli in mezzo a' domestichi ozii e vezzi, o quello ti paresse rispondermi credo sarebbe lungo ragionamento.
E qui, non per contradirti, ma solo per certificarmi ove tu dicevi che sino dalla fascia e' padri truovano ne' figliuoli sí gravissime maninconie, non mi persuade che uno savio padre debba pigliarsi ad animo nonché tristezza, ma né incarco alcuno di molte altre cose, e di questo in prima quale s'appartiene alle femmine, alla nutrice, alla madre piú troppo che al padre. Stimo tutta quella età tenerina piú tosto devuta al riposo delle donne, che allo essercizio degli uomini. E quanto io, sono di quelli che vorrei mai né trassinare e' picchini, né vederli troppo da' padri, come talora li veggo, palleggiare. Stolti, che poco stimano con quanti infiniti pericoli e' puerelli stiano nelle dure braccia de' padri, a' quali piccola cosellina sconcia e distorce quelle ossicine tenerucce, e raro si può stringerli o maneggiarli senza grandissimo modo che non si gli travolga e disvolghi qualche membro, come per questo talora si ritruovano bistorti e bilenchi. Adunque sia questa prima età in tutto fuori delle braccia de' padri, riposisi, dorma nel grembo della mamma.
Quella età poi che a questa segue, ne viene con molto diletto, col riso di

tutti, e già cominciano a proferire e con parole in parte dimonstrare le voglie sue. Tutta la casa ascolta, tutta la vicinanza riferisce, non manca ragionarne con festa e giuoco, interpetrando e lodando quel fece e disse. E già si vede gemmare e apparire in quella come primavera di quella età, nel viso, nell'aria, nelle parole e ne' loro modi infinite buone speranze, grandissimi segni di sottilissimo intelletto e di profondissima memoria, e cosí per tutti se ne dice ch'e' putti sono conforto e giuoco a' padri e a' suoi vecchi. Né credo si truovi sí obligato di faccende, né sí carco di pensieri padre alcuno a chi non sia la presenza de' fanciulli suoi molto sollazzosa. Catone, quel buono antico, qual fu per sopranome savio chiamato, e riputato quanto era in tutte le cose constantissimo e severissimo, si dice spesso interlassava l'altre grandissime e publice e private sue faccende el dí, tornando molte volte a rivedere que' suoi piccinini, tanto gli parea non acerbo e doglioso avere figliuoli, ma dolce e dilettoso vedere el riso, udire le parole, godere di tutti que' vezzi pieni di molta simplicità e suavità, quali sono sparti nella fronte di quella pura e dolce prima età. Se adunque cosí è, Adovardo, se le sollecitudine de' padri sono e piccolissime e con molto diletto, tutte piene d'amore e di buona speranza, di riso, di festa e giuoco, queste vostre maninconie in che sono elle? Gioverammi saperne ragionare.

ADOVARDO

A me sarebbe molto caro tu, come in parte so io, per pruova sapessi ragionarne. Ben mi duole di voi non pochi giovani Alberti, e' quali vi trovate senza eredi, senza avere quanto potresti accresciuta la famiglia e fattola molto populosa. Che è questo a dire? - che io annoverava pochi dí fa non meno che venti e due giovani Alberti vivere soli senza compagna, non aver moglie, niuno manco che sedici, niuno piú che anni trenta e sei. Duolmene certo e veggo quanto sia danno grandissimo alla famiglia nostra se tanto numero di figliuoli, quanto da voi giovani si richiede, mancherà; ché giudico da volere prima sostenere ogni sconcio e ogni dispiacere che patire qui la famiglia rimanga sola, senza vedere chi succeda nel luogo e nome de' padri. E perché io vorrei che tu in prima fra gli altri fussi uno di quelli el quale, come fai di fama e nome, cosí di figliuoli simili a te riempiessi e aggrandissi la famiglia Alberta, però mi ritemo persuaderti cosa alcuna onde tu avessi da dubitare e ritrarti. Ché credo assai da presso ti monstrerrei le maninconie de' padri per ogni età essere non poche, né poco acerbe e dure, e vederesti negli affezionatissimi padri da quella prima età nascere non sempre giuoco e riso, ma spesso tristezza e lacrime. E anche non negheresti a' padri stare grande affezioni, grande sollecitudini, molto prima ch'e' figliuoli ci portino riso o sollazzo alcuno. Convienci pensare molto innanzi a ritrovare buona balia, cercarne con molta opera per averla a tempo, investigare ch'ella non sia inferma né scostumata, e porvi mente e diligenza ch'ella sia vacua, libera e netta di que' vizii e di quelle macule quali infettano e corrompono il latte e il sangue; e piú abbiamo da procurarla tale che in casa seco porti né scandolo né vergogna. Sarebbe lungo racontare quanto riguardo qui sia a noi padri necessario, quanta fatica per ciascuno in tempo vi si duri prima che truovi quanto si conviene onesta, buona e faccente balia. Né forse crederresti quanto sia maninconia, ripetio e rimordimento d'animo nolla trovare a tempo, o nolla avere poi sufficiente, le quali cose pare che ne' maggiori bisogni più sempre manchino. E sai quanto sia nella inferma e scostumata balia pericolo come di lebra, epilenzia, e così di tutte quelle gravissime infermitati, quali si dice possano venire dalla poppa; e anche sai quanto siano rare le buone nutrice e da molti richieste.

Ma che vado io pure racontando ogni minima cosa? Poiché m'è più caro stimi e' figliuoli siano, come a dire il vero sono, a' padri grandissimo sollazzo, que' piccini vederli lieti atornoti, maravigliarti d'ogni loro atto e parola, riputarla da grande sentimento, prometterti fra te stesso assai buona speranza. Una cosa forse può far piccole queste dolcezze e renderti molto maggiori e più cocente cure all'animo. Stima tu a chi duole vederli piangere se forse cadendo un poco si li percuotono le mani, quanto gli sarà molesto pensare che più fanciulli di quella età che d'ogni altra periscono. Pensa quanto gli sia acerbità aspettare d'ora in ora essere privato di tanta voluttà. Anzi mi pare questa età prima esser quella che da ogni parte sparge le molte e grandissime maninconie, e quasi solo questa si vede piena di vaiuoli, fersa e rosolia, né mai sta senza crudezze di stomaco, al continuo giace debolezza, e sempre langue carca di molte altre infermità, quali né tu conosci, né quelli picchini ti sanno dirle, onde in te stimi ogni loro piccolo male essere grandissimo e tanto maggiore quanto ti sfidi come a non conosciuta malattia vi si possa dare vero e utile rimedio. Però ogni minima dogliuzza de' figliuoli nell'animo de' padri tiene grandissimo tormento.

LIONARDO

Troppo aresti tu caro, Adovardo, ch'io non potessi più come colui dire quello che si riputa felicissima cosa: «mai ebbi moglie». Ben sai tu se io vi sono di buono e ardente animo, e credo non fastidia te che a me siano da molti, quanto troppo spesso sono, l'orecchie riscaldate. E veggo non t'è a odio che chi non ha che dirmi, chi altrimenti si truova povero di parole, mancandogli ogni altra trama a ragionare, entri a cinguettare a darmi moglie, e qui effunda grandissimi fiumi d'eloquenza in demonstrarmi e lodarmi el coniugo, la società constituta da essa primeva natura, la procreazione de' successori eredi, l'accrescimento e amplificazione della famiglia, comandandomi «to' questa o quella nella quale non hai da disiderarvi o più dota, o maggior bellezze, o migliore parentado». E così spesso con troppa loro presunzione, ove cercano incendermi volontà di non starmi libero come mi sto, incendono in me qualche iusta indegnazione. E pur vorrei anch'io testé non trovarmi senza moglie, e arei caro aver figliuoli, acciò che in te non fusse tanto avantaggio più che a me che io non potessi refutare l'autorità tua per pruova quanto con argomenti. E sallo Dio e anche tu quanto io vi sia d'animo fervente, e come spesso e teco e con altri abbiamo ricercato trovare cosa ci s'affaccia. Ma che disaventura sia la nostra certo mi pesa. Quelle vergine quale gusterebbono a te dispiaceno a me. Quelle che a me forse non sarebbono moleste, a voi altri mai pare si condicano, e cosí mi si rimane l'animo ardentissimo, non tanto d'avere nella famiglia el luogo e il nome mio doppo me non ispento e anullato, ma anche molto piú mi sta el volere omai uscire di tanta seccaggine di tutti gli amici e conoscenti a chi, non so per che invidia, la libertà mia del starmi senza femmina dispiace. Ma io temo a me non intervenga come si scrive apo gli antichi di quel fonte sacro in Epiro, nel quale un legno infiammato si spegne, e uno spento e freddo vi si raccende. Però forse sarà il meglio voi lasciate me da me stesso infiammato satisfarvi, o se pure credete il vostro dire in me faccia utile opera alcuna, consigliovi aspettiate questo mio ardente desiderio del tôr donna si rafreddi.

Ma noi abbiamo riso assai. Quanto se io avessi fanciugli, io non mi piglierei quella fatica di cercare altra nutrice che la loro medesima madre. E' mi ramenta Favorino, quel filosofo d'Aulo Gelio, e tutti gli altri antichi quanto e' lodan piú el latte della madre che alcuno altro. Forse questi medici appongano che dare el latte le indebolisce e falle talora sterile. Ma pure io posso credere dalla natura sia bene a tutto proveduto, e debbasi stimare non sanza cagione, ma bene con gran ragione quanto si vede insieme colla grossezza ivi nascere in copia e multiplicarsi el latte, quasi come la natura stessa ci apparecchi al bisogno e dicaci quanto a' figliuoli dalle madri aspetti. Piglierei questa licenza se la donna per sinistro alcuno fusse diventata debole: io provederei, come tu di', d'avere balia buona, esperta e costumata, non per lasciar piú ozio alla donna, non per torgli quella verso de' figliuoli devuta faccenda, ma per dare meno tristo nutrimento al fanciullo. E credo il vero che, oltre a quelle infermità, quali tu dicevi potevano dal corrotto latte venire, ancora piú la nutrice non onesta, non costumata, sarà sufficiente ne' costumi del fanciullo nuocere e inclinallo a' vizii ed empierli l'animo di furiosi e bestiali passioni come d'iracundia, timidità, spaventi e simili mali. E credo se la balia o da sé fia, o per uso di vini troppo fumosi e pretti, o per altri riscaldamenti d'animo focosa, e arà il sangue suo infiammato e riarso, forse sarà facile in colui, el quale arà da costei preso nutrimento cosí acceso e adusto, conseguirli l'animo proclive e incitato ad ira, immanità e bestialità. E cosí ancora può la lattatrice male contenta, piena di rancore e gravezza d'animo, rendere quel fanciullo pigro ed enervato e timido, e cosí tali simili cagioni possono assai ne' primi tempi. Vedesi uno arborcello non avendo donde e' pigli nutrimento appropriato a sé e ne' primi bisogni quanto si doveva copia d'aere e umidità, lo fa di poi stare sempre languido e seccuccio. E pruovasi che piccola piagolina a uno tenero rampollo piú nuoce che due grandi squarciature a uno annoso tronco. Pertanto si vuole molto provedere che a quella tenerina età sia nutrimento quanto si può ottimo. Però si proccuri al bisogno avere la balia lieta, netta, senza alcuno riscaldamento o turbazione di sangue o d'animo; faccia vita modesta, né sia immoderata in cosa alcuna, né scostumata; le quali cose sí, come tu dicevi, raro si truovano nelle nutrice, però ti resta da consentirmi che certo le proprie madri sono come piú che l'altre baliacce modestissime e costumatissime, cosí piú atte e molto piú utili a nutrire e' suoi proprii figliuoli. Né starò raccontando qui quale con piú amore, con piú fede, diligenza e assiduità governerà el fanciullo, o quella condutta per pregio, o la propria madre. Né ancora mi stenderò a provarti quanto l'amore verso del figliuolo si conservi e confermi alla madre quando el figliuolo sarà nel suo seno cresciuto e nutrito. E quando pure bisognasse, che raro non mancando la madre accade, cercare la balia e avere in queste tali dette cose sollecitudine, non pare a me faccenda troppo grave. E forse veggo molti uomini con diletto affaticarsi in utilitati minori che non è per salute de' figliuoli, cosa lodevole e molto devuta.

Ma ben sai, stare in paura come tu mi parevi e dubitare di quella prima età periscano molti, a me questo non pare da lodare. E' si vuole, mentre che ne' fanciulli si sente spirare qualche anima, piú tosto sperarne meglio che dubitarne. Né sono talora sí grande le dogliuzze de' fantini quanto elle paiono. Vedevilo ieri giacere languido e tutto quasi fuori di vita: oggi tutto vivo, tutto forte ti s'apresenta, per tutto transcorre. E quando a Dio fusse in qualche età piaciuto che a' figliuoli tuoi el corso de' giorni suoi fusse finito, stimo sia officio de' padri piú tosto ramentarsi e rendere grazia de' molti piaceri e sollazzi, quali e' figliuoli hanno loro dati, che dolersi se chi te gli prestò se gli ha in tempo rivoluti. Lodasi quella antiqua risposta d'Anassagora, el quale come prudente e savio padre udendo la morte del figliuolo, quanto dovea con paziente e ragionevole animo disse, sapea sé avere generato un uomo mortale, e non gli parea intollerabile se chi era nato per morire già fusse morto. Ma qual si truova rustico sí imperito e sciocco, el quale in sé non sia certissimo come nulla cosa può dirsi morta qual prima fusse stata non viva, cosí nulla essere in vita che non aspetti quanto era dovuta a morte?

E forse ti dirò tanto, Adovardo, ch'e' padri lo dovrebbono avere, non voglio dire caro, ma certo molto meno a molestia s'e' figliuoli muoiono senza maggior vizii e senza sentire quanti molti affanni siano in questa vita de' mortali. Niuna cosa si truova piú faticosa che 'l vivere; e beati coloro che uscirono di tanti stenti e finirono i dí suoi giovinetti in casa de' padri nella patria nostra! Felici loro che non sentirono le miserie nostre, non sono iti errando per le terre altrui senza dignità, senza autorità, dispersi, lontani da' parenti, dagli amici e da' cari suoi, sdegnati, spregiati, scacciati, odiati da chi riceveva onore e cortesia da noi! O infelicità nostra per tutte le terre altrui trovare nelle avversità nostre aiuto e qualche riposo, in tutte le genti strane la nostra calamità trovare pietate e compassione, solo da' nostri proprii cittadini già tanto tempo non potere impetrare misericordia alcuna! Senza cagione proscritti, senza ragione perseguiti, senza umanità negletti e odiati!

Ma che volevo io dire? A ogni età non mancano spesse infermità grandi e gravi non meno che nella prima infanzia, se già e' grandi e atempati ti paressino colle sue gotti, scese, fianchi e sciatiche piú che gli altri leggieri e liberi, o vero giudicassi che le febbri, dolori e morbi non potessero a' robusti e fermi giovani nuocere quanto a' fanciulli. E quando ben qualche età fusse piú percossa dall'ultime infermità, sarae però da non biasimare quel padre, el quale non tenga sé quanto si richiede moderato e prudente? E part'egli poca stultizia pure averti coll'animo pauroso e sollicito dove a te non sia licito prendervi altro alcuno rimedio?

ADOVARDO

Io non voglio però contender teco, né disputare le cose sí a sottile. Sono contento giudichi poco savio chiunque teme quello a che non si può rimediare. Con questo o tu non riputare me pazzo, benché io in molte cose non sia e inverso de' fanciulli miei sanza paura, o tu determina che tutti i padri sieno stoltissimi, poiché niuno si truova el quale non molto procuri e tema di non perdere que' che gli sono carissimi. La qual cosa se alcuno biasima, insieme vitupera l'essere padre. E qui me conduco, Lionardo. Sieno, s'egli è possibile, e' padri certi ch'e' figliuoli persino all'ultima vecchiezza rimarranno in sanità e prosperità; aspettino e' padri veder e' nipoti de' suoi nipoti, qual si scrive vidde a sé nati divo Augusto Cesare; non temano in loro alcune gravissime malattie, le quali talora sono non meno che la morte acerbe e intollerabili, e speri ciascun padre sé essere simile a Dionisio tiranno siracusano, quale in età d'anni sessanta né de' figliuoli di tre sue mogli, né de' molti suoi nipoti, mai acadde farne essequie alcuna; e stia in arbitrio de' padri la vita e la morte de' figliuoli, la lunga età e la breve vita, come stette ad Altea, alla quale concessero gli dii che tanto il suo figliuolo Meleagro vivesse, quanto durava salvo e intero quel tizzone quale essa gittò crucciata in mezzo il fuoco, onde consumato il legno fu la vita a Meleagro finita: dico ch'e' figliuoli non sarebbono però a' padri se non pieni di maninconia.

LIONARDO

A me cotesto pare piú da confessarlo a te, el quale non vuoi contendere, che da crederlo a uno altro da cui mi paresse a quel che dice domandarne ragione. Ma forse io scorgo dove tu potresti riuscire, come interviene a molti pochi savi padri che si straccano e scalpestano la sua vita tutta in arti faticosissime, in viaggi e travagli grandissimi, e vivono in disagii e servitú per lassare gli eredi suoi abondanti d'ozio, delizie e di pompa.

ADOVARDO

Tu so non riputi me di quelli cosí fatti che io stia molto tempo pe' miei figliuoli occupato a congregare quello che in uno minimo momento può la fortuna, nonché a chi e' si lascia, ma a chi l'acquista, torlo. Ben dico che mi sarebbe caro lasciare e' miei ricchi e fortunati piú che poveri, e molto desidero, e molto, quanto in me sta, m'adopero lasciarli in tale fortuna che poco abbino ad arivare alle merzè d'altrui, ché non sono ignorante quanto sia miseria ne' suoi bisogni non potersi aiutare senza le mani d'altrui. Non credere però, s'e' padri non temono morte e povertà ne' figliuoli, che siano senza maninconia. E dove sta il peso di fargli costumati? Apresso il padre. Dove sta la soma di fargli imparare lettere e virtú? Appresso il padre. Dov'è quel carico smisurato di fargli apprendere una e un'altra dottrina, arte, scienza? Pure appresso il padre, ben sai. Agiugni a queste la grandissima sollecitudine che hanno i padri in scegliere quale arte, quale scienza, qual vita piú si confaccia alla natura del figliuolo, al nome della famiglia, al costume della terra, alle fortune, a' tempi e condizione presenti, alle occasioni, alle espettazioni de' cittadini. Non patisce la terra nostra che de' suoi alcuno cresca troppo nelle vittorie dell'armi. Savia, perché sarebbe pericoloso alla nostra antichissima libertà, se chi have adempiere nella republica le sue voluntà con favore e amore degli altri cittadini, potesse con minacce e forza d'arme aseguire quanto l'animo il traporta, quanto la fortuna si gli porge, quanto il tempo e condizioni delle cose gli accede e persuade. Né anche fa la terra nostra troppo pregio de' litterati, anzi piú tosto pare tutta studiosa al guadagno e cupida di ricchezze. O questo il paese che lo dia, o pure la natura e consuetudine de' passati, tutti pare crescano alla industria del guadagno, ogni ragionamento pare che senta della masserizia, ogni pensiero s'argomenta ad acquistare, ogni arte si stracca in congregare molte ricchezze. Non so se in noi Toscani questo fusse o da' cieli, come diceano gli antichi che, perché Atene avea il cielo puro e leggiero, però ivi erano uomini sottili e d'ingegni acuti; Tebe avea il cielo piú grasso, però erano e' Tebani piú tardi e meno astuti. Alcuni affermavano perché i Cartaginesi si trovavano il paese sterile e arido, per questo a loro era forza ne' suoi bisogni avere conversazione e ospizio con molte vicine ed estranee genti, onde riveniano esperti e dotti in molta astuzia e inganni. E anche forse si può credere ne' cittadini nostri l'uso e consuetudine de' passati abbia amminicolo e possanza. Come scrive Platone, quel principe de' filosofi, che ogni costume de' Lacedemoniesi era infiammato di cupidità di vincere, cosí stimo alla terra nostra il cielo produce gl'ingegni astuti a discernere el guadagno, el luogo e l'uso gl'incende non a gloria in prima, ma ad avanzarsi e conservarsi roba, e a desiderare ricchezze, colle quali e' credono meglio valere contro alle necessità, e non poco potere ad amplitudine e stato in fra i suoi cittadini. E se cosí fusse, quanto saranno solliciti e' padri quali stimeranno il figliuolo piú atto alle lettere o arme che a racogliere o coadunare denari! Non gli combatterà egli nell'animo uno volere seguire el costume della terra contro a uno desiderare d'adempiere le sue grandissime speranze? Sarà egli poco stimolo a' padri cosí avere a posporre l'utile e onore de' figliuoli e della famiglia sua? Non gli sarà egli gravissimo all'animo, per schifare odio e invidia de' suoi cittadini, esserli non licito quanto vorrebbe e gioverebbe, dirizzare il figliuolo a una o un'altra virtude o lode? E testé non occorrono a me in mente tutte le nostre doglie, e forse sarà troppo lunga opera e troppa esquisita fatica volertele a una a una tutte racontare. Basti a te quinci vedere ch'e' figliuoli sono a' padri pieni di lagni e maninconie innumerabili.

LIONARDO
Quanto, Adovardo, se io ti dicessi ch'e' padri non avessino a sofferire delle fatiche, sendo ogni vita, come dicea Crisippo, grieve e laboriosa. Nessuno si truova mortale a chi el dolore non tocchi. Le infermità, la paura e le maninconie lo premano; sotterrare figliuoli, amici e parenti; perdere e di nuovo rifare; aspettare e proccurare quanto bisogna ad infinite nostre necessitati. E questa pena pare data a chi ci vive, che reiterate le piaghe della fortuna, nelle case s'invecchi con lacrime, merore, e in veste nera. Sí che, se i padri fussero piú che gli altri mortali sciolti da queste leggi a noi date dalla natura, e securi da queste incursioni e impeti delle cose, e liberi da tante a tutti gli uomini necessarie cure e pensieri, quali al continuo l'animo di chiunque si sia non stolto avolgono, credo sarebbono e' padri piú che gli altri felici e beati. Non ti niego però ch'e' padri sopratutto piú che gli altri debbano colle mani e co' piedi, con tutti e' nervi, con ogni industria e consiglio, quanto possono sforzarsi ch'e' figliuoli sieno costumati e onestissimi, sí perché fanno l'utile de' suoi, - il costume in uno giovane si stima certo non meno che la ricchezza, - sí etiam perché rendono ornamento e pregio alla casa e alla patria sua e a sé stesso. I figliuoli costumati sono testimoni e lodo della diligenza de' loro padri. E stimasi meglio essere alla patria, s'i' non erro, e' cittadini virtudiosi e onesti che i ricchi molto e possenti. E di certo e' figliuoli non costumati debbono essere a' padri non insensati e stolti grandissimo dolore, non tanto perché a loro dispiaccino le bruttezze e spurcizie de' figliuoli, quanto ché niuno dubita ogni scorretto figliuolo rendere al padre in molti modi non piccola vergogna, ove certo ciascuno conosce e giudica quanto stia ne' padri delle famiglie fare la gioventú sua onesta, costumata e virtudiosa. Né credo sarà chi nieghi questo, che tanto possono e' padri ne' loro figliuoli quanto e' vogliono. E come uno buono e sollecito scorgitore farà uno puledro mansueto e ubidiente, quale un altro men destro e negligente non arà potuto imbrigliarlo, cosí e' padri ne' suoi con diligenza e modo gli renderanno civilissimi e modestissimi. Onde non senza grandissimo biasimo di negligenza saranno e' padri quali aranno e' figliuoli non corretti, ma disviati e scelerati.

Però in questo sarà la prima cura e pensiero de' maggiori, come dianzi diceva Lorenzo, in providere che la gioventú sua quanto si può sia ornatissima di virtú e costume. Del resto consiglierei io e' padri che ne' figliuoli seguissero piuttosto il ben della famiglia che il giudicio del volgo, già che si vede questo, alla virtú mai quasi manca ricetto e luogo, per tutto truova dove essere lodata la virtú e amata. Però farei come faceva quello Apollonio alabandese retorico quale, se i giovani non gli pareano bene atti alla eloquenza, gli traduceva a quegli mestieri da natura piú si gli afaceano, e non se gli lasciava apresso perdere tempo. E scrivesi di quelli Ginnosofiste, populi orientali, riputati fra gl'Indii savissimi, che allevavano e' nati non a voglia e desiderio del padre, ma secondo el ditto e sentenza di que' publici savi, a' quali era officio notare il nascimento e l'effigie di ciascuno. Indi giudicavano quanto e a che cosa fussero meglio atti, e in quelle come da questi prudenti vecchi era commendato, sé essercitavano. E se fussero stati a' buoni essercizii deboli e disadatti, non era chi volesse perdervi né spese né fatiche: dicesi gli gittavano e talora gli anegavano. Cosí facciano e' padri a quello ch'e' figliuoli sono atti, ascoltino l'oraculo d'Apolline, quale rispuose a Cicerone: «segui coll'opera e colla industria là dove la natura e lo 'ngegno tuo ti tira». E s'e' figliuoli sono pronti e accomodati alle virtú, a' fatti virili, alle scienze e arti prestantissime, alla vittoria e gloria delle armi, ponganvisi, faccianvisi essercitare e apprenderle, e diesi opera che insino dalla prima età vi si avezzino. Qualunque uso pigliano e' minori, con esso crescono. E se forse non fussero o per ingegno, o per intelletto, o per fermezza o prosperità, sufficienti alle cose maggiori, diesi loro minori e piú leggieri essercizii, e sempre se gli preponga essercitazioni quanto a loro sarà possibile essequirle, magnifice, virili e onorate. E se non fussero idonei e abili a quelle lodatissime, e se fussero inutili ad altro, facciano e' padri simile a que' Ginnosofiste, aneghino i figliuoli nelle cupidità, facciangli cupidenarii, incendino ne' giovani volontà non ad onore e gloria, ma all'auro, ricchezza, al quattrino.

ADOVARDO
E questo ci duole ancora, Lionardo, che noi non sappiàno il certo, qual via sia piú a' nostri facile, né bene scorgiamo a quale buon corso la natura gl'invii.

LIONARDO
Quanto io, stimo a uno padre diligente e desto non sarà questo molto difficile, conoscere a che essercizio e a che laude e' figliuoli suoi sieno proclivi e disposti. Quale piú sempre fu incerto e dubbioso che il ritrovare quelle cose, le quali in tutto voleano starsi nascose, le quali la natura si serbava molto entro coperte sotto la terra? Pur questo si vede, gl'industriosi artefici l'hanno ritrovate e aiunte. Chi disse all'avaro e cupido là sotto fussero metalli, argento e auro? Chi gl'insegnò? Chi gli aperse la via sí difficile e ambigua ad andarvi? Chi lo fé certo fussino minere piú tosto di preziosi metalli che di piombo? Furono gl'indizii, furono e' segni per li quali si mossono ad investigare, e co' quali investigando conseguirono, e addussorli in notizia e uso. E tanto potette la industria e diligenza degli

uomini che nulla cosa di quelle occultissime piú a noi sta non conosciuta. Ecco ancora gli architetti vorranno edificare el pozzo o la fonte. Prima cercano gl'indizii, né però cavano in ogni luogo, perché sarebbe inutile spesa cavare dove non fusse buona, netta e presta vena. Però pongono mente sopra terra onde possano conoscere quello che sta sotto, entro, dalla terra nascoso. E dove e' veggono el terreno tuffoso, arido e arenoso, ivi non perdono opera, ma dove surgano virgulti, vinci e mirti, o simile verzure, ivi stimano porre sua opera non indarno. E cosí non, senza indizio, si danno a seguire quanto allo edificio sarebbe accommodato, ma dispongono lo edificio a meglio ricevere quel che gl'indizii gli prescrivono.
Simile adunque faccino e' padri verso de' figliuoli. Rimirino di dí in dí che costumi in loro nascono, che volontà vi durino, a che piú spesso ritornino, in che piú sieno assidui, e a che peggio volentieri s'induchino. Imperoché di qui aranno copiosi e chiari indizii a trarne e fermarne perfetta cognizione. E se tu credessi nell'altre cose ascosissime avere e' segni manco fallaci che ne' costumi e nel viso degli uomini, e' quali sono da essa natura congregabili, e volentieri e con studio si congiungono, e fra gli uomini lieti convivono, fuggono, spiacegli e attristagli la solitudine; se tu in costoro credessi trovare meno indizio e meno certezza che in quell'altre cose copertissime e in tutto dal necessario uso, presenza e giudicio de' mortali rimotissime, certo erreresti. La natura, ottima constitutrice delle cose, volle nell'uomo non solo che viva palese e in mezzo degli altri uomini, ma certo ancora pare gli abbia imposto necessità che con ragionamento e con altri molti modi comunichi e discopra a' medesimi uomini ogni sua passione e affezione, e raro patisce in alcuno rimanere o pensiero o fatto ascoso, e non da qualcuno lato saputo dagli altri. E pare che la natura stessa dal primo dí che qualunque cosa esce in luce abbia loro iniunte e interserte certe note e segni patentissimi e manifesti, co' quali porgano sé tale che gli uomini possano conoscerle quanto bisogna a saperle usare in quelle utilità sieno state create. E piú nell'ingegno e intelletto de' mortali have ancora inseminato la natura e inceso una cognizione e lume di infinite e occultissime ragioni di ferme e propinque cagioni, colle quali conosca onde e a che fine sieno nate le cose. E agiunsevi una divina e maravigliosa forza di sapere distinguere ed eleggere di tutte qual sia buona e qual nociva, qual mala, qual salutifera, quale accommodata e qual contraria. E vedi sí tosto come la pianta si scopre sopra della terra, cosí allora il pratico e diligente la conosce, e chi meno fusse pratico, colui alquanto piú tardi la conoscerebbe.
Ma certo ogni cosa prima è conosciuta che scemata, prima redutta ad uso che mancata. E cosí stimo la natura negli uomini faccia il simile. Né a' fanciulli diede sí coperte e oscure operazioni, né a' padri sí rozzi e inesperti iudicii che non possano di molti luoghi comprendere a che i figliuoli suoi piú s'adirizzino. E vederai dal primo dí che 'l fanciullo comincia a dimonstrare suo alcuno appetito, subito si scorge a che la natura lo 'nchina.

Ramentami udire da' medici ch'e' parvuli, quando e' ti veggono cosí grillare colle mani, allora se vi badano, se vi si destano, dimonstrano essere composti alli essercizii virili e all'arme. E se piú loro piace que' versi e canti co' quali si sogliono ninnare e acquietare, significa che sono nati all'ozio e riposo delle lettere e alle scienze. E un diligente padre di dí in dí compreenderà e penserà per meglio iudicare ne' figliuoli ogni piccolo atto, ogni parola e cenno, come si scrive fece quel ricco agricoltore Servio Oppidio canusino: perché e' vedea uno de' suoi figliuoli sempre avere el seno suo pieno di noci, giucare e donare a questo e a quello, l'altro vedea egli tutto quieto starsi e tristerello, anoverandole e per le bucherattole transponendole, conobbe per questo solo indizio in ciascuno di loro che ingegno e animo vi fussi. Però, morendo gli chiamò, e disse dividea loro la eredità, perché e' non volea, se alcuna pazzia toccasse loro, avessero insieme materia d'adirarsi. E feceli certi come e' vedea non erano di una natura, ma l'uno sarebbe stretto e avaro, l'altro prodigo e gittatore. E non voleva dove in loro fusse tanta contrarietà d'ingegno e di costumi, ivi fussero simili e' loro animi opposti e contrarii. E dove nella masserizia e spese non fussero d'una opinione e volere, provedeva fra loro venisse ira niuna, né vi cadesse dissidio alcuno di ferma benivolenza e amore. In costui adunque fu buona e lodata diligenza. Fece come è officio a' padri di fare: stare curioso e cauto a provedere ogni atto ne' figliuoli e ogni indizio, e con questi misurare che volontà e che animi si scuoprono, e a quel modo scorgere a che ciascuno piú sia da natura cinto e pronto.
E possono di molti luoghi e' padri assai bene scorgere a che ciascuno fanciullo s'adirizzi. Nessuno uomo è di cosí compiuta e pratica età, né di tanta malizia, né di sí artificioso e astuto ingegno a occultare e' suoi appetiti, voglie e passioni d'animo, che se tu piú dí v'arai l'intelletto e l'occhio desto a mirare suoi cenni, atti e maniere, nel quale tu non compreenda ogni suo vizio per occulto che sia. Scrive Plutarco per solo un guardo quale a certi vasi barbari fé Demostene, che subito Arpallo conobbe quanto e' fusse avaro e cupido. E cosí un cenno, uno atto, una parola spesso ti scuopre e apre a vedere per tutto dentro l'animo d'uno uomo, e molto piú facile ne' fanciulli che ne' piú saggi per età e per malizia, già che questi non sanno coprirsi bellamente con fizioni o simulazioni alcune. E ancora credo cosí che uno gran segno di buono ingegno ne' fanciulli sia quando raro si stanno ociosi, anzi vogliono fare ciò che fare veggono; uno grande segno di buona e facile natura quando presto si rachetano e la ricevuta iniuria si dimenticano, né sono nelle cose ostinati, ma rimettono e cedono senza troppa durezza e senza vendicarsi, e senza vincere ogni volontà. Uno grande segno d'animo virile sta in uno fanciullo quando egli è a risponderti desto e pronto, presto, ardito a comparire tra gli uomini, e senza salvatichezza e sanza rustico alcuno timore. E in questo molto pare l'uso e consuetudine gl'aiuti. Però sarebbe utile, non come alcune madri usano sempre tenerseli

in camera e in grembo, ma avezzargli tra le genti e ivi costumargli essere a tutti riverenti, né mai lasciargli soli, né sedere in ozio femminile, né ridursi covando tra le femmine. Platone solea riprendere quel suo Dione di troppa solitudine, dicendo che la solitudine era compagna e coniunta alla pertinacia. Catone vedendo un giovane ozioso e solo, lo domandò quello che facesse. Questo gli rispose, favellava da sé a sé. «Guarda», disse Catone, «che tu non parli testé con uomo alcuno cattivo». Prudentissimo, che sapea e per uso e per età quanto ne' giovenili intelletti umani piú possa la volontà incesa e corrotta di libidine, iracundia, o malvagia alcuna opinione e pensiere che la vera e intera ragione. E però conoscea che a costui, occupato ad ascoltare e rispondere a sé stessi, piú era facile consentire all'apetito e volontà che alla onestà, e manco credere alla continenza e fuga delle cose voluttuose che a' desiderati e aspettati suoi piaceri e diletti. Diventasi adunque cosí per solitudine coniunta con ozio, pertinace, vizioso e bizzarro.

Voglionsi adunque e' garzoni dal primo dí usarli tra gli uomini ove e' possino imparare piú virtú che vizio, e fino da piccioli cominciarli a fare virili usandogli ed essercitandogli in cose quanto nella loro età si possa magnifice e ample, storli da tutti i costumi e maniere femminile. E' Lacedemoniesi facevano andare e' fanciulli loro la notte al buio sopra e' sepulcri per asuefarli a non temere né credere le maschere e favole delle vecchie. Conoscevano, quanto uomo prudente niuno dubita, l'uso in tutta l'età valere assai, e nella prima adolescenza piú quasi avere forza che in tutte l'altre. Chi da piccolo sarà allevato nelle cose virili e ample, a costui ogni lode non suprema e di piú peso che alla età sua non s'appartenga, parrà se non leggiere, e stimeralla non difficile ad intraprenderla. Però si vuole cominciare usare e' fanciulli in cose laboriose e ardue, ove con industria e fatica cerchino e sperino vera laude e molta grazia. E in questo giova essercitargli la persona e l'ingegno; né si potrebbe facilmente lodare quanto sia in ogni cosa l'essercizio utile e molto necessario. Dicono e' fisici, e' quali lungo tempo hanno con diligenza notato e conosciuto quanto ne' corpi umani vaglia, l'essercizio conserva la vita, accende il caldo e vigore naturale, schiuma le superflue e cattive materie, fortifica ogni virtú e nervo. Ed è l'essercizio necessario a' giovani, utile a' vecchi; e colui solo non faccia essercizio, el quale non vuole vivere lieto, giocondo e sano. Solea Socrate, quel padre de' filosofi, per essercitarsi non rarissimo e in casa e, come lo descrive Senofonte, in conviti ballare e saltellare, tanto stimava licito e onesto per essercitarsi quello che certo altrove sarebbe lascivo e inetto. Ed è l'essercizio una di quelle medicine naturali, colle quali ciascuno può sé stesso senza pericolo alcuno medicare, come il dormire e il vegghiare, saziarsi e astenere, star caldo e fresco, mutare aere, sedersi quieto ed essercitarsi piú e manco ove bisogna. E soleano gl'infermi, uno tempo, solo colla dieta e collo essercizio purgarsi e rafermarsi. A' fanciulli che sono per età sí deboli che quasi sostengano sé, piú si loda el giacere in quiete molta e in lungo ozio, però che costoro stando troppo ritti e sofferendo fatica s'indeboliscono. Ma a' fanciulletti piú forteruzzi e agli altri tutti troppo nuoce l'ozio. Empionsi per l'ozio le vene di flemma, stanno acquidosi e scialbi, e lo stomaco sdegnoso, i nerbi pigri e tutto il corpo tardo e adormentato; e piú l'ingegno per troppo ozio s'apanna e ofuscasi, e ogni virtú nell'animo diventa inerte e straccuccia. E per contrario molto giova l'essercizio. La natura si vivifica, i nervi s'ausano alle fatiche, fortificasi ogni membro, assottigliasi il sangue, impongono le carni sode, l'ingegno sta pronto e lieto.

Né acade per ora referire quanto sia l'essercizio utilissimo e molto necessario a tutte l'età, e in prima a' giovani. Vedilo come sieno e' fanciulli allevati in villa alla fatica e al sole robusti e fermi piú che questi nostri cresciuti nell'ozio e nella ombra, come diceva Columella, a' quali non può la morte agiugnervi di sozzo piú nulla. Stanno paliducci, seccucci, occhiaie e mocci. E però giova usarli alle fatiche, sí per renderli piú forti, sí ancora per non lassarli summergere dall'ozio e inerzia, usargli a ogni cosa virile. E anche lodo coloro e' quali costumano e' figliuoli soferire col capo scoperto e il pié freddo, molto vegghiare adrento alla notte, levare avanti el sole, e nell'avanzo dar loro quanto richiede la onestà, e quanto bisogna a imporre e confermarsi la persona; assuefarli adunque in queste necessitadi, e cosí farli quanto si può virili, però che le giovano piú molto non nocendo che elle non nuocono non giovando. Scrive Erodoto, quello antico greco nominato padre della istoria, che doppo la vittoria di Cambise re de' Persi avuta contro agli Egizii, furono l'ossa de' molti morti ivi ragunate, le quali poi a tempo benché mescolate insieme, facile si conosceano, però che e' teschi de' Persi con minima percossa si sgretolavano, quegli vero degli Egizii erano durissimi e a ogni gran picchiata reggevano; e dice di questo esserne cagione ch'e' Persi piú dilicati usavano el capo coperto, quelli Egizii persino da fanciulli sé adusavano a star sotto la vampa del sole e sotto le piove, e la notte al vento e sereno sempre col capo discoperto. Certo adunque molto da considerare quanto questo uso vaglia, che dice de' Persi per questo mai quasi niuno si vede esser calvo. Cosí volse Licurgo, quello prudentissimo re de' Lacedemoni, ch'e' cittadini suoi s'ausassino da piccoli non con vezzi, ma nelle fatiche, non in piazza co' sollazzi, ma nel campo coll'agricultura e colli essercizii militari. E quanto bene conoscea potere assai l'essercizio in ogni cosa! Non sono eglino pure tra noi alcuni destri e forti diventati, quali prima erano deboli e disadatti, e alcuni per veemente essercizio sono riusciti ottimi corridori, saltatori, lanciatori, saettatori, quali prima a tutte queste cose erano rozzissimi e inutilissimi? Demostene ateniese oratore, non fec'egli collo essercizio la lingua agile e versatile, il quale avendo le parole da natura pigre e agroppate, si empieva la bocca di calculi, e apresso de' liti con molta voce declamava? Giovògli questo essercizio tanto che niuno poi era piú di

lui soave a udirlo, niuno quanto lui netto e spiccato a proferire.
Può adunque di certo l'essercizio assai non solo nel corpo, ma nell'animo ancora tanto potrà quanto vorremo con ragione e modo seguire. E potrà certo l'essercizio non solamente d'uno languido e cascaticcio farlo fresco e gagliardo, ma più ancora d'uno scostumato e vizioso farlo onesto e continente, d'un debole ingegno possente, d'una inferma memoria farla tenacissima e fermissima. Nessuno sarà vezzo sí strano né sí indurato che in pochi dí una ferma diligenza e sollecitudine nollo emendi tutto e rimuti. Scrivono che Stifonte megaro filosofo da natura era inclinato ad essere ubriaco e lussurioso, ma con essercitarsi in scienza e virtú vinse la sua quasi natura, e fu sopra gli altri costumatissimo. Virgilio, quello nostro divino poeta, da giovane fu amatore, e cosí di molti altri si scrive, e' quali prima in sé avevano qualche vizio, poi con studio essercitandosi in cose lodatissime sé corressero. Metrodoro, quel filosofo antiquo, el quale fu ne' tempi di Diogene cinico, tanto acquistò con uso ed essercitazione della memoria, che non solo referiva cose insieme dette da molti, ma ancora con quel medesimo ordine e sito profferiva le medesime loro parole. Che diremo noi di quel sidonio Antipar, el qual soleva per molta essercitazione e uso essametri e pentametri, lirici, comici, tragedi e ogni ragion di versi, ragionando di qualunque proposta materia, esprimere e continuato proferirgli senza punto prima avergli pensato? A costui, per molto averi l'ingegno essercitato, fu possibile e facile fare quello quale a' meno essercitati eruditi oggi con premeditazione e spazio si vede essere fatigoso. Se in costoro in cose difficili l'essercitarsi tanto valse, chi dubita quanto sia grandissima la forza dell'essercizio? Ben lo conoscevano e' Pitagorici, e' quali fermavano con essercizio la memoria riducendosi ogni sera a mente qualunque cosa fatta il dí. E forse questo medesimo giovarebbe a' fanciulli, ascoltare ogni sera quello che il giorno avessono imparato. E' mi ramenta che nostro padre spesso non bisognando ci mandava con imbasciate a più persone, solo per essercitarci la memoria, e spess'ora di molte cose voleva udire il parere nostro per acuirci e destarci l'intelletto e l'ingegno, e molto lodava chi meglio avesse detto per incenderci a contenzione d'onore.
E cosí sta bene, anzi debito a' padri in molti modi provare l'ingegno de' suoi, star sempre desto, notare in loro ogn'atto e cenno, quelli che sono virili e buoni trargli innanzi e lodarli, quelli che sono pigri e lascivi emendarli, farli essercitare secondo e' tempi quanto bisogna. Essercitarsi colla persona subito drieto al pasto si dice che nuoce. Muoversi innanzi al cibo e afaticarsi alquanto non nuoce, ma straccarsi non giova. Essercitare l'ingegno e l'animo in virtú in qualunque ora, in ogni luogo, in tutte le cose mai fu se non lodatissimo. Piglinsi e' padri questa faccenda, adunque, none a maninconia, ma più tosto a piacere. Tu vai alla caccia, alla foresta, affatichiti, sudi, stai la notte al vento, al freddo, el dí al sole e alla polvere per vedere correre, per pigliare. Ett'egli manco piacere vedere concorrere

due o piú ingegni ad attingere la virtú? Ett'egli manco utile con tua lodatissima e iustissima opera vestire e ornare il tuo figliuolo di costumi e civilità, che tornare sudato e stracco con qualunque salvaggiume? Adunque e' padri con piacere incitino e' figliuoli a seguire virtú e fama, confortingli a concorrere ad attingere onore, festeggino chi vince, godano d'avere e' figliuoli presti e avidi a meritare lode e pregio.

ADOVARDO
Dilettami certo, Lionardo, questa tua copia, e piacemi ogni tua sentenza, e lodo assai questo essercitarsi, e confesso che lo essercizio emenda e' vizii e conferma la virtú. Ma per certo, Lionardo, o io non so dirlo, o io non posso bene esprimere quello che io sento in me. In questo essere padre non sono e' pensieri e le fatiche né sí rare, né sí leggieri, né sí grati e dilettosi quanto tu forse credi. E che so io? E' fanciugli crescono; segue il tempo di fargli, quanto di', apprendere virtú. E' padri non sanno, forse per maggiori occupazioni non possono, hanno el pensiero e l'animo occupato altrove, non gli è licito lasciare l'altre cose publice e private per dirozzare e instruire e' fanciulli. E cosí bisogna il maestro, bisógnati udirli stridire, vedili lividi, vergheggiati, e spesso se' necessitato tu stessi darli, gastigarli. Ma queste so ti paiono nulla, che non sai l'amore e la pietà de' padri quanto ella sia tenera e condogliosa. Apresso poi e' fanciulli possono riuscire golosi, capresti, bugiardi e viziosi. Né ora voglio, né potrei senza dolore ricordarmi d'ogni nostro incarco.

LIONARDO
Tu forse per far ch'io piú ti creda quanto mi di' che 'l troppo lungo mio ragionare non ti dispiace, però testé mi porgi nuova trama ove io pigli licenza ad estendermi in un altro piú molto lungo favellare. Accetto questa occasione, ché per ora non so come meglio usufruttare questo ocio che conferendo di simili cose utilissime. E piacerammi o dilettarti, se cosí aspetti, o trarti dell'animo questa mala opinione, se cosí forse bisogna. E dimmi, Adovardo, quale dee pesare piú al padre, o la bottega, lo stato, la mercatantia, o il bene e salvamento del figliuolo? Solea dire Crates, quello antiquo e famosissimo filosofo, se a lui fusse licito, salirebbe in sul piú alto luogo della terra e griderebbe: «O cittadini stolti, dove ruinate voi? Seguite voi con tante fatiche, con tanta sollecitudine, con tante innumerabili arte e infinito afanno questo vostro coadunare ricchezze, e di quelli a cui avete e le volete lasciare non vi curate, non ne avete pensiero alcuno né diligenza?»

De' figliuoli adunque si vuole avere cura in prima, e poi delle cose le quali noi proccuriamo perché siano utile e commode a' nostri figliuoli. E sarebbe non sanza stultizia non far che questi, per chi tu acquisti roba, meritino d'averla e possederla, e sarebbe poca prudenza volere ch'e' figliuoli tuoi avessero a trassinare e governare cose quali e' non conoscessero, né sapessino quanto si debba maneggiare. Né sia chi stimi le ricchezze se non faticose e incommode a chi non sa bene usarle, e sarà se non dannosa ogni ricchezza a colui el quale nolla saprà bene usare e conservare. Né a me piacerebbe chi donasse un cavallo gagliardissimo e generosissimo a un che non bene lo sapesse cavalcare. E chi dubita gl'impedimenti e istrumenti da far il vallo, da contenere l'essercito, da sostenere gl'impeti ostili, l'arme da propulsare e seguire fugando gl'inimici, e cosí simili altre molte cose essere allo essercito non meno utili che necessarie? Ma quale isciocco non conosce lo essercito ivi essere inutile, ove o d'arme o d'impedimenti sia troppo grave? E qual prudente non giudica tutte quelle medesime cose le quali moderate giovano, allora nuocere quando sian immoderate? Sono l'arme quanto basta utilissime a difendere la salute propria e a offendere el nimico. Le troppe armi certo ti convien o gittarle per vincere, o perdere per serbarle. Adunque era meglio venire a vincere sanza quello pericoloso incarco, che dubitando perdere convenirtene iscaricare. Né mai nave alcuna stimo io si potrà riputare sicura, quando di cose benché al sicuro navigar utilissime, remi, sartie, e vele, sia superchio carica. Suol in ogni cosa non meno essere dannoso quel che v'è troppo, che utile quel che basta.

Né sarà poca ricchezza a' figliuoli nostri lasciarli che da parte niuna cosa necessaria alcuna loro manchi. E sarà di certo ricchezza lasciare a' figliuoli tanto de' beni della fortuna, che non sia forza loro dire quella acerbissima e agli ingegni liberali odiosissima parola, cioè: «io ti prego». Ma certo sarà maggiore eredità lasciare a' figliuoli tale instituzion d'animo che sappino piú tosto sofferire la povertà, che indurse a pregare o servire per ottenere ricchezze. Assai ti sarà grande eredità quella la qual satisfarà, non tanto a tutte le tue necessitati, ma e alle voglie. Chiamo qui io voglia sol quella che sia onesta. Le voglie inoneste a me sempre parsero piú tosto furore di mente e vizio d'animo corrotto che vera volontà. Cioè che tu lasci troppo a' figliuoli rimane loro incarco. Non è amore paterno caricare i suoi di fatica, ma alleggerirli. Ogni superchio carco sta difficile a reggere. Quello el quale non si può reggere, facile cade, né cosa alcuna piú si pruova fragile quanto la ricchezza. Né chiamerò dono degno dal padre verso el figliuolo quello dono el quale porti seco molestia e servitú a servarlo. Daremo le cose moleste e gravi a' nostri inimici. Agli amici daremo letizia e libertà. Né confesserò sia ricchezza quella la qual abbia in sé servitú e maninconie, come per certo hanno le superchie ricchezze. Manco nuocerà a' figliuoli procacciarsi al bisogno, che insieme col superfluo e isconcio incarco perdere quella parte la qual era utile e commoda, come sanza dubbio aviene a chi non sa reggere e usufruttare e' beni della fortuna. Tutto quello el qual e' tuoi figliuoli non sapranno maneggiare e governare, tutto quello sarà loro superfluo e incommodo. Però si vuole insegnare a' tuoi virtú, farli imparare reggere sé in prima ed emendare gli apetiti e le volontà sue, instituirli che sappino acquistare lodo, grazia e favore molto piú che ricchezze, ammaestrarli che sieno dotti come nell'altre cose civili, cosí a conservarsi onore e benivolenza.

Già però chi non sarà ignorante in questo modo ad essornarsi di fama e dignità, per certo sarà saputo e dotto a conquistare e conservare ogni altra minor cosa.
E se i padri da sé non sono atti, o per altri maggior faccendi (se alcuna n'è maggiore che avere cura de' figliuoli) saranno troppo occupati, abbino ivi persona dalla quale e' figliuoli possano imparare dire e fare le cose lodate bene e prudentemente, come diceano di Pelleo, el quale ad Achille suo avea dato in compagnia quello Fenix prudentissimo ed eloquentissimo, a ciò che da questo el figliuol suo Achilles imparasse essere buono oratore di parole e buono fattore delle cose; o vero darlo a chi piú sappia, porlo apresso di chi e' possa apprendere buone instituzioni al vivere, e buoni erudimenti al conoscere e sapere le pregiate cose. Marco Tullio Cicerone, quel nostro principe degli oratori, fu dal suo padre dato a Quinto Muzio Scevola iurisconsulto, che mai si gli partisse dal lato. Prudente padre. Voleva che 'l figliuolo fusse apresso di chi lo potea rendere dotto ed erudito molto piú che lui forse non potea. Ma chi può e' suoi con sua opera ornarli di virtú, lettere e scienza, come puoi tu Adovardo, perché non debb'egli lasciare ogn'altra faccenda per averseli piú litterati, costumati, savi e piú civili? Catone, quel buono antiquo, non si vergognava, né gli pareva fatica insegnare al figliuolo, oltre alle lettere, notare, schermire, e simili tutte destrezze militari e civili, e stimava in sé officio de' padri insegnare a' figliuoli tutte le virtú qual fusse degno sapere a liberi uomini, né gli pareva giustamente da chiamare libero alcuno in chi si disiderassi virtú alcuna; però di tutte volle a' figliuoli non altri che lui stesso ne fusse instruttore, né gli parse da preporsi alcuno in simile opera, né stimava si trovasse chi dovesse essere nelle cose sue piú che lui stesso sollicito, né giudicava e' figliuoli con quello amore imparassino da altri quanto e' faceano dal proprio padre. E piú giova la fede, lo studio e la cura del padre in fare e' figliuoli suoi virtuosissimi, che non farebbe ogni maggior dottrina di qualunque altro litteratissimo. E quanto a me in questo piacerebbe seguire Catone e gli altri buoni antiqui, e' quali erano a' figliuoli in quello che sapeano maestri e dottori, e sopratutto volevano essere quelli che a' suoi emendassero ogni vizio rendendogli molto virtuosi; e piú agiugnevano e' figliuoli apresso di quelli savi e litterati, ove con maggiore uso e dottrina e' divenissero d'ingegno espertissimi e di virtú ornatissimi.
Cosí farei io, se io fussi padre. Ogni mia prima e propria cura sarebbe fare e' figliuoli miei molto costumati e riverenti; e se pure e' fanciulli sdrucciolassino in qualche vizio, penserei che l'errare qualche volta si è cosa comune della fanciullezza. E vogliono e' fanciulli essere corretti con modo e ragione, e anco talora con severità. Non vi si acanire però suso, come alcuni rotti e furiosi padri fanno; ma lodo io gastigarli sanza ira, senza passione d'animo, fare come si dice fece Archita, quel tarentino el quale disse: «Se io non fussi crucciato, io te ne paghereì». Savio detto. Non gli parea da

pigliarne punizione in altrui, se prima non deponeva in sé la sua ira. Né può l'ira colla ragione bene stare insieme; e correggere senza ragione a me pare cosa da stoltissimi. E chi non sa con senno correggere, credo merita essere né maestro, né padre. Però correggano e' padri coll'animo sedato e vacuo d'ogni iracundia, ma sempre piaccia loro piú vedere e' figliuoli piangere e continenti, che ridere e viziosi. E de' loro vizii sopratutto a me pare si voglino emendare e gastigare di tutti, e prima di questi vizii communissimi a' fanciulli, ma piú che gli altri nocivi e molto dannosi, e in questo piú avervi che non sogliono e' padri cura e diligenza ch'e' fanciugli non creschino provani e caparbii, e che non sieno né bugiardi né fallaci. Suole chi è provano e ostinato in dire e fare l'oppinioni sue, mai dare orecchi ad altrui buoni consigli, sempre in sé stesso troppo fidarsi e piú credere alle oppinioni sue che alla prudenza e ragione di qualunque altro approbatissimo ed espertissimo; e vedilo stare superbo, gonfiato, pieno di veneno e di parole odiose e incomportabili, onde leggiermente da tutti si rende malvoluto. Onde qui a me piace la sentenza di Gherardo Alberto, al quale ogni durezza troppo dispiaceva, uomo liberalissimo, facilissimo e umanissimo, a cui solea parer che 'l capo dello ostinato e provano uomo fusse non altrimenti che di vetro; e dicea come in sul vetro niuna punta, per acuta e forte ch'ella sia, può né segnarlo né penetrarlo cosí l'uomo duro e nelle sue opinioni confermato e immobile mai aconsente a niuna sottile e forte ragione che proposta gli sia, non consiglio d'amico, non certo e vero disegno d'alcuno, mai contro a' suoi duri proposti si ferma; e sí come el vetro medesimo per ogni minima picchiata si spezza e fracassa, cosí lo indurito e incaparbito sé stessi rompe ad ira, versasi con parole pazze e furiose, sparge e transcorre in cose ove dipoi gli è forza pentirsi e soffrire molta pena della durezza sua.

Però proveggano e' diligenti e prudenti padri e maggiori, estirpino delle menti e consuetudini de' suoi sino dalla prima infanzia questo massime e ogni altro simile vizio, né lassino nelle menti e uso de' suoi invecchiare alcuna mala radice, però che il mal vecchio poi disteso e abarbicato sta con radici troppo grandi e troppe tenaci. E come a chi scamozza il tronco annoso e indurato per le radici, poi si vede rampollare piú e piú astili e rami, cosí el vizio negli animi degli uomini aradicato e per uso offirmato, che solea stendersi e ampliarsi quanto la volontà lo pingeva, ora circumstretto e rimesso dalle acerbità de' tempi e dalle necessità, pare che da molte parti rampolli altri assai vizii. Vedesi chi era prima in larga e libera fortuna vivuto prodigo e lascivo, poi per nuove avversitati impoverito, per cupido aseguire alcuna antica e a lui consueta voluttà; per satisfare a' suoi appetiti e voluntà diventa furone, decettore, rattore, e dassi a bruttissimi essercizii e a vilissime arti e infame, e bruttamente cerca riavere quelle ricchezze quali bruttamente perdette. Cosí si truova chi già in sé stesso abituato a non patire se non quanto gli agradi, e in ciò che a lui piace sarà consueto molto volersi contentare e di tutte le sue opinioni e imprese agli altri soprastare, costui, se caso alcuno se gli oppone e interrompe le voglie e concertazioni sue, pare non curi dare sé stessi in precipizii e ruine maravigliose; non stima robba, non onore, non amistà; ogni lodata e da' mortali desiderata cosa pospone alla opinione sua; solo per adempiere la sua impresa soffra rimanere e senza fortuna, ancora e senza vita. E cosí chi di sé stessi poco fa cura, molto manco curerà della quiete e bene della famiglia sua. Però a' padri sta molto debito a buona ora cominciare a resecare e sverglier ne' suoi tanto e sí pericoloso vizio qual si vede questa provanità essere, non solo a chi ne sia vizioso, ma a tutta la famiglia pestifero e mortale. Adunque in cosa alcuna, per minima che ella sia, mai patischino e' maggiori a' suoi fanciulli indurarvi alcuna ostinata volontà o proposito non onestissimo. E tanto loro piú ogni gara dispiaccia quanto in sé la veggano men lodevole.

E cosí ancora molto proccurino che i suoi figliuoli sieno in ogni cosa molto veritieri, e stimino quanto egli è troppo piú dannoso che brutto vizio essere bugiardo. Chi s'avezza a fingere e negare la verità, leggiermente per onestarsi molte volte pergiura, e chi spesso giura con animo fitto e fallace, costui di dí in dí s'avezza a men temere Dio e a spregiare la religione. E chi non teme Dio, chi nell'animo suo have spenta la religione, questo in tutto si può riputare cattivo. Agiungi qui che uno bugiardo si truova in tutta la vita sua infame, sdegnato, vile, schifato ne' consigli, sbeffato da tutti, senza avere amistà, senza alcuna autorità. Né sarà virtú alcuna, per grande ch'ella sia, in uno bugiardo riputata mai o pregiata, tanto sta sozzo e laido questo vizio che immacola e disonesta ogn'altro splendore di lode. E perché noi qui toccammo della religione, si vuole empiere l'animo a' piccoli di grandissima reverenza e timore di Dio, imperoché l'amore e osservanza delle cose divine tiene mirabile freno a molti vizii. E se a' padri duole quella cura di correggere e gastigare e' figliuoli, facciano come diceva Simonides poeta ad Ierone apresso Senofonte: «Le cose grate a' figliuoli facciangli loro, e le ingrate lascinle fare ad altri; onde sia benivolenza prendansela, onde nasca odio deferíscallo ad altri». Abbino e' figliuoli tuoi chi e' temano, el maestro da chi e' siano gastigati piú tosto con paura che con busse. E sia il precettore piú sollicito a non lasciare e' suoi discepoli errare che a gastigarli. Ma e' sono molti padri che per troppa ignavia piú che per piatà perdonano ogni cosa a' figliuoli, e pare loro che basti dire: «non lo fare piú». E, sciocchi babbi, se 'l fanciullo arà scalfito il piè, subito si manderà per lo medico, tutta la casa s'infaccenda, ogni altra cosa si lascia adrieto; ma se el fanciullo cade coll'animo in quella superbia di fare e rispondere se non quello che gli pare, se ruina in quella golosità, se profonda in quella ostinata e caparbia pruova, onde né con ragione, né con argomento alcuno si può cavarlo, perché non volere el medico che gli emendi e guarisca l'animo tanto corrotto, e che gli rassetti la mente malcomposta, che gli fasci e leghi gli apetiti e volontà bestiali con ragioni, ammonimenti e correzioni, che a lui con onestate e tema saldi quella piaga e apertura di licenza, onde e' riusciva cosí dissoluto e disubbidiente, e cosí a sua voglia scelerato? Quale stolto padre dirà non volere udire el suo figliuolo piangere, non gli patire l'animo vederlo gastigato, o non potere attendere a tanto suo officio? Saresti tu di quegli che stimassi essere piú officio del maestro gastigare e' tuoi figliuoli che tuo? Saresti tu di quegli a chi manco dispiacesse el vizio de' figliuoli tuoi che ogni altra fatica? Certo stimo no, però che ti sarebbe scritto a grande errore, ove conosci quanto da' vizii e lascivia di chi per tua negligenza sia fatto vizioso aresti aspettare, oltre alla vergogna, dolori assai, come si vede un vizioso figliuolo essere l'ultimo tormento de' padri.

Adunque gastigarli, averne cura e opera in farli dotti e virtuosi sarà proprio debito al padre. E vuolsi come suole nel campo fare l'ortolano. Non si cura di calpestrare qualche buona e fruttifera erba per isverglierne le triste e nocive. Cosí el padre non curi, facendo il figliuolo migliore, aspreggiare un poco piú che la natura e tenerezza non gli patisce. Ma sono forse alcuni non che gli svegliano da' giovani e' sozzi costumi, ma e' vi seminano mille vizii. Che credi tu quanto a' minori nuoca vedere il padre scostumato e nel parlare e ne' fatti altiero e bestiale, a ogni parola salire in voce e in superbia, iurare, garrire sanza fine, bestemiare, furiare? E' pare a' minori ne' costumi quanto a' maggiori o dovere o potere. E siamo venuti a tanto, colpa, vizio e negligenza di chi regge la gioventú, ch'e' fantini prima ghiotti domandano el cappone e la starna che sappino come le cose abbiano nome, prima richieggano rari cibi ed eletti che possano con tutti e' denti masticargli. El padre adunque in sé stesso goloso e lascivio, e per questo alle voluttà de' suoi cari piatoso e facile, gliele consentirà. Costoro cosí fatti, cosí dissoluti padri, arei io per iscusati se per fare e' suoi onesti e costumati non s'attentassino di fargli piangere, perché aspettano, come poi acade, che' figliuoli facciano piangere loro. E se pure truovi di questi a chi non piace in altri quel vizio che a sé in sé non dispiace, questi essendo lecconi aodiano e' ghiotti, essendo pergiuri sdegnano e' cianciatori, essendo in ogni cosa ostinati biasimano e' gareggiatori, e per questo troppo severi gastigatori, correggendo ne' suoi figliuoli que' vizii in quali sentano sé essere quasi infami, battono, picchiano e' figliuoli, e sfogano altri suoi crucci e sdegni sopra de' suoi. Iniustissimi, che non emendano sé prima di quello che tanto gli spiace in altri! A costoro si può dire: «O stolti, o pazzi padri, come volete voi che quelli picchini non abbino imparato quello che la vostra canuta gola gl'insegna?». Siano adunque solleciti e' padri in ogni modo; prima con essemplo di sé stessi insegnando, e con parole ammonendo, e colla scopa gastigando, al tutto cavino e' vizii degli animi che ora verziscono, sementingli di buone virtú, rendano e' figliuoli suoi da ogni parte culti e ornati di fioritissimi costumi, stolgangli dagli ozii, dalla cucina, facciangli essercitare in cose lodate e magnifice, e sappino che poco altro merita laude se non quello che sia faticoso a fare.

ADOVARDO
Quanto m'è caro che noi, non so come, siamo entrati in questi ragionamenti certo giocondi e utili. Molto mi piace, Lionardo, faccia meco come alcuna volta alle nozze in villa mi ramenta che uno si traina drieto due rami di persone che ballano. Cosí fai tu, Lionardo; a uno suono di parole tu insieme mi pruovi l'essere padre sia cosa dilettosa e dolce, e anche m'insegni come sieno fatti i veri buon padri. E sino a qui, s'i' t'ho bene inteso e nel ragionar ben compreso, tu vuoi ch'e' padri siano piú diligenti che piatosi; e molto mi piace questa tua sentenza, e molto m'è a grato questo nostro ragionamento. Né mai si vorrebbe ragionare se non di cose buone e mature, come è tua usanza, quanto facciamo testé noi. Seguiamo adunque questa tua incominciata, come dissi, danza. E io voglio, Lionardo, essere teco un poco malizioso, e come quegli che ne' cerchi voglino essere piú che gli altri riputati, ogni non netto e atto detto apuntano. Ecco testé, Lionardo, tu dicevi ch'e' figliuoli si voglino giudicare là dove la natura gli chiamava; dipoi dicesti che giovava collo essercizio svolgergli altrove, e con uso guidargli a una virilità maggiore e a una tale fermezza d'animo quanto si può intera e ampla. Tutte queste cose a te paiono forse leggieri, e se quegli filosafi tanto in sé stessi poterono, tu forse credi che ancora per nostra opera e aiuto a' nostri fanciugli quel medesimo sia non difficilissimo, o a noi padri molto ne' nostri possibile? E se quegli maturi tanto poterono in sé statuire e seguire, stimi tu ora che a noi non sia molta difficultà e quasi impossibile prima scorgere l'ambigue e oscure inclinazioni de' nostri, poi emendargli e intorcergli ad altra nuova via contraria a quella per la quale incitati e tratti seguivano sua natura? E quando tutto fusse a noi aperto a intrarvi colla industria e sollecitudine, e non oscuro a provedervi colla discrezione e vigilanza, credi tu sia poco affanno a' padri ove non sanno de' due proposti beni nel figliuolo deliberare, e pigliarne il migliore? E non dubitare ch'e' padri sofferrano grandissimo dolore de' conosciuti mali ne' suoi, ove loro non sia quanto vorrebbono licito schifargli e discacciarli. Chi desidera che sieno in prima ben litterati, chi solo si contenta sappiano scrivere e contare quanto nel vivere civile sia utile e necessario, chi goderebbe vedergli robusti, forti in arme ed essercitati. Io ne' miei so bene assai quello che me ne fare, ma io odo spesso degli altri padri in questa maninconia, che non sanno in molte cose deliberarsi, e temono troppo non pigliare partito non utile.
LIONARDO
Cosí mi fa, Adovardo: segui, assettami queste mie mal composite parole, come se noi in presenza di molti nelle pubblice e famose scuole disputassimo, ove sogliono non meno curare di parere sottili e acuti d'ingegno, che copiosi di lettere e di dottrina. Qui tra noi sia licito questo parlare piú libero, non tanto pesato, non ridutto a sí ultima lima quanto forse altri desidererebbe. Già questo fra noi è stato uno ragionare domestico e familiare, non per insegnarti cosa in che tu piú di me se' esperto e dotto;

ma non però, poiché tu mi tiri, mi vergognerò seguirti ragionando quanto vorrai. Fiemi piacere qui come altrove averti compiaciuto.
Dicono, come tu sai, e' litterati che la natura in tutte le cose molto sé adopera quanto sia dovuto e conveniente produrle compiute di membra e potenza, sanza mancamento o vizio, tali che le possino sé stessi in sua età conservare e all'altre procreate cose in molta parte giovare; e dimonstrano quel si vede in ogni animante da essi primi naturali suoi principii tanta forza, ragione e virtú in lui essere innata, quanta basti per conseguire sue necessitati e riposo, e quanta giovi per fuggire e propulsare quel che a sé fusse contrario e nocivo. Vedesi questo, quasi da innata ragione a ciascuno uomo non stultissimo in altrui dispiace, e biasima ogni vizio e disonestà, né si truova chi non riputi in uno vizioso esservi mancamento. Pertanto, se la sentenza di costoro non è da biasimare, e' quali con ancora molte altre ragioni pruovano ogni cosa da prima intera natura venire quanto per sé possa perfetta, a me certo parrà potere affirmare questo, che tutti e' mortali sono da essa natura compiuti ad amare e mantenere qualunque lodatissima virtú. E non è virtú altro se none in sé perfetta e ben produtta natura.
Pertanto stimo mi sarà licito potere dire el vizio nelle menti e animi de' mortali sia scorretta consuetudine e corrotta ragione, la quale viene da vane opinioni e imbecillità di mente. Ben forse confesserei qualche stimolo piú e meno da natura fusse congiunto alle cupidità e appetiti degli uomini, come, se ben mi ramenta, già intesi che e' sanguinei sono naturalmente piú ch'e' maninconici amatori, e' collerici subiti ad ira, ne' flemmatici sta una desidia e pigrizia, e sono e' malenconici quasi piú che gli altri timidi e sospettosi, e per questo avari e tegnenti. Se adunque ne' tuoi apparirà naturale alcuna ottima disposizione d'ingegno, intelletto e memoria, sarà da seguire in loro con ogni industria dove la natura la dirizza, alle scienze suttilissime, alle lettere e dottrine elegantissime e prestantissime. E se gli vedrai robusti, altieri d'animo, volenterosi e piú atti ad essercizii militari che all'ozio delle lettere, in questo ancora sarà da seguire la natura, usarli in prima a cavalcare, armare, saettare, e nelle altre destrezze lodate negli uomini d'arme, e cosí in ogni buona disposizione seguire amaestrando quanto e' giovi, ma nelle male inclinazioni vincerle con studiosa cura e assidua diligenza. E qui giudicano e' prudenti piú nel vizio possa l'uso e consuetudine lascivo e immoderato, che naturale alcuno appetito o incitamento. Tutto il dí si pruova questo, per disonesta compagnia, per trovarsi non rarissimo ne' luoghi poco casti, e' giovani, e' quali da natura erano riposati, rimessi e vergognosi, ivi diventano immodestissimi, sbardellati e avventatacci. E cosí nell'altre simile cose si vede qualche consuetudine piú valere in noi che e' naturali nostri appetiti a farci viziosi, come abondare di troppi apparecchiati cibi fa l'uomo libidinoso. Onde nacque lo antiquo proverbio: «Senza Cerere e Bacco giace fredda Venere».
Cosí adunque statuiremo, el male uso corrumpe e contamina ogni bene atta

e bene composita natura: la buona consuetudine a tempo vince ed emenda ogni appetito non ragionevole e ogni ragione non perfetta. Pertanto a me pare officio a' padri, se il fanciullo declina a desidia, a troppa iracundia, ad avarizia e simili, trarlo su a virtú con studio ed essercizio di buone e lodate cose; e se da sé il figliuolo fusse nella via adritto a virtú e lode, confirmarvelo e reggervelo con documenti ed essempli. E come benché uno sia per la buona e dritta via a 'ndare al tempio, al teatro pure può fermarsi e badare e perdere tempo, cosí benché la via ad acquistare fama e laude li sia da natura aperta e facile, pure in molti modi può ritardarsi e smarrirla. Però saranno e' padri desti e previdenti in conoscere l'animo e volontà de' figliuoli, nelle laudevoli aiutarli, e contrario storgli da ogni dissoluta maniera e brutto vezzo. Né credo io a' padri diligenti e maturi sia molto difficile conoscere quanto e' figliuoli sieno bene animati e volontorosi a farse valere e pregiare. Né stimo troppo gran fatica, se in parte alcuna sono scorretti, emendarli, né giudico molto spesso acaggia che ti s'aparecchi piú cose utili, alle quali tu non abbia qualche disparità da preporne qualcuna. E io son di quelli che sempre desidererei ne' miei prima l'onore, poi quanto con onore si potesse utile.

ADOVARDO
Sono anche io in questa tua sentenza, Lionardo, ma parmi forse da stimare però pur difficile questo conoscere ed emendare e' vizii nella gioventú. Segue la gioventú sempre volubile le voluntati; gli appetiti dei giovani sono infiniti, sono instabilissimi, e credo io sia quasi impossibile in un animo giovenile fermare certa alcuna instituzione. E chi potrebbe in tanto mutamento d'animo affermare qual sia buono e qual non buono? Chi potrebbe in tanta incertezza tenere certo ordine e modo a correggere ed emendare e' vizii innumerabili quali d'ora in ora nella gioventú ti pare vedere?

LIONARDO
E chi potrebbe essere teco buon massaio del ragionare, Adovardo? A me qui teco interviene come a coloro che ricevono in dono qualche picciola ma molto preziosa cosa, e quella sí a tempo e sí in luogo atta, che volendoli satisfare convien chi ricevette esponga molto e molto delle copie sue domestice. Cosí testé sento a me teco in questo nostro conferire acade. Tu con poche brevi parole a me dài molta o necessità o cagione di risponderti forse prolisso troppo e ampio. Ma cosí veggo el mio molto favellar a te pur piace, ove cosí attento e volentieri me ascolti.

Dico adunque che io riputerei assai buono essere colui in cui non fusse manifesto vizio alcuno, e chiamerei costui perfetto in cui si vedesse molta virtú sanza minimo alcuno vizio. Manco che mezzani in virtú a me sogliono parere coloro in quali sono le virtú con qualche scelerato e manifesto vizio. E' vizii si fanno chiaro conoscere, e sono di natura che sempre fanno come solea dire Vespasiano Cesare: «La volpe muta il pelo ma nonne il colore». El vizio sempre a tutti parerà pur vizio, sempre sarà presto a scoprirsi e monstrarsi piú noto. E ponvi mente, benché sopravenga o maninconie, o povertà, o altri disagii, pe' quali el ghiotto e lascivo non può empiere le brutte sue volontà, pure quando gli sia permesso satisfarsi, ivi le voglie sue rinascono, e cosí lui subito torna al primo suo ingegno. Però lodava io stare desto e preveduto, e non aspettare che 'l vizio si fermi all'animo de' giovani. E in questo si vuole seguire il consiglio qual si dice diede Annibal ad Antioco re di Siria. Disseli ch'e' Romani non si potevano vincere piú facile se non in Italia colle medesime armi e terre latine. E come dal fonte prima si vuole svolgere el rivo, chi cerca dirivarlo altrove, e non aspettare che a lungo corso sia fatto maggiore, cosí facciano e' padri. Subito ogni gorellina d'indizio vizioso che a' suoi surge, ristagnino emendando, ricoprendola di virtú; non patiscano che 'l vizio si sparga in piú amplo rivo, però che poi quando fosse aumentato, molto piú gli sarebbe fatica a disvolgerlo, e in lui sarebbe non minimo biasimo starsi o cieco a nollo scorgere, o pigro a non aver con miglior cura emendatolo. E se pure il vizio abbonda, vuolsi dirivare il corso delle giovinili volontà non per mezzo il campo dove si semina la virtú, non interrompere gli ordinati virili essercizii, ma da lato concederli qualche loco, in modo che quelle abbino il corso suo senza nuocere alla cultura tua. E cosí coll'arme medesime, co' viziosi stessi giova molto vincere l'animo fermato già nel vizio, vorrassi porgli la vita degli altri viziosi avanti quasi come uno specchio ove e' si rimiri e vegga la bruttezza e spurcizia de' scelerati, onde a quel modo impari avere a odio ogni cosa non onesta e pregiata. E stimo io gioverà molto monstrargli e aricordargli quanto siano e' non virtuosi e inonesti sviliti, odiati da ogni buono, e schifati da qualunque onesto, e quanto e' lascivi mai non sieno né apresso gli altri con grazia riceuti, né in sé stessi contenti, non lieti, mai senza affanni, sempre pieni di stimoli e molestie d'animo. L'animo de' viziosi sempre sta disordinato e infermo: e niuna pena si truova alla mente maggiore che quella quale a sé stessi prieme l'animo non regolato e ragionevole.

Testé m'acade in memoria udire da messer Cipriano Alberti quanto poi ponendovi piú mente veggo per effetto: in chi sono e' vizii, mai nell'animo sentano requie né riposo. Che credi tu stia in mente degli omicidii, latroni e sceleratissimi uomini? Credo certo ogni ora che si racolgono a ripensare in che infamia, in che peccato e' siano caduti, tristi non ardiscano da terra levare gli occhi, temeno meschini la vendetta di Dio, hanno a vergogna la presenza degli uomini, sempre pensano il loro maleficio da tutti essere biasimato, sempre stimano sé essere dagli altri uomini odiati, spesso desiderano la morte. Ma diciamo degli altri forse minori, perché men rari vizii negli uomini. Uno giucatore, uno barattiero mai pare si possa riposare coll'animo. Vedilo, se vince, stare in agonia e bramare piú di vincere almeno tanto che basti per riscuotere el vestire, per comprare il cavallo, per satisfare

al creditore; sempre allo spendere piú sono le voglie ch'e' danari; e cosí, se perde, si consuma di dolore, e arde di voglia di riscuotersi. Simile uno goloso ancora mai si sente nell'animo lieto, sempre gli rode quel goloso pensiero, né infra 'l vino e l'ubbriachezze si reputa contento, ma vergognasi d'essere veduto disonesto, e teme le sue lascivie non si risappiano, e poi molto si pente aversi disonestato. Demostene oratore rispuose a quella meretrice che in premio domandava diecimilia denari: «Io non compero tanto il pentirmi». Cosí ogni vizio e ogni lascivia, ogni cosa fatta e detta senza ragione e modestia lascia l'animo pieno di pentimento. E come diceva Archita tarentino filosofo, niuna pestilenza si truova piú capitale che la voluttà. Questa in sé conduce e' tradimenti inverso la patria, produce eversione della republica; de qui sono e' colloqui colli inimici.
Simili e molti altri ricordamenti a' giovani giovano a mettere in odio el vizio. Ma insieme si vogliono inanimare i giovani ancora alla virtú, in ogni ragionamento lodargli e' virtuosi, monstrar loro come ciascuno bene ornato di virtú da tutti merita molto essere amato, in molti modi gloriare i virtuosi, e fare sí che s'e' nostri non possono essere in suppremo luogo virtuosi, almanco desiderino agiungere in alto e preclarissimo grado di lode e dignità, e insieme molto stimino in sé stessi e onorino in qualunque sia la virtú. Soleano gli antichi ne' conviti solenni e nelle feste rinumerare cantando le lode de' fortissimi uomini ne' quali erano state virtú singularissime e utilissime a molti populi, onde fu Ercules, Esculapio, Mercurio, Ceres e gli altri simili concelebratissimi e chiamati dii; e questo sí per rendere premio a' meriti loro, sí ancora per incendere agli uomini uno ardore a virtú e a meritare in sé stesso pari lode e gloria. Vedi prudentissima e utilissima consuetudine! Vedi essemplo ottimo da seguitare! Non restino i padri in ogni loro ragionamento in presenza de' figliuoli estollere la virtú degli altri, e cosí molto vituperare qualunque sia vizio in altrui. Pare a me che in ciascuno non in tutto freddo e tardo d'intelletto, da natura sia immessa molta cupidità di laude e gloria, e per questo e' giovani animosi e generosi piú che gli altri desiderano essere lodati. E pertanto molto gioverà e con parole incendere ne' figliuoli molto amore alle cose lodate, e in loro confermare odio grandissimo contro alle cose disoneste e brutte. Ma se ne' figliuoli nostri fussero alcuni vizii, vorrei vedere e' padri con ogni modestia biasimarli, monstrando condolersi de' loro errati come di proprii figliuoli, e non come inimico vituperarli, o con parole acerbissime perseguitarli, però che chi si sente svilire indurisce con sdegno e odio, o vero sé stessi abandona, disfidasi e casca in una servitú d'animo ove piú non cura onestarsi; e cosí, se ne' figliuoli sono virtú, bellamente lodarli, però che pelle troppe lode spesso si diventa superbo e contumace. E posso arbitrare che a niuno padre non inerte e supino doverà questa parere ambigua o incerta ragione a rendere il suo figliuolo emendatissimo, ove con simili facilissimi e ottimi modi subito purgherà ogni minimo vizio quale scorgerà ne' figliuoli

insurgere, apresso e instituiralli di buone lode e di molti ornamenti d'animo e di virtú.

ADOVARDO
Non ti niego, Lionardo, ch'e' padri quanto tu vorresti diligentissimi potranno in gran parte giovare a' costumi de' suoi, e con suo cura e studio potranno emendarli e farli migliori. Ma non so come uno infinito amore vela e offusca gli occhi de' padri, per modo che rari veggono ne' figliuoli e' vizii se non poi che sono ben scoperti e ampli. Ivi pensa tu quanto sia difficile sbarbicare uno già per uso confirmato vizio. E anche pure in quegli che sono modesti e ben costumati figliuoli, pare ch'e' padri non sappiano in tutto da che si principiare per condurli ove e' desiderano lode e fama.

LIONARDO
E chi non sa la prima cosa ne' fanciugli utile debbono essere le lettere? Ed è in tanto la prima, che per gentiluomo che sia, sanza lettere sarà mai se non rustico riputato. E vorrei io vedere e' giovani nobili piú spesso col libro in mano che collo sparviere. Né mai mi piacque quella commune usanza d'alcuni, e' quali dicono assai basta sapere iscrivere il nome tuo, e sapere asommare quanto a te resti di ritrarre. Piú m'agrada l'antica usanza di casa nostra. Tutti e' nostri Alberti quasi sono stati molto litterati. Messer Benedetto fu in filosofia naturale e matematice riputato, quanto era, eruditissimo; messer Niccolaio diede grandissima opera alle sacre lettere, e tutti e' figliuoli suoi non furono dissimili al padre: come in costumi civilissimi e umanissimi cosí in lettere e dottrina ebbono grandissimo studio in varie scienze. Messer Antonio ha voluto gustare l'ingegno e arte di qualunque ottimo scrittore, e ne' suoi onestissimi ozii sempre fu in magnifico essercizio, e già ha scritto l'Istoria illustrium virorum, insieme e quelle contenzioni amatorie, ed è, come vedete, in astrologia famosissimo. Ricciardo sempre si dilettò in studi d'umanità e ne' poeti. Lorenzo a tutti è stato in matematici e musica superiore. Tu, Adovardo, seguisti buon pezzo gli studii civili in conoscere quanto in tutte le cose vogliano le leggi e la ragione. Non ramento gli altri antichi litteratissimi, onde la nostra famiglia già prese il nome. Non mi stendo a lodare messer Alberto, questo nostro lume di scienza e splendore della nostra famiglia Alberta, del quale mi pare meglio tacere poiché io non potrei quanto e' qui merita magnificarlo. E né dico degli altri giovinetti, de' quali io spero alla famiglia nostra qualche utile memoria. E sonci io ancora il quale mi sono sforzato essere non ignorante.

Adunque a una famiglia, massime alla nostra la quale in ogni cosa, imprima e nelle lettere sempre fu eccellentissima, mi pare necessario allevare e' giovani per modo che insieme coll'età crescano in dottrina e scienza, non manco per l'altre utilitati quali alle famiglie danno e' litterati, quanto per conservare questa nostra vetustissima e buona usanza. Seguasi nella famiglia nostra curando che i giovani con opera e ricordo de' maggiori acquistino in sé tanto grandissimo contentamento, quanto loro porgono le lettere a sapere le cose singularissime ed elegantissime; e godano e' padri rendere i giovani suoi molto eruditi e dotti. E voi, giovani, quanto fate, date molta opera agli studii delle lettere. Siate assidui; piacciavi conoscere le cose passate e degne di memoria; giovivi comprendere e' buoni e utilissimi ricordi; gustate el nutrirvi l'ingegno di leggiadre sentenze; dilettivi d'ornarvi l'animo di splendidissimi costumi; cercate nell'uso civile abondare di maravigliose gentilezze; studiate conoscere le cose umane e divine, quali con intera ragione sono accomandate alle lettere. Non è sí soave, né sí consonante coniunzione di voci e canti che possa aguagliarsi alla concinnità ed eleganza d'un verso d'Omero, di Virgilio o di qualunque degli altri ottimi poeti. Non è sí dilettoso e sí fiorito spazio alcuno, quale in sé tanto sia grato e ameno quanto la orazione di Demostene, o di Tullio, o Livio, o Senofonte, o degli altri simili soavi e da ogni parte perfettissimi oratori. Niuna è sí premiata fatica, se fatica si chiama piú tosto che spasso e ricreamento d'animo e d'intelletto, quanto quella di leggere e rivedere buone cose assai. Tu n'esci abundante d'essempli, copioso di sentenze, ricco di persuasioni, forte d'argumenti e ragioni; fai ascoltarti, stai tra i cittadini udito volentieri, miranoti, lodanoti, amanoti.

Non mi stendo, ché troppo sarebbe lungo recitare quanto siano le lettere, non dico utili, ma necessarie a chi regge e governa le cose; né descrivo quanto elle siano ornamento alla republica. Dimentichianci noi Alberti, - cosí vuole la nostra fortuna testé -, dimentichianci le nostre antiche lode utili alla republica e conosciute e amate da' nostri cittadini, nelle quali fu sempre adoperata molto la famiglia nostra, solo per la gran copia de' litterati, prudentissimi uomini quali sopra tutti gli altri al continovo nella nostra famiglia Alberta fiorivano. Se cosa alcuna si truova qual stia bellissimo colla gentilezza, o che alla vita degli uomini sia grandissimo ornamento, o che alla famiglia dia grazia, autorità e nome, certo le lettere sono quelle, senza le quali si può riputare in niuno essere vera gentilezza, senza le quali raro si può stimare in alcuno essere felice vita, senza le quali non bene si può pensare compiuta e ferma alcuna famiglia. E' mi giova lodare qui a questi giovani, Adovardo, in tua presenza, le lettere, a cui quelle sommamente piacciono. E per certo, Adovardo, cosí stimo le lettere sono come piacevole a te, cosí grate a' tuoi, utili a tutti, e in ogni vita troppo necessarie.

Facciano adunque e' padri ch'e' fanciulli si dieno alli studi delle lettere con molta assiduità, insegnino a' suoi intendere e scrivere molto corretto, né stimino averli insegnato se none veggono in tutto e' garzoni fatti buoni scrittori e lettori. E sarà forse quasi simile qui mal sapere la cosa e nolla sapere. Apprendano dipoi l'abaco, e insieme, quanto sia utile, ancora veggano geometria, le quali due sono scienze atte e piacevoli a' fanciulleschi ingegni, e in ogni uso ed età non poco utile. Poi ritornino a gustare e' poeti, oratori, filosofi, e sopratutto si cerchi d'avere solleciti maestri, da' quali e'

fanciulli non meno imparino costumi buoni che lettere. E arei io caro che e' miei s'ausassero co' buoni autori, imparassino grammatica da Prisciano e da Servio, e molto si facessino familiari, non a cartule e gregismi, ma sopra tutti a Tullio, Livio, Sallustio, ne' quali singularissimi ed emendatissimi scrittori, dal primo ricever di dottrina attingano quella perfettissima aere d'eloquenza con molta gentilezza della lingua latina. Allo intelletto si dice interviene non altrimenti che a uno vaso: se da prima tu forse vi metti cattivo liquore, sempre da poi ne serba in sé sapore. Però si vogliono fuggire tutti questi scrittori crudi e rozzi, seguire que' dolcissimi e suavissimi, averli in mano, non restare mai di rileggerli, recitarli spesso, mandarli a memoria. Non però biasimo la dottrina d'alcuno erudito e copioso scrittore, ma ben prepongo e' buoni, e avendo copia di perfetti mi spiace chi pigliassi e' mali. Cerchisi la lingua latina in quelli e' quali l'ebbono netta e perfettissima; negli altri togliànci l'altre scienze delle quali e' fanno professione.
E conoscano e' padri che mai le lettere nuocono, anzi sempre a qualunque si sia essercizio molto giovano. Di tanti litterati quanti nella casa nostra sono stati certo singulari, niuno per le lettere mai all'altre faccende fu se none utilissimo. E quanto la cognizione delle lettere sia a tutti sempre nella fama e nelle cose giovata, testé non bisogna proseguire. Né credere però, Adovardo, che io voglia ch'e' padri tengano e' figliuoli incarcerati al continuo tra' libri, anzi lodo ch'e' giovani spesso e assai, quanto per recrearsi basta, piglino de' sollazzi. Ma sieno tutti e' loro giuochi virili, onesti, senza sentire di vizio o biasimo alcuno. Usino que' lodati essercizii a' quali e' buoni antichi si davano. Gioco ove bisogni sedere quasi niuno mi pare degno di uomo virile. Forse a' vecchi se ne permette alcuno, scacchi e tali spassi da gottosi, ma giuoco niuno senza essercizio e fatica a me pare che a' robusti giovani mai sia licito. Lascino e' giovani non desidiosi, lascino sedersi le femmine e impigrirsi: loro in sé piglino essercizii; muovano persona e ciascuno membro; saettino, cavalchino e seguano gli altri virili e nobili giuochi. Gli antichi usavano l'arco, ed era una delicatezza de' signori uscire in publico colla faretra e l'arco, ed era loro scritto a laude bene adoperarli. Truovasi di Domiziano Cesare che fu sí perito dell'arco che, tenendo uno fanciullo per segno la mano aperta, costui faceva saettando passare lo strale fra tutti gl'intervalli di que' diti. E usino e' nostri giovani la palla, giuoco antichissimo e proprio alla destrezza quale si loda in persona gentile. E solevano e' suppremi principi molto usare la palla, e fra gli altri Gaio Cesare molto in questo uno degnissimo giuoco si dilettò, del quale scrivono quella piacevolezza, che avendo con Lucio Cecilio alla palla perduto cento, davane se non cinquanta. Adunque disseli Cecilio: «Che mi daresti tu, se io con una sola mano avessi giucato, quando io mi sono adoperato con due, e tu solo a una satisfai?». Ancora e Publio Muzio, e Ottaviano Cesare, e Dionisio re di Siracusa, e molti altri de' quali sarebbe lungo recitare nobilissimi uomini e principi usoro colla palla essercitarsi. Né

a me dispiacerebbe se i fanciulli avessero per essercizio il cavalcare e imparassino starsi nell'arme, usassino correre e volgere e in tempo ritenere il cavallo, per potere al bisogno essere contro gl'inimici alla patria utili. Soleano gli antichi, per consuefare la gioventú a questi militari essercizii, porre que' giuochi troiani quali bellissimi nelle Eneida discrive Virgilio. E trovossi tra' principi romani miracolosi cavalcatori. Cesare, si dice, quanto poteva forte correva uno cavallo tenendo le mani drieto relegate. Pompeo in età d'anni sessantadue, benché el cavallo quanto potea fortissimo corresse, lanciava dardi, nudava e riponeva la spada. Cosí amerei io ne' nostri da piccoli si dessino e insieme colle lettere imparassino questi essercizii e destrezze nobili, e in tutta la vita non meno utili che lodate: cavalcare, schermire, notare e tutte simili cose, quali in maggiore età spesso nuocono non le sapere. E se tu vi poni mente, troverrai tutte queste essere necessarie all'uso e vivere civile, e tali ch'e' piccoli senza molta fatica bene e presto l'imparano, e a' maggiori forse tra le prime virtú richieste.

ADOVARDO

Io non con poca voluttà e diletto, in verità, Lionardo, te ho ascoltato, e benché qualche volta m'acadesse, non però volsi interromperti, tanto da ogni parte a me piaceano e' tuoi ricordi. Ma guarda non avere a noi padri dato troppe faccende. Tutti e' giovani, Lionardo, non sono dello intelletto tuo. Pochi si troverebbono volessono in sé avere tanta fermezza agli studi, e mai forse vidi altri che te uno tanto compiuto di tutte le virtú quali tu vuoi sieno ne' nostri giovani. E qual padre, Lionardo mio, potrebbe a tante cose provedere? E qual figliuolo mai s'inducerebbe apprendere ogni cosa qual ci disegni?

LIONARDO

Io potrei facile stimare, Adovardo, esserti ogni mio ragionamento stato sollazzo e piacere, se io non vedessi testé che, dove prendesti poca voluttà ove io chieggo da voi padri tante quante certo sono necessarie faccende, tu per vendicarti a me dài nuova fatica, come se tu non sapessi quanto studio dell'uomo possa in ogni cosa. Se la sollecitudine d'uno mercennario insegna a una bestia far cose umane, a uno corvo favellare, come fu quello el quale in Roma disse: «Kere Cesar»; e perché Cesare qui rispose: «A me stanno in casa molti salutatori», di nuovo ridisse: «Operam perdidi»; se questo in una bestia può el nostro studio, stimi tu che possa manco in uno umano intelletto, el qual si vede atto e sufficiente a qualunque difficilissima cosa? Né voglio io però e' tuoi figliuoli sappiano se non quanto sia mestiere a liberi uomini sapere. E credo questo, in casa nostra siano pochissimi e' quali per ingegno e per intelletto a ogni cosa non molto piú di me vagliano. Di tanta gioventú quanta vedi la casa nostra essere non poco gloriosa, a me non pare vedere alcuno non compariscente, non atto, non destro, non tutto gentile. Ma sempre cosí fu la famiglia Alberta copiosa e abondante di leggiadri ingegni e d'animi prestantissimi. E quando bene fusse il contrario, uno simile a te studioso e ben diligente padre può con sua opera rendere infinita utilità. Scrive Columella, s'io ben mi ricordo, che uno chiamato Papirio veterense, avendo alla prima delle tre sue figliuole dato in dota el terzo d'un suo campo avignato, con tanta diligenza governava e' due restati terzi che ne traea quel medesimo frutto qual solea trarre di tutto el campo. Dipoi, ancora sopragiunto el tempo, maritò l'altra seconda sua figliuola, e dotlla della metà di questo campo a lui doppo la prima dota rimaso. E, Dio buono, quanto può la cura e diligenza! Quanto in ogni cosa vale cosí essere sollecito! Niuna cosa sarà tanto ardua e laboriosa che l'assiduità non la convinca. Questo Papirio veterense con assidua cura e sollecita diligenza fece che questa terza parte di tutto il campo, quale doppo la seconda dota restò, a sé testé quanto prima tutto lo 'ntero campo rendea.

Non si potrebbe dire a mezzo quanto abbia grandissima forza lo studio, la sollerzia in ogni cosa massime quella de' padri inverso de' figliuoli, e' quali con amore e fede proccurando l'onore e il bene de' figliuoli si sentono in premio amare e pregiare, e godono rendere e' suoi migliori e aspettano maggiori lode. E pure piaccia a' padri ne' suoi meritare che tanto potranno quanto e' vorranno. Ma pare chi è desidioso in sé, chi non cura emendare e correggere sé stesso, si porge desidioso anche negli altri, e poco cura ove ne' suoi manchi virtú. Ma tu, Adovardo, che se' quanto sia possibile sollecito, che mai fuor di casa ti vidi sí occupato che tu non avessi cura della famiglia, né mai in casa ti vidi sí ozioso che tu non sollecitassi le cose di fuori, tutto il dí ti veggo scrivere, mandare fanti a Bruggia, a Barzalona, a Londra, a Vignone, a Rodi, a Ginevra, e d'infiniti luoghi ricevere lettere, e ad infinite persone al continuo rispondere, e fai sí che essendo tu coi tuoi, ancora t'inframetti in molti altri luoghi, e senti e sai quello che per tutto si fa; Adovardo, se tu puoi questo, quanto puoi nelle cose lontane, ben potranno e' padri sostenere quella minore e dilettosa faccenda alle cose quali loro sono al continuo inanzi agli occhi, a' figliuoli, a tutta la casa.

ADOVARDO
Da te mi lascio volentieri vincere, Lionardo. Tu m'hai condotto in luogo che mi pare vergogna omai dire ch'e' figliuoli sieno a' padri non dilettosi, e troppo ben veggo la ragione tua conchiude ch'e' padri negligenti sono quelli che hanno le molte maninconie. E confessoti ch'e' diligenti padri sono quegli e' quali de' loro figliuoli si truovano contenti e lieti. Ma dimmi, Lionardo, se tu avessi fanciugli, tu, quando e' fussero grandicelli e quanto tu volessi modesti e ubidienti, solo dubitassi, come spesso adiviene, ch'el figliuolo tuo non fussi quanto desideraresti cinto e destro a queste prime virtú e lodati essercizii ove, come diceva Lorenzo, possono rendere la famiglia ornata e fortunata, allora che pensieri sarebbono e' tuoi? Non può ciascuno essere Lionardo, o messer Antonio, o messer Benedetto. Chi può trovarsi del tuo intelletto a tutte le cose lodate atto e accommodato? Molte cose meglio si dicono che non si fanno. E credi a me, Lionardo, ne' padri

stanno dell'altre maggiori. E questa forse può parere piccola, ma per certo ella ci è non leggiere maninconia e peso, perché pare sempre ti sfidi di non eleggere e cappare piggior consiglio.

LIONARDO

Se io avessi figliuoli, io di loro arei, sia certo, pensiero, ma sarebbono e' miei pensieri senza maninconia. Solo in me sarebbe prima opera fare ch'e' miei venissero crescendo con buoni costumi e con virtú, e qualunque essercizio loro gustasse piacerebbe a me. Ogni essercizio che sia sanza infamia, a uno gentile animo sta non male. Sono gli essercizii quali acquistano onore e laude propri de' gentili e nobili uomini. Ben ti confesso che ciascuno non può quanto e' padri vorrebbono, ma chi segue quanto a lui sia lecito, a me piú piace che chi cerca cosa, quale seguire non possa. Apresso credo sia piú da lodare, benché in tutto non se gli avenga, chi quanto in sé può s'adopera in qualunque cosa, che chi vive vacuo d'essercizii, inerte e ozioso. Antiquo detto e molto frequentato da' nostri: «d'ozio si è balia de' vizii». Ed è cosa brutta e odiosa vedere chi sempre istia indarno, come facea quel ocioso, el qual, domandato che cagione ti tiene tutto il dí quasi dannato a sedere e giacerti per le panche, rispose: «Io attendo a ingrassare». E chi costui udí lo biasimò, e pregollo piú tosto desse opera d'ingrassare un porco, però che almeno ne ritrarrebbe qualche utile. Cosí onestamente gli mostrò da quel che fusse un ozioso, da men che un porco.

E dicoti piú, Adovardo, per ricco e gentile che sia il padre, sempre si doverebbe ingegnare che il figliuolo oltre alle degne virtú sapesse qualche mestiero non servile, ma col quale, se maligna fortuna acadesse, potesse con sua industria e mani onestamente vivere. Le fortune di questo mondo son elle sí piccole o sí rare che noi possiamo de' casi avversi non dubitare? El figliuolo a Persio re di Macedonia non fu egli veduto in Roma sudare tutto tinto alla fabbrica, e cosí mercennario, delle proprie sue fatiche e a grande stento, a tutte le sue necessitati satisfacere? Se la instabilità delle cose può cosí, uno figliuolo d'uno prestantissimo e potentissimo re tradurlo in una sí infima povertà e necessità, ben sarà in noi privati quanto ne' superiori da provedere a ogni fortuna. E se in casa nostra mai fu chi a que' tali mestieri operarii si desse, ringraziànne la fortuna, e procuriamo per l'avenire che non bisogni. El nocchiero savio e proveduto, per potersi nella avversa tempesta sostenere, porta sarti, àncore e vele piú che alla bonaccia non si richiede. Adunque e' padri cosí proccurino che a' figliuoli piaccia qualche in prima lodato e utile essercizio. E in questo prima seguitino l'onestà, apresso s'adattino a quanto conoschino el figliuolo con opera meglio possa e con ingegno conseguire a molto lodo.

ADOVARDO

E questo medesimo, Lionardo, è una delle cose la quale spesso a' padri perturba l'animo, che conoscono e' loro giovani e minori a quanti casi e pericoli sieno sottoposti, e vorrebbono a tutto avere compiuto e ottimo rimedio. Ma non raro interviene ch'e' figliuoli contro ogni opinione riescono contumaci e superbi, per modo che niuna diligenza de' padri giova. E molto spesso acade per subite avversità, per povertà, ch'e' padri convengono di storre e' suoi da quelle buone arti ed essercizii in quali con lode e fama crescevano. E quindi al continuo a noi padri istà nell'animo tanta paura, o che il garzone già non recusi seguire le buone dottrine per essere negli anni maggiori e nelle sue volontà piú fermo e nelle cose desiderate piú baldanzoso, o che la fortuna non interrumpa il corso loro incominciato ad acquistare lode e amplitudine. Chi adunque al continuo in sé soffra questi tanti sospetti, e chi sempre della fortuna instabile e de' costumi poco costanti ne' giovani dubita quanto fanno e' padri ne' figliuoli, costui come si potrà egli crederlo lieto, o chiamarlo non infelice?

LIONARDO

Io non so vedere, Adovardo, a che modo uno diligente padre possa avere e' figliuoli contumaci e superbi, se già tu non volessi che cominciasse non prima a essere diligente se non quando el figliuolo in tutto sia fatto vizioso. Se 'l padre serà sempre desto, e proverà prima a' vizii che sieno nati, e sarà officioso estirpandoli quando gli vederà nati, e serà preveduto e cauto in non aspettare che 'l vizio abbia a diventare tanto e sí sparso che colla infamia egli adombri e oscuri tutta la casa, certo costui credo non arà ne' figliuoli da dubitare alcuna contumacia o inobedienza. E bene per sua negligenza e inerzia sendo il vizio cresciuto e alcuno de' suoi rami steso, per mio consiglio el padre mai lo taglierà in modo che da parte alcuna ruini sopra le sue fortune o fama. Non dividerà il figliuolo da sé, né lo scaccerà come alcuni rotti e iracundi fanno, in modo ch'e' giovani pregni di vizio, pieni di licenza, carichi di necessitati, si danno a far cose sozze, pericolose, infame a sé e a' suoi. Ma starà prima il padre della famiglia curioso e sollecito a scorgere ogni vizio quanto negli apetiti di ciascuno de' suoi s'incenda, e subito darà opera di spegnere le faville d'ogni viziosa cupidità, per poi non avere con piú fatica, dolore e lacrime a 'morzare le fatte maggiori fiamme.

Dicesi che la buona via si piglia dal canto. Cominci el padre in sul primo entrare della età a discernere e notare dove il figliuolo s'invii, né mai lo lasci trascorrere in strada poco lodata o mal sicura. Non patiscano seco i figliuoli vincere alcuna pruova, non assuefarsi a disonesto e lascivio alcuno costume. Facciano e' padri sempre riputarsi pur padri, porgansi non odiosi, ma gravi, non troppo familiari, ma umani. E ricordisi ciascuno padre e maggiore che lo imperio retto per forza sempre fu manco stabile che quella signoria quale sia mantenuta per amore. Niuna paura può troppo durare: l'amore dura molto assai. La paura in tempo scema: l'amore di dí in dí sempre cresce. Chi adunque sarà sí pazzo che stimi in ogni cosa necessario monstrarsi severo e aspro? La severità senza umanità acquista piú odio che autorità. L'umanità quanto sarà piú facile e piú segiunta da ogni durezza, tanto piú meriterà benivolenza e grazia. Né chiamo diligenza, quale par costume piú di tiranni che de' padri, monstrarsi nelle cose troppo curioso. E fanno queste austeritati e durezze piú volte diventare gli animi contro e' maggiori molto piú sdegnosi e maligni che ubbidienti. E hanno e' gentili ingegni in sé per male ove siano non come figliuoli ma come servi trattati. E passino alcuna volta e' maggiori non volendo conoscere ogni cosa, piú tosto che non correggendo quello qual monstrano di conoscere. E nuoce manco al figliuolo in qualche cosa stimar il padre ignorante, che provarlo negligente. Chi s'avezza a ingannare il padre, meno stima romper fede a qualunque altro si sia istrano. In ogni modo adunque si sforzino e presenti e assenti essere da' minori pure riputati padri. Alla qual cosa in prima gioverà la diligenza. Sarà la diligenza quella che sempre el farà da' suoi amato e riverito. Sí bene testé, s'e' padri per premio della passata negligenza loro si truovano avere uno cresciuto cattivo, dispongano l'animo piú tosto non lo volere chiamare figliuolo che vederselo disonesto e scelerato. Le nostre leggi ottime, l'usanza della terra nostra, el giudicio di tutti i buoni in questo permettono utile rimedio. Se il figliuolo tuo non ti vuole per padre, nollo avere per figliuolo. Se non ti ubbidisce come a padre, sia in lui alquanto piú duro che in uno obbediente figliuolo. Piacciati prima la punizione d'uno cattivo che la infamia della casa. Dolgati manco avere uno de' tuoi rinchiuso in prigione e legato, che uno inimico in casa libero, o fuori una tua publica infamia. Assai a te sarà inimico chi ti darà dolore e maninconia. Ma certo, Adovardo, chi a tempo ne' suoi, come tu ne' tuoi, sarà diligentissimo, costui già mai s'abbatterà in alcuna età se non ricevere da' suoi molta riverenza e onore, sempre ne riceverà contentamento e letizia. Sta la virtú de' figliuoli nella cura de' padri; tanto cresce ne' figliuoli costumi e tema quanto vogliono e' maggiori e padri. Né stimi alcuno ne' suoi verso e' maggiori scemare osservanza e subiezione, se ne' maggiori non cresce desidia e ignavia.

ADOVARDO

O Lionardo, se tutti e' padri ascoltassino a questi tuoi ricordi, di che figliuoli si troverebben essi contenti, quanto si troverrebbono felici e beati! Tutto, veggo, tutto, confesso, non può la fortuna tôrci, né dare costumi, virtú, lettere o alcuna arte; tutto sta nella diligenza, nella sollecitudine nostra. Ma quello il quale si dice sottoposto alla fortuna, ricchezze, stati e simili cose commode nella vita, e quasi necessarie con esse ad acquistare virtú e fama, se la fortuna di queste sarà con noi avara, se inverso de' padri diligenti la fortuna sarà ingiusta come spesso la proviamo, - e le piú volte proviamo ch'ella piú nuoce a' buoni che a' meno lodati, - allora, Lionardo, che affanno sarebbe il tuo, sendo tu padre, non potere satisfare a' principiati ed espettati onori, non esserti licito quanto vorresti e colla fortuna potresti, condurre e' tuoi in quella prestante fama e laude ove ti persuadevi e instituisti guidarli?

LIONARDO

Domandimi tu se io mi vergognassi essere povero, o se io temessi che la virtú non sdegnasse e fuggisse la povertà nostra?
ADOVARDO
Che non ti dorrebbe egli la povertà? Non ti sarebbe grave esserti interrutto ogni tua onesta trama? Lionardo, che nuovi pensieri sarebbono e' tuoi?
LIONARDO
Che stimi? Di vivere quanto io potessi lieto. E non mi dorrebbe troppo con giusto animo, senza molestia sofferire quello che spesso, come tu dici, sofferano e' buoni. E non è egli già sí brutta cosa essere povero che io me ne vergognassi, Adovardo. Credi tu che io pensi la povertà in me sí cattiva, sí perfida e inumana, ch'ella non dia qualche luogo alle virtú, che ella non renda qualche premio alle fatiche dell'uomo studioso e modesto? E se tu annoverrai bene, piú troverrai virtuosi poveri che ricchi. La vita dell'uomo si contenta di poco. La virtú è troppa di sé stessa contenta. Assai sarà ricco chi viverà contento.
ADOVARDO
Or ben, Lionardo, non m'essere testé meco cosí in tutto stoico. Tu potresti ben dire, non però che mai io ti confessi la povertà in ogni e piú ne' padri non essere molto brigosa e misera. Ben son contento stare in quella tua sentenza ch'e' diligenti padri da' figliuoli ricevano vere allegrezze, ma questo piú mi piacerà se io vederò che tu dia modo di tutte queste cose come con suttilissimi argomenti cosí ancora per lunga pruova poterne ragionare. E vuolsi, Lionardo, dare modo che tu e gli altri abbiate compagna e figliuoli, pigliate moglie, amplificate la nostra famiglia Alberta, e con questa tua ottima disciplina allevate con diligenza molta gioventú, acciò che nella casa nostra cresca gran numero d'uomini, tali quali testé diceva Lorenzo, famosi e immortali. Né dubito, seguendo que' tutti tuoi quali hai insegnatomi erudimenti, la casa nostra di dí in dí si farà molto gloriosa e compiuta di prestantissima gioventú.
LIONARDO
In questo nostro ragionamento a nulla manco m'è stato l'animo che ad insegnarti essere padre. E qual sí pazzo si pigliasse questa gravezza di rendere in alcuna cosa te piú dotto, il qual in ogni singular dottrina sopra agli altri sei perito, e in questa per pruova, e apresso degli antichissimi scrittori quanto hai veduto se' eruditissimo? Quale stolto cercasse questa ottima quale chiamano educazione de' liberi insegnarti, o di quella ragionando contrastarti? Ma tutta l'astuzia grande è stata tua, che biasimandomi l'avere figliuoli, tu hai condottomi ch'io ho gittato e perduto ogni mia antica scusa al non tôr moglie, né ora m'è rimaso con che piú potere schifare questa molestia. Sono contento, Adovardo, poiché sí me hai convinto, a te stia licenza e arbitrio ove ti parerà d'amogliarmi. Ma sappi che a te starà debito rendermi opera. S'io a te ho levato dell'animo quelle malinconie quali dicevi essere a' padri, tu cosí inverso di me proccurerai non

mi caricare di guai e di continua recadia, la qual cosa dubito non mi sarà facile né ben licito fuggire, s'io per contentarti seguirò el tuo consiglio in farmi marito.

Sorrisono, e in queste parole sopragiunse uno famiglio dicendo che Ricciardo era là fuori giunto colla barca, ove aspettava cavagli per subito venire a vedere Lorenzo suo fratello. Adovardo uscí per ordinare quanto bisognava. Era Ricciardo suocero d'Adovardo, però gli parse ancora debito e deliberò cogli altri cavalcare. Partissi. Noi rimanemmo, se Lorenzo ci comandasse.

LIBRO II.LIBER SECUNDUS DE FAMILIA, DE RE UXORIA

Poiché Adovardo era partito ad onorare Ricciardo, il quale venia per vedere Lorenzo nostro padre, Carlo mio fratello e io eravamo rimasi con Lionardo. Tacevamo riducendoci a memoria quelle nobilissime e prestantissime cose, delle quali Adovardo e Lionardo, come nel libro di sopra raccontai, dell'ofizio de' maggiori nelle famiglie e della osservanza de' minori verso e' maggiori e della educazione de' figliuoli, copiosamente aveano insieme disputato. Lionardo doppo alquanto passeggiò due o tre volte tutta la sala, e poi con molta fronte, ma piena d'umanità si volse: - E voi ora, tu Battista e tu Carlo, che pensieri sono e' vostri, - disse, - che sí vi veggo taciti stare in voi stessi e occupati? - Non altro rispose Carlo; ma, - Componevami fra me stessi a mente, - dissi io, - quanta sia incerta e varia cosa el ragionare. Chi mai avesse stimato, cominciando voi a conferire delle amicizie, poi cosí vi fussi distesi in tanti varii luoghi di filosofia e tanto alla famiglia utilissimi, ne' quali molto m'è stato caro aver da voi impreso que' buoni amaestramenti? Ma stimo sarebbe stata piú compiuta utilità a noi e certo maggior contentamento, se voi ancora insieme avessi piú oltre seguito in quelle amicizie, quali cominciasti ad amplificare con altro ordine e con altro piacevolissimo modo che a me non pare soleano gli antichi scrittori; e non dubito che da voi, come in queste altre cose, cosí sarei in quella parte di dottrina diventato piú dotto e piú erudito.
LIONARDO
Quasi, Battista, come se a te non stessi a mente la sentenza del tuo Marco Cicerone, el quale tu suoli tanto lodare e amare, che giudica nessuna cosa essere piú flessibile e duttibile quanto la orazione. Questa segue e viene dovunque tu la volgi e guidi, né il ragionare nostro, el quale come vedi è tra

noi domestico, si richiede essere gastigato ed emendato quanto quello de' filosafi nelle loro oscurissime e difficillime questioni, e' quali disputando seguono ogni minimo membro, e della materia lasciano adrieto nulla non bene esplicato e molto aperto. Tra noi el nostro ragionare non cerca laude d'ingegno, né ammirazione di eloquenza. Ma mio costume sempre fra gli altri studiosi fu, e molto piú con Adovardo, el quale io conosco litteratissimo e nel rispondere acutissimo, per non stare tra gli amici ozioso e muto, io ora dimando, ora rispondo difendendo il contrario di quello che gli altri dicono. Né però mi porgo in difendere l'opinione mia ostinato e difficile, ma do luogo al giudicare e alla autorità degli altri tanto quanto sostenga quello quale io difendo. E quanto non rispuosi io ad Adovardo come forse tu aspettavi, fecilo, Battista, perché io il conosceva non a' figliuoli solo, ma a qualunque di casa amorevole, piatoso piú che altri alcuno quale io conosca, e stimai non gl' essere grato se io non gli consentiva dello amore e della carità verso a' figliuoli quanto lui con pruova e giudicio in sé stessi osservava. E onde seco altre volte mi piglio diletto a ogni sua sentenza con parole contrastare, cosí testé era a me gran voluttà assentendogli vedere quanto egli mi si scoprisse troppo di affezionato e veramente benivolo animo verso i suoi. Adunque non mi parse da negarli quello che lui giudicava per affezione piú che per ragione.
BATTISTA
Stimi tu, Lionardo, la sentenza del nostro Adovardo essere non verissima? Credi tu che a' padri sieno i figliuoli meno che gli altri amici cari e commendati?
LIONARDO
Io non dubito che non solo e' figliuoli, ma qualunque di casa sempre fu apresso Adovardo quanto si può carissimo e accettissimo. Ma se Adovardo, uomo quanto vedi litterato, ma forse in questo troppo umano, errasse posponendo la vera amicizia a qual si sia di questi altri vincoli d'amore, come de' padri a' figliuoli, moglie a marito, fratelli, e come ancora degli amanti insieme, stimo non sia da maravigliarsi. La fortuna iniqua piú dí fa gli tolse i fratelli. La età omai matura, e di dí in dí piú piena di ragione e consiglio, credo l'abbia stolto da quelle cupidità amatorie. E ora i nostri duri e acerbi casi hanno insieme e lui e tutti noi d'ogni altro nelle amicizie diletto e piacere privatolo. E le condizione de' tempi, nostra infelicità, tengono disparsa e disseminata la nostra famiglia Alberta, come vedi, parte in Ponente, a Londra, Bruggia, Cologna, pochi in Italia, a Vinegia, a Genova, a Bologna, in Roma alcuni, e in Francia non pochi sono a Vignone e a Parigi, e cosí per le Ispagne, a Valenza e a Barzalona, ne' quali tutti luoghi e' nostri Alberti sono piú anni stati interissimi e onoratissimi mercatanti. Ancora in Grecia sono, quanto vedi, de' nostri Alberti sparti e molto dagli altri suoi lontani, ché ben può avenirci quello suol dire el vulgo: «Lungi da occhi, lungi da cuore», e, «Chi raro ti mira a bene amare non dura». E cosí le

nostre vere amicizie né hanno seguito il nostro essilio, né quegli animi già a noi benivoli ora sofferano essere compagni alla nostra calamità e miseria. Rimasono nella patria nostra gli antichi nostri meriti insieme colle vere amicizie perduti. E ora qui fuori molti solevano monstrarsi a noi amorevoli e domestici, e' quali da lungi ora ci schifano. Cosí suole la condizione degli uomini in la felicità adducerti molti conoscenti, in l'avversità cancellare ogni memoria di beneficio e benivolenza. Però, se Adovardo, il quale per ora non sente quella dolcezza posta nell'uso de' veri amici, al quale e' figliuoli sono piú che i fratelli e che gli altri suoi per ora presenti, se costui prepone l'amore paterno, non mi parrà da maravigliarci. Credi tu, Battista, se Adovardo avessi de' veri amici qui presso, e da loro ricevessi quanto de' figliuoli copia e presenza, credi tu che giudicasse dell'amicizia?

BATTISTA
Credo che Adovardo in questo forse sarebbe dal tuo, Lionardo, e dal mio giudicio molto dissimile.

LIONARDO
Tu, Battista, son certo, l'uso e familiarità de' tuoi studiosi di questa età, co' quali al continuo imparando e conferendo conversi, ti pare vincolo di benivolenza piú che gli altri intero e fermo. E se in te, come spero, crescerà virtú, di dí in dí molto piú conoscerai l'amicizia essere da mantenerla e troppo da conservalla. Cosí vi conforto facciate: giudicate niuna cosa quanto l'amicizia essere utile e molto atta a vivere bene e beato. Persuadetevi al tutto, come fo io a me stessi, questa vera una amicizia nella vita de' mortali doppo la virtú essere tale che molto sé stessi possa non solo agli altri amori, ma a qual si sia cara e pregiata cosa preferirsi e soprastare.

BATTISTA
Sempre fu nostro desiderio, Lionardo, con ogni arte, industria e opera renderci atti ad acquistare e mantenere amicizie assai. E ora per tuo conforto saremo, quanto piú essere potremo, diligenti e solleciti in renderci benvoluti da molti e molto amati. E questo faremo per ogni rispetto, ma piú ancora per seguire, come facciamo, e nell'altre cose e ancora in questa, i costumi tuoi da ogni parte molto lodatissimi. E se tu, Lionardo, per non essere ozioso né muto, usi co' compagni a qualunque loro detto contraporti, e se ora a te fu voluttà consentire ad Adovardo, per vedere apertissimo quanto in lui fusse verso i suoi carità e amore, riputerai tu a troppa baldanza se io, per imparare da te, in questo seguo i costumi tuoi difendendo opinione alcuna contro la sentenza tua? Se a me fia licito teco imparare, a te sarà meco necessario non meno che con Adovardo usare quella facilità e umanità tua insieme col giudicio tuo prestantissimo in discernere in me quanto io sia in questi studii delle lettere atto a simigliarmiti.

LIONARDO
Niuna cosa a me piú essere può grata. E in ogni altro luogo, e con tutte l'altre persone potrei riputarti a biasimo se tu, piú che in te richiegga l'onestà

e modestia, fussi ardito e audace. Ma meco t'è licito quanto vuoi ardire, non tanto per imparare da me, ché stimo già con tua assiduità e studio serai da te non poco dotto, ma dove ancora piaccia essercitarti lo 'ngegno in confutare le mie e persuadere le tue ragioni, loderotti disputando, ove ancora esserciti la memoria recando a mente sentenze, autorità ed essempli, conferendo similitudini, argumenti, quali tu apresso i buoni scrittori arai trovate atte a quello di che noi ragionassimo. E in questo molto mi piacerà séguiti i miei costumi e la volontà tua. E perché vegga quanto a me questo essercitarti meco e per tuo e per mio utile sia grato, ché anche io in risponderti e argomentarti contra non poco mi eserciterò, priegoti, Battista, narra degli amori in che sia il tuo giudicio contrario dal mio. E acciò che la disputazione nostra sia piú chiara, io cosí statuisco quello delle vere amicizie essere il piú fermo che gli altri e il piú possente amore. Tu ora ferma contro a me la tua qual sia opinione, e non peritare, imperoché per conferire sempre fu licito difendere qualunque opinione per falsa ch'ella fusse. Non adunque temere tanto parere baldanzoso che tu a me ti porga troppo timido.
BATTISTA
Adunque, poiché tu cosí mi concedi licenza, Lionardo, ardirò contrapormiti; e pure non vorrei pel dir mio piú che per costumi mi riputassi però men continente che modesto.
LIONARDO
A me in questo tuo cosí nel viso alquanto arrossire, e in questo tuo fratemere delle parole, meco pare presentire ove tu voglia scoprirmiti avversario. Ma segui. Io non potrò riputare se non continentissimo te, el quale io vegga nel ragionare moderato e onesto. Segui.
BATTISTA
Pure ardirò, Lionardo. Oh! se io dicessi cosa da voi dottissimi non lodata, dirolla non tanto perché a me paia dire il vero, quanto per essercitarmi. E se io ti paressi in quello errore, in quale forse dirai essere gl'innamorati, stimo arei da molte parti onde io potessi teco scusarmi, e assai con ragione purgherei quello quale tu forse riputassi errore. La qual cosa credo sarebbe a me licito affermare fusse forza e legge non in tutto degna d'odio e biasimo, ma piú tosto da essa divina natura imposta a qualunque animante nato a produrre di sé stessi e ampliare sua stirpe, già che noi veggiamo gli animali bruti in prima, i quali da una ultima e infima parte sentono in sé le forze d'amore, tutti seguono quello cosí fatto apetito naturale, veemente certo e di tanta possanza che, abandonata quasi ogni altra grata a loro e necessaria cosa, solo per adempiere quanto la natura ad amare gli stimola, sofferano fame e sete, caldo e freddo, e ogni fatica; dimenticano i propri covili, non si ricordano d'alcuna di quelle altre loro volutà, alle quali sciolti e liberi d'amore solo paiono nati e aggiudicati. E piú, cosa certo degna d'ammirazione, quanto veggiamo che fra loro stessi incesi d'amore, per

essere i primi amati con ogni forza e ferocità contendono. E se questo manifesto appare in ogni animale bruto e insensato, che tanto in loro può una sola espettazione di diletto qual segue d'un vile disiderio amatorio, quanto viepiú sarà gagliardo l'amore e armato a ferire e convincere gli animi umani, e in prima i giovanili poco fermi e manco robusti a rafrenare e fermare sé stessi con ragione e consiglio, e poco maturi a contenersi nella importunità e molestia de' naturali appetiti. Non credo a noi giovani sia licito ostare all'amore, né forse biasimo seguirlo.
Alcibiade, uomo apresso gli antichi e oggi in tutte le storie famosissimo e celebratissimo, tutto avea datosi allo amare, e nel suo scudo militando portava dipinto, non qual solevano i suoi antichi, ma nuova insegna, Cupidine e sua faretra e arco. Crisippo, dottissimo filosofo, in Atene consacrò l'immagine dello Amore, e collocolla in quel santissimo seggio, unico quasi nido di tutti i filosafi, dove si nutrirono e crebbono tutte le buone e santissime arti e discipline a bene e onesto vivere, luogo chiamato Accademia. El quale uomo, certo prudentissimo, se lo amore fusse cosa degna di vituperio, non arebbe in sí religiosissimo luogo posto quella statua, quasi fermo e pubblico testimonio e segno dell'error suo. Essendo bene errore, qual uomo per freddo e insensato che fusse potrebbe non assentire ai molti diletti, co' quali amore lietissimo e amenissimo si porge? Quale austero e in tutto solitario e bizzarro uomo fuggisse questi sollazzi, suoni, canti e feste, e l'altre molte maravigliose, sanza quella ultima della quale ora dissi, voluttà atte e valide a convincere ogni offermato e molto constantissimo animo, come veggo o sua o naturale legge, o difetto pure degli uomini, sempre ne' mortali l'amore vincendo usò suo imperio? Non mi pare fra gli antichi istorici fatta menzione d'alcuno, per virtuosissimo che fusse e in ogni lode singularissimo, in cui amore non in gran parte monstrasse sua pruova, e superasse non e' giovani solo, e' quali per ogni rispetto sono in questo da no' gli riprendere, ma' vecchi ancora, e' quali nelle cose amatorie possono parere e sazii e inetti. Scrivesi d'Antioco re di Siria, uomo per la grande età e per molto imperio gravissimo e pieno di maestà, che nell'ultima sua vecchiezza occupato d'amore si perdé amando la figliuola vergine di Neottolemo. Non fu all'amore poca licenza in uno animo per età sí freddo e per autorità sí grave incendere fiamme cotanto, come voi altri troppo severi chiamate, leggiere e lascive. E di Tolomeo re di Egitto ancora si dice, benché glorioso fusse, e quanto in uno principe si richiede altiero, pure percosso da amore cadde in amare Agatocle vulgare meretrice. Qui ebbe amore non piccolo imperio, ove valse far servo un re a una meretrice. Furono ancora non pochi in alto e prestante luogo di dignità e fama, i quali vinti d'amore interlassorono e' fatti e gloria civile e amplissima. Rammentami fra gli antichi di Pompeio Massimo, quello uno uomo in Italia e in tutte le province celebratissimo cittadino, per cui fu la calamità farsalica e dolorosa sparsione di sangue civile. Costui, nell'altre

cose solertissimo e diligentissimo, suggetto d'amore si ridusse in solitudine in villa fra gli orti e selve, ove ogni altra cosa, ogni concorso e salutazione di molti nobilissimi quali in gran copia teneva amici, ogni amministrazione delle cose pubblice e prestantissime a lui era minore che amando vivere con quella una sola sua carissima Iulia. Non fu certo, non fu poca opera allo amore tenere in solitudine quello animo amplissimo e immenso, a cui non parse troppo certare armato per ottenere lo 'mperio sopra tutti li príncipi.

Ma tutto il dí si vede chi e laude e fama e onore meno per amare apregia. E infiniti quanto si truova prepongono l'amore all'amistà. Puossi l'amor tra moglie e marito riputar grandissimo, però che se la benivolenza sorge da alcuna voluttà, el congiugio ti porge non pochissima copia d'ogni gratissimo piacere e diletto; se la benivolenza cresce per conversazione, con niuna persona manterrai piú perpetua familiarità che colla moglie; se l'amore si collega e unisce discoprendo e comunicando le tue affezioni e volontà, da niuno arai piú aperta e piana via a conoscere tutto e dimonstrarti che alla propria tua donna e continua compagna; se l'amicizia sta compagna della onestà, niuna coniunzione piú a te sarà religiosissima che quella del congiugio. Aggiugni che tutt'ora crescono tenacissimi vinculi di voluttà e di utilità a contenere e confirmare ne' nostri animi infinita benivolenza. Nascono e' figliuoli, e' quali sarebbe lungo dire quanto e' siano comune e firmissimo legame a colligare gli animi a una volontà e sentenza, cioè a quella unione la quale si dice essere vera amicizia. Non mi stendo in racontare quanta utilità si tragga da questa congiugale amicizia e sodalità, in conservare la cosa domestica, in contenere la famiglia, in reggere e governare tutta la masserizia, le quali tutte cose sono in le donne tali, che forse alcuno stimarebbe per esse essere l'amore congiugale sopra di tutti gli altri interissimo e validissimo. Ma pure, non so come, non raro si truova a chi piú piace uno strano amante che il proprio marito. E piú si recita che fu apresso el fiume Ganges quella famosissima nelle province orientali reina, quale, se ben mi ramenta, Curzio storico ne' gesti d'Alessandro raconta ch'ella amò un vilissimo barbiere, e per rendere l'amante suo ornatissimo e fortunatissimo sofferse uccidere el vero prima suo marito.

Della pietà e officio de' padri non molto acade a dire, la qual tu stessi dianzi confessasti ad Adovardo ch'ella era cosa molto insita e infissa nel petto de' padri. Pure non so qual maggior forza, a cui natura non può opponendosi sostenere, la iscacci qualche volta ed estermini degli animi paterni. Leggesi di Catelina quanto riferisce Sallustio storico, che amando Aurelia Orestilla uccise il suo proprio figliuolo per congiugnersela in sposa. Certo adunque si vede l'amore essere pure cosa troppo sopra le forze umane possente e valida, e manifesto si vede quanto gli animi feriti da quello divino strale, col quale i poeti descrivono che Cupidine saetta e impiaga le menti umane, siano troppo obligati e suggetti a non potere né sapere volere o seguire se non quanto stimino essere accetto e grato a chi egli amino. Cosa troppo mirabile che loro opere, loro parole, loro pensieri, loro ogni animo e mente stia tanto al continuo presta e sollicita a solo obbedire la volontà di coloro a cui l'amore l'abbia subiето, tale che non tanto a noi sono le nostre membra ossequente e faccenti, quanto l'innamorato studia d'aseguire e servire subito e pronto ogni cosa grata a colui al quale esso sé stessi tiene dedicato. E di qui mi pare sia quello antico detto del sapientissimo Catone, el quale, stimo io, niuno dubita essere verissimo, quanto e' diceva che l'animo dello amante si riposa in altrui seno. Troppa divina forza adunque sarà questa, se amore potrà in uno volere solo infiammare, e in un petto solo contenere due anime.

Che diremo noi, Lionardo, adunque? Che l'amare sia sozzo? Che nell'amore sia poca licenza? Che allo amore sia debole forza sopra degli animi umani? Forse dirai l'amore tanto può e tanto piglia licenza quanto noi stessi gli concediamo. So desideraresti in noi giovani quell'animo senile e pieno di instituti filosofici quale confesso essere in te. Ma guarda se cosí convenga, come diceva Cherea apresso Terenzio..., subito nasciamo vecchi. E anche non so se a que' tuoi filosofi medesimi sia permesso fuggire questa fiamma e ardore celeste certo e divino. Aristippo filosafo, maestro di quelli nominati Cirenaici filosofi, si legge, come sai, amava una meretrice chiamata Laide, ma diceva essere l'amor suo differenziato dagli altri, imperoché lui avea Laide, e Laide avea gli altri amanti. Stimo voleva persuadere solo sé essere amando libero, ove tutti gli altri fossero servi. Metrodoro, quell'altro filosafo..., senza onestare l'amore suo con iscusa alcuna, apertamente amava Leonzia meretrice, alla quale ancora quello Epicureo notissimo filosofo soleva scrivere sue lettere amatorie. Non adunque ammirabile suo possanza qui monstrava l'amore? Se questi animi superbi e duri, e' quali non delle cose a tutti gli altri mortali acerbe e quasi non comportabili alcuna, non povertà, non paura, non dolore poteva abattere, ché gli veggiamo con quanta baldanza quella sola generazione d'uomini, chiamandosi amatori della virtú, facevano professione di spregiare le ricchezze, concertavano contro al dolore; nulla, né ira di nimici, né ingiuria, né morte temevano, e degl'iddii poco alcuni di loro curavano, e copiosi scrissono biasimando ogni timore di cosa umana e divina, tutti detraendo alla forza di quella qual noi conosciamo e proviamo potentissima fortuna, sempre vituperando qualunque dilicatezza del vivere; pur questi cosí austeri e armati di tanta ragione e sapienza cadeano e giaceano vili e convinti d'amore. Molle e lascivo amore, che rompi e attriti ogni superbia e alterezza d'animo umano! Errore, fallace cupidità, brutto amore, poiché se' ubidito dagli animi ricchi d'ogni ragione, forti d'ogni constanza, bellissimi e nobilissimi d'ogni civiltà e costume!

Quanto, Lionardo, quando io penso alla maestà e nome di questi famosissimi filosafi e degli altri assai, quali per brevità lascio adrieto, e quando mi pongo innanzi la integrità e religione loro, e poi gli veggo soggiogati e in sí brutti luoghi posti dall'amore, stima, Lionardo, sarebbe non difficile persuadermi non solo quella sentenza qual solevan i medesimi filosafi dire esser verissima, che l'amore era ministro degli iddii dato a cura e salute della gioventú, ma molto ancor piú mi può parere cosa divina; né veggo l'amicizia in sé conservi forze quanto l'amore ringiovinire negli annosi petti giovenili e amorose fiamme, e nella superbia degli imperii tenere sí basse le volontà e apetiti reali, porre in sí eccelsa dignità e stato uno infimo e abietto mercennario, farci stimare vile ogni fama, farci posporre ogni laude e glorioso essercizio, renderci debole qualunque vinculo di parentado. Ma io non voglio seguire piú oltre in questa materia, ché troppo temo non ti parere quasi come se io difendessi la causa mia propia. Renditi certo, Lionardo, io non amo, e benché in me io non senta questa forza dello amore, pur quanto da molti mi ramenta avere udito assai e letto, mi pare in gran parte da consentire a queste poche ragioni quali addussi, colle quali forse mi sono monstro troppo in questa sentenza fermo e troppo indulgente verso l'amore. Ma pensa tu quale tu mi troverresti, s'io con queste ragioni insieme tenessi in me quelle faci con che amore si fa adorare e gloriare. Non dubitare ch'io statuirei l'amore essere, sopra non dico all'amicizia, ma a qualunque gloriosa cosa, degno molto e divino.

LIONARDO

A me piace lo 'ngegno tuo, né mi dispiacciono questi essempli, non perché seco adducano firmissime ragioni a persuadere, ma perché in essi veggo te pure, quanto io stimava, essere studioso. Lodoti, Battista, se hai voluto cosí meco essercitarti, ma guarda che forse non fusse meglio scoprirti inamorato e parerti errare, che non amando parerti non errare chi ama; imperoché io con piú diligenza confuterei ogni tuo argomento per in tutto levarti da questa opinione e servitú dello amore; ove ora, non bisognando biasimarti questo furore amatorio, quale a te stessi debbono que' tuoi molti essempli porre a non poco odio, solo quanto m'occorrerà a mente seguirò teco ragionando. E perché il nostro conferire sia piú chiaro, questa furia, cioè amore venereo, chiamerollo inamoramento, e chi da essa sia preso dicasi inamorato. Quello altro amore libero d'omni lascivia, el quale congiugne e unisce gli animi con onesta benivolenza, nominiàllo amicizia. Questi di cosí onesto e benivolo animo affezionati chiaminsi amici. Gli altri amori fra congiunti apellaremo paterni e fraterni secondo che acaderà.

Ora torniamo alla disputazion nostra, nella quale tu, volendo attribuire forza, imperio e quasi divinità allo amore, fusti molto copioso in racontare diverse stultizie d'alcuni innamorati, quasi come se noi ricercassimo chi tra gli antichi fusse stato furioso e stolto, o come niuno fra' nostri oggi si truovi nella sua gioventú amatore, el quale insieme non sia simile a que' tuoi in tutto furioso. Ma sia come tu vuoi. Siano gli amanti tutti da quel tanto furore, quale sanza che Catone ci amunisca, ciascuno intende che può nelle mente deboli e inferme tanto, che chi in sé lo riceve, costui in tutto si ritruovi fuori di sé stessi, e nel seno e volontà d'altrui si riposi, e ivi, suo errore, e certo grandissima e infinita stultizia, le cose degne nella vita de' mortali, quelle pelle quali ciascun prudente espone opera, fatica, sudore, sangue e vita per in parte asseguirle, ivi dico l'innamorato lo reputi in men pregio che una sua lasciva e sozza voluttà, non si curi della fama non onesta, non di niuno religiosissimo vinculo per adempiere un suo brutto apetito. Che diremo noi, Battista, questo essere forza d'amore, o vizio d'animo infermo e impeto d'opinione corrotta? Tu Antioco, e tu, o Tolomeo, chi vi trasse ad amare? Fu una leggiadra bellezza, un vezzosissimo costume? Anzi fu un poco onesto e manco modesto appetito. Tu Pompeio, e tu reina orientale, qual forza vi vinse a giacere in tanta lascivia? Una troppo affezionata benivolenza? Anzi una debole ragione, una vana opinione, un troppo vostro errore. E tu Catelina, onde patisti in te tanta essere crudeltà? Non fu fiamma e ardore divino, no; anzi bestiale e troppo immanissima tua libidine. Non suole l'amore fruttare odio, ma benivolenza; non iniuria, ma beneficio; non furore, ma giuoco e riso. Non adunque attribuire tanto imperio a questo amore, poiché in nostra libertà fu accettarlo, in nostra ragione lasciarlo, ma nel seguirlo somma stoltizia.

Gli animali incitati dalla natura niente possono contenersi. Adunque neanche gli uomini? Certo sí, quelli ne' quali non sia piú che nelle bestie ragione e giudicio a discernere e fuggire la disonestà e vizio, e chi mai lodasse negli uomini alcune virtú, le quali sí sono propie nostre che con altri alcuno animante terrestre mai permisse la natura esserle comuni. E quale uomo sarebbe mai da preponere, anzi da segregarlo dagli altri animali bruti e vili, se in lui non fusse questa prestanza d'animo, questo lume d'ingegno, col quale e' senta e discerna che cosa sia onestà, onde con ragione poi sèguiti le cose lodate, fugga ogni biasimo, e simile, quanto adrizza la ragione, ami la virtú, aodii il vizio, e sé stesso inciti con buone opere ad acquistare fama e grazia, e cosí in ogni lascivo apetito sé medesimo rafreni e contenga con ragione, senza la quale niuno sarà da chiamare non stolto? Torrai all'uomo l'uso e modo della ragione, a lui nulla rimarrà se non le sole membra dissimili dagli altri animali silvestri e inutilissimi, i quali tutti, senza intero discorso, pure in questo participi di qualche ragione, solo quanto in loro la natura richiede a procreare obbediscono all'apetito. Ma l'uomo, el quale non sino a satisfare alla natura, ma sino a saziarsi e infastidirsi pur qui s'involge nelle voluttà, e sé stessi al continuo desta e incende a conseguire questo non naturale perché da volontà mosso, ma superchio e propio bestiale appetito, e qui con mille incitamenti, motteggi, risi, canti, danza e leggerezza assai sé stessi infiamma, non pare a te questo sia sommamente da essere biasimato, e doppo qualunque bestia abietta e infima isvilito e spregiato? Qual uomo non in tutto stolto e insensato non conosce questo essere, quanto egli è, cosa disonestissima e scelleratissima, violare l'amicizia, viziare la consanguinità, spregiare ogni costume? E qual mai si truova sí in tutto lascivo, da cui non spesso si vegga che molte sue ardentissime voglie e appetiti rimangono da vergognarsi e temere biasimo tenuti adrieto e in miglior parte svolti, ove restano contenti seguire onestà piú tosto che libidine, e godono molto piú satisfare all'amicizia che all'amore? Troppo sarebbe misera, imbecillita la natura umana, se a noi fosse forza sempre perseguire ogni nostro amatorio desiderio. Troppo sarebbe infelicità la nostra, se presi d'amore mai ci fusse licito non rendere le prime parti de' nostri pensieri alla onestà, conservando el vincolo e religione de' parentadi e amicizie.

E quel tuo Pompeio cosí affezionato, non prepose egli pure sempre l'amistà? Quella Flora bellissima, ramèntati, la quale formosissima fu nel tempio di Castore e Polluce come cosa venustissima e divina dipinta, benché di lei fusse Pompeio acceso, pur patí che Geminio la conoscesse. Volle in quel modo satisfare al desiderio dell'amico piú molto che nel veemente suo amore a sé stessi. Fu questo, Battista, officio, fu laude, fu virtú d'amicizia, quale ne' sani ingegni piú sempre valse che ogni furia d'amore venereo. Tanto si porge la vera e simplice amicizia, come vedi, liberale, che non solo la roba, ma le proprie e, come tu chiamavi, divine affezioni e desiderii suole comunicare e donare all'amico, privarne sé, cederne a chi già gli sia congiunto di benivolenza e fede. Ma lo inamorato nulla con ragione, tutto con furia, e se mai ti vuole grande, se t'adorna, se ti rende fortunato e felice, esso lo fa per satisfarne agli occhi e piaceri suoi in prima, non per te, ma per sé stessi contentarsi. Vero. Ma in questo non solo la vera amicizia vince lo innamoramento, ma piú quell'altro amore nato tra congiunti sempre qui a me e in ogni altra lode parerà essere da preporlo molto a questo tuo stolto e furioso innamoramento. Già e' padri vecchi e in tutta la sua età con ogni travaglio e pericolo stracchi, guadagnando per sé sostenere insieme e la famiglia sua, mai però quiescono, anzi negli ultimi anni con ogni cura e sollicitudine seguono affannandosi per lasciare i suoi doppo sé piú e piú ricchi, e cosí le molte volte meno satisfanno a sé per rendere i suoi copiosi piú e contenti. E ramentami quella storia come a Roma si trovò quella madre in sulla porta alle mura iscontrando il figliuol suo, qual prima udiva fosse con molti altri a Transimene morto in quel publico e doloroso ricevuto conflitto, tanta vedendolo salvo ne prese letizia che ogni suo spirito per gaudio essalò e perissi. Piatosa madre, veemente amore, mirabile affezione, la quale tu forse dirai sia da posporre al tuo divino innamoramento! Ivi furia, qui ragione; ivi biasimo, qui lodo; ivi vizio, qui onestà; ivi crudeltà, qui pietà.

Non mi pare da seguire piú oltre biasimando quel tuo innamoramento, né qui acade lodarti l'amicizia, la quale non si potrebbe lodare a mezzo, e della quale sempre giudicai come diceva Catone, ottimo stoico latino filosafo, che l'amistà dura ferma piú che ogni parentado. Potrei adurti Pilades e Oreste, Lelio, Scipione e l'altre coppie d'antichi amici, e' quali per chi a loro era unito di benivolenza e d'amore, non come i tuoi innamorati abandonorono le faccende publice e gloriose disonestando sé stessi, furiando, né uccisono figliuoli e mariti, ma bene con molta lode d'animo e virtú, con molta grazia e memoria di loro, questi veri amici non recusarono esporsi agli ultimi casi e morte per salvare la vita e dignità dell'amico. Ma chi potrebbe racontare le degne lode dell'amicizia? Tanto vi ramento, frategli miei, fuggiamo questa furia amatoria, né monstriamo preporla all'amicizia, ma neanche la diciamo tra' beni della vita umana, imperoché l'amore sempre fu pieno di fizioni, maninconie, suspizioni, pentimenti e dolori. Fuggiamo adunque questo amore. Sia in noi verso di lui quanto si richiede non poco odio, poiché manifesto si vede e con dolore si pruova ch'egli è cagione d'ogni scandolo e d'ogni male.

BATTISTA

Io e per età e per ogni reverenza, Lionardo, non ardirei oppormi all'autorità e ragioni tue. E se io non stimassi me piacerti ragionando forse non meno che tacendo, io temerei non solo ostarti, ma ancora in parte alcuna difendere el mio benché verissimo giudicio. Ma poiché a me cosí persuado te essere assai certo che io e dell'amicizia e dello innamoramento giudico e sento medesimo quel che tu, che mai l'innamorato sopra l'amico meriti lodo e fama, pure Lionardo, provedi tu se cosí vuoi t'aconsentisca ogni innamoramento essere furioso e ogni amicizia essere perfetta. Io mai ardirei negarti la vera amicizia non essere forte, ma forse la credo meno veemente che l'innamoramento. Ma chi sarà, se già tu uomo eloquentissimo uno solo quello fussi, el quale mi provasse mai oggi in questa età nostra trovarsi quelle piladee e lelie amicizie? Certo gl'innamoramenti oggi sono qual sempre furono ne' ricchi, ne' poveri, ne' signori, ne' servi, ne' vecchi, ne' giovani, tale che niuna età, niuna fortuna, niuno petto umano si truova vacuo dalle fiamme amatorie. Tu le chiami furie. Io non so qual suo proprio nome le nominare, perché né ora né prima per pruova le conosco o sento. Solo ne parlo quanto e da te odo e dagli altri truovo leggendo.

LIONARDO

Non credere, Battista, negli animi de' mortali giacere fiamma alcuna d'amore venereo alla quale non sia commista molta stultizia e furia. E se cosí giudicherai, in questo ragionamento a te non sarà se non quanto meco vorrai essere licito. E dove ti rammenterai di quello Sofocles antico filosofo, del quale si recita che domandato chente e' si portassi con Venere, rispuose: «Ogni altro male piú tosto, dio buono, che non avere in tutto fuggito quel signore villano e furioso», - a te adunque non parrà dello amore se non quanto pare da giudicarne, ch'egli è molto da fuggirlo e odiarlo. E quanto tu pure ne' dí nostri trovassi amicizia niuna perfetta, almanco consentirai gli innamoramenti furiosi essere tutti, e come diceva Sofocles, villani. Ma non ci obblighiamo a ragionare solo di quella somma e da ogni parte perfetta amicizia. Siamo teco disputando liberali. Aduciamo per testimoni quelli secento insieme con gli altri in Gallia chiamati Soldunni là ne' Comentarii di Cesare, amici a quello Diantunno, e' quali, loro costume, si profferivano e prendevano qualunque pericolo quante volte fussino dall'amico richiesti. In tanto numero certo non bene mi troverresti quella vera amicizia, la quale tu disidereresti, come si dice un volere e non volere quanto l'amico e l'onestà richiede, due persone, una anima. Già però non mi negherai questa in costoro essere stata spezie di vera e perfetta amicizia, e in qualunque grado ti paresse collocarla in laude, mai ti potrà parere spezie d'innamoramento, né con ragione la statuirai meno che 'l tuo innamoramento possente e valida negli animi nostri a monstrare sue forze e pruove. E cosí credo niuno non in tutto stolto, se di questi Soldunni uno per salvarli sue fortune e onore gli donasse come per l'amico solevano insieme coll'opere e fatiche ancora il sangue e la propria vita, mai questo stimarebbe a meno che se uno innamorato, come se raro per amore sono prodighi, gli porgesse la roba.

Né dubitare che tu, Battista, e ciascuno altro giovane, di questi non perfetti, e' quali ti doneranno del suo, troverrai molti piú che innamorate le quali non voglian e domandino del tuo. E quando per disputare tu volessi difendere l'opposto, domanderei quale a te piú paresse onesto o lo 'nnamoramento o l'amicizia. Tu che stimi la onestà ne' buoni ingegni quanto si debba piú sempre valere che ogn'altra affezione, so risponderesti l'amicizia essere certo piú onesta, e pertanto piú ferma e durabile, adunque ancora piú e utile e dilettosa. Imperoché agli animi liberali e allevati in queste buone lettere, come sete voi, niuna cosa disonesta può parere non trista, non disutile e da fuggire. Cosí adunque fate: persuadetevi, Battista, e tu Carlo, della vita de' mortali nulla trovarsi doppo la virtú utile e in ogni stato lieta e commoda quanto l'amicizia. Vedesi non per furia, ma con ragione e giudicio interissimo e constantissimo, che l'amicizia sta utilissima a' poveri, gratissima a' fortunati, commoda a' ricchi, necessaria alle famiglie, a' principati, alle republice, in ogni età, in ogni vita, in ogni stato. Questa medesima a' mortali troppo si truova accommodata e dolcissima. Piacciavi adunque acquistare amici assai, i quali siano a voi e alla famiglia nostra utilissimi, e seguite con assiduo studio delle buone lettere e arti fuggire ogni ozio, ogni lascivia e amore venereo e furioso al tutto e molto villano, amate la onestà, come veggo fate, spero farete e priegovi facciate.

BATTISTA
Né con opera, né con diligenza, Lionardo, per noi mai mancherà in questa e in qualunque altra virtú e ammunimento esserti obbedienti assai e simili, e tanto piú quanto tu ci prometti queste benché volgare amicizie non solo a noi essere, ma a tutta la famiglia utilissime, per cui ti promettiamo, Carlo e io, sempre in ogni suo onore e utile ci vedrai con ogni forza e ingegno, ove acadesse, adoperarci in qual si sia fatica o pericolo prontissimi e paratissimi.

LIONARDO
Cosí vi lodo, frategli miei, cosí aspetto farete. Dio e la fortuna sieno facili e

propizii a' vostri studii quanto io a voi desidero. Pertanto a voi sempre stia in mente, dell'altre cose, quali sono non molte a numero ma ben necessarie alle famiglie, e sanza le quali niuna può essere felice e gloriosa, sola l'amicizia sempre fu quella la quale fra tutte in ogni fortuna tiene il principato. E stievi a perpetua memoria quanto dianzi vostro padre disse, che 'l primo grado a farsi ben volere era fuggire il vizio, amare la virtú, e in questa e in ogn'altra cosa utile e lodata alla famiglia nostra seguite quanto mi promettete, e io aspetto voi con ogni opera e diligenza essere commodi e cari come a' vostri, cosí amati e onorati dagli strani.

BATTISTA
Poiché tu cosí vuoi, e noi non poco desideriamo satisfarti, Lionardo, a te sta in qualunque cosa alla famiglia nostra bene acommodata renderci piú dotti, onde noi per tuo aiuto conoscendola possiamo da ogni parte meglio seguire la volontà tua e ufficio nostro, e alla espettazione de' nostri satisfare. E se a te gli studi nostri giunti a questa volontà sono, quanto assai sono, grati, e se piú che l'usato costume tuo a te ora non pare incarico averti con noi facilissimo e oficiosissimo in farci e di costumi e di virtú piú di dí in dí con tua opera ornati, priego ti piaccia narrarci qual modi e qual cose sieno quelle tanto alla famiglia, quanto dicevi, commode e necessarie. Noi aremo ozio assai. Nostro padre si riposa. Tu, credo, per ora non sei ad altra migliore opera obligato. A noi qui imparando da te sarà emolumento e grazia grandissima, ove con tua opera diventeremo a' nostri molto cari quanto desideri e accettissimi. Adunque ora, Lionardo, se da noi qui ti piace essere pregato, usa, priegoti, l'umanità e consuetudine tua facilissima e in renderci ogni dí migliori operosissima; dona, priegoti, questa opera agli studii e desiderii nostri; fruttiamo questo ozio in aseguire teco dottrina, per condurci a laude, per adurre utilità e fama alla famiglia nostra Alberta. E spera, Lionardo, da noi mai mancherà in obedire tuoi ammonimenti. Per te cosí non manchi di tutto ammunirci e ammaestrarci.

LIONARDO
Tutte queste cose ci sono ozio, affezione a voi e agli studii vostri. E quando io ben fussi altrove occupato, sempre a me parrebbe da preporre questa opera satisfacendo ai desiderii vostri lodevoli e in tutto onestissimi. Ma voglio sappiate queste sono cose ample e maggiori a spiegarle che voi forse non istimate. Truovonsi disseminate e quasi nascoste fra molta copia di varii e diversi scrittori, onde volerle racontare tutte e ordinare, e ne' luoghi suoi porgerle, sarebbe faccenda a qualunque ben dotto molto faticosa. Bisognerebbemi avere assai prima ripensato, riscelto e meglio rassettato ogni parte. Né però poi potrei sanza maggiore memoria profferirle e aperto esplicarle; le quali tutte cose conosco, fratelli miei, poco essere in me. Eppure volendo versare testé qui in mezzo cosí le cose aviluppate, interverrebbe a chi me udisse come a quelli e' quali caminano in sul primo albeggiare della aurora: que' di loro, e' quali altre volte sono pel paese stati e

col chiarore del sole scorsono tutti e' siti, allora riconoscono e di chi e' siano e quanto siano ornati, e in quell'ombra discernono se ivi piú fosse o manco che l'usato; gli altri, e' quali a migliore luce mai essaminorono que' paesi, passando 'n poco mirano ove poco si scorga, e a chi piace e a chi dispiace. Cosí a me testé interverria sanza avere prima in me dilucidato lo 'ntelletto mio con molto studio e lezione di molti scrittori, distinguendo e ordinando come chi conscende a mezzo del campo perducendo le schiere ed esserciti suoi. Me stessi nel recitare inordinato perturberei, e nella dottrina poco preparato porgerei a voi di me poca utilità. Né io fra 'l buio e tenebre della poca per sé e non bene alluminata mia memoria, di me solo vi porgerei forse qualche ombra di documenti perfetti altrove, ma poco a voi aperti e manco per me chiari; onde piú tosto qui potrei da e' dotti esser negletto che dagli imperiti lodato. Ma voi meglio per voi queste erudizioni tutte con miglior guida e di piú autorità potrete riconoscere. Arete fra' Greci Platone, Aristotele, Senofonte, Plutarco, Teofrasto, Demostene, Basilio, e tra' Latini Cicerone, Varrone, Catone, Colomella, Plinio, Seneca e molti altri, co' quali gustarete e meglio terrete tutti questi luoghi di che frutti sieno copiosi e ornati. E poi, Battista e tu Carlo mio, parrebbevi ella pochissima presunzione la mia, quando io ben fussi a tanta materia atto e sufficiente, se io mi confidassi entrando sí gran paese potervi con mio onore tragettare? Chi vorreste voi che me stessi a udire? A' dotti potrei io se non dire cose a loro notissime; gl'ignoranti, stimate, di me e di mie sentenze poco farebbono giudicio, poco conto. Quelli vero che sono alquanto tinti di lettere, vorrebbono udire in me quella prisca eloquenza elimatissima e suavissima. Pertanto stimate sia il meglio per ora non perdere questo tacere, ché sempre fu il favellare inutile se non quando sia chi ben t'ascolti.

BATTISTA
Se io non conoscessi la facilità tua, Lionardo, che mai volesti troppo essere pregato, io testé dubiterei denegassi a me questa grandissima grazia solo perché io non sappia molto pregartene. Ma te, se altro non tiene a tacere, le preghiere mie pur doverebbono muovere in qualunque modo t'acadesse a donarci quanto da te e desideriamo e aspettiamo. Né ora veggo ove tu abbia da ritenerti. Niuno arà da non molto lodarti, ove tu sempre desto te sempre adoperi essere e fare i tuo' in qualunque laude famosissimi e singularissimi. E in questi ragionamenti cosí tra noi domestici, qual prudente desiderasse eloquenza piú elimata o piú che si richiegga esquisita? Tu, non dubito, e in questa e in ogni altra copia di dottrina per memoria e per ingegno vali quanto assai basterà satisfare a' desideri nostri, i quali sí da ogni altro, sí molto piú da te sono avidissimi d'imparare. Gli altri udiamo noi volentieri come precettori; te ascoltiamo lietissimi come maestro ottimo, amico e fratello. E se tu qui degenerassi testé dalla tua usitata facilità, e se poco e' nostri studii a te fussero a cuore, e a te pure piacesse molto esser pregato, Carlo qui, el qual tu conosci d'ingegno e di facundia atto per tua umanità ad

impetrare da te qualunque cosa e' ti pregasse, credi cosí tacendo ti priega tanto piú quanto né a lui né a me con parole mai sarebbe possibile meglio in questo porgere preghiera alcuna. Ché già chi tace attento, come ora fa lui, dimostra non desiderare né aspettare altro che ascoltarti.

LIONARDO
Piàcev'egli pure udirmi?

BATTISTA
Quanto tu vedi.

LIONARDO
E tanto vi sta desiderio al tutto udirmi?

BATTISTA
Niuna cosa a noi piú essere può grata.

LIONARDO
Non posso adunque, né voglio non satisfarvi. Ma non aspettate da me se non quanto di cosa in cosa mi verrò ramentando. Solo reciterò e' perfettissimi e utilissimi documenti necessari alle famiglie per non cadere in infelicità, accomodatissimi e ottimi a sollevarle e porle in suprema felicità e gloria. Ma come faremo? Avete voi che domandarmi? E io risponderò. O meglio vi pare che io perpetui senza interrompermi il corso del mio recitare?

BATTISTA
Qual piú t'agrada. A noi solo questo accade a domandare, qual cose facciano una famiglia felicissima. Tu continua el dir tuo. Noi t'ascolteremo.

LIONARDO
Piacemi. Cosí faremo, e voi, dove paresse d'andare piú adagio, rattenetemi, però che io in questa materia trascorrerò con quanta brevità si potrà. Ascoltatemi.

Spesso in queste nostre acerbissime calamità, e pure oggi pensando quanto la fortuna ingiuriando ci perseguiti, né mai si stracchi di dí in dí alle miserie nostre aggiugnere nuovo dolore, miseri noi! né a lei insino a qui paia non poco averci per tutto il mondo sparsi e cosí teneri oppressi con molte calamità, teneri errando nelle terre strane luntani da tutti e' nostri frategli, sorelle, padri, amici e mogli, non posso, ah fortuna iniqua! tenere le lacrime. Piango la nostra sciagura, e ora tanto piú adoloro, frate' miei, poiché io veggo Lorenzo vostro padre, uomo per intelletto, per autorità, per ogni virtú prestantissimo, e a voi e a tutta la famiglia nostra Alberta in questi tempi acerbi e durissimi ottimo e necessario defensore e protettore, cosí giacere grave. O fortuna, quanto se' contro alla famiglia nostra irata e ostinata! Ma in questo dolore seguo in me quello approbatissimo proverbio dello Epicuro; riducomi a memoria in quanta felicità già in patria la famiglia nostra godeva quando ella si trovava grande d'uomini, copiosa d'avere, ornata di fama e autorità, possente di grazie, favore e amicizie. E cosí con questa felice recordazione compenso la infelicità de' tempi presenti, e a me stessi, quando che sia, in tanta tempesta, in tanti mali, prometto alla pazienza e fortitudine nostra qualche salutifero e requieto porto. E per istôrmi dall'animo ogni acerbità, traduco il pensiero mio altrove, considerando a una famiglia quale desideri essere amplissima non altro gli bisogna se non dar modo di parere simile alla nostra famiglia Alberta, a quella dico quale era prima che, ingiuria della fortuna, ella cadesse in queste avversità e tempestose procelle. E veggo e conosco questo, che una famiglia la quale manchi in queste cose delle quali noi tutti eravamo abondantissimi, e sia piccola d'uomini, e quelli sieno poveri, vili e sanza amici, molto piú avendo inimici, questa cosí fatta famiglia si potrà nominare mai non misera e infelicissima. Adunque chiameremo felice quella famiglia in quale saranno copia d'uomini ricchi, pregiati e amati, e quella riputeremo infelice quale arà pochi, ma infami, poveri e malvoluti uomini; imperoché dove que' saranno temuti, questi non potranno non sofferire molte ingiurie e sdegni, e dove a quelli sarà gratificato e renduto onore, questi saranno odiati e aviliti, e dove nelle cose magnifice e gloriose quelli saranno chiamati e ammessi, questi saranno esclusi e schifati. Pare a voi questo?

BATTISTA
Parci.

LIONARDO
Adunque nel nostro ragionamento potremo constituire questi quattro generali precetti come fermi e saldissimi fondamenti onde crescano e dove s'agiungano tutti gli altri. Dicogli. Nella famiglia la moltitudine degli uomini non manchi, anzi multiplichi; l'avere non scemi, anzi accresca; ogni infamia si schifi; la buona fama e nome s'ami e seguiti; gli odii, le nimistà, le 'nvidie si fuggano, le conoscenze, le benivolenze e amicizie s'acquistino, accrescansi e conservinsi. Cosí adunque aremo a trattare di questi quattro documenti; e perché gli uomini son quelli e' quali hanno a essere ricchi, virtuosi e amati, imperò prima cominceremo a vedere in che modo una famiglia diventi come diremo populosa, e considerremo in che modo alla famiglia mai multitudine manchi. Dipoi seguiremo investigando dell'altre secondo che accaderà. E troppo mi piace che non so io come quasi divino consiglio sia in luogo di proemio caduto a proposito el nostro primo qui tra noi ragionamento, nel quale io ti biasimava ogni cupidità e lascivia venerea. E se non fusse perché come allora, cosí molto piú testé intendo essere non lungo in questa materia, forse monstrerrei quanto a ciascuna di queste quattro le quali restano a dire cose, le voluttà e lascivie amatorie siano al tutto troppo nocive e sempre pestifere. Ma di questo forse accaderà altro luogo e tempo da disputarne, poiché a voi non bisogna persuadere che co' buoni studi, con liberali opere e arti fuggiate ogni ozio e desidia non onestissimo. Adunque torniamo al proposito nostro, del quale ragioneremo quanto potremo aperto e domestico, senza alcuna esquisita e troppo elimata ragione di dire, perché tra noi mi pare si richiegga buone sentenze molto piú che leggiadria

di parlare. Uditemi.

Diventa la famiglia populosa non altro modo che si diventassono populose terre, province e tutto el mondo, come ciascuno da sé stessi può immaginando conoscere che la moltitudine de' mortali da pochi a questo quasi infinito numero crebbe procreando e allevando figliuoli. E al procreare figliuoli niuno dubiti all'uomo fu la donna necessaria. Poiché 'l figliuolo venne in luce tenero e debole, a lui era necessario avere a cui governo e fede e' fusse caro e commendato, avere chi con diligenza e amore lo nutrisse e dalle cose nocive lo difendesse. Era loro nocivo el troppo freddo, el troppo sole, la molta piova, e i furiosi impeti de' venti; però in prima trovorono il tetto sotto el quale nutrissino e difendessino sé stessi e il nato. Qui adunque la donna sotto l'ombra rimaneva infaccendata a nutrire e a mantenere il figliuolo. E perché essa occupata a custodire e governare lo erede, era non bene atta a cercare quello bisognava circa al suo propio vivere e circa mantenere i suoi, però l'uomo di natura piú faticoso e industrioso usciva a trovare e portare secondo che a lui pareva necessario. Cosí alcuna volta si soprastava l'uomo, non tornando presto quanto era da' suoi espettato. Per questo quando egli aveva portato, la donna tutto serbava, acciò che ne' seguenti giorni, soprastando il marito, né a sé né a' suoi cosa mancasse. A questo modo a me pare manifesto apparisca che la natura e ragione umana insegnò come la compagnia del coniugio ne' mortali era necessaria, sí per ampliare e mantenere la generazione umana, sí per poterli nutrire e conservare già nati. E piú monstrò che la sollecitudine del cercare congiunta colla cura e diligenza del conservare le utile e commode cose al vivere umano in lo congiugio era troppo necessaria. Monstrò ancora qui la natura che questa compagnia era non licita averla con piú che una in uno tempo, imperoché l'uomo non potrebbe al tutto bene essere sufficiente a cercare e portare quanto per piú che per sé stessi insiem' e per la donna e per suoi bisognasse, tale che avendo voluto trovare e arrecare per piú donne e famiglie, a qualcuna certo una o un'altra cosa necessaria sarebbe qualche volta mancata. E quella donna a cui mancasse qual si sia delle cose al vivere dovute e necessarie, non arebbe costei ragionevole cagione abandonare quel che fosse nato per sé stessi in prima sostentare? Forse anco superchiandola qualche grande necessità, a lei sarebbe licito trovarsi altra compagnia. Cosí adunque fu il coniugio instituito dalla natura ottima e divina maestra di tutte le cose con queste condizioni, che l'uomo abbia ferma compagnia nel vivere, e questa sia non piú che con una sola, colla quale si riduca sotto un tetto e da lei mai si partisca coll'animo, nolla mai lasci sola, anzi ritorni, porti e ordini quello che alla famiglia sia necessario e commodo. La donna in casa conservi quello che l'è portato. Vuolsi adunque seguire la natura, solo eleggersi una colla quale noi riposiamo la età nostra sotto un tetto.

Ma perché la gioventú le piú volte in questo non gusta l'utilità della famiglia, dove forse a loro pare soggiogandosi al congiugio perdere molto di sua libertà e licenza del vivere, e forse perché alcuna volta stanno quale e' comici poeti gli sogliono fingere obbligati e convinti da qualche loro amata, o forse ancora non pochissimo pesa a' giovani avere a reggere sé, e per questo reputano soperchio e odioso incarco convenirli sostenere sé e la donna e i figliuoli, e troppo dubitano non potere onesto satisfare a' bisogni quali di dí in dí colla famiglia crescono, per questo stimano el letto domestico essere cosa troppo molesta, e fuggono il legittimo e onestissimo accrescere della famiglia. Per queste cagioni, acciò che la famiglia non caschi in quella parte quale dicemmo essere infelicissima, in solitudine, anzi cresca in gloria e felice numero di gioventú, si vuole indurre la gioventú a tôr moglie con ragioni, persuasioni, premi, e con ogni argomento, industria e arte. Potranno qui essere accommodatissime ragioni quelle nostre di sopra a biasimare loro l'altre lascive voluttà, per adurli in desiderio di cose onestissime. Potranno le persuasioni essere simili: monstrargli quanto sia dilettoso vivere in quella prima naturale compagnia del congiugio e riceverne figliuoli, e' quali sieno come pegno e statici della benivolenza e amore congiugali e riposo di tutte le speranze e voluntà paterne. A chi sé arà affannato per acquistare ricchezze, potenze, principati, troppo a costui pesarà non avere doppo sé vero erede e conservadore del nome e memoria sua. A cui le sue virtú servino dignità e autorità, a cui le sue fatiche porgano utilità e frutto, niuno piú a questo essere può accommodato ch' e' veri e legittimi figliuoli. Agiugni qui che colui di chi rimangono simili eredi, costui non può in tutto riputare sé spento né mancato, però ch' e' figliuoli serbano nella famiglia el luogo e la vera imagine del padre. Didone fenissa, poiché 'l suo Enea era da lei amante partito, fra' suoi primi lamenti non altro sopra tutto desiderava se non come ella piangendo diceva: «Oh, pure un picchino Enea qui mi giucasse!» Cosí, meschina abandonata amante, nel viso, ne' gesti d'un altro fanciullino Iulio a te sarebbe stato come lí primo veneno e fiamma dell'ardente e mortifero tuo riceuto amore, cosí qui ultimo conforto de' tuoi dolori e miseria.

Non poco ancora gioverà ricordare a' giovani quanto apresso gli antichi piú si contribuiva onore a chi fra loro si trovava padre, poich' e' padri portavano gemme e simili ornamenti, e' quali non erano liciti a chi non avesse aumentata la repubblica di nuova prole e figliuoli. Sarà utile ancora ramentare a' giovani quanti prodighi e sviati sieno a miglior vita ridutti poiché ebbono in casa la moglie. E agiungasi a questo quanto sia nelle faccende utile mano quella de' figliuoli, quanto e' figliuoli a te stiano presti e fedeli ad aiutarti sostenere e propulsare gl'impeti avversi della fortuna e le ingiurie degli uomini, e quanto e' figliuoli piú che alcuno altro sieno apparecchiati e pronti a difenderti e vendicarti dalle ingiurie e rapine degli scellerati e audacissimi uomini; e cosí nelle cose prospere quanto siano i figliuoli sollazzosi e atti in ogni età a contentarci e darci grandissime letizie e voluttà. Queste adunque cose qui saranno utile a raccontarle, e sarà non meno di poi utile monstrargli quanto alla età grande, nella quale si vive acerchiato d'infiniti bisogni, sarà utile pensare quanto allora siano e' figliuoli, come diceva messer Niccolaio Alberti, uomo per età e dottrina prudentissimo, e' figliuoli sono propria e ferma crucciola de' vecchi. Queste e simili persuasioni, le quali tutte sarebbe testé lungo perseguire, gioveranno a indurre la gioventú a non spregiare onesta compagna e a desiderare propagazione, accrescimento e felicità della famiglia. Né manco sarà utile ancora indurli con simili premi: onorare molto e' padri, e ne' luoghi domestici e publici preporre chi piú abbia figliuoli, e cosí riverire meno chi in età non avesse moglie.

E s'egli è chi per povertà sé scusi, sia questa e fatica e incarco prima de' vecchi, perché a loro, quanto disse Lorenzo, sta molto provvedere a tutti e' bisogni della famiglia. Costoro con ammunizioni, con ispesso ricordargli e stimolargli sempre gli confortino e inducano a diventare padri. E apresso sia opera di tutta la casa in fare che, poiché vogliono, cosí possano onestamente avere famiglia. Contribuischi tutta la casa come a comperare l'accrescimento della famiglia, e ragunisi fra tutti una competente somma della quale si consegni qualche stabile per sostenare quegli che nasceranno, e cosí quella spesa la quale a un solo era gravissima, a molti insieme non sarà se non facile e devutissima. Né a me pare in le famiglie ben costumate si truovi alcuno el quale per ricomperare uno vile uomo nonché del sangue suo, ma della terra, della lingua, non dovesse sofferire ogni grande spesa. Cosí per restituire piú uomini a sé congiuntissimi nel sangue e nella famiglia sua, non credo sia da schifare una quanto questa sarebbe piccola spesa. Tu dai piú e piú anni salari a gente strane, a diverse persone; tu vesti, tu pasci barbari e servi non tanto per solo fruttare l'opere loro, quanto per essere in casa piú accompagnato. Molto manco ti costerà contribuire a quello uno dono quale sarà da' tuoi medesimi. Molto piú onesta e grata compagnia ti sarà quella de' tuoi che degli strani; molto piú utile e condecente opera ti sarà quella de' cari e fedeli domestici che quella de' conducti e quasi comperati amici. E vuolsi adunque usare questa umanità e beneficenza nella famiglia, acciò che i padri possano sperare a' figliuoli loro mai mancherà quanto al vivere loro sia necessario.

Gioverà forse ancora sforzare e' nostri minori in simili modi: comandino e' padri ne' loro testamenti: «Se tu al tempo ragionevole fuggirai da avere moglie, non essere mio erede». Del tempo ragionevole del tôrre moglie sarebbe lungo racontare tutte l'antiche opinioni. Esiodo faceva uno marito in XXX anni; a Ligurgo piaceva e' padri in XXXVII; a' nostri moderni pare sia utile sposo ne' XXV anni. A tutti prima che XXV pare che sia dannoso accostare la gioventú volenterosa e fervente a simile opera, ove ella spenga quella vampa e calore della età, piú atto a statuire e confermare sé stessi che a procreare altrui. E anco si vede piú fallace e manco essere vigoroso quel seme nel campo a generare, el quale non sia ben maturo e pieno. Aspettisi adunque la virilità matura e soda.

Indutti ch' e' giovani saranno, opera e consiglio de' vecchi e di tutta la casa, le madri e l'altre antiche congiunte e amiche, le quali persino dall'avola conoscono quasi tutte le vergini della terra di che costume sieno nutrite, queste scelgano tutte le ben nate e bene allevate fanciulle, el quale numero porgano al nuovo che sarà marito. Costui elegga qual piú gli talenta. E' vecchi della casa e tutti e' maggiori non rifiutino alcuna nuora se non quelle le quali seco portino suspizione di scandolo o biasimo. Del resto contenti sé chi arà a contentare lei. Ma faccia costui qual fanno i buoni padri della famiglia i quali vogliono nelle compre piú volte rivedere la possessione prima che fermino alcun patto. In ogni compera e contratto giova informarsi e consigliarsi, domandarne piú e piú persone, e usare ogni diligenza per non avere dipoi a pentersi della compra. Molto piú dovrà essere diligente chi constituirà farsi marito. Costui per mio consiglio essamini, prevegga in piú modi, piú dí, qual sia quella di chi e' dovrà essere tutti gli anni suoi marito e compagno. E stiagli l'animo a prendere moglie per due cagioni: la prima per stendersi in figliuoli, l'altra per avere compagnia in tutta la vita ferma e stabile. Però si vuole cercare d'avere donna atta a procreare, grata a esserti perpetua congiunta.

Di qui si dice che nel tôr moglie si cerchi bellezze, parentado e ricchezze. Le bellezze d'un uomo essercitato nell'armi paiono a me, quando egli arà presenza di fiero, membra di forte e atti di destro a tutte le fatiche. Le bellezze d'uno vecchio stimerò siano nella prudenza, amorevolezza e ragione delle sue parole e consigli; e qualunque altra si reputi bellezza in uno vecchio certo sarà molto dissimile a quella d'un giovane cavaliere. Cosí stimo le bellezze in una femmina si possono giudicare non pure ne' vezzi e gentilezza del viso, ma piú nella persona formosa e atta a portare e produrti in copia bellissimi figliuoli. E sono tra le bellezze a una donna in prima richiesti i buon costumi; ché già una barbara, scialacquata, unta e ubriaca poterà nelle fattezze essere formosa, ma sarà mai chi la stimi bella moglie. E' primi costumi in una donna lodatissimi sono modestia e nettezza. Diceva Mario, quel prestantissimo cittadino romano, in quella sua prima conzione al popolo romano: «Alle donne mondezza, all'uomo si conviene fatica». E per certo a me cosí pare sia. Nulla si truova cosí da ogni parte stomacoso quanto una femmina sbardellata e sporca. E quale stolto dubiterà che la donna la quale non si diletti d'essere veduta netta e pulita non ne' panni solo e membra, ma in ogni atto ancora e parole, costei non sarà da riputarla ben costumata? E chi non lo conosce che la donna scostumata rare volte si truova essere onesta? Le donne disoneste quanto sieno dannose alle famiglie sia altro luogo da pensarne e ragionarne, ché io per me non so quale alle famiglie sia maggiore infelicità o tutta la solitudine, o una sola disonesta moglie. Adunque nella sposa prima si cerchi le bellezze dell'animo, cioè costumi e virtú, poi nella persona ci diletti non solo venustà, grazia e vezzi, ma ancora procurisi avere in casa bene complessa moglie a fare figliuoli, ben personata a fargli robusti e grandi. Antico proverbio: «Qual vuoi figliuoli, tal prendi la madre», e ne' begli figliuoli ogni virtú loro sarà maggiore. Notissimo tra i poeti detto: «Gratissima virtú vien d'un bel corpo». Lodano i fisici filosafi che la moglie sia non magra, ma sanza troppo incarco di grassezza, però che queste cosí piene sono di molta frigidezza e oppilazioni gravi, e pigre a concipere. Vogliono ancora sia la donna di natura ben lieta, ben fresca, ben viva di sangue e d'ogni spirito. Né punto a loro dispiace una fanciulla brunetta. Non però accettano le fusche e nere, né amano le piccole, neanche lodano le troppo grandi e troppo svelte. Ben par loro utilissima a procreare molti figliuoli quando ella sia bene istesa, ma insieme molto ampia in tutte le membra. E sempre prepongono l'età fanciullesca per piú loro, dei quali testé non accade dire, rispetti, come a conformarsi insieme massime l'animo. Sono le fanciulle per età pure, per uso non maliziose, per natura vergognose e sanza intera alcuna malizia; con buona affezione presto imprendono, e sanza contumacia seguitano i costumi e voglie del marito. Cosí adunque quanto abbiamo detto si seguiti tutte queste cose, le quali veggiamo che sono a conoscere e scegliere atta e prolifica moglie utilissime. Aggiugni a queste che ottimo sarà indizio se la fanciulla si troverà copia di fratelli tutti maschi, imperoché di lei appresso di te potrai sperare sarà simile alla madre.

E abbiamo detto già delle bellezze. Seguita il parentado, nel quale considereremo qual cose siano bene atte e da preferire. Credo io nel parentado in prima si vuole bene essaminare la vita e modi di tutti e' nuovi coniunti. Molti matrimonii sono stati, secondo che tutto il dí s'ode e legge, cagione di grande ruine alla famiglia, poiché sono imparentatosi con uomini litigiosi, gareggiosi, superbi e malvoluti. Qui non accade per brevità addurne essempli, ché credo niuno si truovi sí sciocco, el quale non prima volesse rimanere sanza moglie che avere a sofferire pessimi parenti. Alcuna volta si vede e' parentadi sono stati dannosi e calamitosi a quelli sposi, e' quali hanno avuto a sostenere la famiglia sua e quella di coloro onde cavorono la fanciulla. E non raro interviene che i nuovi parenti sapendosi nelle cose mal reggere, o forse cosí sendo sfortunati, tutti per bisogno s'anidano in casa del nuovo parente. Tu di fresco sposo, né puoi sanza danno ritenerli, né sanza biasimo commiatarli. Adunque, per comprendere tutto questo luogo in poche parole, ché al tutto voglio essere in questa materia brevissimo, procurisi avere questi cosí nuovi parenti di sangue non vulgari, di fortuna non infimi, di essercizio non vili, e nelle altre cose modesti e regolati, non troppo superiori a te, acciò che la loro amplitudine non auggi come l'onore e dignità tua, cosí la quiete e tranquillità tua e de' tuoi, e acciò che, se di loro alcuno cascasse, tu possa dirizzarlo e sostenerlo sanza troppo sconciarti, e sanza sudare sotto quello alle tue braccia e forze superchio peso. Né anche voglio questi medesimi parenti essere inferiori a te, imperoché se questo

t'arecò spesa, quello t'impone servitú. Siano adunque non inequali a te, e come abbiamo detto, modesti e civili.
Seguita della dota, la quale, quanto a me pare, vuole essere piú tosto mediocre, certa e presente, che grande, dubbiosa e a tempo. Non so io come ciascuno, quasi da uno comune corrutto uso, si diventi collo indugio pigro a satisfarti del danaio tanto piú quanto egli speri bellamente potere non ti rendere el debito, come ne' matrimonii talora interviene. Poiché la sposata ti siede in casa, in quello primo anno tutto, non pare altro licito che confermare il parentado con spesso visitarsi e convivare. Forse ivi si reputa durezza, fra' congiunti e fra le feste, disporsi e adirizzarsi e piatire, e domandando, come sogliono e' nuovi mariti per non offendere la grazia ancora tenera nel parentado, con parole rattenute e lento, pare ogni piccola scusa sia da essere accettata. E se tu richiedi el tuo con piú fronte, quegli ti monstrano infiniti suoi bisogni, lamentansi della fortuna, accusano i tempi, riprendono gli uomini, dicono in maggiori casi speravano poterti molto richiedere; ma quanto però in loro sia, largo ti promettono di termine in termine satisfare, prieganti, vinconti, né a te pare di spregiare le preghiere di questi pur ora accettati parenti. Cosí ti truovi in luogo ove ti sta necessità a tuo danno tacere, o con ispesa e nimistà intrare in litigio. Dipoi ancora pare che mai non manchi l'infinita seccagione della moglie tua. Né sono poco le sue lagrime, né hanno pochissima possanza le persuasioni e assidue preghiere d'un nuovo e testé principiato amore. Né sapresti tu, per duro e bizzarro che tu fussi, imporre silenzio a chi altri pel padre suo o pe' fratelli cosí dolce e piangendo ti pregasse. Cosí stima molto meno potrai e per casa e nella camera non ascoltare la donna tua. Adunque alla fine a te ne risulta o danno o nimistà. Siano adunque le dote certe e presente e non troppe grandissime, perché quanto e' pagamenti hanno a essere maggiori, tanto piú tardi si riscuotono, tanto sono piú litigiose risposte, tanto con piú dispetto ne se' pagato, e a te tanto nelle cose pare da fare ogni grande spesa. Poi non si può dire quanto sia acerbo e talora disfacimento e ruina delle famiglie ove dobbiamo le gran dote rendere. Detto come si debbe scegliere la moglie fuori di casa, detto come si debbe accettarla in casa, resta a conoscere come si debbe trattarla in casa.
BATTISTA
Io non interromperei questo tuo cosí succinto correre, se da te non fusse a me permessa questa licenza. Ma giovi el fermarci un poco e rivolgermi adrieto per confermarci a memoria quanto, se ben mi ramenta, per infino a qui dicesti si debbe scegliere onesta compagna di buon parentado e con buona dota, e atta a far figliuoli assai. Queste tutte cose difficilissime, Lionardo, stimi tu sia facile trovarle tutte in una donna, nonché in tante di quante bisogna a una famiglia grande e simile alla nostra? Io veggo negli altri matrimonii: se la fanciulla esce di parentado, ella ne viene sanza dota, e spesso cosí si dice: «Se tu vuoi dota, togli vecchia o sozza», tal che tra noi mi

pare sia simile usanza a quella si scrive era in Tracia, che le sozze vergine con molta dota comperavano i mariti, alle belle stava certo premio secondo il giudicio de' publici tassatori. Adunque, Lionardo, intendi tu quel ch'io voglio dire?
LIONARDO
Intendo, e piacemi sia cosí stato attento a quanto abbiamo insino a qui detto. Èmmi caro non m'abbi lasciato cosí trascorrere. E sí, è egli vero; sí, e' matrimonii non possono tutti essere com'io gli desidero, né possono tutte le mogli trovarsi simile a quella Cornelia figliuola di Metello Scipione maritata a Publio Crasso, donna formosa, litterata, perita in musica, geometria e filosofia, e quello che in donna di tanto ingegno e virtú piú meritava lode, fu d'ogni superbia, d'ogni alterezza e d'ogni importunità vacua. Ma facciasi come consigliava quel servo Birria apresso Terenzio: «Non si può quel che tu vuoi; voglia quel che tu puoi». Sposisi quella in cui appaiano meno che nell'altre mancamenti. Non si lasci bellezza per aver parentado, non parentado per asseguire dota. Lodava Catone, ottimo padre di famiglia, nelle donne molto piú una antica gentilezza che una grande ricchezza. E quanto a me, benché io possa credere l'una e l'altra sarà baldanzosa alquanto e contumace, pur quella un poco piú temerà vergogna e molto meno sarà disubidiente, la quale non fra l'ombra e delizie delle ricchezze, ma coll'opera e luce di buon costumi sarà nata e educata. E tolgasi moglie per allevarne figliuoli in prima; dipoi si pensi che alle fortune piú sono e' buoni parenti fermi, e a giudicio de' buoni, utili piú che la roba. La roba in molti modi si truova essere cosa fuggiasca e fragile; e' parenti sempre durano parenti, dove tu gli reputi e tratti non altrimenti che parenti. Di questo sarà da dirne piú amplamente altrove; ora ritorniamo al proposito nostro. Ma di che mi ramento io testé? Certo egli è cosí; altro tempo si vuole a pensar prima, poi altro tempo a dire quello che tu bene fra te pensasti. Io in questo nostro ragionare, che cosí mi richiedesti, non cosí previsto né preparato transcorro con impeto, come chi corre alla china, e proffero ciò che m'è piú al dire proclive. Non ti paia maraviglia adunque se io lascio adrieto piú e piú a questa materia necessarie cose, quali qui restano per certo troppo utile, troppo necessarie, e sarebbe mancamento lasciarle.
BATTISTA
Restàv'egli costí forse ancora che dire? Io piú nulla stimava vi si potessi aggiugnere.
LIONARDO
Pensa tu; quand'io lasciava adrieto cosí fatta e innanzi a tutte necessaria cosa, quante altre credi tu utili e commodissime ora mi sieno fuggite dinanzi e nascose drieto? Ma questa molto da sé illustrissima e prestantissima m'è grato a tempo essermene aveduto. Dico, poiché tu nuovo sposo arai scelto e deliberato qual fanciulla piú ti piaccia, e presone consiglio e licenza da tutti e' tuoi maggiori, e questa piú che l'altre fanciulle per costumi e per bellezza

a te e a' tuoi molto sarà grata, si vuole prima sí bene fare come diceva apresso Senofonte quel buon marito a Socrate: pregare Iddio che alla tua nuova sposa dia grazia d'essere fecunda con pace e onestà della casa, molto pregarne Iddio con molta religione, però che queste sono cose troppo in una moglie necessarie, troppo misere a chi le mancano, molto lodate e felici in chi le stiano, e sono proprio dono d'Iddio. Non ha buona sposa ogni uomo che la cerca, né ha onesta donna ciascuno che la vuole, come forse alcuni si stimano. Anzi sempre fu raro e solo beneficio d'Iddio abbattersi a moglie in tutto pacifica e costumatissima, e puossi riputare felice marito colui el quale dalla moglie vedrà mai nato alcuno scandolo o vergogna. Beato colui a chi la mala moglie non porge maninconia alcuna. Però di questo molto si prieghi Dio, che al nuovo marito dia grazia di ricevere buona, pacifica, onesta e come dicemmo prolifica sposa. Ancora di nuovo dirò tanto: mai si resti di pregare Iddio che conservi nel congiugio onestà, quiete e amore.

BATTISTA

Avendo io adritto l'animo a tôr moglie, Lionardo, non so quanto mi fusse utile udirti qui tanto diffidarti, e tanto dubitare che a' mariti siano le moglie manco che oneste.

LIONARDO

Taci, Battista, non mi calunniare, non interpretare le mie parole come se io intendessi vituperare i femminili animi e costumi. Anzi mi piace in ogni facile e difficile cosa sempre invocare l'aiuto d'Iddio. Niuna cosa si truova tanto difficile che a noi quella col favore d'Iddio non sia molto facilissima. Né cosa si truova sí facile, la quale o sua natura, o per qualche caso talora non sia in qualche uno difficillima. Però giova, Battista, pregare Iddio che le cose a tutti gli altri facili, a noi non caggiano difficili. Ma seguitiamo il primo ragionamento nostro. Dissi qual fusse in casa atta moglie a portare figliuoli; ora mi pare seguiti di considerare quanto al procreare de' figliuoli si richiegga, la qual parte forse per qualche rispetto sarebbe da preterire. Ma sarò in quella, benché molto necessaria, pure sí copertissimo e brevissimo, che a chi ella non gustasse sarà come non detta, e a chi ce la qui aspettasse arà da non desiderarla. Provegghino i mariti non darsi alla donna coll'animo turbato di cruccio, di paura o di simili alcune perturbazioni, imperoché quelle passioni le quali premono l'animo impigriscono e infermano la virtú, e quelle altre passioni le quali infiammano l'animo, perturbano e fanno tumultuare que' maestri e' quali aveano indi a fabricare quella imagine umana. Di qui s'è veduto d'un padre ardito e forte e saputo uno figliuolo timido, debole e sciocaccio, e d'un moderato e ragionevole padre essere nato un furioso figliuolo e bestiale. Vuolsi ancora non aggiugnersi se 'l corpo e tutte le membra non sieno bene disposte e sincere. Dicono i fisici e con molte ragioni dimostrano queste, come e' padri e le madri si truovono o gravi e oppressi di crapule o malizia di sangue, o deboli e vòti di vigore e polso, cosí sarà ragionevole siano e' figliuoli, come alcuna volta si veggono, lebrosi, epilentichi, sporchi e non finiti di membra e vacui; le quali cose molto sono da non volerle in suoi figliuoli. Imperò comandano si conscenda a questa tal congiunzione sobrio, fermo e quanto piú si può lieto, e par loro quella ora la notte attissima doppo la prima digestione, nella quale tu sia né scarco né pieno di tristi cibi, ma sviluppato e leggieri dal sonno. Lodano in questo farsi ardentemente dalla donna desiderare. Hanno ancora molti loro altri documenti, che quando sia il caldo superchio, e quando ogni sementa e radice in terra stia cosí ristretta, arsa da' freddi, allora s'indugi e aspettisi l'aire temperata. Ma sarebbe troppo lungo recitare tutti e' loro precetti, e forse doveva io avere piú riguardo con chi io favello. Voi siete pur giovanetti; forse questo luogo, a che io possa pigliare scusa cosí sendoci a caso entrato come il ragionare mi v'ha tirato, questo medesimo non mi sarebbe licito volerlo dire ex proposito. Ma come ch'io sie o da biasimarmi o da scusarmi, io son contento avere errato purch'io a voi n'abbia pòrto qualche utile, e in questo io reputo meno errore s'io forse sono stato superchio favellatore piú che disonesto.

BATTISTA
A noi non se' tu, Lionardo, paruto in questo ragionamento né superchio, né disonesto. Anzi, se come tu di', come e' fisici pruovano, come io credo sia il vero, se per non avere ogni diligenza può seguirne lebra, morbi e tali estreme malattie, se la poca temperanza ne' padri può e suole essere cagione di furore e pazzia ne' figliuoli, non vi si debbe egli avere grandissimo riguardo? Pertanto giova conoscere el male per poterlo schifare. E qual savio non volesse piú tosto non volere figliuoli che averli morbosi e furiosi? Segui, Lionardo, non trallassare adrieto, non temere tra noi alcuno mordace calunniatore, e' quali allora arebbono da riprendere quando tu tacessi queste sí necessarie cose, le quali osservate sono utilissime, non curate troppo sono dannosissime.

LIONARDO
Sanza dubbio questi precetti sono utilissimi, ma pure egli era forse il meglio volere parere manco dotto che troppo inetto, come forse ora a me converrà essere. L'un ragionamento alletta e tira l'altro. Dissi della congiunzione, la quale ricerca ch'io dica testé come si debba trattare la donna quando ella sia gravida; e ancora nel partorire, e partorito ch'ella arà, par se gli debba qualche documento. E cosí dove io avea statuito narrarti gl'instituti della famiglia, io arò a descriverti precetti di medicina, e insegnarti essere, come dicevano gli antichi, ostetrici. E che piú? Aremo noi a imitare quel Gaio Mazio antico amico di Gaio Cesare, el quale descrisse l'arte de' cuochi e l'arte de' pistori? Aremo noi a 'nsegnarti ancora a fare la pappa e zuppa pe' fanciulli? Ma poiché noi siamo caduti in questi ragionamenti, sieci licito essere brevissimi, e lasceremo a' medici con ragione difendere e' documenti suoi, quali succinte raconteremo. La donna adunque, quale sentirà sé

gravida, usi vita scelta, lieta e casta, vivande leggieri e di buon nutrimento; non duri superchie fatiche, non s'adornmenti, non impigrischi in ozio e solitudine, partorisca in casa del marito e non altrove; prodotto el parto, non esca a' freddi, né a' venti, se prima in lei ogni fermezza di tutti i membri suo' non sono bene rassettati. E ho detto.

BATTISTA
E quanto brieve!

LIONARDO
Abbiamo adunque el modo a crescere la famiglia. Ora diremo in che modo ella si conservi, se in prima dico due cose necessarie a' nati fanciugli, nelle quali veggo molti padri non poco errare. A me nella famiglia nostra Alberta, e in prima ne' figliuoli di messer Niccolaio, diletta quella leggiadria di que' bellissimi nomi, Diamante, Altobianco, Calcedonio, e negli altri Cherubino, Alessandro, Alesso; e pare a me ch' e' nomi sozzi abbiano in molta parte facultà a disonestare la dignità e maestà di qualunque uomo virtuoso. Leggesi alcuni nomi essere stati infelicissimi, come in Grecia quelle vergini quali si chiamorono Milesie, per varii modi, per suspendio, precipizio, con veneno, con ferro, tutte sé stessi furiose dierono anti tempo a morte. E cosí e' nomi leggiadri e magnifichi pare a me tengano buona grazia, e non so donde rendono la virtú e l'autorità in noi piú splendida e piú pregiata. Alessandro macedonico, el cui nome già era apresso tutte le nazioni celebratissimo, movendo le sue copie d'armi per convincere un certo castello, chiamato a sé un suo macedonico giovanetto a cui era simil nome Alessandro: «E tu, Alessandro», disse per incenderlo a meritar laude, «a te sta portare in te virtú pari al nome, quale hai, quanto puoi vedere, non vulgare». E certo io non dubito ne' buoni ingegni uno leggiadrissimo nome sia non minimo stimolo a fare che desiderino aguagliarsi come al nome, cosí ancora alla virtú. E non sanza cagione e' prudentissimi nostri maggiori, quando alcuno fortissimo e amantissimo della patria, in premio e memoria delle virtú loro per incitare e' minori a seguire pari lode, da loro era nel numero degli idii ascritto, gl'imponevano nuovo e quanto potevano elegantissimo e chiarissimo nome, come e' nostri Latini a Romolo, chiamòrollo Quirino, quegli altri a Leda Nemesis, a Giunone Leucotea. Ma siamoci troppo stesi. Statuiamo adunque cosí: non guardino e' padri a' passati nomi nella famiglia tanto che giudichino da non piacere in prima e' bellissimi nomi, poiché i brutti sono odiosi e spesse ore dannosi. Siano in la famiglia nomi clarissimi e famosissimi, e' quali costano poco, vagliono e giovano assai. Imperoché in tutti e' nostri Alberti sempre fu questa innata e quasi naturale volontà ardentissima d'essere piú che parere in ogni lodatissima cosa periti e dottissimi.

Adunque abbiamo detto una delle due quali proposi dire cose. L'altra sí è che l'ora, el dí, il mese e l'anno, e anche il luogo si noti, e in sui nostri domestici commentarii e libri secreti si scriva subito che 'l fanciullo nacque, e serbisi tra le care cose. Questo per molte cagioni, ma non essendovi altra ragione, pur e' dimostra quanto sia nel padre in ogni cosa diligenza, ché già se si reputa diligenza scrivere il dí, far menzione del sensale per cui mano tu comperasti l'asino, sarà egli manco lodo far memoria del dí che tu diventasti padre, e del dí che a' figlioli tuoi nacque il fratello? Aggiugni che possono accadere molti casi ove sarà necessario saperlo, converratti ricercare la memoria degli altri; nollo ritrovando al bisogno, n'averai maninconia e anche forse maggior molestia e danno, e trovandolo riputerai poco lodo se altri ne' fatti tuoi sarà piú che tu stessi curioso e memorioso.

Abbiamo adunque cosí fatta la casa populosa. Ora si vuole molto provedere che questa multitudine non manchi. Però mi pare da considerare le cagioni, il perché le famiglie minuiscono, e conosciute proverremo di rimediargli. Questo in prima voglio appresso di noi sia manifesto: perché gli uomini si sono morti sanza successori, però sono le famiglie mancate. Vorrebbesi potere mantenere gli uomini immortali! Non si può. Facciamo adunque che questi e' quali sono in vita, stiano tra noi quanto piú tempo a loro sia possibile; questo per ogni altro rispetto, ancora e perché quanto piú staranno in vita, tanto piú saranno utili alla famiglia, se non in roba in fama, se non in fama in consiglio, se non in consiglio almanco in acquistargli nuova gioventú. Come faremo a tenere l'uomo in lunga vita? Credo sarà utile fare come fa il pratico pastore a conservare gli armenti suoi. Che fa egli? E' vede che la capra gode ne' luoghi difficili e sterili, la bufola ne' paesi acquosi, gli altri giumenti altrove; però cosí dispone ciascuno e pascegli dove è di che piú si richiede alle nature loro. Cosí facciano e' padri delle famiglie. Se la aria di Firenze sarà troppo a costui sottile, mandisi a Roma; se quella gli sarà troppo calda, mandisi a Vinegia; se questa troppo a lui fusse umida, traduchisi altrove, e sempre si posponga ogn'altra utilità alla sanità, e ivi si fermi dove egli stia sanza alcuna debolezza. Imperoché chi non è ben sano non può essere se non disutile, e se pure di sé costui porge qualche utilità, sarà poco tempo utile, e quando ben durassi assai, credo io piú si debba avere la sanità cara che l'utile. Cosí adunque piú piaccia a' padri avere el figliuolo lungi da sé sano e forte, che averlo presso a sé infermo e debole. Basta questo distribuire la gioventú per luoghi bene atti alle compressioni loro? Mainò. Che gli bisogna piú? Questo ancora: considerare ch'e' cibi tristi, la vita disordinata, e' troppi disagi sono le cagioni di fargli cadere in le infermità e a quel modo uccidergli. Però si vuole che niuna di quelle necessità gli nuoca, e che nelle debolezze e nelle malattie se gli abbia ogni diligenza per rifermarlo e sanarlo. Né vi si risparmi nulla, però che essere tegnente e massaio in que' bisogni sarebbe non virtú ma avarizia. Né si loda la masserizia se non solo per potere a questi e agli altri casi provedere e sovenire, e non essere a' bisogni largo e prodigo torna vergogna e danno. Troppo grandissima ed estrema avarizia mi parrebbe non avere la vita e salute d'uno uomo piú cara ch'e' danari. Troppo stimo a ciascun paia crudelità abandonare lo 'nfermo, non curare di perdere quel parente per conservare e conferire altrove qualche danaio.

E poiché noi abbiamo fatto menzione del non abandonare lo 'nfermo parente, parmi da non tacere quello ch'io dirò testé, cose piú tosto utili alla famiglia che grate agli uomini troppo piatosi. Fu sempre la pietà e umanità tra le prime virtú dell'animo molto lodata, e giudicasi officio di pietà, debito di giustizia, lode di liberalità a uno parente visitare, aiutare, e in ogni caso e bisogno sovvenire al parente suo. Cosí richiede la ragione, la carità e umanità, e ogni costume tra' buoni. Ma forse mi può parere poca prudenza non fuggire quelli infermi, a' quali tu non sanza pericolo della sanità e vita tua puoi loro essere né utile né grato, qual sono e' morbi contagiosi e piú che gli altri velenosi. Le legge in malattia contagiosa ma non mortifera, permettono che l'uomo abandoni la carissima cosa, e separi sé dalla prima ottima naturale congiunzione del matrimonio. Se adunque sarà licito al marito fuggire la donna lebrosa, diremo noi che sia manco licito fuggire uno amorbato di peste? In che sarà lodata la pietà? In porgere mano e opera per sollevare e rifermare quegli afflitti, i quali o per impeto della fortuna, o per ingiuria e nequizia degli uomini, o per alcuno altro incommodo fussono colle membra o coll'animo caduti, o vero oppressi dalle calamità e infermi. Certo sarà pietà e misericordia quanto sia in noi darsi a costui, esserli oficioso e utilissimo. Ma colui sarà temerario e crudele, el quale sé stessi proferirà agli ultimi pericoli della morte, ove a' pericoli seguiranno minimi, o forse niuno premio di laude e fama. E cosí stia: non se non grandissima cagione debba muovere gli animi nostri a non schifare e' pericoli e a non pregiare noi stessi. Nuocere a sé non giovando ad altri non veggo io quanto si venga da pietà. Loderemo la giustizia e fortitudine in sapere da ogni caso avverso e da ogni male difendere e vendicare la fama, le fortune, il sangue e la vita nostra. Ma qual giusto mai offenderà sé stessi non difendendo altrui? Quale uomo mai ebbe lodo di fortitudine per inimicare sé stessi? Piace la liberalità e prudenza nell'opere magnifiche e molto utilissime; ma quale non stultissimo stimerà mai questo essere cosa degna di non grandissima riprensione darsi agli estremi pericoli ove tu non salvi, ma gratifichi a uno solo? A me certo pare stultissimo consiglio non amare piú la vita certa di molti sani che la sanità dubbia d'uno infermo. Le quali cose se cosí sono, chi dubita che sarà pietà, giustizia e prudenza in simili casi provedere che lo 'nfermo guarisca, ma non meno sarà consiglio e ragione provedere ancora ch'e' sani non infermino? Chi studia che lo 'nfermo si liberi, costui lo cerca sano. Adunque apresso di lui sia caro avere in sé quello quale brama in altrui. E se vogliamo la nostra prudenza e pietà essere lodata, daremo opera ch'allo 'nfermo sanza pericolo della vita nostra ogni cosa a lui utile e necessaria abondi. Aremovi medici, chiameremo speziali, non mancheranno gli astanti; ma noi provederemo alla sanità nostra, colla quale all'infermo e alla famiglia nostra saremo piú che col pericolo acomodatissimi, dove perseverando in tanto pericolo sarebbe a chi giace poco utile e alla famiglia dannoso, imperoché colui cosí infetto può facilmente amorbare costui, e costui quell'altro, e a quel modo tutta la famiglia cadere in infermità e ruina. Quante terre già si viddono da piccolo principio d'infezione essere cresciuto grandissimo incendio di pestilenza, tale che quasi tutta la gioventú in pochi dí si truova perita e consumata! Non bisogna qui allegarne storie, né recitarne essempli. In questo veneno niuno dubita a quanto sia forza di morte da qualunque minimo principio cresca e spandasi grande e furiosa. Vedemmo a Genova, non fa molti anni, sendo concorso il popolo a uno spettaculo religioso e publico, alcuni salirono in luoghi ove prima qualche amorbato era giaciuto e perito. Fra pochi dí qualunque ivi allo spettaculo era in su que' luoghi dimorato, cosa miserabile! in brieve morí, e amorbossi chi gli ricevette in casa, amorbossi chi gli visitò, per modo che tutta la terra sentí la ruina e strage di quella pestiferissima velenosa furia. O veneno nocentissimo, o infirmità orribilissima, o cosa molto da fuggirla! Non so io se qui merito essere in queste parole duro e impio riputato, ma poiché di questo trattiamo, siaci licito non tacere l'utile della famiglia. Dirò quello comandano i dotti fisici, quale confermano il giudicio di ciascuno prudente, quale anche ogni uomo non in tutto pazzo può per esperienza cosí el vero conoscere. Fugga el padre, fugga el figliuolo, fugga il fratello, fuggano tutti, poiché a tanta forza di veneno, a tanta bestemmia, nulla si truova che giovi se non fuggirla. Fuggansi, poiché altra arme o arte cóntroli niuna ci vale. Non si può, non, propulsare, non difendere quella rabbia mortifera ed essecrabile. Adunque vorranno i savi prima salvare sé fuggendo, che rimanendo non giovare ad altri e nuocere a sé. Piaccia a' piatosi non meno la salute sua che una vana opinione di grazia. All'uomo per salvare sé, chi niega non essere licito e concesso dalle leggi uccidere chi con inimico animo l'assaliva? Se cosí lice, quale pertinace mi negherà non molto piú meritare perdono chi abandonerà quell'uomo, el quale al continuo gli porga pericolo di morte? Anzi qual prudente, quale affezionato al bene e salute de' suoi mai riputasse abbandonatosi, ove si vegga di quelle cose tutte copia, quali giovano a' bisogni suo', medici, servidori, e medicine? Può a quel modo guarire, ove avendo atorno i suoi non però meglio potrebbe guarire, ma presto ucciderli. Non voglio essere lungo in questo ragionamento, el quale priego Iddio in la nostra famiglia mai acaggia da seguirmi con opera quanto la necessità e utilità della famiglia desidera. Torniamo a' primi ragionamenti. Fuggansi adunque, sí come dicemmo, tutti e' luoghi e tutte le cagioni atte a infermare alcuno della famiglia.

Truovo ancora che in altro modo si rende la famiglia men populosa, quando ella si divide, e dove prima era una sola ben populosa e ben grande, testé son due né populose, né grandi, come già intervenne ad alcuna famiglia in Italia. Qual fusse la ragione testé nollo ricerco. Ben confermo che a me pare da credere cosí, che qualunque padre vorrà la sua famiglia essere divisa e minore, cosí e piú debole, per constituire sé piú maggiore e piú fermo, costui prima sarà ingiusto molto e da biasimare; imperoché, comune giudicio di tutti e' prudenti, l'utilità e onore di tutta la famiglia si dee preporre alla propia, come tutto proverremo nel luogo suo; poi costui medesimo cosí ingiusto non si può riputare prudente, anzi giace in grandissimo errore, s'egli sta col pensiero e mente occupato a essere capo maggiore che alle membra della famiglia sua si convenga. Le deboli membra non possono sofferire el capo troppo grave, anzi pel troppo peso si fiaccano, e il capo non sostenuto da tutti i membri cade e si fracassa. Però colui el quale sarà saggio, e per giudicio intenderà in altri quello che altri co' suoi dolori pruova, costui conoscerà che d'uno trave segato quella e quell'altra parte molto piú sarà debole a sostenere il peso che s'elle fossono non dispartite. Né mai si potrà tanto raggiugnere el già diviso legno che sia, come prima era, fermo e tegnente. Ma di questa materia piú diremo appieno nel luogo suo, ove acaderà a dire dell'amicizie, concordia e unione quali bisogna nella famiglia. Per ora tanto basti avisarvi che le famiglie per essere divise non solo minuiscono di numero e gioventú, ma ancora scemano d'autorità, rendono minore la fama e dignità, per modo che in grande parte ogni nome e grazia acquistata si perde. Molti ameranno, temeranno, onoreranno una famiglia unita, e' quali di due famiglie discorde e divise nulla stimeranno.

Abbiamo adunque detto come si debbe fare e conservare la casa populosa, come a farla populosa tolgasi moglie, procreasi figliuoli, come a conservalla si vuole dare opera che la gioventú perseveri in lunga vita con sanità e unione; le quali tutte cose con nostra industria e diligenza potremo quanto al bene e utile della famiglia si richiede, essequire. Ma perché alcuna volta contro ad ogni nostra umana prudenza accade che 'l numero nella famiglia manca, o perché le mogli rimangono sterili, o perché la morte ci toglie e' già acquistati figliuoli, però mi pare necessario qui ancora considerare in che modo allora ci sia licito mantenere la famiglia pur populosa. Appresso gli antichi, e' quali con molta prudenza e consiglio a ogni commodità e necessità della famiglia provedevano, soleva licita essere e legittima consuetudine fare divorzio dalle loro maritate, e divider l'uso e unione congiugale e separarsi dalla moglie. Questo facevano quando vedevano del matrimonio loro seguire niuno frutto, e per pruova conoscevano cosí insieme sé non essere utili a quanto si desidera ne' matrimonii, divenire padri. E nacque questo uso e licenza non prima in Roma che anni dugento e trenta doppo la rapina fatta delle donne sabine, tanto avea voluto Romulo ne' matrimonii essere integrità e pudicizia. E non però sanza cagione Spurio Corvinio, overo Corpilio, fu el primo el quale repudió la sua moglie perché essa era infecunda e sterile. Parsegli non disonesto lasciar questa, disiderando altronde avere figliuoli. Ma oggi e' costumi civili, le religiose constituzioni le quali affermano el matrimonio essere non congiunzione di membra tanto, ma piú unione di volontà e animo, e per questo statuiscono sponsalizio essere sacramento e legame religioso, però vetano che quegli e' quali sono cosí per divino sacramento congiunti mai si separino per volontà umana. Quella adunque utile alla famiglia antiqua consuetudine di lasciare quella sterile per tôr questa colla quale s'acquisti figliuoli, oggi, come vedete, non è valida a rompere el vincolo religioso congiugale. Solo, quella può separare la congiunzione delle membra, ove siano alla salute e vita loro dannose. Giova adunque questa separazione non ad ampliare el numero della famiglia, ma a conservalla.

Restaci quella altra consuetudine antichissima che solevano e' fortissimi cittadini, e' quali forse aveano traduttta l'età sua nell'arme fra gli esserciti in remotissime province per rendere suo officio al nome e autorità della patria, poi quando si riducevano in riposo fra' suoi e in la sua già ultima età cessavano dalle publice fatiche e davansi a' civili onestissimi ozii, ove grandemente desideravano come in la superiore età coll'opera e sudore, cosí testé con prudenza e consiglio essere a' cittadini suoi gratissimi e carissimi; e conoscevano quanto negli ozii sia voluttà, quel che loro nell'arme non era licito avere, la carissima e amatissima compagnia della moglie; e non dubitavano quanto sia alla republica e alle famiglie private utilissimo procreare figliuoli, e per questo curavano non uscire di vita sanza vedere chi sia nel nome e fortune sue osservatore e successore, facevano come oggi alcuni, e come a que' tempi sí degli altri assai, sí anche el figliuolo d'Africano superiore, quale adottò el figliuolo nato di Paulo Emilio. E pare a me questa utilissima, licita consuetudine, adottarsi degli altri già nati figliuoli, ove a te quegli nascere non possano. Potrei adurne piú cagioni; solo ne dirò qualcuna per brevità; e per non lasciare questo luogo sí nudo, sia licito adottare per ovviare che la famiglia non declini in solitudine e ad infelicità. Sia ancora non inutile considerare che se già e' figliuoli nascono, a noi sta niuna certezza quanto e' sieno per crescere e sani e interi di membra e sentimento. Ma in quelli e' quali già in parte sono allevati, non sarà tanto da dubitare quali uomini e' possano con nostro studio e diligenza divenire, però che già da' costumi della indole ed effigie loro assai di presso apparisce e comprendesi onde tu possa constituire a te non incerta espettazione. Ma ritorniamo alla brevità nostra, e sia persuaso che l'adottare non è cosa se non usitata, giusta e utilissima alle famiglie. E perché questo adottare quasi non è altro se non aggiugnere uno nuovo cugino a' tuoi nipoti e un congiunto a' tuoi parenti, però si vuole sceglierlo tale quale que' di casa l'acettino volentieri. Vuolsi conferire con tutti, acciò che niuno poi biasimi quello quale essi abbino lodato e consentito; vuolsi aver cura d'adottare nati di buon sangue e di buon sentimento, di gentile aspetto, e tali nell'altre cose che la casa mai abbia con ragione da dolersene. E poi' maggiori cosí faranno quanto in loro sarà possibile, prima con aver buon consiglio e diligenza, poi con aver buona cura e sollecitudine in fare dotto e costumato el fanciullo e

mantenerlo virtuoso. E stimi chi adotta, se nollo amerà come figliuolo, gli altri di casa non terranno quello per congiunto, onde costui sarà non solo come forestiero in casa, ma piú viverà carico d'invidia, né forse libero da ingiurie e danno. E ciascuno sa quanto nelle famiglie le discordie sieno da fuggire. Vuolsi adunque adottare nati atti a virtú, amarli e farli virtuosi, ché allora tutti e' tuoi staranno lieti e contenti vedere in la famiglia un virtuoso. Circa il fare e mantenere una famiglia populosa pare a me qui resti a dire piú nulla, se già a voi non altro venisse a mente.
BATTISTA
Io non so in che mi ti lodare piú, Lionardo, o della facilità quale tu hai usata in narrarci quanto ti priegammo, o dello ingegno col quale tu hai cosí distinto e disposto in mezzo cose qual mai arei stimato si facessono a questa materia, sopra tutto, Lionardo, in tanta copia di perfettissimi quanti recitasti documenti. A me piace questa tua maravigliosa brevità, e in tanta brevità parse a me el tuo stile nel dire elegantissimo, facile e molto chiaro. Né mai arei pensato ivi fusse stato a gran quantità presso tanto che dirne. Abbiamotene grazia. Quando che sia a noi gioverà avere imparato da te queste cose bellissime e utilissime alla famiglia. Cosí aspettiamo dell'altre che restano, ché, se ben mi ricordo, rimane a dire in che modo la famiglia diventi ricca, amata e famosa. Séguita.
LIONARDO
Ben istà. Ma prima quel mi pare da fare. Parmi vostro officio sempre coll'animo e con tutte l'opere osservare in ciò che potete a vostro padre esser dovunque bisogni presti, grati e utili. Ite adunque. Vedete prima se a Lorenzo bisognasse nulla. Non si vuole posporre la pietà ad alcuno studio. Va, Battista. Tu me poi ritroverrai qui.
BATTISTA
O diem utilissimam! Vado. Carlo, tu sta con Lionardo, non rimanga solo.

Cosí feci. Andai. Vidi a nostro padre bisognava nulla. Per questo a lui pregai licenza, se cosí gli piaceva, ritornassi da Lionardo, el quale m'aspettava per seguire quanto gli avea cominciato per insegnarci cose molto utili. - Da Lionardo, - disse Lorenzo nostro padre, - non potete imparare se non virtú. Piacemi, ite, non perdete tempo; qui testé nulla bisogna di te, e, se tu bene bisognassi, piú a me sarà caro sapere sia dove diventi piú dotto. Va, Battista, e stima, figliuol mio, ogni tempo essere perduto se non quello el quale tu adoperi in virtú. Né potresti a me fare cosa piú grata quanto di farti virtuoso. Lascia qual sia faccenda adrieto per acquistare virtú e onore. Va, non indugiare. Va, figliuol mio -. Cosí disse Lorenzo, e io cosí feci, rende'mi a Lionardo, narra'gli la risposta.
- Oh! que' padri felici, - disse allora Lionardo, - e' quali non avendo maggior desiderio se non che diventino virtuosi, s'abattono ad avere figliuoli, e' quali sono cupidissimi di prendere buone arti e ornarsi d'ottimi costumi e grazia

di molti. Seguite, fratelli miei, Battista e tu Carlo, adempiete quanto in voi sia la voglia ed espettazione di vostro padre, poiché né lui desidera da voi altro, né voi potete far cosa piú in uomo lodata. Date opera quanto fate di dí in dí essere piú dotti e piú lodati. E noi ora che faremo? Seguiteremo noi dicendo di quello che resta a' ragionamenti nostri? A me pare già tardi. Ricciardo e Adovardo omai dovranno indugiare non troppo a giugnere; però temo non ci basterà il tempo e saracci interrotto el ragionamento. Pertanto forse sarebbe il meglio soprastare in domani e direnne piú pensato e piú intero, ché testé mi pare stare coll'animo sospeso aspettando vedere Ricciardo, el quale uomo modestissimo, umanissimo, sempre e per sua carità in me, e per mia reverenza inverso di lui, fu a me in luogo di padre. E non so come, qualunque io sento passare mi pare sia Ricciardo, tanto desidero e aspetto vederne Lorenzo essere lieto, el quale vie piú di me con troppo desiderio l'aspetta.

Allora gli rispuosi io: - Lionardo, facciamo come testé nostro padre disse: riputiamo perduto ogni tempo se non quello quale spenderemo in virtú. Ora credo non ci sia che fare altro. Adòperati in farci migliori. Tu insino a qui dicesti, quanto a mio giudicio in quella materia dir si poteva, molto utilissime cose non sanza perfetto ordine, con eloquenza non meno succinta che chiara ed elegante: onde non dubito testé potrai in quel che resta fare il simile. Ricciardo stimo non giugnerà però sí tosto, né a te l'animo mai suole pendere meno inverso l'utilità nostra che verso l'amore di Ricciardo. Per tua facilità e grazia verso di noi sempre potemmo riputarti fratello, e per quanta da te riceviamo dottrina e cognizione di cose perfettissime, dovemo ricognoscerti non solo come maestro, ma certo in luogo di padre. E non riputiamo men grado avere avuto l'essere e vita dal padre, che ricevere da te el ben starci in vita con lodo e onore. Però, Lionardo, segui. Facciamo questo tempo nostro adoperandolo. Cosí manco resterà domani che dire. Segui. Ascoltiànti.

LIONARDO

Adunque piacemi. Sarò nondimeno, poiché 'l tempo cosí richiede, brevissimo quanto la materia patirà. Ascoltatemi. Abbiamo la casa come dicemmo populosa, piena di gioventú. Vuolsi essercitarla, non lasciarla impigrire in ozio, cosa come inutile e poco lodata alla gioventú, cosí alle famiglie gravissima e troppo dannosa. Non però bisogna qui metter a voi in odio l'ozio, quali io veggio studiosi e operosi, ma pure per piú incitarvi a seguire come fate in ogni fatica e in ogni laborioso essercizio per acquistare virtute e meritar fama, ponete animo qui e pensate da voi quale uomo, non dico cupido di laude, ma in qualche parte timido d'infamia possiate non trovare, ma fingere, a cui non dispiaccia grandemente l'ozio e desidia? Chi mai stimasse potere asseguire pregio alcuno o dignitate sanza ardentissimo studio di perfettissime arti, sanza assiduissima opera, senza molto sudare in cose virilissime e faticosissime? Certo sarà necessario a chi curi d'ornarsi di

laude e fama fuggire e ostare molto all'ozio e inerzia, non meno che a'
capitalissimi e nocentissimi inimici. Nulla si truova onde tanto facile surga
disonore e infamia quanto dall'ozio. El grembo degli oziosi sempre fu nido
e cova de' vizii; nulla si truova tanto alle cose publice e private nocivo e
pestifero quanto sono i cittadini ignavi e inerti. Dell'ozio nasce lascivia; della
lascivia nasce spregiare le leggi; del non ubbidire le leggi segue ruina ed
esterminio delle terre. Quanto prima si comincia essere contumace a'
costumi e modi della patria, tanto subito si stende negli animi arroganza,
superbia, e ogni ingiuria d'avarizia e rapina. Ardisconsi latrocinii, omicidii,
adulterii, e ogni scellerata e perniziosa licenza trascorre.

Adunque l'ozio, cagion di tanti mali, molto a' buoni debba essere in odio. E
quando bene l'ozio fusse non quanto ciascuno conosce ch'egli è, pernizioso
e nimico a' buon costumi, e origine e fabrica d'ogni vizio, quale benché
inetto uomo mai volesse essere in vita sanza essercitare lo 'ngegno, le
membra e ogni virtú? In qual cosa a te pare differenza da un tronco, da una
statua, da un putrido cadavere a uno in tutto ozioso? Quanto a me, non
parerà ben vivo colui el quale non sente onore e vergogna, né muove sua
membra e sé stessi con qualche prudenza e conoscimento, ma bene stimerò
non vivo colui el quale giacerà sepellito nell'ozio e inerzia, e fuggirà ogni
buono studio e opera. E a me sarà costui da nollo riputare degno di vita, el
quale non molto vorrà in virtú e laude usare ogni suo sentimento e
movimento. E questo medesimo ozioso, mentre che seguirà invecchiando
in desidia e inerzia senza porgere di sé a' suoi e alla patria sua utilitate
alcuna, questo certo sarà tra' virili uomini da stimarlo da meno che un
vilissimo tronco, poiché d'ogni cosa posta in vita manifesto si vede quanto
la natura a tutte contribuisce movimento e sentimento, sanza le quale cose
nulla si può veramente giudicarsi in vita. E come, benché tu abbia gli occhi,
pure tenendoli chiusi e al loro officio no'gli adoperando, tanto ti gioveranno
quanto se tu non gli avessi, cosí chi l'operazioni per le quali si distingue la
vita per sé non fruttera, costui si potrà in questo riputare non aver vita.
Veggonsi l'erbe, le piante, e gli arbucelli quanto s'adoperino a crescere e
porgerti di sé stessi qualche piacere o utile. Gli altri animali, pesci, uccegli e
quegli di quattro piè, tutti al continuo in qualche industria e opera
s'afaticano, né mai si veggono oziosi, sempre s'argomentano in vita a sé e ad
altri essere non inutili; e truovi chi edifica el nido pe' figliuoli, vedi chi
discorre a pascere e' nati, tutti s'adoperano quasi da natura loro sia in odio
ogni ozio, tutti con qualche buona opera fuggono la inerzia. Pertanto cosí
mi pare da credere sia l'uomo nato, certo non per marcire giacendo, ma per
stare faccendo.

L'ingegno, lo 'ntelletto e giudicio, la memoria, l'apetito dell'animo, l'ira, la
ragione e consiglio e l'altre divine forze e virtú, colle quali l'uomo vince la
forza, volontà e ferocità d'ogni altro animale, certo non so quale stolto
negasse esserci date per nolle molto adoperare. Né mi può non dispiacere la

sentenza dello Epicuro filosofo, el quale riputa in Dio somma felicità el far nulla. Sia licito a Dio, quello che forse non è a' mortali volendo, far nulla; ma io credo ogni altra cosa potere essere a Dio di sé stessi forse meno ingrata e agli uomini, dal vizio in fuori, piú licita che starsi indarno. Manco a me dispiace la sentenza d'Anassagora filosafo, el quale domandato per che cagione fusse da Dio procreato l'uomo, rispose: «Ci ha prodotto per essere contemplatore del cielo, delle stelle, e del sole, e di tutte quelle sue maravigliose opere divine». E puossi non poco persuadere questa opinione, poiché noi vediamo altro niuno animante non prono e inclinato pendere col capo al pasco e alla terra; solo l'uomo veggiamo ritto colla fronte e col viso elevato, quasi come da essa natura sia cosí fabricato solo a rimirare e riconoscere e' luoghi e cose celeste. Dicevano gli Stoici l'uomo essere dalla natura constituito nel mondo speculatore e operatore delle cose. Crisippo giudicava ogni cosa essere nata per servire all'uomo, e l'uomo per conservare compagnia e amistà fra gli uomini. Dalla quale sentenza Protagora, quell'altro antico filosafo, fu, quanto ad alcuni suoi parere, non alieno, el quale affirmava l'uomo essere modo e misura di tutte le cose. Platone scrivendo ad Archita tarentino dice gli uomini essere nati per cagione degli uomini, e parte di noi si debbe alla patria, parte a' parenti, parte agli amici. Ma sarebbe lungo sequire in questa materia tutti e' detti de' filosafi antichi, e molto piú lungo sarebbe agiugnervi le molte sentenze de' nostri passati teologi. Per ora questi m'occorsono a mente, a' quali, come vedi, tutti piace nell'uomo non ozio e cessazione, ma operazione e azione. E confermeratti questa comune e vera sentenza, se coll'animo mirerai quanto vedi piú che negli altri animali l'uomo da essa infanzia per ogni corso della sua età sé sempre adoperare, tale che quegli e' quali sono in tutto fuori d'ogni onesta e virile opera, questi pure in qualche modo faccendo qualche cosa sé stessi oziosi trastullano. E quanto chi mi lodasse piú l'ozio, chi non preponessi l'adoperare le membra, ingegno e ragione in qualche laude, costui appresso di me sarebbe in maggiore errore che s'egli stimasse vera quella opinione di quello afflitto padre per la morte della figliuola, el quale consolando sé stessi disse, poteva pensare e' mortali essere nati per patire in vita pena de' loro sceleratissimi flagizii e peccati! Pertanto troppo mi piace la sentenza d'Aristotile, el quale constituí l'uomo essere quasi come un mortale iddio felice, intendendo e faccendo con ragione e virtú.

Ma sopra tutte lodo quella verissima e probatissima sentenza di coloro, e' quali dicono l'uomo essere creato per piacere a Dio, per riconoscere un primo e vero principio alle cose, ove si vegga tanta varietà, tanta dissimilitudine, bellezza e multitudine d'animali, di loro forme, stature, vestimenti e colori; per ancora lodare Iddio insieme con tutta l'universa natura, vedendo tante e sí differenziate e sí consonante armonie di voci, versi e canti in ciascuno animante concinni e soavi; per ancora ringraziare Iddio ricevendo e sentendo tanta utilità nelle cose produtte a' bisogni umani contro la infermità a cacciarla, per la sanità a conservalla; per ancora temere e onorare Iddio udendo, vedendo, conoscendo el sole, le stelle, el corso de' cieli, e' tuoni e saette, le quali tutte cose non può non confessar l'uomo essere ordinate, fatte e dateci solo da esso Iddio. Aggiugni qui a queste quanto l'uomo abbia a rendere premio a Dio, a satisfarli con buone opere per e' doni di tanta virtú quanta Egli diede all'anima dell'uomo sopra tutti gli altri terreni animanti grandissima e prestantissima. Fece la natura, cioè Iddio, l'uomo composto parte celesto e divino, parte sopra ogni mortale cosa formosissimo e nobilissimo; concessegli forma e membra acomodatissime a ogni movimento, e quanto basta a sentire e fuggire ciò che fusse nocivo e contrario; attribuígli discorso e giudicio a seguire e apprendere le cose necessarie e utili; dièghi movimento e sentimento, cupidità e stimoli pe' quali aperto sentisse e meglio seguisse le cose utile, fuggisse le incommode e dannose; donògli ingegno, docilità, memoria e ragione, cose divine e attissime ad investigare, distinguere e conoscere quale cosa sia da fuggire e qual da seguire per ben conservare sé stessi. E aggiunse a questi tanti e inestimabili doni Iddio ancora nell'animo e mente dell'uomo, moderazione e freno contro alle cupidità e contro a' superchi appetiti con pudore, modestia e desiderio di laude. Statuí ancora Iddio negli animi umani un fermo vinculo a contenere la umana compagnia, iustizia, equità, liberalità e amore, colle quali l'uomo potesse apresso gli altri mortali meritar grazia e lode, e apresso el Procreatore suo pietà e clemenza. Fermovvi ancora Iddio ne' petti virili a sostenere ogni fatica, ogni aversità, ogni impeto della fortuna, a conseguire cose difficillime, a vincere il dolore, a non temere la morte, fermezza, stabilità, constanza e forza, e spregio delle cose caduche, colle quali tutte virtú noi possiamo quanto dobbiamo onorare e servire a Dio con giustizia, pietà, moderanza, e con ogni altra perfetta e lodatissima operazione. Sia adunque persuaso che l'uomo nacque, non per atristirsi in ozio, ma per adoperarsi in cose magnifice e ample, colle quali e' possa piacere e onorare Iddio in prima, e per avere in sé stessi come uso di perfetta virtú, cosí frutto di felicità.

Forse a voi pareva mi fussi troppo dal proposito alienato, ma non sono state se non necessarie queste recitate cose a provare quanto io stimo avervi persuaso. Ma non disputiamo testé quale di quelle opinioni piú sia vera e da tenere. Diciamo al nostro proposito che l'uomo sia posto in vita per usare le cose, per essere virtuoso e diventar felice, imperoché colui el quale si potrà dire felice, costui agli uomini sarà buono, e colui el quale ora è buono agli uomini, certo ancora è grato a Dio. Chi male usa le cose nuoce agli uomini e non poco dispiace a Dio; e chi dispiace a Dio stolto è se si reputa felice. Adunque si può statuire cosí: l'uomo da natura essere atto e fatto a usufruttare le cose, e nato per essere felice. Ma questa felicità da tutti non è conosciuta, anzi da diversi diversa stimata. Alcuni reputano felicità avere bisogno di nulla, e questi cercano le ricchezze, le potenze e amplitudine.

Alcuni stimano a felicità non sentire incarico o dispiacere alcuno, e questi si danno alle delizie e voluttà. Alcuni altri pongono la felicità in luogo piú erto e piú difficile a giugnervi, ma piú onesto e piú sopra i lascivi appetiti, in essere onorati, stimati dagli altri uomini, e questi intraprendono le fatiche e gran fatti, le vigilie e virili essercizii. Forse di questi ciascuno può aggiugnere non molto discosto dalla felicità adoperandosi con virtú, usando le cose con ragione e modo. E cosí adoperando l'altre cose insieme a sé stessi con temerità e sanza ordine, gli segue molto errore, e tanto piú a lungi si truova addutto errando quanto di sé e de' doni d'Iddio peggio meriterà con vizii e impietà. Questo sarà quando el vizioso verrà ne' suoi presi essercizii piú o manco che non richiede e patisce l'onestà e ragione. Volere con avarizia, con brutte arti arricchire; volere con vizii essere onorato; volere ne' lascivi ozii non sentire gravezza alcuna, a me pare sia non altro che disporsi a male usare le cose per nuocere agli uomini, dispiacere a Dio in quel modo ed essere infelice e misero, la qual cosa molto si debba da ciascuno non in tutto insensato fuggire, e molto piú da coloro e' quali vorranno rendere la sua famiglia felice.

Cerchino adunque costoro in prima per sé essere felici, poi procureranno la felicità de' suoi; e, come dissi, la felicità non si può ottenere sanza essercitarsi in buone opere, giuste e virtuose. Sono l'opere giust'e buone quelle che non solo nuociono a niuno, ma giovano a non pochissimi. Sono l'opere virtuose quelle nelle quali si truova niuna suspizione né congiunzione di disonestà, e quelle saranno ottime opere, le quali gioveranno a molti, e quelle fieno virtuosissime le quali non si potranno asseguire sanza molta virilità e onestà. Se pertanto noi abbiamo a prendere essercizio virile e onestissimo, a me pare si doverrà molto bene, innanzi che noi ci dedichiamo ad alcuno fermo essercizio, ripensare molto ed essaminare con quale ci sia piú facile giugnere verso alla felicità. Ogni uomo non si truova abile a cosí facilmente essere felice. Non fece la natura gli uomini tutti d'una compressione, d'uno ingegno e d'uno volere, né tutti a un modo atti e valenti. Anzi volse che in quello in quale io manco, ivi tu supplisca, e in altra cosa manchi la quale sia apresso di quell'altro. Perché questo? Perch'io abbia di te bisogno, tu di colui, colui d'uno altro, e qualche uno di me, e cosí questo aver bisogno l'uno uomo dell'altro sia cagione e vinculo a conservarci insieme con publica amicizia e congiunzione. E forse questa necessità fu essordio e principio di fermare le republice, di costituirvi le leggi molto piú che come diceva... fuoco o d'acque essere stato cagione di tanta fra gli uomini e sí con legge, ragione e costumi colligata unione de' mortali.

Ma non usciamo del proposito. Vorrassi, a conoscere quale essercizio piú si convenga, considerare queste due cose: l'una essaminare lo 'ngegno, lo 'ntelletto, el corpo tuo, e ogni cosa la quale sia in te; poi appresso porre ben mente di quegli aiuti, amminicoli e appoggi e' quali sono necessarii e utili in quel tale essercizio, a quale ti pare essere piú che agli altri sufficiente, di quelli come tu abbia ad averne in tempo attitudine, copia e libertà. Pogniamo caso: se colui volessi essercitare fatti d'arme sentendosi debole, poco robusto, poco valente a sostenere le fatiche, a durare nel sudore, a stare nella polvere, sotto l'aria, sotto el sole, questo per lui non sarebbe atto essercizio. E se io volessi seguire lettere sendo povero, non avendo ben donde supplire alle spese, quali non poche si convengono agli studii delle lettere, ancora non sarebbe questo essercizio per me. Ma volendo tu darti a cose civili, trovandoti moltitudine di parenti, copia d'amici, abondanza di roba, e in te sendo d'ingegno, d'eloquenza e di grazia non rozzo, né inetto, quello essercizio ben si farebbe per te. Vorrassi adunque prima contrapesare fra sé stessi ogni cosa, come dissi, quanto la natura abbia donato a te e al corpo tuo, e quanto la fortuna ti conceda e in tempo monstri non privartene. Interviene che alcuna volta si mutano le compressioni, le fortune, e' tempi e l'altre cose. Allora si faccia come diceva Talete filosofo: «Adàttati al tempo». Se tu avessi a ire in villa possendovi andar bellamente per qualche viottolo, vorresti tu pure irvi per la strada militare e regia quando quella fosse rotta, piena di precipizii, fatiche e pericoli? Credo io che pur no. Anzi, sendo tu non imprudente, andresti per una dell'altre, la quale in sé piú fusse onesta e piú a te facile. Cosí sarà nel corso della vita nostra umana prudenza fare. Se 'l fiume e onda de' tempi, se l'impeto e diluvio della fortuna c'interrompe la via, se la ruina delle cose la impaccia e guastala, vuolsi allora pigliare altro essercizio a traducci quanto meglio a noi sia possibile verso la desiderata felicità. E non stimo io essere altro felicità se non vivere lieto, sanza bisogno e con onore. E se tu vedrai te essere atto a piú che uno essercizio, adrízzati in prima con quello el quale piú sia onorato in sé e utile a te e alla famiglia tua; e a qualunque essercizio ti darai, sempre ti segga in mente essere nato a bene adoperarti per adducerti a felicità, e sempre ti sia proposto in animo che al bene adoperarsi niuna cosa piú giova quanto se tu al tutto delibererai essere quello el quale agli altri vorrai parere. Chi aspetterà essere riputato liberale, Battista, sarà suo debito donare a molti spesso e largheggiare; chi vorrà essere riputato giusto e buono, costui conviene mai ingiurii alcuno, sempre retribuisca secondo e' meriti, vincendo non di contenzione ma d'umanità e facilità; chi soccombe al dolore e teme e' casi avversi, chi pregia la fortuna e le cose caduche, costui mai meriterà essere riputato né forte, né di grande animo. Ma colui del quale sarà la memoria, el conoscimento, el vero fermo e intero giudicio da' suoi cittadini provato e adoperato, colui uno si potrà riputare e stimarlo prudente. Adunque ciascuno in quello essercizio al quale sé stessi darà, studii con ogni opera e diligenza essere quale e' vuol parere. E stimo io niuno vorrebbe parere cattivo o maligno. Piú tosto credo ciascuno ama essere tenuto modesto, umano, temperato, facile, amorevole, servente, faccente, studioso. Le quali lode se sono da pregiarle e da volerle, a noi rimane officio quanto in noi sia con opera non meno che con animo e volontà cosí essercitarci d'essere, perché poi essendo in noi, cosí agli altri parremo. Niuna cosa manco si può occultare che la virtú. Sempre fu la virtú sopra tutti gli umani beni clarissima e illustrissima. E dipoi si cerchi e sforzisi con tutte le mani e co' piedi, con tutti e' nerbi, con ogni diligenza, sollecitudine e cura, curisi ivi con ogni nostra opera, arte e industria, tra gli essercitati ed eruditi uomini in quello al quale ti desti essercizio, essere sopra tutti peritissimo e dottissimo. E chi, quanto si richiede, persevererà affaticandosi e sudando in quel ch'egli studii al tutto e contenda essere molto el primo, stimo a costui non sarà cosa troppo difficilissima occupare ogni prima laude e nome. Dicesi che l'uomo può ciò che vuole. Se tu ti sforzerai, come ho detto, con tutte le forze e arte tue, sono io un di quegli che non dubito te in qualunque essercizio conscenderai al primo e supremo grado di perfezione e fama. Chi s'inframmette ad essercizio non in tutto atto e condecente a sé, di costui non merita lo studio però essere biasimato. E chi con ogni studio e diligenza seguirà essercitandosi in quello che la natura e fortuna gli asecondi, costui merita lode e pregio, benché ivi a lui quello riesca poco fruttuoso. Ma ben meriterebbe essere ripreso chi eleggesse cosa poco a sé accommodata. Non in ogni cosa si loda opporsi alla fortuna, né poco giova sapere col corso delle cose tragittarsi a buona quiete e tranquillità del vivere. Conviensi adunque aviare in modo che a tempo non di te abbia, ma piú della fortuna, se caso aviene, ad inculparti. E certo poco arai da rimordere te stessi, ove con maturo consiglio tu arai preso essercizio quanto dissi atto a te e alla fortuna tua. Cosí colui el quale averà preso atto e conveniente essercizio a sé, e in quello resterassi adrieto e non ascenderà alle prime lode, le piú volte costui non arà se non da incolpare la sua negligenza.

E in questa materia si può addurre similitudine. Pogniamo per caso che al porto di Vinegia s'aparasse e ornasse uno spettaculo navale, nel quale fusse grande multitudine di concertatori e navi, e tu fra esse fussi duttore d'una, le quali tutte rigattessero un lungo corso simile a quello discrive Virgilio fatto ne' giuochi d'Enea appresso di Cicilia, ma piú ciascuna delle navi adoperasse o veli o remi, quali al navichiero paresse al suo presto tragettare convenientissimo. Tu per giugnere al termine ove si serba le grillande e insigni della vittoria, e ove si rendono i premi e onori meritati, sommamente contenderesti onde la tua e quell'altra e anche la terza nave aggiugnerebbono a' primi meritati onori, e forse anche la quarta ne riporterebbe se non supremo premio, almen qualche nome, e pure ritornerebbe ricordata dalla moltitudine, e in le recitazioni del veduto spettaculo forse sarebbe o da qualche loro avenuta sciagura, o da qualche errore scusata, e cosí in qualche parte onestata e lodata dove accadesse. Ma l'altre tutte sarebbono sconosciute, e di loro si tacerebbe, per modo che forse meglio sarebbe a que' concertatori essersi stati in terra oziosi con gli altri giudicando, ridendo, e quanto volessino biasimando la tardità e negligenza d'altri, che con essi aversi con negligenza, se cosí si può dire, affannato, e vedersi non pregiati, ancora e beffati da tutti. Cosí nel corso e concertazione dell'onore e laude nella vita de' mortali mi stimo sarebbe utilissimo provedere e prendere atta in prima e facile navicella e via alle forze e ingegno tuo, e con essa sudare d'essere il primo, come agli animi non desidiosi e piccolissimi sta bene sperare e desiderare d'essere, e al tutto contendere d'essere se non il primo almanco tra' primi veduto fuori di quella moltitudine sconosciuta e negletta, certare con tutte le forze e ingegno di conseguir qualche clarità e laude. A conseguir laude si richiede virtú; a ottenere virtú solo bisogna cosí volere sé tanto essere, piú che parere, tale quale desideri d'essere tenuto. Per questo si dice che alla virtú pochissime cose sono necessarie. Come vedi, solo la ferma, intera e non fitta volontà basta, e sarà in colui fizione, el quale monstrerrà quello volere quale gli dispiace. Ma non ci stendiamo in disputare quanto sia facillissimo conseguire la virtú. Altrove sarà da dirne. Solo statuiamo che a chi cerca meritare il primo, sederà onesto nel secondo luogo; fra gli ultimi niuno siede se non sconosciuto e negletto, ove non si truova onestamento alcuno. E qui sia utile ancora considerare quanto ogni tua opera e fatica ti seguirà con emolumento e profitto, con molto onore e frutto di fama, ove tu te conduchi tra' primi. Tu vedi in ogni artificio chi si truova piú dotto, in colui piú concorrono ricchezze, e piú tra' suoi gli s'augmenta autorità e dignità. Pensa tu stessi quali sono quegli, a fare per vil cosa ch'ella sia, diciamo cosí un calzare, e' quali non cerchino tra quegli artefici sempre il miglior maestro. Se ne' vilissimi mestieri sempre i piú dotti piú sono richiesti, e cosí piú famosi, voglio stimate questo che ne' lodatissimi essercizii non sarà punto il contrario. Anzi a te piú gioverà essere il primo, o vero tra' primi, quanto intenderai in te essere piú parte di felicità che in e' molt'altri. Se tu sarai litterato, tu conoscerai quanto sieno meno felici gl'ignoranti, e quanto sieno infelicissimi quegli ignoranti e' quali pure vorranno parere dotti.

E vogliovi adducere una similitudine giocosa, ma molto, quanto stimo, appropriata a questi ragionamenti. Se fusse chi volesse parere notatore, in verità non fusse, ma sé stessi cosí in sul lito al securo comovesse, spandendo le palme e gittando le braccia molto, e soffiasse qua e là, e a sua posta galleggiasse in terra simile a quelli che nuotano dentro al fiume, se Dio t'aiuti, Battista, potresti tu vedendolo tenerti di non ridere? Quanto io, credo tra la brigata sarebbe a chi verrebbe voglia dargli qualche sferzata. Tu vero che? Riputerestilo in questo essere non pazzo? Certo non ti parrebbe savio. E se questo medesimo stolto pur volesse parere notatore, e gittassesi a mezzo là nel corso e onda del fiume, non sarebbe egli veramente pazzo? Sí, credo. E quell'altro il quale si stava cortese e vestito, né curava essere lodato né conosciuto per notatore, pur vedendo perire quel temerario, cupido di parere quel che non era, e presuntuoso in monstrare di sapere quello che non sapeva, subito si spogliò e gittossi e cavonnelo. Che dici? Non sarà costui da molto rendergli grazia e lodo? Però vedi tu quanto nelle cose meglio sia essere che parere. E quinci tu stessi da te considera quanto giovi sopra degli altri sapere, e quanto sia lodo a' tempi e a' bisogni adoperare quello che tu sai. Alle quali cose se tu ben vi penserai, credo non dubiterai che cosí in ogni essercizio chi vuole parere conviene certo che sia. Abbiamo detto la gioventú non stia indarno ma pigli onesto essercizio, nel quale sé esserciti con virile opera, e seguasi quello essercizio quale renda piú utile e fama alla famiglia; eleggasi essercizio qual sia piú atto alla natura e alla fortuna nostra, e in quello si perseguiti in modo essercitando che per noi non manchi aggiugnere a' supremi gradi.

Ora, perché le ricchezze, per le quali quasi ciascuno in prima si essercita, sono utilissime a perseverare nelle principiate faccende con lodo e grazia, ad acquistarsi amistà, onore e fama, però sarà luogo a dire in che modo s'acquisti ricchezza, e in che modo quelle si conservino. La qual cosa era una delle quattro quali dicemmo essere necessarie a rendere e mantenere felice una famiglia. Adunque ora cominceremo ad accumulare ricchezze. Forse questo tempo, che già siamo presso al brunire della sera, s'aconfarà a questi ragionamenti. Niuno essercizio, a chi hane l'animo grande e liberale, pare manco splendido che paiono quegli instituti essercizi per coadunare ricchezze. Se voi qui considererete alquanto e discorrerete, riducendo a memoria quali siano essercizii accomodati a fare roba, voi gli troverete tutti posti non in altro che in comperare e vendere, prestare e riscuotere. E io stimo che a voi', e' quali, quanto giudico, pur non avete l'animo né piccolo né vile, que' tutti essercizii suggetti solo al guadagno potranno parervi bassi e con poco lume di lode e autorità. Già poiché in verità el vendere non è se non cosa mercennaria, tu servi alla utilità del comperatore, paghiti della fatica tua, ricevi premio sopraponendo ad altri quello che manco era costato a te. In quel modo adunque vendi non la roba, ma la fatica tua; per la roba rimane a te commutato el danaio; per la fatica ricevi il soprapagato. El prestare sarebbe lodata liberalità, se tu non ne richiedessi premio, ma non sarebbe essercizio d'aricchirne. Né pare ad alcuni questi essercizii, come gli chiameremo, pecuniarii mai stieno netti, sanza molte bugie, e stimano non poche volte in quegli intervenire patti spurchi e scritture non oneste. Però dicono al tutto questi come brutti e mercenarii sono a' liberali ingegni molto da fuggire. Ma costoro, quali cosí giudicano di tutti gli essercizii pecuniarii, a mio parere errano. Se l'acquistare ricchezza non è glorioso come gli altri essercizii maggiori, non però sarà da spregiar colui el quale non sia di natura atto a ben travagliarsi in quelle molto magnifiche essercitazioni, se si trametterà in questo al quale essercizio conosce sé essere non inetto, e quale per tutti si confessa alle republice essere molto e alle famiglie utilissimo. Sono atte le ricchezze ad acquistare amistà e lodo, servendo a chi ha bisogno. Puossi colle ricchezze conseguire fama e autorità adoperandole in cose amplissime e nobilissime con molta larghezza e magnificenza. E sono negli ultimi casi e bisogni alla patria le ricchezze de' privati cittadini, come tutto el dí si truova, molto utilissime. Non si può sempre nutrire chi coll'arme e sangue difenda la libertà e dignità della patria solo con stipendii del publico erario; né possono le republice ampliarsi con autorità e imperio sanza grandissima spesa. Anzi, soleva dire messer Cipriano nostro Alberti che lo 'mperio delle genti si compera dalla fortuna a peso d'oro e di sangue. El quale detto d'uomo prudentissimo se si può riputare quanto a me pare verissimo, certo le ricchezze de' privati cittadini le quali soppriranno a' bisogni della patria saranno da crederle utilissime. E secondo che soleva dire messer Benedetto nostro Alberti, quello erario sarà copiosissimo non el quale arà infinite somme di debitori e amplissimo numero di censi, ma ben sarà abundantissimo fisco quello al quale e' cittadini suoi non poverissimi saranno affezionati, e al quale tutti e' ricchi saranno fedelissimi e giustissimi. Né qui a me pare da udire coloro e' quali stimano tutti gli essercizii pecuniarii essere vili. Io veggo la casa nostra Alberta, come in tutti gli altri onestissimi, cosí in questi essercizii pure pecuniarii, gran tempo aversi saputo reggere e in Ponente e in diverse regioni del mondo sempre con onestà e integrità, onde noi abbiamo conseguita fama e autorità appresso di tutte le genti non pochissima, né a' meriti nostri indegna. Imperoché mai ne' traffichi nostri di noi si trovò chi ammettesse bruttezza alcuna. Sempre in ogni contratto volsono i nostri osservare somma simplicità, somma verità, e in questo modo siamo in Italia e fuor d'Italia, in Ispagna, in Ponente, in Soria, in Grecia, e a tutti e' porti conosciuti grandissimi mercatanti. E sono e' nostri Alberti sempre a' bisogni della patria nostra stati non poco utilissimi. Truovasi che de' trenta e due danari, e' quali la patria nostra in que' tempi spendeva, sempre di quegli piú che uno era aggiunto dalla famiglia nostra. Gran somma! ma sempre maggiore fu la volontà, affezione e prontitudine nostra verso la patria. Cosí acquistammo nome, fama e pregio apresso di tutti, ma grazia e amore piú apresso tutte le nazioni strane che appresso de' nostri cittadini. Ma sia altro tempo a dolerci della fortuna e de' casi nostri. Gloriànci piú tosto e godiamo di quanto si può la famiglia nostra Alberta veramente gloriare. Di questo, Battista e tu Carlo, e' mi giova ragionare con voi, di simile cose le quali appartenghino a memoria e predicazione delle lode de' nostri Alberti, uomini prestantissimi e singularissimi, acciò che voi siate cupidissimi, quanto sete, e molto affezionati sempre e volenterosi di mantenere quanto in voi sia, e accrescere in quel tutto potrete la dignità, autorità, fama e gloria di casa nostra, le quali acquistate da' nostri maggiori, a noi sarebbe vergogna nolle conservare con molta virtú. Dico si può gloriare la casa Alberta che da ducento e piú anni in qua mai fu essa sí povera ch'ella non fusse tra le famiglie di Firenze riputata ricchissima. Né a memoria de' nostri vecchi, né in nostre domestice scritture troverrete che in casa Alberta non sempre fussono grandissimi e

famosissimi, veri, buoni e interi mercatanti. Né per ancora in la patria nostra vederete essere durata ricchezza alcuna sí grande, sí lungo tempo, e con manco biasimo quanto la nostra. Anzi, pare in la terra nostra niuna, se non solo la nostra famiglia Alberta, gran ricchezza niuna giugnesse mai a' suoi nipoti eredi. In pochi dí sono inanite e ite, come dicono e' vulgari, in fummo, e di qualche una di loro rimasone povertà, miseria e infamia. Non mi piace qui stendere a recitare essempli, né investigare che cagione o che infortunio cosí tra' nostri concittadini dilegui le grandissime ricchezze, ché arei troppo che dire, e infiniti m'occorrono essempli verissimi ma odiosi. Sia ditto da me con onore e reverenza delle famiglie: questo sarà dolersi della fortuna, non biasimarsi de' costumi d'alcuno. Cerchi, Peruzzi, Scali, Spini e Ricci, e infinite altre famiglie nella terra nostra amplissime e oggidí ornatissime di virtú e nobilissime, le quali già abondavano di grandissime e ismisurate ricchezze, si vede quanto subito, ingiuria della fortuna, sieno cadute in infelicità e parte in grandissime necessitati. Ma della famiglia nostra, in ogni altro modo perseguitata dalla fortuna, mai si trovò chi a ragione si chiamasse non giuste e benigne trattato da noi. Mai fu nella famiglia nostra Alberta chi ne' traffichi rompesse la fede e onestà debita, el quale onestissimo costume, quanto veggo, in la famiglia nostra Alberta sempre s'osserverà, tanto veggo e' nostri uomini non avari al guadagno, non ingiusti alle persone, non pigri alle faccende. E stimo io sia non tanto per prudenza e sagacità de' nostri uomini, ma veramente premio d'Iddio, poich'e' nostri onestamente avanzano. Cosí Iddio, a cui sopra tutto piace l'onestà e giustizia, dona loro grazia che possino in lunga prosperità goderne.
Perché mi sono io steso in questo ragionamento? Solo per monstrarvi che ancora degli essercizii non pochi si truovano onesti e lodati, co' quali s'acquista non minime ricchezze; e, come vedete l'uno essere questo dei mercatanti, cosí pensate si truova degli altri simili essercizii onestissimi e pecuniosissimi. Adunque si vuole conoscere questi quali e' sieno. Cosí faremo. Porremo qui in mezzo tutti gli essercizii, e sceglieremo qua' sieno e' migliori; poi cercheremo in che modo con quegli si diventi pecunioso e copioso. Gli essercizii e' quali non referiscono premio e guadagno, mai ti faranno esser ricco, e quegli essercizii e' quali porgono guadagni spessi e grandi, questi cosí fatti sono attissimi ad aricchirti. Consiste adunque, se io non erro, quanto ci acquista la nostra industria, non quanto ci doni la ventura, grazia o favore d'alcuno, el ragionevole diventare ricco solo ne' guadagni. El diventar povero ove consisterà? Nella fortuna, confessolo. Ma escludiamo la fortuna ove noi ragioniamo della industria. Se adunque nel guadagnare s'adempie le ricchezze, e se i guadagni seguono la fatica, diligenza e industria nostra, adunque l'impoverire contrario al guadagno diverrà dalle cose contrarie, dalla negligenza, ignavia e tardità, li quali vizii non sono in la fortuna, né in le cose estrinsece, ma in te stessi. Consiste

ancora lo 'mpoverire, quanto si vede, in un soperchio spendere, e in una prodigalità la quale dissipi e getti via le ricchezze. Contrario allo spendere, contrario alla negligenza mi pare la sollecitudine e cura delle cose, cioè la masserizia. La masserizia adunque conserverà le ricchezze. Cosí abbiamo trovato che per diventare ricco si conviene guadagnare e poi serbare el guadagnato, e con ragione esserne massaio.

Ma diciamo prima universale di tutti e' guadagni, poi udirete della masserizia. E' guadagni vengono parte da noi, parte dalle cose fuor di noi. In noi sono atte a guadagnare l'industrie, lo 'ngegno e simili virtú riposte negli animi nostri come son queste: essere, chiamiàllo per nomi suoi, argonauta, architetto, medico e simili, da' quali in prima si richiede giudicio e opera d'animo. Sonci ancora a guadagnare atte le operazioni del corpo, come di tutte l'opere fabrili e meccanice e mercenali, andare, lavorare colle braccia, e simili essercizii, ne' quali e' primi premi si rendono alla fatica e sudore dell'artefice. E sono ancora in noi accommodati a guadagnare quegli essercizii ne' quali l'animo e le membra insieme concorrono all'opera e lavoro, nel quale numero sono e' pittori, scultori, e citaristi, e altri simili. Tutti questi modi del guadagnare, e' quali sono in noi si chiamano arti, e sono quelle le quali sempre con noi dimorano, le quali col naufragio non periscono, anzi insieme co' nudi nuotano, e al continuo seguono compagne della vita nostra, nutrice e custode delle lode e fama nostra. Fuori di noi le cose atte a guadagnare sono poste sotto imperio della fortuna, come trovare tesauri ascosi, venirti eredità, donazioni, alle quali cose sono dati uomini non pochi. Molti fanno suo essercizio acquistarsi amicizie di signori, rendersi familiari a ricchi cittadini, solo sperando indi riceverne qualche parte di ricchezza, de' quali si dirà a pieno nel luogo suo. E sono que' tutti essercizii nella fortuna posti, da' quali la nostra industria umana lungi sarà esclusa. Solo el caso e corso delle cose in essi potrà satisfare alle espettazioni e desiderii nostri. Niuna nostra opera o consiglio potrà ivi acquistarvi se non quanto la fortuna vorrà con noi liberale essere e facile. E fuor di noi ancora si truovano posti guadagni, e' quali si tranno delle cose, come sono usure, e come si piglia frutto da' nostri armenti, dall'agricoltura, da' boschi, e in Toscana da' nostri scopeti, le quali cose sanza umana fatica, sanza molta industria fruttano. Sono poi da questi usciti essercizii quasi infiniti, ne' quali adoperano chi una, chi una altra parte, chi piú e chi tutte queste da me dette cose, animo, corpo, fortuna, e cose. Quali essercizii sarebbe prolisso e forse superfluo tutti annumerarli, però che ciascuno da sé stessi collo ingegno discorrendo facile può tutti riconoscerli. Ma poiché da questi principii noi tutti gli abbiamo qui in mezzo, diànci a scegliere qua' sieno piú atti a una magnifica e simile alla nostra onoratissima famiglia.

E' primi lodati essercizii, dicono alcuni, sono quegli ne' quali la fortuna tiene licenza niuna, imperio niuno, ne' quali l'animo e il corpo non serve. La quale sentenza a me sempre parerà virile e interissima, imperoché se la fortuna non potrà turbarli, quelli a te dureranno utili quanto vorrai, e se questi dureranno a tua voglia, non potranno essere certo non utili a te e lieti. E molto qui a me piace costoro in questa sentenza commendino libertà, però che in quel modo ivi pare escludano usure, avarizie, e tutti e' mercennarii e viziosi guadagni, ché sapete l'animo sottomesso ad avarizia non si può chiamare libero, e niuna opera mercennaria si truova ben degna di libero e nobile animo. Ma che alcuno mi escluda in tutto da' nostri essercizii la fortuna non so quanto sia da consentirli. Né so se io qui mi stimo bene, non però vorrei io errare, ma quasi cosí potrei credere che niuno famoso essercizio si truova nel quale la fortuna non guidi le prime parti. In le opere militari, credo si può dire che la vittoria sia figliuola della fortuna. Gli essercizii delle lettere ancora si truovano sottoposti a mille impeti della fortuna; ora mancano e' padri; ora seguono e' parenti invidiosi, duri, inumani: ora t'asalisce povertà, ora cadi in qualche infortunio, per modo che certo non puoi negare la fortuna ivi tenere gran parte d'imperio come sopra delle cose umane, cosí sopra gli studii tuoi, ne' quali tu non puoi molto perseverare sanza copia delle medesime umane cose sottoposte alla fortuna. E cosí adunque in ogni essercizio famosissimo e glorioso converratti non escludere la fortuna, ma moderarla in prudenza e consiglio. Potresti dire, ragioniamo pure del guadagno, nel quale sempre la 'ndustria e prudenza insieme colla sollecitudine e cura troppo valse. Sta bene. Non però ancora mi pare stòrmi di quella opinione, e pure stimo cosí: s'e' guadagni vengono da nostra industria, quegli saranno non grandi, quando la nostra industria e consiglio sarà piccolo. De' piccoli traffichi niuno, per grande industria che si truovi, può ritrarne grandissimi guadagni. Questi pertanto diventeranno maggiori crescendo in noi colle faccende insieme industria e opera. Adunque in gran traffichi si truovano e' gran guadagni, ne' quali io dubito la fortuna non raro vi s'aviluppi in le mercatantie simili a quelle di quegli nostri Alberti, quando e' facevano per terra venire dall'ultima Fiandra insino in Firenze lane a un tratto quanto bastava a tutti e' pannieri di Firenze insieme e gran parte di Toscana. Non racontiamo l'altre moltissime mercantie condutte in Firenze, tradutte da que' di casa nostra sino dalle estreme provincie con molta spesa, per monti e passi asperrimi e difficillimi. Quelle tante lane venivan elle forse fuori delle braccia della fortuna? Quanti pericoli passavano, quanti fiumi, quante difficultà prima ch'elle si posassino al sicuro! Ladri, tiranni, guerre, negligenza, vizio di procuratori, e simili casi da ogni banda loro non gli mancavano. Cosí credo intervenga quasi in tutte le grande faccende, in tutti e' traffichi e mercantie degni a una tanto nobile e onesta famiglia. Vogliono essere e' mercatanti cosí fatti come furono i nostri passati, come sono i presenti, e non dubito per avenire sempre saranno i nostri Alberti, - fare grande imprese, condurre cose utilissime alla patria, serbare l'onore e fama della famiglia, e di dí in dí non meno in autorità e in grazia crescere che in pecunia e roba. Potremo adunque statuire, come dicevano coloro, sia ne' nostri essercizii l'animo mai servo, sempre libero, il corpo non suggetto ad alcuna disonestà e turpitudine, ma sempre ornato di modestia e temperanza, e seguasi in quegli essercizii ne' quali la fortuna tenga, non vo' dire niuna, ma non troppa licenza.

Abbiamo ora scelto e' primi migliori essercizii. E' secondi migliori saranno quegli e' quali piú a questi primi s'accosteranno, e gli altri appresso saranno que' che manco giaceranno da' primi lodatissimi essercizii rimossi e luntani, in quali se servirà meno, e quali anco meno alla fortuna saranno sottoposti. Abbià'gli tutti scelti. Ora di questi quali apprenderemo noi? Quegli certo, come dissi di sopra, e' quali piú a noi si confaranno. Poi come gli adopereremo noi? Qui forse si richiederebbe maggiore e piú accurata risposta, ma per essere brevissimo vi darò regole generali, colle quali potrete in ogni essercizio non errare. Dicovelo: in quel che appartiene all'animo, fate quanto dicevano coloro: l'animo mai serva. Serve l'animo quando e' sia cupido, avaro, misero, timido, invidioso, o sospettoso, imperoché i vizii signoreggiano e premono l'animo, né mai lasciano aspirarlo con alcuna libertà e leggiadra volontà a degnamente acquistare lode e fama. E come l'infermità del corpo tengono el corpo giacendo e grave in modo che lo 'nfermo non ha libertà delle membra sua, cosí l'avarizia, la timidità, la suspizione, la sete del guadagno e gli altri simili morbi dell'animo debilitano la forza dello 'ngegno, e tengono la mente oppressa, né lasciano el discurso e ragione nell'animo satisfare ad alcuna propria necessità. E sono, come al corpo vacazion d'ogni dolore, sincerità di sangue e fermezza di membra, cosí all'animo necessarie quiete, tranquillità e verità, le quali cose, come le sue a el corpo sono da moderato e netto vivere, cosí queste all'animo nascono da ragione e virtú. Ma alla virtú qual si richiede all'animo, sta contro el vizio, el quale sempre sta grave e priva la mente, cogitazione e operazione degli animi d'ogni virile e dovuta libertà. Adunque non sia vizioso l'animo, e non servirà; ornisi di virtú, e arà libertà. Non sia sottoposto l'animo ad alcuno errore, non si sottometta ad alcuna disonestà per avanzare auro, fugga ogni biasimo per non perdere fama, non perda virtú per acquistare tesauro, imperoché, come soleva dire Platone, quel nobilissimo principe de' filosofi: «Tutto l'oro nascoso sotto terra, tutto l'oro serbato sopra terra, tutto l'avere del mondo non è da comparare colla virtú». Piú vale la virtú constante e ferma che tutte le cose sottoposte alla fortuna, caduche e fragili, piú la fama e nome nutrita da virtú che tutti e' guadagni. Troppo sarà grandissimo guadagno, se noi asseguiremo grazia e lode, per le quali cose solo si cerca vivere in ricchezza. Non servirà l'animo adunque per arricchire, né constituirà el corpo in ozio e delizie, ma userà le ricchezze solo per non servire. E forse non è se non spezie di servitú sottomettersi, pregare e suplicare per sovvenire a' bisogni tuoi. Non, pertanto, si spregino le ricchezze, ma signoreggisi alle cupidità e nel mezzo della copia e abundanza delle cose. Cosí viveremo liberi e lieti. Poi in quello ove s'adopera il corpo, perché ogni opera del corpo si può quasi chiamare servitú, non è servitú a mio credere altro che stare sotto imperio altrui. Avere imperio sopra d'alcuno credo sia non altro che fruttare l'opere sue. Qui adunque servasi el manco si può, servasi non per premio, ma per grazia; servasi piú tosto alla famiglia sua che agli altri, piú tosto agli amici che agli strani, piú volentieri a' buoni che a' non buoni; la patria vero a tutti si preponga. In quello che avviene dalla fortuna nolla temete, neanche la desiderate. Se la fortuna vi dona ricchezze, adoperatele in lodo e onore vostro e de' vostri, sovvenitene agli amici, adoperatele in cose magnifiche e onestissime. Se la fortuna con voi sarà tenace e avara, non però per questo viverete solliciti, né troppo manco contenti, neanche prenderete nell'animo gravezza alcuna sperando, aspettando da lei piú che la vi porga. Spregiatela piú tosto, ché facile cosa vi sarà spregiare quello che voi non arete. E se la fortuna a voi toglie le già date e bene adoperate ricchezze, che si dee fare se non portarlo in pace e forte? Volere con maninconie, con miseria d'animo acquistare o riavere quello che a noi sia vietato, sarebbe pazzia, sarebbe servire, sarebbe certo essere infelice. In quello poi procede dalle cose, si vuole esservi né sí desidioso, né si occupato, che tu ancora non sia utile agli altri piú lodati essercizii.

Agiugni a tutti questi documenti quello che sempre mi parse necessario a tutta la vita, sanza il quale nulla rimane lodato, nulla sta utile, nulla con autorità e dignità si conserva; e questo sarà quello che darà l'ultimo lustro a tutte le nostre operazioni, pulitissimo e splendidissimo in vita, e doppo noi firmissimo e perpetuissimo, dico la onestà. In tutti e' tuoi pensieri e instituti, in tutti gli atti e modi, in tutt'i fatti, opere ed essercizii, in tutte le parole, in tutte le espettazioni, in tutti e' desiderii, in tutte le volontà, in tutti gli appetiti, in ogni qualunque sia nostra cosa consiglierenci sempre colla onestà, la quale sempre fu ottima maestra delle virtú, fedele compagna delle lodi, benignissima sorella de' costumi, religiosissima madre d'ogni tranquillità e beatitudine al vivere. E non sia inetta al proposito questa similitudine: stimate che l'ombra nostra sia questa divina e santissima onestà, la quale sempre presente intende, conosce, pon mente, giudica quanto, in che modo, e a che fine qui noi adoperiamo e facciamo; cosí tutto nota, tutto distingue, tutto essamina, tutto ci va considerando; del ben fare graziosa ti loda, abondante ti ringrazia, molto ti porge dignità e autorità; del male irata ti sgrida, veemente t'accusa, turbata ridice, promulga a tutti el vizio e il vituperio tuo. Con questa cosí fatta onestà adunque fate che voi vi consigliate sempre, e con molta reverenza e osservanza seguite el consiglio suo, el quale sempre sarà interissimo e maturissimo, non manco e utilissimo. L'onestà mai ti lascerà servire, sempre sarà tuo scudo verso gl'impeti della fortuna, né mai seguendo e ubidendo suoi comandamenti e consigli, cosa maravigliosa e incredibile, mai di tuo alcuno detto o fatto arai da penterti. E cosí sempre satisfacendo al giudicio della onestà ci troverremo ricchi, lodati, amati e onorati. Ma se il vizioso non si consiglierà, non seguirà el giudizio e ricordo della onestà, lui mai si troverrà contento, ricco, né lodato, né amato, né felice, e infinite volte vorrebbe piú tosto essere povero che vivere ricco con quelle molte reprensioni acerbissime, le quali e' disonesti al continuo patiscono ne' loro animi. E stimate sempre che manco nuoce la povertà che il disonore, e piú giova la fama e grazia che tutte le ricchezze. Ma di questo sarà altrove da disputarne. Noi vero qui ci consiglieremo in ogni nostra via, in ogni spasso, non colla utilità, non colla voluttà, ma colla onestà. Sempre daremo luogo alla onestà, che con noi sia come un publico, giusto, pratico e prudentissimo sensale, el quale misuri, pesi, anoveri molto bene piú volte, e stimi e pregi ogni nostro atto, fatto, pensiero e voglia. E cosí con lei diventeremo, se non di molta roba ricchi, almeno di fama, lodo, grazia e favore e onore abundantissimi, cose tutte da preporre a qual si sia grandi e amplissime ricchezze. Cosí adunque faremo. Saracci sempre l'onestà presso e a fronte, temerélla e amerélla. Credo per ora qui bastino questi come generali documenti a non essere povero. Noi non cerchiamo altro. Le ricchezze si vogliono per non aver bisogno, e troppo a me sarà colui ricco a chi nulla bisognerà; e chi come abbiamo detto sé stessi esserciterà, costui certamente di nulla arà bisogno, anzi piú tosto d'ogni onesta cosa abonderà. Poiché noi cosí testé abbiamo veduto quali sieno e' piú utili essercizii, piú da pigliare, e in che modo s'abbia a reggervisi, ora veggo vorresti spiegassimo e riconoscessimo qua' sian questi essercizii, come sieno chiamati, se sono que' dell'arme, quegli dell'agricultura, o quelli delle scienze e arti, o vero pur quegli della mercantia, e usciti di questi essercizii disiderresti udire della masserizia, la quale dissi era delle due l'una a diventar ricco.

BATTISTA
Sí. Ma pon mente, Carlo, e' mi pare sentire...

LIONARDO
E anche a me. Ben te lo dissi, Battista, e tu vedi testé, che apunto in sul piú fermo nostro ragionare...

CARLO
Egli è Ricciardo.

BATTISTA
Sí?

CARLO
Sí.

LIONARDO
Andià'gli contro, poi domani per tempo saremo qui insieme.

BATTISTA
Sta bene. Và. Io ti seguo.

# I LIBRI DELLA FAMIGLIA

LIBRO III. LIBER TERTIUS FAMILIE, ECONOMICUS

Proemio del libro terzo
A Francesco d'Altobianco Alberti.

Messere Antonio Alberti, uomo litteratissimo tuo zio, Francesco, quanto nostro padre Lorenzo Alberti a noi spesso referiva, non raro solea co' suoi studiosi amici in que' vostri bellissimi orti passeggiando disputare quale stata fosse perdita maggiore o quella dello antiquo amplissimo nostro imperio, o della antiqua nostra gentilissima lingua latina. Né dubitava nostro padre a noi populi italici cosí trovarci privati della quasi devuta a noi per le nostre virtú da tutte le genti riverenza e obedienza, molto essere minore infelicità che vederci cosí spogliati di quella emendatissima lingua, in quale tanti nobilissimi scrittori notorono tutte le buone arti a bene e beato vivere. Avea certo in sé l'antico nostro imperio dignità e maiestà maravigliosa, ove a tutte le genti amministrava intera iustizia e summa equità, ma tenea non forse minore ornamento e autorità in un principe la perizia della lingua e lettere latine che qualunque fosse altro sommo grado a lui concesso dalla fortuna. E forse non era da molto maravigliarsi se le genti tutte da natura cupide di libertà suttrassero sé, e contumace sdegnorono e fuggirono e' ditti nostri e leggi. Ma chi stimasse mai sia stato se non propria nostra infelicità cosí perdere quello che niun ce lo suttrasse, niun se lo rapí? E pare a me non prima fusse estinto lo splendor del nostro imperio che occecato quasi ogni lume e notizia della lingua e lettere latine. Cosa maravigliosa intanto trovarsi corrotto o mancato quello che per uso si conserva, e a tutti in que' tempi certo era in uso. Forse potrebbesi giudicare questo conseguisse la nostra suprema calamità. Fu Italia piú volte occupata e posseduta da varie nazioni: Gallici, Goti, Vandali, Longobardi, e altre simili barbare e molto asprissime genti. E, come o necessità o volontà inducea, i popoli, parte per bene essere intesi, parte per piú ragionando piacere a chi essi obediano, cosí apprendevano quella o quell'altra lingua forestiera, e quelli strani e avventizii uomini el simile se consuefaceano alla nostra, credo con molti barbarismi e corruttela del proferire. Onde per questa mistura di dí in dí insalvatichí e viziossi la nostra prima cultissima ed emendatissima lingua.

Né a me qui pare da udire coloro, e' quali di tanta perdita maravigliandosi, affermano in que' tempi e prima sempre in Italia essere stata questa una qual oggi adoperiamo lingua commune, e dicono non poter credere che in que' tempi le femmine sapessero quante cose oggi sono in quella lingua latina molto a' bene dottissimi difficile e oscure, e per questo concludono la lingua in quale scrissero e' dotti essere una quasi arte e invenzione scolastica piú tosto intesa che saputa da' molti. Da' quali, se qui fusse luogo da disputare, dimanderei chi apresso gli antichi non dico in arti scolastice e scienze, ma di cose ben vulgari e domestice ma' scrivesse alla moglie, a' figliuoli, a' servi in altro idioma che solo in latino. E domanderei chi in publico o privato alcuno ragionamento mai usasse se non quella una, quale perché a tutti era commune, però in quella tutti scrivevano quanto e al popolo e tra gli amici proferiano. E ancora domanderei se credono meno alle strane genti essere difficile, netto e sincero profferire questa oggi nostra quale usiamo lingua, che a noi quella quale usavano gli antichi. Non vediamo noi quanto sia difficile a' servi nostri profferire le dizioni in modo che sieno intesi, solo perché non sanno, né per uso possono variare casi e tempi, e concordare quanto ancora nostra lingua oggi richiede? E quante si trovorono femmine a que' tempi in ben profferire la lingua latina molto lodate, anzi quasi di tutte piú si lodava la lingua che degli uomini, come dalla conversazione dell'altre genti meno contaminata! E quanti furono oratori in ogni erudizione imperiti al tutto e sanza niuna lettera! E con che ragione arebbono gli antichi scrittori cerco con sí lunga fatica essere utili a tutti e' suoi cittadini scrivendo in lingua da pochi conosciuta? Ma non par luogo qui stenderci in questa materia; forse altrove piú a pieno di questo disputaréno. Benché stimo niuno dotto negarà quanto a me pare qui da credere, che tutti gli antichi scrittori scrivessero in modo che da tutti e' suoi molto voleano essere intesi.

Se adunque cosí era, e tu, Francesco, uomo eruditissimo, cosí reputi, qual giudicio di chi si sia ignorante sarà apresso di noi da temere? E chi sarà quel temerario che pur mi perseguiti biasimando s'io non scrivo in modo che lui non m'intenda? Piú tosto forse e' prudenti mi loderanno s'io, scrivendo in modo che ciascuno m'intenda, prima cerco giovare a molti che piacere a pochi, ché sai quanto siano pochissimi a questi dí e' litterati. E molto qui a me piacerebbe se chi sa biasimare, ancora altanto sapesse dicendo farsi lodare. Ben confesso quella antiqua latina lingua essere copiosa molto e ornatissima, ma non però veggo in che sia la nostra oggi toscana tanto d'averla in odio, che in essa qualunque benché ottima cosa scritta ci dispiaccia. A me par assai di presso dire quel ch'io voglio, e in modo ch'io sono pur inteso, ove questi biasimatori in quella antica sanno se non tacere, e in questa moderna sanno se non vituperare chi non tace. E sento io questo: chi fusse piú di me dotto, o tale quale molti vogliono essere riputati, costui in questa oggi commune troverrebbe non meno ornamenti che in quella, quale essi tanto prepongono e tanto in altri desiderano. Né posso io patire che a molti dispiaccia quello che pur usano, e pur lodino quello che né intendono, né in sé curano d'intendere. Troppo biasimo chi richiede in altri quello che in sé stessi recusa. E sia quanto dicono quella antica apresso di tutte le genti piena d'autorità, solo perché in essa molti dotti scrissero, simile certo sarà la nostra s'e' dotti la vorranno molto con suo studio e vigilie essere elimata e polita. E se io non fuggo essere come inteso cosí giudicato da tutti e' nostri cittadini, piaccia quando che sia a chi mi biasima o deponer l'invidia o pigliar piú utile materia in qual sé demonstrino eloquenti. Usino quando che sia la perizia sua in altro che in vituperare chi non marcisce in ozio. Io non aspetto d'essere commendato se non della volontà qual me muove a quanto in me sia ingegno, opera e industria porgermi utile a' nostri Alberti; e parmi piú utile cosí scrivendo essercitarmi, che tacendo fuggire el giudicio de' detrattori.

Però, Francesco mio, come vedesti di sopra, scrissi duo libri, nel primo de' quali avesti quanto in le bene costumate famiglie siano e' maggiori verso la gioventú desti e prudenti, e quanto a' minori verso de' vecchi sia debito e officio fare, e ancora trovasti quanta diligenza sia richiesta da' padri e dalle madri in allevare e' figliuoli e farli costumati e virtuosi. El secondo libro recitò quali cose s'avessero a considerare maritandosi, e narrò quanto allo essercizio de' giovani s'apartenea. Persino a qui adunque abbiàn fatta la famiglia populosa e avviata a diventar fortunata; ora, perché la masserizia si dice essere utilissima a ben godere le ricchezze, in questo terzo libro troverrai descritto un padre di famiglia, el quale credo ti sarà non fastidioso leggere; ché sentirai lo stile suo nudo, simplice, e in quale tu possa comprendere ch'io volli provare quanto i' potessi imitare quel greco dolcissimo e suavissimo scrittore Senofonte. Tu adunque, Francesco, perché sempre amasti me, sempre a te piacquero le cose mie, leggerai questo buon padre di famiglia, da cui vedrai come prima sé stessi e poi ciascuna sua cosa bene governi e conservi. E stimerai ch'io desidero non satisfare a' meriti tuoi verso di me mandandoti questo libro quasi come pegno e segno della nostra amicizia, ma giudicherai me molto piú a te rendermi obligato ove io dimanderò da te che tu duri fatica in emendarmi, acciò che noi lasciamo a' detrattori tanto men materia di inculparci. Leggimi, Francesco mio suavissimo, e quanto fai amami.

Avea già datoci a piú cose risposta Lionardo, delle quali Carlo e io circa i

ditti di sopra ragionamenti o dubitavamo o non bene ci ricordavamo, e avea cominciato grandemente a lodarci della diligenza la quale Carlo e io avàmo tenuta la notte passata in trascrivere in brevissimi commentarii quanto il dí di sopra nelle udite sue disputazioni tenevamo. In questo, Giannozzo Alberto, uomo per sua grandissima umanità e per suoi costumi interissimi da tutti chiamato e riputato, come veramente era, buono, sopragiunse. Venia per vedere Ricciardo. Salutocci e domandò quanto si sentisse bene Lorenzo, e quanto si fusse confortato per la giunta del fratello. Lionardo lo ricevè con molta riverenza e disse: - Ben vorrei, Giannozzo, voi fossi qui ieri da sera stato quando Ricciardo qui giunse.
GIANNOZZO
Bene arei cosí voluto. Nollo seppi in tempo.
LIONARDO
Sarebbevi l'animo, credo, tutto intenerito. Stavasi Lorenzo pur grave a dire il vero, pur debole, Giannozzo. Questo suo male verso la sera il prieme, e piú lo tiene la notte grave che il dí. Sentí Lorenzo e conobbe la voce del fratello quasi come lasso si destasse. Alzò su gli occhi insieme e levò alquanto una mano con tutto il braccio scoperto e lasciollo un poco piú là ricadere, e sospirò, e volgendosi verso el fratello lo mirava ben fiso, e in tutto che fosse debolissimo pur s'aiutava ad onorarlo. Porsegli la mano. Ricciardo si gli accostò, e cosí presi si tenerono non piccolo spazio abbracciati. L'uno e l'altro pareva volesse salutarsi e dire piú cose, ma nulla potesse profferire. Lacrimorono.
GIANNOZZO
Ah, carità!
LIONARDO
Poi si lasciorono l'uno l'altro. Ricciardo si sforzava molto non parere piangioso. Lorenzo, doppo un poco, le prime sue parole furono queste: «Fratello mio, Battista costí e Carlo ormai saranno tuoi». Non fu tra noi chi piú potesse tenere le lacrime.
GIANNOZZO
O pietà! E Ricciardo?
LIONARDO
Pensatelo voi.
GIANNOZZO
O fortuna nostra! Ma come si sente Ricciardo?
LIONARDO
Pur bene di quello ch'io veggia.
GIANNOZZO
Io venia per vederlo.
LIONARDO
Credo io lui testé si posa.
GIANNOZZO

Non suole Ricciardo cosí essere pigro e sonnolento. Mai mi sta in mente vidi uomo piú che Ricciardo desto e sempre adoperarsi.

LIONARDO
Non vi maravigliate, Giannozzo, se Ricciardo soprastà alquanto ricreandosi. Stanotte molto si riposò tardi, rotto pel camminare, e forse coll'animo da molti pensieri stracco e convinto.

GIANNOZZO
Troppo bene a noi vecchiacciuoli ogni piccolo travaglio nuoce. Questo pruovo io testé in me. Stamani in su la prima aurora per servire allo onore e utile d'uno mio amico io salí' in Palagio. Non fu tempo ivi a quello ch'io volea; vennine qua ratto. Se in questo mezzo salutassi Ricciardo, potrei ire al tempio a vedere il sacrificio e adorare Iddio, poi tornerei a fare quanto allo amico mio bisognasse. Ora qui a me pare essere tutto rotto, tutto sono lasso. Per certo questi dí serotini fanno a noi il contrario che agli arbori. Sogliono e' dí serotini alleggerire, spogliare e diffrondare gli alberi. Vero a noi vecchietti e' dí serotini nella età nostra ci caricano e veston di molta ombra e affanno. E cosí, figliuoli miei, chi piú ci vive piú ci piange in questo mondo. Quello mio amico, anche lui si sente carico d'anni e di povertà, e se io non traprendessi parte de' suoi incarichi, sallo Iddio in quanta miseria giacerebbe.

LIONARDO
Adunque non sanza cagione da' nostri e dagli altri tutti vi sento, Giannozzo, appellare buono, poiché per molte altre ragioni e per questa ancora cosí meritate, che mai vi sentite sazio di molto servire agli amici, sollevare e' miseri, sovvenire agli affannati. Ma sedete, Giannozzo. Voi siete stracco, e a questa età si conviene cosí. Sedete.

GIANNOZZO
Or sí, farò. Intendi però, Lionardo, questo m'interviene da non molti anni in qua. Non posso affaticarmi a gran parte quanto io soleva.

LIONARDO
E quante ancora cose a voi era consuetudine fare giovane, quale ora non faresti vecchio! E piàcevi testé quante altre che allora forse non vi pareano grate!

GIANNOZZO
Molte, Lionardo mio. E' mi ricorda quando io era giovane, se si faceva, come spesso in quelli tempi, in quello buono stato della terra nostra si faceva, giostre o simile alcuno pubblico giuoco, la maggiore contenzione tra' miei vecchi e me era questa una, però che io insieme con gli altri al tutto volea uscire in mezzo a farmi valere. Tornavano quelli di casa nostra sempre con molta lode e pregio. Io di questo godea tra me stessi, ma pure e' mi dolea non essere stato di quelli uno in affannarmi e come gli altri meritare. O famiglia Alberta, che sempre vedevi altretanti piú che di tutte le maggiori famiglie di Firenze nostra gioventú Alberta a mezzo il campo trascorrere

lieta, animosa, atta nell'armi! Tutto il popolo parea non avesse cura ad altri che a' nostri Alberti; non sapea il popolo lodare chi non era Alberto; pareva a ciascuno frodare de' meriti nostri, se ivi si lodava altri che noi Alberti. Io, pensa, come dall'uno lato godea della tanta grazia in quale giustamente erano i nostri Alberti, e dall'altro lato, stima tu, Lionardo, uno giovane che abbia l'animo desto e virile, quale in quelli tempi era il mio, gli sarà troppa molestia non potendo come desidera essere tra quelli suoi, farsi mirare da tutti e lodare. Cosí a me intervenia. Io aodiava chiunque me ne stoglieva, e ogni parola di quelli nostri vecchi allora mi pareva veramente alle orecchie mie, Lionardo, una sassata. Non poteva ascoltarli quando e' mi sgomentavano tutti insieme, e dicevano la giostra essere giuoco pericoloso, di niuno utile, di molta spesa, atta ad acquistarsi piú invidia che amistà, piú biasimo che lodo, esservi troppe sciagure, nascervi questioni, avermi piú caro che io non pensava né forse meritava. E io queto, accigliato. Poi appresso quelli pur numeravano molte storie di quanti erano usciti di quelle armi parte morti, parte in tutto il resto della vita inutili e guasti. Fare'ti ridere se io ti contassi con quante astuzie piú volte cercai ottenere licenza da' miei maggiori, senza le cui voluntà arei né in quello, né in altra cosa mai fatto nulla. Interposi pregatori, parenti, amici e amici degli amici. Dissi averlo promesso, eravi chi affirmava me averlo giurato a' compagni. Nulla giovava. Pertanto fu volta che io volea loro, non quanto io solea, bene. Ben conosceva io tutto farsi perché io era loro pur troppo caro, e perché amorevoli temevano a me non intervenisse qualche sciagura, come spesso a' ben robusti e a' molto valenti interviene o in la persona o nello onore. Ma pure e' mi parevano odiosi in tanto dissuadermi e cosí essere contro a questa mia virile voglia troppo ostinati. E molto piú mi dispiacevano quando io stimava lo facessino per masserizia, come egli erano, sai, pur buoni massaiotti, quale io testé sono diventato. E in quelli tempi era giovane, spendeva e largheggiava.
LIONARDO
Testeso?
GIANNOZZO
Testé, Lionardo mio, sono io prudente, e cognosco chi getta via il suo essere pazzo. Chi non ha provato quanto sia duolo e fallace a' bisogni andare pelle mercé altrui, non sa quanto sia utile il danaio. E chi non pruova con quanta fatica s'acquisti, facilmente spende. E chi non serva misura nello spendere, suole bene presto impoverire. E chi vive povero, figliuoli miei, in questo mondo soffera molte necessità e molti stenti, e meglio forse sarà morire che stentando vivere in miseria. Sicché, Lionardo mio, quello proverbio de' nostri contadini, credi a me come a chi in questo possa per pruova e conoscimento non piú esserne certo, cosí comprendo che gli è verissimo: «Chi non truova il danaio nella sua scarsella molto manco il troverrà in quella d'altrui». Figliuoli miei, e' si vuole essere massaio, e quanto

da uno mortale inimico guardarsi dalle superflue spese.
LIONARDO
Non credo però, Giannozzo, in questo tanto fuggire le spese a voi piaccia né essere, né parere avaro.
GIANNOZZO
Dio me ne guardi! Avaro sia chi male ci vuole. Nulla si truova tanto contrario alla fama e grazia degli uomini quanto la avarizia. E qual sarà sí chiara e nobile virtú alcuna, la quale non stia oscurata e isconosciuta sotto della avarizia? Ed è cosa odiosissima quanto al continuo abita in l'animo degli uomini troppo stretti e avari, gran rodimento e grave molestia ora affannata in congregare, ora adolorata per qualche fatta spesa, le quali cose pessime sempre vengono agli avari. Mai gli veggo lieti, mai godono parte alcuna delle sue fortune.
LIONARDO
Chi non vuole parere avaro, lo tiene necessità essere spendente.
GIANNOZZO
E anche a chi vuole parere non pazzo, gli sta necessità essere massaio. Ma se Dio t'aiuti, perché non è egli da volere prima essere massaio che spendente? Queste spese, credete a me, il quale omai per uso e pruova intendo qualche cosa, queste simili spese non molto necessarie tra' savi sono non lodate, e mai vidi, e cosí stimo voi vederete mai fatta sí grande, né sí abondante spesa, né sí magnifica ch'ella non sia da infiniti per infiniti mancamenti biasimata: sempre v'è stato o troppo quella, o manco quella altra cosa. Vedetelo se uno apparecchia uno convito, benché il convito sia spesa civilissima e quasi censo e tributo a conservare la benivolenza e contenere familiarità tra gli amici: lasciamo adrieto il tumulto, la sollecitudine, gli altri affanni: quello si vorrà, questo bisognerà, anzi questo altro; il trambusto, le seccaggine, che prima ti senti stracco che tu abbi cominciato a disponere alcuno apparecchio; e anche passiamo il gittare via la roba, scialacquamenti, strusciamenti per tutta la casa: nulla può stare serrato, perdesi questo, domandasi questo altro; cerca di qua, accatta da colui, compera, spendi, rispendi, getta via. Agiugni qui dipoi e' ripetii e molti pentimenti, quali tu e col fatto e doppo nell'animo porti, che sono affanni e stracchezze inestimabili e troppe dannose, delle quali tutte, spentone il fummo alla cucina, spentone ogni grazia, Lionardo, ogni grazia, e apena ne se' guatato in fronte. E se la cosa è ita alquanto assettata, pochi ti lodano di veruna tua pompa, e molti ti biasimano di poca larghezza. E hanno questi molto bene ragione. Ogni spesa non molto necessaria non veggo io possa venire se non da pazzia. E chi in cosa alcuna diventa pazzo, gli fa mestiero ivi in tutto essere pazzo, imperoché volere essere con qualche ragione pazzo sempre fu doppia e incredibile pazzia. Ma lasciamo andare tutte queste cose, quali sono piccole a petto a quest'altre, le quali testé diremo. Queste simili spese del convivare e onorare gli amici possono una o due volte l'anno

venire, e seco portano ottima medicina, ché chi una volta le pruova, se già costui non sarà fuori di sé, credo fuggirà la seconda. Vieni tu stessi, Lionardo, qui apresso uno poco pensando. Pon mente che niuna cosa piú sarà atta a fare ruinare non solo una famiglia, ma uno comune, uno paese, quanto sono questi..., come gli chiamate voi ne' vostri libri, questi e' quali spendono sanza ragione?
LIONARDO
Pròdigi.
GIANNOZZO
Chiamali come tu vuoi. S'io avessi di nuovo a imporli nome, che potre' io chiamarli se non molto male che Iddio loro dia? Sviàti che e' sono da sé molto, e' isviano altrui. L'altra gioventú, com'è corrotto ingegno de' giovani trarre piú tosto a' sollazzosi luoghi che alla bottega, ridursi piú tosto tra giovani spendenti che tra vecchi massai, veggono questi tuoi pròdigi abondare d'ogni sollazzo, subito ivi s'accostano, dànnosi con loro alle lascivie, alle delicatezze, allo ozio, fuggono i lodati essercizii, pongono la loro gloria e felicità in gittar via, non amano essere quanto si richiede virtuosi, poco stimano ogni masserizia. Vero, e chi di loro mai potesse diventare virtuoso vivendo assediato da tanti assentatori ghiotti, bugiardi, e da tutte le turme de' vilissimi e disonestissimi uomini, trombetti, sonatori, danzatori, buffoni, ruffiani, frastagli, livree e frange? E forse che tutta questa brigatina non concorre a fare cerchio in su l'uscio a chi sia prodigo, come a una scuola e fabrica de' vizii, onde e' giovani usati a tale vita non sanno uscirne? O! per continuarvi, Dio buono, che non fanno egli di male! Rubano il padre, parenti, amici, impegnano, vendono. E chi mai potrebbe di tanta perversità dirne a mezzo? Ogni dí senti nuovi richiami, ogni ora vi cresce fresca infamia, al continuo si stende maggiore odio e invidia e nimistà e biasimo. Alla fine, Lionardo mio, questi pròdigi si truovano poveri in molta età, sanza lodo, con pochissimi, anzi con niuno amico; imperoché quelli goditori leconi, quali e' riputavano in quelle grande spese essere amici, e quelli assentatori bugiardi, e' quali lodavano e chiamavano virtú lo spendere, cioè il diventare povero, e col bicchiere in mano giuravano e promettevano versare la vita, tutti questi sono fatti come tu vedi e' pesci: mentre l'esca nuota a galla, e' pesci in grande quantità germugliano; dileguata l'esca, solitudine e diserto. Non mi voglio stendere in questi ragionamenti, né dartene essempli, o racontarti quanti io n'abbia con questi occhi veduti prima ricchissimi, poi per sua poca masserizia stentare, Lionardo, ché sarebbe lunga narrazione; non ci basterebbe il dí. Sicché per essere brieve dico cosí: quanto la prodigalità è cosa mala, cosí è buona, utile e lodevole la masserizia. La masserizia nuoce a niuno, giova alla famiglia. E dicoti, conosco la masserizia sola essere soficiente a mantenerti che mai arai bisogno d'alcuno. Santa cosa la masserizia! e quante voglie lascive, e quanti disonesti appetiti ributta indrieto la masserizia! La gioventú prodiga e

lasciva, Lionardo mio, non dubitare, sempre fu attissima a ruinare ogni famiglia. I vecchi massari e modesti sono la salute della famiglia. E' si vuole essere massaio, non fosse questo per altro se none che a te stessi resta nell'animo una consolazione maravigliosa di viverti bellamente con quello che la fortuna a te concesse. E chi vive contento di quello che possiede, a mio parere non merita essere riputato avaro. Questi spendenti veramente sono avari, i quali perché e' non sanno saziarsi di spendere, cosí mai si sentono pieni d'acquistare e da ogni parte predare questo e quello. Non stimassi tu però essermi grata alcuna superchia strettezza. Ben confesso questo; a me pare da dislodare troppo uno padre di famiglia se non vive piú tosto massaio che godereccio.

LIONARDO

Se gli spenditori, Giannozzo, dispiaciono, chi non spenderà vi doverà piacere. L'avarizia, bench'ella stia, come dicono questi savi, in troppo desiderare, ella ancora sta in non spendere.

GIANNOZZO

Bene dici il vero.

LIONARDO

E l'avarizia dispiace?

GIANNOZZO

Sí troppo.

LIONARDO

Adunque questa vostra masserizia che cosa sarà?

GIANNOZZO

Tu sai, Lionardo, che io non so lettere. Io mi sono in vita ingegnato conoscere le cose piú colla pruova mia che col dire d'altrui, e quello che io intendo piú tosto lo compresi dalla verità che dall'argomentare d'altrui. E perché uno di questi i quali leggono tutto il dí, a me dicesse «cosí sta», io non gli credo però se io già non veggo aperta ragione, la quale piú tosto mi dimonstri cosí essere, che convinca a confessarlo. E se uno altro non litterato mi adduce quella medesima ragione, cosí crederrò io a lui senza allegarvi autorità, come a chi mi dia testimonianza del libro, ché stimo chi scrisse pur fu come io uomo. Sí che forse io testé non saprò cosí a te rispondere ordinato quanto faresti tu a me, che tutto il dí stai col libro in mano. Ma vedi tu, Lionardo, quelli spenditori, de' quali io ti dissi testé, dispiaciono a me, perché eglino spendono sanza ragione, e quelli avari ancora mi sono a noia, perché essi non usano le cose quando bisogna, e anche perché quelli medesimi desiderano troppo. Sa' tu quali mi piaceranno? Quelli i quali a' bisogni usano le cose quanto basta e non piú, l'avanzo serbano; e questi chiamo io massai.

LIONARDO

Ben v'intendo, quelli che sanno tenere il mezzo tra il poco e il troppo.

GIANNOZZO

Sí, sí.
LIONARDO
Ma in che modo si conosce egli quale sia troppo, quale sia poco?
GIANNOZZO
Leggermente, colla misura in mano.
LIONARDO
Aspetto e desidero questa misura.
GIANNOZZO
Cosa brevissima e utilissima, Lionardo, questa. In ogni spese prevedere ch'ella non sia maggiore, non pesi piú, non sia di piú numero che dimandi la necessità, né sia meno quanto richiede la onestà.
LIONARDO
O Giannozzo, quanto giova piú nelle cose di questo mondo uno simile sperto e pratico che uno rozzo litterato!
GIANNOZZO
Che dici tu? Non avete voi queste cose tutte ne' libri vostri? Eppur si dice nelle lettere si truova ogni cosa.
LIONARDO
Cosí può essere, ma io non mi ricordo altrove averle trovate. E se voi sapessi, Giannozzo, quanto ci siate utile e bene accaduto a proposito, voi ve ne maraviglieresti.
GIANNOZZO
Dici tu il vero? Io godo se io vi sono utile in cosa alcuna.
LIONARDO
Utilissimo. Questi giovani qui, Battista e Carlo, desideravano udire della masserizia qualche buono documento, e io insieme con loro bramava il simile. Ora da chi poteriamo noi udirne piú a pieno e con piú verità che da voi, il quale siete tra' nostri riputato né sí spendente che in voi non sia onestissima masserizia, né sí sete massaio che uomo vi possa riputare non liberale? Però voglio avervi pregato, poiché la masserizia è sí utilissima, non vogliate noi non la conosciamo piú tosto da voi, da cui l'udiremo con piú fede e con piú verità che da altri, il quale c'insegnerebbe forse piú tosto essere avaro che vero massaio. Seguite, Giannozzo, dirci quello sentite di questa santa masserizia, che spero udiremo da voi come sino a qui cosí del resto cose elettissime.
GIANNOZZO
Io non saprei dirvi di no per rispetto alcuno, pregandomi tu, Lionardo. E' m'è debito fare cose piaccino a' miei. E tanto piú voglio essere facile a narrarvi quello quale per pruova alla masserizia conosco, quanto voi avete voglia, e quanto a voi sarà utilissimo avermi udito. Né voi avete piú desiderio d'udirmi che io di farvi massai. E dicovi tanto, a me questo giova la masserizia: se io mi truovo in fortuna alcuna, come mi truovo, grazia d'Iddio, mezzanamente ben posto, io vi posso dire avermivi piú per

masserizia che per altra industria alcuna. Vero... Ma sedete. Siedi, Lionardo. Questi garzoni staranno in piè.
LIONARDO
Sto bene.
GIANNOZZO
Siedi.
LIONARDO
Sedete voi. Sapete il costume nostro di casa. In presenza dei piú atempati fu mai chi s'asedesse.
GIANNOZZO
Sí, fuori in publico. Questi saranno ragionamenti tra noi in casa, utili a noi. Siedi. Egli è meglio lasciarsi vincere ubidendo che volere fare a suo modo stimando parere costumato. Siedi. Or bene, che diciavamo noi della masserizia? Ch'ella era utile. Io non so quelli vostri libri quello se ne vogliano; io vi dirò di me, che masserizia sia la mia, di che cose e in che modo. Che la masserizia sia utile, necessaria, onesta e lodata stimo niuno dubita. Che se ne dice apresso de' vostri libri?
LIONARDO
Che stimate voi, Giannozzo, se none, come voi dicesti, quelli antichi scrittori fussero uomini come testé sete voi?
GIANNOZZO
Sí, ma piú dotti. E se cosí non fosse, l'opere loro non viverebbono tante età.
LIONARDO
Confessolo, ma a mio parere e' non dicono però di queste simili altro che quello se ne vegga per ogni diligente padre di famiglia. Che poterebbono essi dire piú voi in sul fatto stessi ve ne vediate con l'occhio e colla pruova? Troppo dicono, se non fusse chi serbasse, sarebbe stultizia portare in casa il guadagnato, e anche sarebbe non manco da ridere se uno volesse serbare quello che non li fusse arecato.
GIANNOZZO
Sí. Oh, quanto e' dicono bene! Che giova guadagnare se non se ne fa masserizia? L'uomo s'afatica guadagnando per avéllo a' bisogni. Procaccia nella sanità pella infirmità, e come la formica la state pel verno. A' bisogni adunque si vuole adoperare le cose; non bisognando, serbàlle. E cosí hai: tutta la masserizia sta non tanto in serbare le cose quanto in usarle a' bisogni. Intendi?
LIONARDO
Sí bene, però che non usare a bisogni sarebbe avarizia e biasimo.
GIANNOZZO
Ancora e danno.
LIONARDO
Danno?
GIANNOZZO

Grande. Ha' tu mai posto mente a queste donnicciuole vedovette? Elle ricolgono le mele e l'altre frutte. Tèngolle serrate, sèrballe, né prima le guaterebbono s'elle non fossero magagnate e guaste. Fanne conto; troverrai ch'ella n'averà a gittare e' tre quarti pelle finestre, e può dire averle serbate per gittarle. Non era meglio, stolta vecchierella, gittare quelle poche prime, prendere le buone pella tua mensa, donarle? Non si chiama serbare questo, ma gittare via.
LIONARDO
E quanto meglio! Arebbene qualche utile, o vero gliene sarebbe renduto pur qualche grazia.
GIANNOZZO
Ancora: e' cominciò a piovere una gocciola in sulla trave. L'avaro aspettava domani, e di nuovo posdomane. Pioveva ancora; l'avaro non volle entrare in spesa. Di nuovo ancora ripiove; all'ultimo il trave corroso dalle piove e frollo si troncò. E quello che costava uno soldo, ora costa dieci. Vero?
LIONARDO
Spesso.
GIANNOZZO
Però vedi tu ch'egli è danno questo non spendere e non sapere usare le cose al bisogno. Ma poiché la masserizia sta in usare e serbare le cose, veggiamo quale cose s'abbino a usare e serbare. E qui in prima a me pare che volere usare e serbare le cose altrui sarebbe o arroganza, o violenza al tutto o ingiustizia. Dico io bene?
LIONARDO
Molto.
GIANNOZZO
Però conviene le cose di che noi abbiàno a essere veri e solliciti massai veramente siano nostre. Ora quali saranno elleno?
LIONARDO
Io odo dire la moglie mia, e' figliuoli miei, la casa mia. Forse queste?
GIANNOZZO
Oh! queste, Lionardo mio, non sono nostre. Quello che io ti posso tôrre a ogni mia posta, di chi sarà. Tuo?
LIONARDO
Piú vostro.
GIANNOZZO
La fortuna può ella a ogni sua posta tôrci moglie, figliuoli, roba e simili cose?
LIONARDO
Può certo sí.
GIANNOZZO
Adunque sono elle piú sue che nostre. E quello che a te mai può essere tolto in modo alcuno, di chi sarà?

LIONARDO
Mio.
GIANNOZZO
Può egli a te essere tolto questo che a tua posta tu ami, desideri, appetisca, sdegni e simili cose?
LIONARDO
Certo no.
GIANNOZZO
Adunque simili cose sono tue proprie.
LIONARDO
Vero dite.
GIANNOZZO
Ma per dirti brieve, tre cose sono quelle le quali uomo può chiamare sue proprie, e sono in tanto che dal primo dí che tu venisti in luce la natura te le diede con questa libertà, che tu l'adoperi e bene e male quanto a te pare e piace, e comandò la natura a quelle sempre stiano pressoti, né mai persino all'ultimo dí si dipartano di sieme da te. L'una di queste sappi ch'ell'è quello mutamento d'animo col quale noi appetiamo e ci cruciamo tra noi. Voglia la fortuna o no, pure sta in noi. L'altro vedi ch'egli è il corpo. Questo la natura l'ha subietto come strumento, come uno carriuolo sul quale si muova l'anima, e comandògli la natura mai patisse ubidire ad altri che all'anima propria. Cosí si vede in qualunque animale si sia rinchiuso e subietto ad altri, mai requia per liberarsi e rendersi proprio a sé, per adoperare sue alie o piè e altri membri non a posta d'altri, ma con sua libertà, a sua voglia. Fugge la natura avere il corpo non in balia dell'anima, e sopra tutti l'uomo naturalmente ama libertà, ama vivere a sé stessi, ama essere suo. E questo si truova essere generale appetito in tutti e' mortali. Adunque queste due, l'animo e il corpo, sono nostre.
LIONARDO
La terza quale sarà?
GIANNOZZO
Ha! Cosa preziosissima. Non tanto sono mie queste mani e questi occhi.
LIONARDO
Maraviglia! Che cosa sia questa?
GIANNOZZO
Non si può legare, non diminuirla; non in modo alcuno può quella essere non tua, pure che tu la voglia essere tua.
LIONARDO
E a mia posta sarà d'altrui?
GIANNOZZO
E quando vorrai sarà non tua. El tempo, Lionardo mio, el tempo, figliuoli miei.
LIONARDO

Bene dite il vero, ma non mi venia in mente possedere cosa alcuna, quale io non potessi transferire in altrui. Anzi mi parea tutte l'operazioni dell'animo mio potélle dare ad altri per modo che piú non fossino mie: amare, odiare, e a persuasione d'altrui commuovermi, e a volontà d'altrui volere, non volere, ridere e piagnere.

GIANNOZZO
Se tu avessi te in una barchetta e navigassi alla seconda per mezzo del nostro fiume Arno, e, come alcuna volta a' pescatori acade, avessi le mani e il viso tinti e infangati, non sarebbe tua quella acqua tutta, ove tu la adoperassi in lavarti e mondarti? Vero? Cosí, se tu non la adoperassi...

LIONARDO
Certo non sarebbe mia.

GIANNOZZO
Cosí proprio interviene del tempo. S'egli è chi l'adoperi in lavarsi il sucidume e fango quale a noi tiene l'ingegno e lo intelletto immundo, quale sono l'ignoranza e le laide volontà e' brutti appetiti, e adoperi il tempo in imparare, pensare ed essercitare cose lodevoli, costui fa il tempo essere suo proprio; e chi lascia transcorrere l'una ora doppo l'altra oziosa sanza alcuno onesto essercizio, costui certo le perde. Perdesi adunque il tempo nollo adoperando, e di colui sarà il tempo che saprà adoperarlo. Ora avete voi, figliuoli miei, l'operazioni dell'animo, il corpo e il tempo, tre cose da natura vostre proprie, e sapete quanto le siano preziose e care. Per rimedire e sanare il corpo ogni cosa preziosa si spone, e per rendere l'anima virtuosa, quieta e felice, s'abandona tutti gli appetiti e desiderii del corpo; ma il tempo quanto e a' beni del corpo e alla felicità dell'anima sia necessario, voi stessi potete ripensarvi, e troverrete il tempo essere cosa molto preziosissima. Di queste adunque si vuole essere massaio tanto e piú diligente quanto elle piú sono nostre che altra cosa alcuna.

LIONARDO
Mandate a memoria, Battista e tu Carlo, questi non detti de' filosofi, ma come oraculi d'Apolline ottimi e santissimi documenti, quali non troverrete in su' nostri libri. Troppo vi siamo obligati, Giannozzo. Seguite.

GIANNOZZO
Dissi che la masserizia stava in usare ancora e in serbare le cose. Parmi da investigare di queste tre, corpo, anima e tempo, in che modo s'abbino a conservare, e poi apresso s'abbino a usare. Ma io dispongo essere brevissimo. Uditemi. E prima dell'animo, del quale io cosí fo masserizia, Lionardo mio. Io l'adopero in cose necessarie a me e a' miei, e cerco conservallo in modo che piaccia a Dio.

LIONARDO
Quale sono le cose necessarie a voi e a' vostri?

GIANNOZZO
La virtú, la umanità, la facilità. Non mi detti alle lettere quando io era

giovane, e questo venne piú tosto da negligenza de' miei che da mio alcuno mancamento. E' miei missoro me ad altri essercizii, quanto a quelli tempi loro parse necessario, forse desiderando prima da me utile che laude, quali né seppi, né potei facilmente lasciarli. Ma io per me sempre mi sono adoperato in farmi bene volere con ogni quale si possa ingegno e arte, e sopra tutto con essere e volere parere buono, giusto e quieto, e non mai dispiacere, non ingiuriare alcuno: non in detti, né in fatti, mai alcuno, né presente né assente, molestai. E sono queste l'operazioni dell'animo veramente ottime, alle quali sono simili fare come testé fo io, insegnare quello che l'uomo sa di bene, ammonire chi errasse, tutto porgerti pieno di fede e carità, emendando come padre, consigliando con diligenza, verità e amore, e cosí adoperare lo 'ngegno, l'industria, l'intelletto in onore di me e de' miei. Sono ancora operazioni dell'animo quali io di sopra dissi, amare, odiare, sdegnarsi, sperare, desiderare e simili. Adunque si vuol queste bene saperle usare e contenere, amare i buoni, odiare i viziosi, sdegnarti contro a' maligni, sperare cose amplissime, desiderare cose ottime e lodatissime.

LIONARDO
Santamente. E queste parole di Giannozzo, Battista e tu Carlo, vedete voi quanto abbino in sé nervo e polso. Ma seguite, Giannozzo. Poi per conservare l'animo a Dio, che modo tenete voi?

GIANNOZZO
Due modi tengo, l'uno in cercare e fare quanto possa in me stessi l'animo lieto, né mai averlo turbato d'ira, o cupidità, o alcuno altro superchio appetito. Questo sempre stimai essere ottimo modo. L'animo puro e simplice troppo mi pare che piaccia a Dio. L'altro modo a piacere a Dio a me pare sia fare mai cosa della quale dubiti s'ella sia bene fatta o male fatta.

LIONARDO
E questo credete voi che basti?

GIANNOZZO
Credo certo sí che basti assai, secondo che io mi ricordo avere inteso. Eh! figliuoli miei, sapete voi perché i' dissi fare mai se tu dubiti? Imperoché le cose vere e buone stanno da sé allumate e chiare, allegre, scorgonsi invitanti, voglionsi fare. Ma le cose non buone sempre giacciono adombrate di qualche vile o sozzo diletto, o di che viziosa opinione si sia. Non adunque si vogliono fare, ma fuggille, seguire la luce, fuggire le tenebre. La luce delle operazioni nostre sta nella verità, stendesi con lode e fama. E niuna cosa piú è tenebrosa nella vita degli uomini quanto l'errore e la infamia.

LIONARDO
Niuna masserizia tanto sarà mai quanto questa vostra perfettissima. Oggi impariamo non solo quale sia la vera masserizia, ma insieme l'ottimo civilissimo vivere, diventare virtuoso, adoperare la virtú, vivere lieto e fare cose delle quali non dubiti. Ma, Giannozzo, s'egli è licito il domandarne, questi prestantissimi e divini ammaestramenti fabricastegli voi stessi da voi,

o vero gli avete, quanto mi parse testé dicessi, imparati da altrui?
GIANNOZZO
Ben vi paiono begli, che, figliuoli miei? Tenetegli a mente.
LIONARDO
Cosí faremo, che nulla piú potrebbe esserci grato e a perpetua memoria commendato.
GIANNOZZO
Egli è quanto? L'anno doppo al quarantotto, dico io bene? Anzi fu l'anno doppo, in casa di messer Niccolaio Alberto, padre di messere Antonio, al quale Niccolaio messere Benedetto, padre di messer Andrea, Ricciardo e di Lorenzo vostro padre, Battista e tu Carlo, fu fratello cugino, però che Iacopo padre di messer Niccolaio e Nerozzo vostro bisavolo, padre di Bernardo tuo avolo, Lionardo, e padre di messer Benedetto, e Francesco avo di Bivigliano furono fratelli nati d'Alberto fratello di Lapo e Neri figliuoli di messer Iacobo iurisconsulto nato di messer Benci iurisconsulto, e fu questo Lapo avolo di messer Iacobo cavaliere, il quale messer Iacobo fu fratello di Tomaso nostro padre, e fu padre del vescovo Paolo nostro cugino, e cugino di messer Cipriano, al quale testé vive el nepote messere Alberto, e quello Neri di sopra fratello di Lapo e Alberto fu padre di messere Agnolo. Mai sí.
LIONARDO
E tutta questa moltitudine de' nostri avoli chiamati messeri, furono eglino cavalieri o pur cosí per età o altra dignità chiamati?
GIANNOZZO
Furono, e notabilissimi, cavalieri quasi tutti fatti con qualche loro singularissimo merito. E questo messer Niccolaio nostro, uomo d'animo e costumi nobilissimo, uno di quelli sedendo in magistrato, tenendo il supremo luogo ad aministrare giustizia fra il collegio di quelli pochi i quali reggono tutta la republica, porgendo la insegna e vessillo militare al guidatore del nostro essercito contro all'oste di Pisa, non sanza grande letizia di tutti i nostri cittadini e merito della famiglia nostra, li fu donato grado e onoranza di cavalleria sulla porta di quello palagio, di quello publico seggio e ridotto de' nostri magistrati, al quale fondato e principiato da' nostri Alberti, sempre fu ogni sua dignità e maiestà con quanta mai potemmo opera e spesa per noi conservata e amplificata. Come sapete, i primi fondamenti del nostro publico palagio furono imposti sendo Alberto figliuolo di messer Iacobo iurisconsulto collega priore in la aministrazione della republica. E io spesso fra me stessi pongo mente che da grandissimo tempo sino a qui mai fu in casa nostra Alberta alcuno del sangue nostro il quale non fosse padre, o figliuolo, zio o nipote di cavalieri nati di noi Alberti.
Ma lasciamo andare questa genealogia, la quale non sarebbe al proposito nostro della masserizia, né a quello di che tu mi adomandi se quelli precetti

quali io recitava erano da me fabricati, o pur intesi da altri. Dico che in casa di messer Niccolaio, sendovi messer Benedetto Alberto, come era loro usanza mai ragionare di cose infime, sempre di cose magnifice, sempre fra loro in casa conferendo quanto apartenesse allo utile della famiglia, allo onore e commodo di ciascuno, sempre stavano o leggendo questi vostri libri, sempre o in palagio a consigliare la patria, e in qualunque luogo disputando con valenti uomini, monstrando la virtú loro e rendendo virtuosi chi gli ascoltava, cosí solevano al continuo essercitarsi. Onde per questo io e gli altri nostri giovani Alberti, quanto dalle altre faccende a noi era licito, al continuo eravamo con loro per imparare e per onorarli. E fra l'altre volte, come degli altri tuttora, in casa di messer Niccolaio capitò uno sacerdote vecchio, canuto, tutto ornato di modestia e umanità, con quella sua barba stesa e piena di molta gravità, con quel fronte aperto pieno di costumi e riverenza, il quale fra molti bellissimi ragionamenti cominciò ivi narrare di queste cose, non della masserizia no, ma diceva de' doni quali Iddio diede a' mortali, e seguiva narrando quanto dovea l'uomo di tanti beneficii averne grazia a Dio, e molto dimonstrava quanto sarebbe l'uomo ingrato non riguardando e non adoperando bene la grazia quale avesse ricevuta da Dio. Ma diceva niuna cosa era propria nostra, se non solo un certo arbitrio e forza di mente, e se pure alcuna si poteva chiamare nostra, queste erano le sole tre quali dissi, anima, corpo e tempo. E benché il corpo fusse sottoposto a molti morbi, a molti casi e miserie, pure il dimonstrava in tanto essere nostro quanto sofferendo con virilità e con pazienza, vincendo le cose avverse e moleste, noi meritavamo non meno che adoperando le membra in cose liete e ben grate. Ma io non saprei racontare queste cose sí bene quanto colui le seppe con maraviglioso ordine dire. Stesesi in uno grande ragionamento, disputando quale di queste tre dette cose piú fosse proprie de' mortali, e se io bene mi ricordo, fece non piccolo dubio se il tempo era piú o meno nostro che l'animo, e cosí ci tenne dicendo molte cose, le quali messer Benedetto e messer Niccolaio confessorono mai avere udite. E' mi piacque tanto quello vecchio che io l'udi' fermo e fiso parecchi ore senza tedio alcuno. Né mai mi dimenticai quelle sue gravissime parole; sempre mi rimase in animo quella dignità e presenza sua. Se non mel pare testé vedere modesto, grazioso e nel ragionare riposato e dolce. Poi, come vedi, da me a me adussi que' suoi detti al mio proposito nel vivere.
LIONARDO
Dio gli renda premio a quello vecchio, e a voi mercé, che sí bene avete quei suoi detti recitati. Ma poiché cosí al vostro ragionare consegue dire, detto dell'animo, ora del corpo che masserizia ne fate voi?
GIANNOZZO
Buona, grande, simile a quella dell'animo. Io l'adopero in cose oneste, utili e nobili quanto posso, e cerco conservallo lungo tempo sano, robusto e bello. Tengomi netto, pulito, civile, e sopratutto cerco d'adoperare cosí le mani, la

lingua e ogni membro, come l'ingegno e ogni mia cosa, in onore e fama della patria mia, della famiglia nostra e di me stessi. Sempre m'afatico in cose utili e oneste.

LIONARDO
Certo meritate grazia e lode, e con queste parole date a noi buono ricordo a seguire quanto ci solete monstrare con vostra opera ed essemplo. Ma poi, Giannozzo, alla sanità che trovate voi essere utile? A voi crederrò io, perché mai mi ramenta vedere piú fresco, piú ritto, e da ogni parte piú bello vecchio di voi: la voce, la vista, e' nervi tutti netti, puri e liberi. Cosa maravigliosa e troppa rara in questa età.

GIANNOZZO
Ben! grazia d'Iddio, cosí mi sento assai sano, ma manco gagliardo che io non solea. Benché a questa età non si richiede gagliardia, ma prudenza e discrezione, pur vorrei almanco potere, come io solea, camminare. Né dubitare, per questo pur lascio adrieto molte faccende e mie e degli amici miei, ove io non posso essere per altrui opera sollicito quanto sarei per la mia. Ma, lodato Iddio, pur mi reputo parte di lodo in questa mia età essere come io sono piú che molti altri meno vecchi di me, libero e leggiere da ogni infermità. La sanità in uno vecchio suole essere testimonianza della continenza avuta nella gioventú; e vuolsi avere cura della sanità in ogni età, e tanto avella piú cara quanto ella è maggiore; e delle cose care dobbiamo esserne riguardatori e buoni massai.

LIONARDO
Cosí confesso si vuole esserne massaio. Ma che cose trovate voi in prima utilissime alla sanità?

GIANNOZZO
Lo essercizio temperato e piacevole.

LIONARDO
Doppo questo?

GIANNOZZO
Lo essercizio piacevole.

LIONARDO
E apresso?

GIANNOZZO
Lo essercizio, Lionardo mio. L'essercitarsi, figliuoli miei, sempre fu maestro e medico della sanità.

LIONARDO
E non faccendo essercizio?

GIANNOZZO
Rare volte m'accade che io non possa darmi a qualche essercitazione, ma pur se mai m'interviene per altre occupazioni che io manco m'esserciti che l'usato, truovo che molto mi giova la dieta. Non mangiare se tu non senti fame; non bere se tu non hai sete. E truovo in me questo: per cruda che sia

cosa a digestire, vecchio come io sono, soglio dall'uno sole all'altro averla digestita. Ma, figliuoli miei, prendete questa regola brieve, generale, molto perfetta: ponete diligenza in conoscere qual cosa a voi suole essere nociva, e da quella molto vi guardate; quale vi giova, e voi quella seguite.

LIONARDO
Sta bene. Adunque la pulitezza, l'essercizio, la dieta, guardarsi da' contrarii, conservano la sanità.

GIANNOZZO
E anche la gioventú e la bellezza. In questo mi pare differenza tra 'l vecchio e 'l giovane, perché l'uno è debole, l'altro è robusto, l'uno è fresco, l'altro sta vincido e passo. Adunque chi conserva la sanità conserva le forze e la gioventú insieme e le bellezze. E pare a me stiano le bellezze in molta parte giunte al buono colore e freschezza del viso, e niuna cosa tanto conserva all'uomo buono sangue e bene vigoroso colore quanto l'essercizio insieme colla sobrietà del vivere.

LIONARDO
Avete detto della masserizia quale fate dell'animo e di quella del corpo. Resta a dire del tempo. E di questa, Giannozzo, che masserizia ne fate voi? Il tempo al continuo fugge, né puossi conservare.

GIANNOZZO
Dissi io la masserizia sta in bene adoperare le cose non manco che in conservalle, vero? Adunque io quanto al tempo cerco adoperarlo bene, e studio di perderne mai nulla. Adopero tempo quanto piú posso in essercizii lodati; non l'adopero in cose vili, non spendo piú tempo alle cose che ivi si richiegga a farle bene. E per non perdere di cosa sí preziosa punto, io pongo in me questa regola: mai mi lascio stare in ozio, fuggo il sonno, né giacio se non vinto dalla stracchezza, ché sozza cosa mi pare senza repugnare cadere e giacere vinto, o, come molti, prima aversi vinti che certatori. Cosí adunque fo: fuggio il sonno e l'ozio, sempre faccendo qualche cosa. E perché una faccenda non mi confonda l'altra, e a quello modo poi mi truovi averne cominciate parecchie e fornitone niuna, o forse pur in quello modo m'abatta avere solo fatte le piggiori e lasciate adrieto le migliori, sapete voi, figliuoli miei, quello che io fo? La mattina, prima, quando io mi levo, cosí fra me stessi io penso; oggi in che arò io da fare? Tante cose: annòverole, pensovi, e a ciascuna assegno il tempo suo: questo stamane, quello oggi, quell'altra stasera. E a quello modo mi viene fatto con ordine ogni faccenda quasi con niuna fatica. Soleva dire messer Niccolaio Alberto, uomo destissimo e faccentissimo, che mai vide uomo diligente andare se non adagio. Forse pare il contrario, ma certo, quanto io pruovo in me, e' dice il vero. All'uomo negligente fugge il tempo. Segue che il bisogno o pur la volontà il sollecita. Allora quasi perduta la stagione gli sta necessità fare in furia e con fatica quello che in sua stagione, prima, era facile a fare. E abbiate a mente, figliuoli miei, che di cosa alcuna mai sarà tanta copia, né

tanta abilità ad averla che a noi non sia difficilissimo quella medesima fuori di stagione trovarla. Le semente, le piante, e' nesti, fiori, frutti e ogni cosa alla stagione sua pronto si ti porge: fuori di stagione non senza grandissima fatica si ritruovano. Per questo, figliuoli miei, si vuole osservare il tempo, e secondo il tempo distribuire le cose, darsi alle faccende, mai perdere una ora di tempo. Potrei dirvi quanto sia preziosa cosa il tempo, ma altrove sia da dirne con piú elimata eloquenza, con piú forza d'ingegno, con piú copia di dottrina che la mia. Solo vi ricordo a non perdere tempo. Cosí facciate come fo io. La mattina ordino me a tutto il dí, il giorno seguo quanto mi si richiede, e poi la sera inanzi che io mi riposi ricolgo in me quanto feci il dí. Ivi, se fui in cosa alcuna negligente, alla quale testé possa rimediarvi, subito vi supplisco: e prima voglio perdere il sonno che il tempo, cioè la stagione delle faccende. Il sonno, il mangiare e queste altre simili posso io recuperare domane e satisfarle, ma le stagioni del tempo no. Benché, a me rarissimo aviene, - se io arò bene distribuito le faccende mie a ciascuno tempo e ordinato, né sarò stato dipoi negligente, - dico, rarissimo e quasi mai m'acade che io abbia ivi a perdere o sopratenere mia necessità alcuna. E se egli acade che io per allora nulla possa rimediarvi, vengo insegnando a me stessi come per l'avenire abbia non simile a perdere tempo. Fo adunque di queste tre cose quanto avete udito. Adopero l'animo e il corpo e il tempo non se non bene. Cerco di conservalle assai, curo non perderne punto. E a questo mi porgo sollecitissimo e quanto piú posso desto e operoso, imperoch'elle a me paiono quanto le sono preziosissime e molto piú proprie mie che altra alcuna cosa. Ricchezze, potenze, stati, sono non degli uomini, no, della fortuna sí; e tanto sono degli uomini quanto la fortuna gli permette usare.

LIONARDO
E di queste cosí a voi concesse per la fortuna, fatene voi masserizia alcuna?
GIANNOZZO
Lionardo mio, non faccendo masserizia di quello che usandolo diventa nostro, sarebbe negligenza ed errore. Tanto sono le cose della fortuna nostre sí quanto ella ce le permette, e ancora quanto noi le sappiamo usare. Benché, a noi Alberti in queste nostre calamità la fortuna ci sta pur troppo contraria e molesta, non facile e liberale delle cose sue, ma iniqua e malvagia a turbarci qualunque nostra ben propria cosa, e possiamo, a dirti il vero, male essere veri massai. In questo nostro essilio sempre siamo stati in quella espettazione di ritornare alla patria, riaverci in casa nostra, riposarci tra' nostri, la quale cosa quanto piú speravamo e desideravamo, tanto piú ci era dolore a noi insieme e danno, imperoché mai sapemmo fermare l'animo né il vivere nostro ad alcuno stabile ordine. E se io avessi potuto il primo dí non dico in noi credere, ma fingere quanto infortunio e quanta miseria abbia la famiglia nostra Alberta già tanto tempo sofferta, se io giovane avessi creduto quel che io pruovo vecchio, diventare fuori di casa mia

canuto, figliuoli miei, forse arei tenuto altri modi.
LIONARDO
Però dice, Battista, - raméntati quello terenziano Demifo, - ciascuno, quando le cose gli secondano, allora molto gli è mestiero fra sé pensare in che modo, accadendo, e' sofferisca l'avversa signoria della fortuna, pericoli, danni, essilii. Tornando di viaggio sempre pensi qualche malefatto de' figliuoli, o della moglie, o qualche sinistro a' suoi, cose possibili quali tutto il dí avengono, acciò che all'animo nulla sopravenga non preveduto. Suole meno ferire il visto prima dardo. E cosí ciò che truovi salvo meglio che non avevi teco pensato, stimalo a guadagno. Se cosí dobiamo fare ne' tempi felici, ancora molto piú quando le cose cominciano a declinare e ruinare.
GIANNOZZO
O Lionardo mio, in che modo arei io cosí potuto stimare in altrui durezza nelle ingiurie nostre piú che in me stessi? Come potevo io, figliuoli miei, stimare che quelli i quali avevano per qual che si fosse o non onesta, o poco licita cagione offesa la famiglia nostra, piú fossero ostinati in malivolenza e odio che noi, i quali ogni dí piú sentavamo l'offese e le ingiurie loro? E io pur sono uno di quelli quale già piú anni dell'animo mio cancellai il nome e memoria di ciascuno da chi noi perfino testé sentiamo tanta iniquità e tanto dolore. Né mi parse mai in uomo alcuno durare quanto in costoro animo al tutto inumano e crudelissimo, ingiusti a cacciarci, crudeli a perseguitarci. Né loro basta tenerci in tanta miseria vivi. Ancora pongono premio a chi ci acresca l'ultime nostre miserie. Ma Dio di questo sia inverso di noi iudice piú piatoso che severo verso chi erra. E dico, figliuoli miei, che buono per me, se io già piú anni in me avessi avuta altra opinione.
LIONARDO
E che aresti voi fatto? Come aresti voi ordinato la masserizia?
GIANNOZZO
Meglio del mondo; una vita quieta senza grave alcuna sollecitudine. Are'mi cosí pensato, - vieni qua, Giannozzo, monstra qui che cosa ti concede la fortuna. Truovomi da lei avere in casa la famiglia, la roba, vero? E altro? Sí. Che? Lo onore e l'amistà di fuori.
LIONARDO
Chiamate voi forse, come questi nostri cittadini, onore trovarsi nelli uffici e nello stato?
GIANNOZZO
Niuna cosa manco, Lionardo mio; niuna cosa manco, figliuoli miei. Niuna cosa a me pare in uno uomo meno degna di riputarsela ad onore che ritrovarsi in questi stati. E questo, figliuoli miei, sapete voi perché? Sí perché noi Alberti ce ne siamo fuori di questi fummi, sí anche perché io sono di quelli che mai gli pregiai. Ogni altra vita a me sempre piacque piú troppo che quella delli, cosí diremo, statuali. E a chi non dovese quella al tutto dispiacere? Vita molestissima, piena di sospetti, di fatiche, pienissima di

servitú. Che vedi tu da questi i quali si travagliono agli stati essere differenza a publici servi? Pratica qui, ripriega quivi, scapúcciati a questo, gareggia con quello, ingiuria quell'altro; molti sospetti, mille invidie, infinite inimistà, niuna ferma amicizia, abundanti promesse, copiose proferte, ogni cosa piena di fizione, vanità e bugie. E quanto a te piú bisogna, tanto manco truovi chi a te serbi o promessa o fede. E cosí ogni tua fatica e ogni speranza a uno tratto con tuo danno, con dolore e non senza tua ruina, rimane perduta. E se a te pur con infinite prieghiere accade qualche ventura, che però truovi tu averti acquistato? Eccoti sedere in ufficio. Che n'hai tu d'utile se none uno solo: potere rubare e sforzare con qualche licenza? Odivi continui richiami, innumerabili accuse, grandissimi tumulti, e intorno a te sempre s'aviluppano litigiosi, avari, ingiustissimi uomini, empionti l'orecchie di sospetti, l'animo di cupidità, la mente di paure e perturbazioni. Convieni abandonare e' fatti tuoi proprii per distrigare la stultizia degli altri. Ora si richiede dare ordine alle gabelle, alle spese; ora provedere alle guerre; ora confirmare e rinovare le legge; sempre sono collegate le molte pratiche e faccende, alle quali né tu solo puoi, né con gli altri mai t'è licito fare quanto vorresti. Ciascuno giudica la volontà sua essere onesta, e il giudicio suo essere lodato, e l'opinione sua migliore che gli altri. Tu seguendo l'errore comune o la arroganza d'altrui acquisti propria infamia, e se pur t'adoperi in servire, compiaci a uno, dispiaci a cento. Au! furia non conosciuta, miseria non fuggita, male non odiato da ciascuno quanto e' merita; la qual cosa a me pare che avenga solo perché questa una sola servitú pare vestita di qualche onore. O pazzia degli uomini! i quali tanto stimano l'andare colle trombe inanzi e col fuscello in mano, che a loro non piace piú il proprio riposo domestico e la vera quiete dell'animo. O pazzi, fummosi, superbi, proprii tiranneschi, che date scusa al vizio vostro! Non potete sofferire gli altri meno ricchi, ma forse piú antichi cittadini di voi, essere pari a voi quanto si richiede: non potete vivere senza sforzare e' minori, però desiderate lo stato. E per avere stato, stolti, che fate voi? Pazzi, che vi sponete a ogni pericolo, porgetevi alla morte; bestiali, che chiamate onore cosí essere assediato da tutti i cattivi, né sapete vivere cogli altri buoni, convienvi servire e confratellarvi a tutti i ladroncelli, quali perché sono vili, cosí poco stimano la vita in seguire le voluntà vostre! E chiamate onore essere nel numero de' rapinatori, chiamate onore convenire e pascere e servire agli uomini servili! O bestialità! Uomini degni di odio, se cosí pigliate a piacere tanta perversità e travaglio quanto trabocca adosso a chi sia in questi uffici e amministrazioni publiche! E che piacere d'animo mai può avere costui, se già e' non sia di natura feroce e bestiale, il quale al continuo abbia a prestare orecchie a doglienze, lamenti, pianti di pupilli, di vedove, e di uomini calamitosi e miseri? Che contentamento arà colui il quale tutto il dí arà a porgere fronte e guardarsi insieme da mille turme di ribaldi, barattieri, spioni, detrattori, rapinatori e committitori d'ogni falsità e scandolo? E che recreamento arà colui al quale ogni sera sia necessario torcere le braccia e le membra agli uomini, sentirli con quella dolorosa voce gridare misericordia, e pur convenirli usare molte altre orribili crudeltà, essere beccaio e squarciatore delle membra umane? Au! cosa abominevole a chi pur vi pensa, cosa da fuggilla. Tu adunque, uomo crudelissimo, chiederai li stati? Dirai tu certo sí, perché a me sarà lodo soffrire quelle gravezze, per gastigare i mali, sollevare e ornare i buoni. Adunque per gastigare e' mali tu in prima diventi pessimo? A me non pare buono colui il quale non vive contento del suo proprio, e colui sarà piggiore il quale desidererà e cercherà quello d'altri, e quello sarà sopra tutto pessimo il quale bramerà e usurperà le cose publice. Non ti biasimerò se di te porgerai tanta virtú e fama che la patria ti riceva e impongati parte de' incarichi suoi, e chiamerò onore essere cosí pregiato da' tuoi cittadini. Ma che io volessi fare come molti fanno, gittarmi sotto questo, fare coda a quello altro, e servendo cercare di signoreggiare, o vero che io mi dessi a diservire o ingiuriare alcuno per compiacere a costui col favore del quale io aspettassi salire in stato, o vero che io volessi, come quasi fanno tutti, ascrivermi lo stato quasi per mia ricchezza, riputarlo mia bottega, ch'io pregiassi lo stato tra le dote alle mie fanciulle, ch'io in modo alcuno facessi del publico privato, quello che la patria mi permette a dignità transferendolo a guadagno, a preda, non punto, Lionardo mio, non, figliuoli miei. E' si vuole vivere a sé, non al comune, essere sollicito per gli amici, vero, ove tu non interlasci e' fatti tuoi, e ove a te non risulti danno troppo grande. A noi non sarà amico colui il quale non fugga ogni danno e vergogna nostra. Vorrassi per gli amici lasciare adrieto parte delle faccende tue, ove a te sia dipoi renduto non dico premio, ma grado e grazia. Starsi cosí, sai, mezzanamente, sempre fu cosa felice. Voi altri, che avete lette le molte storie, di questo piú di me potete ramentare essempli assai, ne' quali mai troverrete, mai caduto alcuno giacere se none chi saliva troppo alto. Basti a me essere e parere buono e giusto, colla quale cosa mai sarò disonorato. Questa sola onoranza sta meco e in essilio, e si starà mentre che io non l'abandonerò. Abbiansi gli altri le pompe, e' venti gonfino quanto la fortuna gliele concede, godansi infra gli stati, dolgansi non l'avendo, piangano dubitando pèrdello, addolorino quando l'abbino perduto, ché a noi, i quali siamo contenti del nostro privato e mai desiderammo quello d'altrui, sarà mai dispiacere non avere quello che sia publico o perdere quello di che noi non facciamo stima. E chi facesse stima di quelle servitú, fatiche e innumerabili martorii d'animo? Figliuoli miei, stiamoci in sul piano, e diamo opera d'essere buoni e giusti massai. Stiànci lieti colla famigliuola nostra, godiànci quelli beni ci largisce la fortuna faccendone parte alli amici nostri, ché assai si truova onorato chi vive senza vizio e senza disonestà.

LIONARDO
Quanto a me pare comprendere del dire vostro, Giannozzo, in voi sta

quella magnifica e animosa volontà, la quale sempre a me parse maggiore e piú degna d'animo virile che qualunque altra quale si sia volontà e appetito de' mortali. Veggo preponete il vivere a sé stessi, proposito degno e proprio d'animo reale stare in vita non avendo bisogno d'alcuno, vivere contento di quello che la fortuna ti fa partefice. Sono alcuni e' quali io con voi insieme posso giustamente riprendere, ove essi stimano grandezza e amplitudine d'animo prendere ogni dura e difficile impresa, ogni laboriosissima e molestissima opera, per potere nelle cose piú che gli altri cittadini. De' quali uomini come altrove cosí alla terra nostra si truovano non pochi, perché cresciuti in antichissima libertà della patria e con animo troppo pieno d'odio acerbissimo contro a ogni tiranno, non contenti della comune libertà vorrebbono piú che gli altri libertà e licenza. E certo, Giannozzo, chi se immetterà a volere sedere in mezzo a' magistrati per guidare le cose publiche non con volontà e ragione di meritare lode e grazia da' buoni, ma con appetito immoderato solo di principare ed essere ubidito, costui non vi nego sarà da essere molto biasimato, e, come dite, dimonstrerà sé essere non buono cittadino. E affermovi che il buono cittadino amerà la tranquillità, ma non tanto la sua propria, quanto ancora quella degli altri buoni, goderà negli ozii privati, ma non manco in quello degli altri cittadini suoi, desidererà l'unione, quiete, pace e tranquillità della casa sua propria, ma molto piú quella della patria sua e della republica; le quali cose non si possono mantenere se chi si sia ricco, o saggio, o nobile fra' cittadini darà opera di potere piú che gli altri liberi, ma meno fortunati cittadini. Ma neanche quelle republiche medesime si potranno bene conservare, ove tutti e' buoni siano solo del suo ozio privato contenti. Dicono e' savi ch'e' buoni cittadini debbono traprendere la republica e soffrire le fatiche della patria e non curare le inezie degli uomini, per servire al publico ozio e mantenere il bene di tutti i cittadini, e per non cedere luogo a' viziosi, i quali per negligenza de' buoni e per loro improbità perverterebbono ogni cosa, onde cose né publiche né private piú potrebbono bene sostenersi.

E poi vedete, Giannozzo, che questo vostro lodatissimo proposito e regola del vivere con privata onestà qui solo, benché in sé sia prestante e generoso, non però a' cupidi animi di gloria in tutto sia da seguire. Non in mezzo agli ozii privati, ma intra le publiche esperienze nasce la fama; nelle publiche piazze surge la gloria; in mezzo de' popoli si nutrisce le lode con voce e iudicio di molti onorati. Fugge la fama ogni solitudine e luogo privato, e volentieri siede e dimora sopra e' teatri, presente alle conzioni e celebrità; ivi si collustra e alluma il nome di chi con molto sudore e assiduo studio di buone cose sé stessi tradusse fuori di taciturnità e tenebre, d'ignoranza e vizii. Pertanto a me mai parrebbe da biasimare colui, il quale, come colle altre virtuose opere e studii, cosí con ogni religione e osservanza di buoni costumi procacciasse essere in grazia di qualunche onestissimo e interissimo cittadino. Né chiamerei servire quello che a me fosse debito fare: senza dubio a' giovani sempre fu debito riverire i maggiori e apresso di loro molto cercare quella fama e dignità in quale i maggiori si truovano amati e riveriti. Neanche chiamerei appetito tirannesco in colui, nel quale fusse sollecitudine e cura delle cose laboriose e generose, poiché con quelle s'acquista onore e gloria. Ma perché forse testé di quelli e' quali tengono occupati e' magistrati nella terra nostra niuno vi pare d'ingegno non furioso e d'animo non servile, però tanto biasimate chi desiderasse essere ascritto nel numero di quelli cosí fatti non buoni, anzi pessimi cittadini. Io pur sono in questo desiderio, Giannozzo, che per meritare fama, per acquistare grazia e nome, per trovarmi onorato, amato e ornato d'autorità e di grazia fra' miei cittadini nella patria mia, mai fuggirei, Giannozzo, mai alcuna inimistà di quale si fusse malvagio e iniquo cittadino. E dove bene bisognasse esseguire qualche estrema severità, a me certo parrebbe cosa piissima esterminare e spegnere i ladroni e ciascuno vizioso, insieme e ciascuna fiamma d'ingiusta cupidità persino col sangue mio. Ma, poiché questo per ancora a noi non lice, restiamo di richiedere quello quale non, come voi dite, si debbe stimare poco, ché a me lo onore e la fama sempre fu da stimare piú che ogni altra fortuna; ma, dico, non seguiamo con desiderio quello che per ancora non accade potere con opera ottenere. Facciamo come voi c'insegnate: aspettiamo la stagione sua, ché forse quando che sia la pazienza e modestia nostra troverrà qualche premio, e la ingiustizia e iniquità de' maligni e furiosi, i quali per ancora non restano di trascorrere ogni spazio d'ingiuria e crudelità contro di noi, forse, giustizia di Dio, s'intropperà in qualche degna e meritata vendetta. Noi in questo mezzo, Battista e tu Carlo, seguiamo con virtú, con ogni studio, con ogni arte a meritar lodo e fama, e cosí apparecchiànci essere utili alla republica, alla patria nostra, acciò che, quando la stagione interverrà, noi ci porgiamo tali che Giannozzo, né questi temperatissimi e modestissimi vecchi ci reputino indegni vederci tra' primi luoghi publici onorati.

GIANNOZZO
Cosí mi piacerà facciate, figliuoli miei, cosí spero e aspetto farete, e a quello modo acquisterete e conserverete onore assai. Ma bene vi ramento che mai, non dico per acquistare onore, ché per onore si vogliono molte cose lasciare adrieto, ma dico per reggere altri, mai lasciate di reggere voi stessi; per guidare le cose publiche non lasciate però le vostre private. Cosí vi ramento, però che a chi mancherà in casa, costui molto meno troverrà fuori di casa; e le cose publiche non sovvengono alle necessità private. Gli onori di fuori non pascono la famiglia in casa. Arete cura e diligenza delle vostre cose domestiche quanto al bisogno sarà debito, e alle cose publiche vi darete non quanto l'ambizione e l'arroganza v'aletterà, ma quanto la virtú vostra e grazia de' cittadini vi darà luogo.

LIONARDO
Molto bene ci ricordate, Giannozzo, quello che bisogna. Cosí faremo. Ma di

tutte queste cose private e domestiche, le quali voi dicevi essere quattro, due in casa, la famiglia e le ricchezze; due fuori di casa, l'onore e l'amistà, a quale saresti voi piú affezionato?
GIANNOZZO
Da natura l'amore, la pietà a me fa piú cara la famiglia che cosa alcuna. E per reggere la famiglia si cerca la roba; e per conservare la famiglia e la roba si vogliono amici, co' quali ti consigli, i quali t'aiutino sostenere e fuggire l'averse fortune; e per avere con gli amici frutto della roba, della famiglia e della amicizia, si conviene ottenere qualche onestanza e onorata autorità.
LIONARDO
Che chiamate voi famiglia?
GIANNOZZO
E' figliuoli, la moglie, e gli altri domestici, famigli, servi.
LIONARDO
Intendo.
GIANNOZZO
E di questi sai che masserizia se ne vuole fare? Non altra che di te stessi: adoperàlli in cose oneste, virtuose e utili, cercare di conservalli sani e lieti, e ordinare che niuno di loro perda tempo. E sai in che modo niuno di loro perderà tempo?
LIONARDO
Se ciascuno farà qualche cosa.
GIANNOZZO
Non basta. Anzi se ciascuno farà quello se gli apparterrà; se la donna governerà e' picchini, custodirà le cose, e provederà a tutta la masserizia domestica in casa; s'e' fanciulli studieranno d'imparare; se gli altri attenderanno a fare bene e diligente ciò che da' maggiori loro sia comandato. E sai in che modo e' perderanno tempo?
LIONARDO
Credo se faranno nulla.
GIANNOZZO
Certo sí; e ancora se quello quale può fare uno, ivi saranno infaccendati due o piú; e se dove bisogna due o piú ivi sudi uno solo; e se a uno o piú sarà data faccenda alla quale e' sia inutile o disadatto. Imperoché dove siano troppi, alcuno sta indarno, e ove sono manco e inutili, egli è peggio che se facessino nulla, però che cosí s'afaticano senza frutto, e disturbano in grande parte e guastano le cose.
LIONARDO
Bene dite.
GIANNOZZO
Maisí, a questo modo non si lasciono perdere tempo: comandisi a ciascuno cosa quale sappi e possa fare. E acciò che tutti possano e vogliano con piú diligenza e amore fare quello se gli appartiene, si vuole fare come fo io il

debito mio. A me s'apartiene comandare a' miei cose giuste, insegnarle loro fare con diligenza e bene, e a ciascuno dare quello sia necessario e comodo. E sai quello che io fo per meglio fare il debito mio? Io penso prima molto a lungi, a costoro che può bisognare, quale sarebbe meglio; dipoi apresso io di tutto cerco, duro fatica per averla, poi con diligenza la serbo, e cosí insegno a' miei serballo sino al tempo suo, e allora l'adopero.
LIONARDO
Prendete voi delle cose quanto pensate vi bisogni, e non piú?
GIANNOZZO
Pur qualche cosa piú, se se ne versasse, guastasse, perdesse, che non manchi al bisogno.
LIONARDO
E se ne avanzasse?
GIANNOZZO
Penso quale sia il meglio, o acquistarne e servirne uno amico, o vero se pur bisognasse per noi serballa, ché mai alla famiglia mia volsi minima cosa alcuna mancasse. Sempre mi piacque avere in casa tutte le cose comode e necessarie al bisogno della famiglia.
LIONARDO
E che trovate voi, Giannozzo, bisognare a una famiglia?
GIANNOZZO
Molte cose, Lionardo mio: buona fortuna, e simile quale non possono gli uomini.
LIONARDO
Ma quelle quali possono gli uomini, quali sono?
GIANNOZZO
Sono avere la casa ove si riduca insieme la tua brigata, avere da pascerli, poterli vestire.
LIONARDO
E farli virtuosi e costumati?
GIANNOZZO
Anzi niuna cosa tanto mi pare alle famiglie quanto questa una necessaria, fare la gioventú sua costumatissima e virtuosissima. Ma non accade al proposito della masserizia qui dire della disciplina in allevare e' figliuoli.
LIONARDO
E in quelle adunque come fate voi?
GIANNOZZO
Dissiti io testé in queste nostre avverse fortune a me non è licito essere vero massaio.
LIONARDO
Dicesti sí; ma pur quanto io veggio voi avete gran famiglia, e voleteli tutti essere simili a voi onesti e modesti, e cosí vivete civile e splendido in casa. Adunque in queste cose che ordine tenete voi?

GIANNOZZO
Secondo il tempo e le avversità quanto piú posso migliore.
LIONARDO
Ma, per avere da voi compiuto ammaestramento, ponete caso essere in questa età mia, avere moglie e figliuoli, essere prudente, essercitato come vi sete, e al tutto disponessi vivere vero massaio. In che modo guideresti voi le cose?
GIANNOZZO
O figliuolo mio, se io fussi di questa età tua, molte cose potrei, quali testé non possendo non faccio. E la prima faccenda mia sarebbe d'avere la casa in luogo ove io potessi starmivi a mia voglia lungo tempo, bene agiato, e senza avermi a tramutare. Non è cosa da credere, e tu, Lionardo, nollo provando non in tutto mi crederesti, quanto sia cosa dannosa e di grandissima spesa, quanto porti disagio e molestia questo tramutarsi di luogo a luogo. Perdonsi le cose, smarrisconsi, romponsi. Agiugni a quelli danni, che tu con l'animo e con la mente troppo ti svii e turbi, e stai una età prima che ti ritruovi bene rassettato. E delle spese, le quali ti crescono per assettarti in casa, dico nulla. Però si vuole trovare luogo in prima conveniente e atto come io diceva.
LIONARDO
Oimè, Giannozzo, e noi ancora giovani, parte nati in essilio, parte cresciuti nelle terre altrui, ancora siamo non ignoranti quanto sia fastidio e travaglio questo tramutarsi, come la nostra iniquissima fortuna tutto il dí ci getta ora qua, ora là, senza permetterci minima alcuna requie, miseri noi, sempre perseguitandoci, sempre con nuove ingiurie, sempre con maggiori calamità opprimendoci. Ma Dio lodato, il quale cosí a noi dà materia d'acquistar non poco lodo della infinita pazienza nostra in tanti mali, e in sí grande avversità troppo incredibile e maravigliosa constanza. Ma ritorniamo al proposito nostro. Dico, Giannozzo, come faresti voi a trovare luogo di cosí lungo riposo, a trovarlo per le terre altrui?
GIANNOZZO
Cercherei quale terra a questo mi fosse atta, donde io non avessi a tramutarmi, e dove io potessi molto vivere sano senza disagio e con onore.
LIONARDO
E a che conosceresti voi la terra quanto fosse atta a queste tutte cose? Non sarebbe egli difficile non solo conoscerla, ma trovarla?
GIANNOZZO
Non punto. A me non sarebbe certo molto difficile, no, Lionardo mio, e vedi come. Io in prima conoscerei quanto ivi si vivesse bene, sano. Porrei mente la gioventú in prima e a' fanciulli; s'e' fossino freschi e belli, stimerei ivi fosse buona aere e sana, imperoché la età puerile, pare a me, teme e sente molto l'aere e le cose non buone alla sanità. E se ivi fusse quantità di vecchi ben prosperi, diritti e vigorosi, stimarei anche io invecchiarvi. Poi,

dicoti, porrei mente che paese, che vicini, come sia aperto o chiuso contro alle scorrerie de' forestieri inimici, e notarei se questo luogo fusse da sé fertile, o se pur gli bisognasse chiedere le cose d'altronde, e vederei in che modo quelle vi si conducessono, e vorrei sapere se alle subite necessità ivi si possa presto e con facilità porvi rimedio. Essaminerei s'e' vicini qui fussino utili o dannosi, e domanderei se gli altri casi, pestilenza, febre e simili, raro l'asalisseno; e considerrei se accadendo il bisogno io potessi tôrmi indi senza troppo fare spesa. E sopra tutto con diligenza molto investigherei se ivi e' cittadini fussino ricchi e onesti; e informare'mi se la terra avesse buono e stabile reggimento, giuste legge e modesti rettori, imperoché, figliuoli miei, se la terra sarà con giustizia ordinata e con maturità retta, a lei mai verranno impeti di nimici, né casi avversi né ira di Dio; anzi, arà buoni a sé vicini, pacifico stato e fermo reggimento. E se i cittadini saranno onesti e ricchi, non aranno bisogno, né voglia di rapire l'altrui, anzi aiuteranno gl'industriosi e onoreranno i buoni.

LIONARDO

E dove si troverrebbe mai una sí fatta terra compiuta di tante lode? Se già a voi, il quale vi dilettate abitare in Vinegia, quella una terra non vi paresse in tutte queste meno che l'altre viziosa; certo credo sarebbe difficile trovarla.

GIANNOZZO

E io pur ne cercherei. Non vorrei avermi a pentire della negligenza mia. E quella ove io trovassi le piú e le migliori di tutte quali dissi cose, ivi mi fermerei.

LIONARDO

E quale sono le migliori?

GIANNOZZO

Intendi, Lionardo mio? e' non mi pare poco giudicarne; e quanto io, testé non bene scorgo il certo, ma cosí quanto m'occorre inanzi senza pensarvi. Tra queste sarà da preporre la sanità; però molto ricercherei ove fusse l'aria e l'altre cose piú atte alla sanità. Sapete voi, figliuoli miei, l'uomo sano per tutto guadagna in qualche modo, e l'uomo infermo mai si può riputare ricco; e chi è giusto e buono, costui pur si truova riguardato da tutti.

LIONARDO

Lo onore?

GIANNOZZO

In ogni lato, Lionardo mio, chi sarà buono e farassi conoscere buono, costui sarà onorato e pregiato.

LIONARDO

Sono contento. Ma in prima che parrebbe a voi bene atto alla sanità?

GIANNOZZO

Quella quale, voglia tu o no, tale ti conviene usarla quale tu la truovi: l'aria.

LIONARDO

Poi apresso?

GIANNOZZO
L'altre buone cose al cibo e al vivere nostro, - e fra esse il buono vino, Lionardo mio. Tu ridi?
LIONARDO
E quivi vi fermeresti?
GIANNOZZO
Dove io bene mi riposassi e bene fussi veduto.
LIONARDO
Come faresti voi? Comperresti voi la casa, o pur ivi ne torresti una a pigione?
GIANNOZZO
A pigione certo no, però che in tempo l'uomo si truova piú volte avere comperata la casa e non averla; che me ne comperrei una ariosa, spaziosa, atta a ricevere la famiglia mia, e piú, se ivi capitasse qualche amicissimo, poterlo ritenere in casa onestamente. E in questa cercherei spendere quanto manco potessi danari.
LIONARDO
Torresti voi forse fuori di mano la casa, ove le abitazioni sogliono vendersi vile, e come si dice a migliore mercato?
GIANNOZZO
Non dire migliore mercato. Niuno può essere buono pregio quale tu spendi in cosa non ti s'acconfaccia. Ma cercherei spendere in casa mi s'aconfacesse, non piú ch'ella si valesse; né sarei furioso, né mi monstrerrei volenteroso comperatore. Eleggere'mi casa posta in buona vicinanza e in via famosa ove abitassono onestissimi cittadini, co' quali io potessi senza mio danno farmegli amici, e cosí la donna mia dalle donne loro avesse onesta compagnia senza alcuno sospetto. E anche m'informerei molto bene prima chi ne' tempi di sopra l'avessi abitata, e domanderei quanto gli abitatori ivi siano vivuti sani e fortunati. Sono alcune case nelle quali mai alcuno pare vi sia potuto vivere lieto.
LIONARDO
Certo sí, dite il vero. Ramentami d'alcuna e bella e magnifica stanza vederne esperienza: chi vi impoverí, chi vi rimase solo, chi con molta infamia ne fu cacciato; tutti, male arrivati, si dolerono. E sono veramente ottimi questi vostri ricordi, tôrre atta casa in buona e onesta vicinanza, in terra giusta, ricca, pacifica, sana e abondante di buone cose. E, Giannozzo, avendo queste, come ordineresti voi l'altra masserizia?
GIANNOZZO
Vorrei tutti i miei albergassero sotto uno medesimo tetto, a uno medesimo fuoco si scaldassono, a una medesima mensa sedessono.
LIONARDO
Per piú vostra consolazione, credo; per non vi trovare in solitudine, per vedervi in mezzo padre di tutti ogni dí sera acerchiato, amato, riverito,

padrone e maestro di tutta la gioventú, la quale cosa suole essere a voi vecchi troppo supprema letizia.

GIANNOZZO
Grandissima. E anche, Lionardo mio, egli è maggiore masserizia, figliuoli miei, starsi cosí insieme chiusi entro ad uno solo uscio.

LIONARDO
Cosí affermate?

GIANNOZZO
E faronne certo ancora te. Dimmi, Lionardo, se testé fusse notte e buio, qui ardesse il fanale in mezzo, tu, io e questi insieme vederebbono assai, quanto bastasse a leggere, scrivere e fare quello ci paresse. Vero? E se noi ci dividessimo, tu assettassi te colà, io suso, questi altrove, volendo ciascuno di noi quanto prima vedere bene lume, credi tu il cavezzo quale ci toccasse in parte durasse ardendo quanto prima durava il tutto insieme?

LIONARDO
Certo manco. Chi ne dubita? Imperoché dove prima ardeva uno capo, testé si consumarebbe in tre.

GIANNOZZO
E se testé fosse il gran freddo e noi avessimo qui in mezzo le molte braci accese, tu di queste volessi altrove la parte tua, questi se ne portassino la loro, che stimi tu, potresti meglio scaldarti o peggio?

LIONARDO
Peggio.

GIANNOZZO
Cosí accade nella famiglia. Molte cose sono sufficienti a molti insieme, le quali sarebbono poche a pochi posti in distanti parti. Altro caldo arà l'uno pell'altro fra' suoi cittadini e fra gli strani, e altro lume di lode e di autorità conseguirà chi se truovi accompagnato da' suoi per molte ragioni fidati, per molte ragioni temuti, che colui, il quale sarà con pochi strani o senza compagnia. Molto piú sarà conosciuto, piú e rimirato il padre della famiglia quale molti de' suoi seguiranno, che qualunque si sia solo e quasi abandonato. E voglio testé favellare teco come uomo piú tosto pratico che litterato, addurti ragioni ed essempli atti all'ingegno mio. Io comprendo questo, che a due mense si spiega due mappe, a due fuochi si consuma due cataste, a due masserizie s'adopera due servi, ove a uno assai bastava solo uno. Ma io non ti so bene dire quello che io sento; pur stima che io ti dico il vero. A fare d'una famiglia due, gli bisogna doppia spesa, e molte cose delle quali si giudica per pruova meglio che dicendo, meglio si sentono che non si narrano. Però a me mai piacque questo dividere le famiglie, uscire e intrare per piú d'uno uscio; né mai mi patí l'animo che Antonio mio fratello abitasse senza me sotto altro tetto.

LIONARDO
Da lodarvi.

GIANNOZZO
Sí, Lionardo mio, sotto uno tetto si riducano le famiglie, e se, cresciuta la famiglia, una stanza non può riceverle, assettinsi almeno sotto una ombra tutti d'uno volere.
LIONARDO
O parola degna di tanta autorità quanta è la vostra! Ricordo da tenerlo a perpetua memoria. Sotto uno volere stiano le famiglie. E dipoi, Giannozzo, quando ciascuno fosse in casa, dimanderebbono da cena.
GIANNOZZO
Vero. Però si dia ordine che possino desinare e cenare, Lionardo mio, al tempo e molto bene.
LIONARDO
Cenare bene, posso io intendere pascersi di buone cose?
GIANNOZZO
Buone, Lionardo mio, ancora e abundanti. Non paoni, capponi e starne, né simili altri cibi elettissimi, quali s'apparecchiano agl'infermi, ma pongasi mensa cittadinesca in modo che niuno de' tuoi costumato desideri cenare altrove, sperando ivi saziare meglio la fame sua che teco. Sarà la mensa tua domestica, senza mancamento di vino, pane in copia. Sarà il vino sincero e il pane insieme quanto si richiede buoni, e arai con questi netti e sofficienti condimenti al pane.
LIONARDO
Piacemi. E queste cose, Giannozzo, le comperresti voi di dí in dí?
GIANNOZZO
Non comperrei, no, imperoché non sarebbe masserizia. Chi vende le cose sue stimi tu venda testé quello che potrebbe piú oltre serbare? Che credi tu che si cavi di casa, il migliore o pur il piggiore?
LIONARDO
Il piggiore, e quello quale pensa non potere bene serbare. Ma ancora alcuna volta per necessità del danaio si vendono le cose buone e utili.
GIANNOZZO
Cosí confesso. Ma se costui sarà savio, e' prima venderà il piggiore; e vendendo il migliore, non fa egli di venderlo piú che non viene a sé? Non cerca egli con ogni astuzia fartelo parere migliore che non è?
LIONARDO
Spesso.
GIANNOZZO
Però, vedi tu, chi compera spende quello superchio, e stassi a rischio di non avere tolto cosa falsificata, male durabile e poco buona. Vero? E quando mai vi fusse altra cagione, a me avermi presso tutto quello mi bisogna, a me avere provato piú anni le cose mie e conoscerle quanto e in che stagione siano buone, piú mi giova che cercarne altrove.
LIONARDO

Voi forse vorresti avere in casa per tutto l'anno quanto alla spesa domestica bisognasse?

GIANNOZZO
Vorrei, sí, avere quello che in casa si può senza pericolo, senza grande fatica bene serbare. E quello che io non potessi bene serbare se non con grande sinistro e troppo ingombro della casa, io quello venderei, e poi al tempo me ne rifornirei, ché meglio mi mette per sino alla stagione lasciarne fatica, incarco e pericolo ad altri.

LIONARDO
Venderesti voi quello che prima comperasti?

GIANNOZZO
Quanto prima potessi, ove serbandola me ne nascesse danno. Ma io, possendo, non vorrei avere a vendere e comperare ora questo ora quello, che sono faccende da mercennarii, e vili occupazioni, alle quali non è se non masserizia, per uscire di trama, sopraspendervi qualche cosa piú e attendere a maggiori faccende. E parrebbemi piú masserizia di tutto fornirmi a' tempi. E anche ti dico, vorrei non avere ogni anno a scemare i danari anoverati in cassa.

LIONARDO
Non veggo come cotesto si possa.

GIANNOZZO
Móstrotelo. Cosí. Darei io modo d'avere la possessione la quale per sé con molto minore spesa che comperandole in piazza fusse atta a tenermi la casa fornita di biave, vino, legne, strame e simili cose, ove farei alevarvi suso pecugli, colombi e polli, ancora e pesce.

LIONARDO
In ogni cosa, Giannozzo, io appruovo la vostra sentenza, ma in questo non so se fusse masserizia fare queste quali dite imprese su terreni altrui, le quali, benché sieno utili alla famiglia e grate ad acquistarsi benivolenza da chi sono le possessioni, pure stimo non troverresti chi poi non richiedesse le possessioni per godersele quando voi con quelle simili spese e opere cosí l'avessi bene migliorate. E senza quelle spese non mi pare la villa sia quanto voi volete atta a pascere la famiglia. E rinovare ogni dí nuovi lavoratori, condurli a pregio e prestare loro quanto s'usa, dipoi ove tu stimavi riaverne opere o servigi convenirti, mutando possessione, in parte, come accade, perdere, non credo questo sia da lodare tra veri massai.

GIANNOZZO
Per questo proprio e per altre cagioni assai io mi comperrei la possessione de' miei danari, che fusse mia, poi e de' figliuoli miei, e cosí oltre de' nipoti miei, acciò che io con piú amore la facessi governare bene e molto cultivare, e acciò che e' miei rimanenti in quella età prendessono frutto delle piante e delle opere quali io vi ponessi.

LIONARDO

Vorresti voi campi da ricorre tutto in uno solo sito insieme, quanto diciavate: grano, vino, olio, e strame e legne?
GIANNOZZO
Vorrei, possendolo.
LIONARDO
Or ditemi, Giannozzo. A volere il buono vino, bisogna la costa e il solitío; a fare buono grano si richiede l'aperto piano morbido e leggiere; le buone legne crescono nell'aspero e alla grippa; il fieno nel fresco e molliccio. Tanta adunque diversità di cose come troverresti voi in uno solo sito? Che dite, Giannozzo? Stimate voi si truovino simili molti siti atti a vigna, sementi, boschi e pascoli? E trovandoli, crederresti voi averli a pregio non carissimo?
GIANNOZZO
Quanto sí! Ma pure, Lionardo mio, io mi ricordo a Firenze quanto siano degli altri assai, e ancora quelli nostri luoghi, quelli di messer Benedetto, quelli altri di messere Niccolaio, e quelli di messer Cipriano, e quelli di messere Antonio, e gli altri de' nostri Alberti, a' quali tu non desiderresti cosa piú niuna, posti in aere cristallina, in paese lieto, per tutto bello occhio, rarissime nebbie, non cattivi venti, buone acque, sano e puro ogni cosa. Ma tacciamo di quelli, e' quali piú sono palagi da signori, e piú tengono forma di castella che di ville. Non ci ricordiamo al presente delle magnificenze Alberte, dimentichianci quelli edificii superbi e troppo ornatissimi, ne' quali molti vedendovi testé nuovi abitatori trapassano sospirando, e desiderandovi l'antiche fronti e cortesie nostre Alberte. Dico, cercherei comperare la possessione ch'ella fusse tale quale l'avolo mio Caroccio, nipote di messer Iacobo iurisconsulto, e padre di quello nostro zio messer Iacobo cavaliere, di cui nacque il secondo Caroccio Alberto, solea dire voleano essere le possessioni, che portandovi uno quartuccio di sale ivi si potesse tutto l'anno pascere la famiglia. Cosí adunque farei io, provederei che la possessione in prima fusse atta a darci tutto quello bisognasse per pascere la famiglia, e se non tutto, almeno insieme le piú necessarie cose, pane, vino. E per la via d'andare alla possessione, o ivi presso, torrei il prato, per potere andando e rivenendo porre mente se cosa ivi mancasse, e cosí sempre per quivi farei la via, rivedendo tutti e' campi e tutta la possessione; e molto vorrei o tutto insieme o ciascuna parte bene vicina per meglio poterli spesso senza troppa occupazione tutti trascorrere.
LIONARDO
Buona ragione, però che, mentre che voi sollicitassi quelli là su, questi lavoratori qua giú sarebbono forse piú negligenti.
GIANNOZZO
E anche per non avere a trafficare con troppa famiglia di villani: cosa da nolla credere, quanto in questi aratori cresciuti fra le zolle sia malvagità. Ogni loro studio sempre sta per ingannarti; mai a sé in ragione alcuna lasciano venire inganno; mai errano se non a suo utile; sempre cercano in

qualunque via avere e ottenere del tuo. Vorrà il contadino che tu prima gli comperi il bue, le capre, la scrofa, ancora la giumenta, ancora e le pecore; poi chiederà gli presti da satisfare a' suoi creditori, da rivestire la moglie, da dotare la figliuola; poi ancora dimanderà che tu spenda in rassettarli la capanna e riedificare piú luoghi e rinnovare piú masserizie, e poi ancora mai resterà di lamentarsi; e quando bene fusse adanaiato piú forse che il padrone suo, allora molto si lagnerà e dirassi povero. Sempre gli mancherà qualche cosa; mai ti favella che non ti adduca spesa o gravezza. Se le ricolte sono abundanti, lui per sé ne ripone due le migliori parti. Se pel temporale nocivo o per altro caso le terre furono questo anno sterile, il contadino a te non assegnerà se non danno e perdita. Cosí sempre dell'utile riterrà a sé le piú e le migliori parti, dello incomodo e disutile tutto lo getta sopra al soccio suo.
LIONARDO
Adunque forse sarebbe il meglio a spendere qualche cosa piú in piazza per fornire la casa, che avere a communicare con simili malvagie genti.
GIANNOZZO
Anzi giova, Lionardo mio, molto giova trassinare tali ingegni villaneschi, per poi meglio sapere soferire e' cittadini, quali forse abbiano simili costumi villani e dispettosi; e inségnanti e' rustici non poco essere diligente. E poi, dove tu non arai a conversare con troppa moltitudine di lavoratori, a te non sarà la loro malizia odiosa, e dove tu sarai diligente a' fatti tuoi, il tuo agricultore poco potrà ingannarti, e tu delle sue malizuole arai mille piaceri fra te stessi, molto e riderai.
LIONARDO
A me questa vostra prudenza troppo piace, Giannozzo, sapete persino da' malvagi cavarsene qualche utilità e lodo nel vivere.
GIANNOZZO
Maisí, figliuoli miei, cosí farei. Ma io cercherei questa possessione in luogo dove né fiumi, né ruine di piove me gli potessoro nuocere, e dove non usassono furoncelli; e cercherei ivi fusse l'aria ben pura. Imperoch'io odo si truovano ville, peraltro fruttuose e grasse, ma ivi hanno l'aere piena d'alcune minutissime e invisibili musculine; non si sentono, ma passano, alitando, sino entro al pulmone, ove giunte si pascono, e in quello modo tarmano l'enteriori, e occidono gli animali, ancora e molti uomini.
LIONARDO
Ben mi ricorda avere letto di ciò apresso agli antichi.
GIANNOZZO
Però cercherei non manco d'avere ivi buono aere che buono terreno. In buono aere, s'e' frutti non crescono in grandissima quantità come certo vi crescono, quelli pur che vi crescono molto piú sono saporiti, molto piú che gli altri altrove migliori. Agiugni qui ancora che la buona aere, riducendoti in villa, conferma molto la sanità, e porgeti infinito diletto. E ancora, Lionardo mio, cercherei d'avere la possessione in luogo donde i frutti e le ricolte mi

venissino a casa senza troppa vettura, e potendola avere non lungi dalla terra troppo mi piacerebbe, però che io piú spesso v'anderei, spesso vi manderei, e ogni mattina anderebbe pelle frutte, per l'erbe e pe' fichi; e andere'mivi io stessi spassando per essercizio, e quelli lavoratori, vedendomi spesso, raro peccarebbono, e a me per questo porterebbono piú amore e piú riverenza, e cosí sarebbono piú diligenti a' lavoríi. E di queste possessioni cosí fatte poste in buono aere, lontane da diluvii, vicine alla terra, atte a pane e vino, credo io se ne troverebbe assai. E di legne in poco tempo me la fare' io fertilissima, imperoché mai resterei di piantarvi cosí in sulle margini, onde s'auggiasse il vicino campo non il mio, e vorre'vi allevare ogni delicato e raro frutto. Farei come solea messer Niccolaio Alberti, uomo dato a tutte le gentilezze, quale volse in le sue ville si trovassino tutti e' frutti nobilissimi quali nascono per tutti e' paesi. E quanta fu gentilezza in quello uomo! Costui mandò in Sicilia per pini, i quali nati fruttano prima ch'eglino agiungano al settimo anno. Costui ancora nelli orti suoi volle pini de' quali e' pinocchi da sé nascono fessi: lo scorzo dall'uno de' lati è rotto. Costui ancora di Puglia ebbe quelli pini, e' quali fruttano pignuoli collo scorzo tenerissimo da fràngelli colle dita, e di questi fece la selva. Sarebbe lunga storia racontare quanta strana e diversa quantità di frutti quello uomo gentilissimo piantasse negli orti suoi, tutti di sua mano posti a ordine, a filo, da guardalli e lodalli volentieri. E cosí farei io: pianterei molti e molti alberi con ordine a uno filo, però che cosí piantati piú sono vaghi a vedelli, manco auggiano e' seminati, manco mungono il campo, e per côrre e' frutti manco si scalpesta e' lavorati. E are'mi grande piacere cosí piantare, innestare e aggiugnere diverse compagnie di frutti insieme, e dipoi narrare agli amici come, quando e onde io avessi quelle e quelle altre frutte. Poi a me sarebbe, Lionardo mio, che tu sappia, utile molto grande, se quelli piantati fruttassono bene; e se non fruttassono, a me ancora sarebbe utile: taglierei per legne, ogni anno disveglierei e' piú vecchi e' meno fruttiferi, e ogni anno ivi ristituirei migliori piante. E quanto io, di questo arei troppo in me piacere.

LIONARDO

Quale uomo fusse, il quale non si traesse piacere della villa? Porge la villa utile grandissimo, onestissimo e certissimo. E pruovasi qualunque altro essercizio intopparsi in mille pericoli, hanno seco mille sospetti, seguongli molti danni e molti pentimenti: in comperare cura, in condurre paura, in serbare pericolo, in vendere sollicitudine, in credere sospetto, in ritrarre fatica, nel commutare inganno. E cosí sempre degli altri essercizii ti premono infiniti affanni e agonie di mente. La villa sola sopra tutti si truova conoscente, graziosa, fidata, veridica. Se tu la governi con diligenza e con amore, mai a lei parerà averti satisfatto; sempre agiugne premio a' premii. Alla primavera la villa ti dona infiniti sollazzi, verzure, fiori, odori, canti; sforzasi in piú modi farti lieto, tutta ti ride e ti promette grandissima ricolta,

émpieti di buona speranza e di piaceri assai. Poi e quanto la truovi tu teco alla state cortese! Ella ti manda a casa ora uno, ora un altro frutto, mai ti lascia la casa vòta di qualche sua liberalità. Eccoti poi presso l'autunno. Qui rende la villa alle tue fatiche e a' tuoi meriti smisurato premio e copiosissime mercé, e quanto volentieri e quanto abundante, e con quanta fede! Per uno dodici, per uno piccole sudore piú e piú botti di vino. E quello che tu aresti vecchio e tarmato in casa, la villa con grandissima usura te lo rende nuovo, stagionato, netto e buono. Ancora ti dona le passule e l'altre uve da pendere e da seccare, e ancora a questo agiugne che ti riempie la casa per tutto il verno di noci, pere e pomi odoriferi e bellissimi. Ancora non resta la villa di dí in dí mandarti de' frutti suoi piú serotini. Poi neanche il verno si dimentica teco essere la villa liberale; ella ti manda la legna, l'olio, ginepri e lauri per, quando ti conduca in casa dalle nevi e dal vento, farti qualche fiamma lieta e redolentissima. E, se ti degni starti seco, la villa ti fa parte del suo splendidissimo sole, e porgeti la leprettina, il capro, il cervo, che tu gli corra drieto, avendone piacere e vincendone il freddo e la forza del verno. Non dico de' polli, del cavretto, delle giuncate e delle altre delizie, quali tutto l'anno la villa t'alieva e serba. Al tutto cosí è: la villa si sforza a te in casa manchi nulla, cerca che nell'animo tuo stia niuna malinconia, émpieti di piacere e d'utile. E se la villa da te richiede opera alcuna, non vuole come gli altri essercizii tu ivi te atristi, né vi ti carchi di pensieri, né punto vi ti vuole affannato e lasso, ma piace alla villa la tua opera ed essercizio pieno di diletto, il quale sia non meno alla sanità tua che alla cultura utilissimo.
GIANNOZZO
Che bisogna dire, Lionardo? Tu non potresti lodare a mezzo quanto sia la villa utile alla sanità, commoda al vivere, conveniente alla famiglia. Sempre si dice la villa essere opera de' veri buoni uomini e giusti massari, e conosce ogni uomo la villa in prima essere di guadagno non piccolo, e, come tu dicevi, dilettoso e onesto. Non ti conviene, come negli altri mestieri, temere perfidia o fallacie di debitori o procuratori. Nulla vi si fa in oscuro, nulla non veduto e conosciuto da molti, né puoi esservi ingannato, né bisogna chiamare notari e testimoni, non seguire litigii e l'altre simili cose acerbissime e piene di malinconie che alle piú fiate sarebbe meglio perdere che con quelle suste d'animo guadagnare. Agiugni qui che tu puoi ridurti in villa e viverti in riposo pascendo la famigliuola tua, procurando tu stessi a' fatti tuoi, la festa sotto l'ombra ragionarti piacevole del bue, della lana, delle vigne o delle sementi, senza sentire romori, o relazioni, o alcuna altra di quelle furie quali dentro alla terra fra' cittadini mai restano, - sospetti, paure, maledicenti, ingiustizie, risse, e l'altre molte bruttissime a ragionarne cose, e orribili a ricordarsene. In tutti e' ragionamenti della villa nulla può non molto piacerti, di tutte si ragiona con diletto, da tutti se' con piacere e volentieri ascoltato. Ciascuno porge in mezzo quello che conosce utile alla cultura; ciascuno t'insegna ed emenda, ove tu errassi in piantare qualche

cosa o sementare. Niuna invidia, niuno odio, niuna malivolenza ti nasce dal cultivare e governare il campo.

LIONARDO
E anche vi godete in villa quelli giorni aerosi e puri, aperti e lietissimi; avete leggiadrissimo spettacolo rimirando que' colletti fronditi, e que' piani verzosi, e quelli fonti e rivoli chiari, che seguono saltellando e perdendosi fra quelle chiome dell'erba.

GIANNOZZO
Sí, Dio, uno proprio paradiso. E anche, quello che piú giova, puoi alla villa fuggire questi strepiti, questi tumulti, questa tempesta della terra, della piazza, del palagio. Puoi in villa nasconderti per non vedere le rubaldarie, le sceleraggine e la tanta quantità de' pessimi mali uomini, quali pella terra continuo ti farfallano inanti agli occhi, quali mai restano di cicalarti torno all'orecchie, quali d'ora in ora seguono stridendo e mugghiando per tutta la terra, bestie furiosissime e orribilissime. Quanto sarà beatissimo lo starsi in villa: felicità non conosciuta!

LIONARDO
Lodate voi abitare in villa piú che in mezzo alla città?

GIANNOZZO
Quanto io, a vivere con manco vizio, con meno maninconie, con minore spesa, con piú sanità, maggiore suavità del vivere mio, sí bene, figliuoli miei, che io lodo la villa.

LIONARDO
Parrebbevi egli pertanto d'allevare ivi e' figliuoli vostri?

GIANNOZZO
Se i figliuoli miei non avessoro in età a conversare se non con buoni, certo a me piacerebbe averli cresciuti in villa. Ma egli è sí piccolo il numero de' non pessimi uomini, che a noi padri conviene, per essere sicuri da' viziosi e dai molti inganni loro, volere ch'e' figliuoli nostri li conoscano; né può bene giudicare de' viziosi colui il quale non conosce il vizio. Chi non conosce il suono della cornamusa non può bene giudicare se lo strumento sia buono o non buono. Però sia nostra opera fare come chi vuole diventare schermidore, prima imparare ferire, per meglio conoscere e a tempo sapere fuggire la punta e scostarsi dal taglio. S'e' vizii abitano, come fanno, tra gli uomini, a me potrà parere il meglio allevare la gioventú nelle terre, poiché ivi abondano non meno vizii che uomini.

LIONARDO
E anche, Giannozzo, nella terra la gioventú impara la civilità, prende buone arti, vede molti essempli da schifare e' vizii, scorge piú da presso quanto l'onore sia cosa bellissima, quanto sia la fama leggiadra, e quanto sia divina cosa la gloria, gusta quanto siano dolci le lode, essere nomato, guardato e avuto virtuoso. Destasi la gioventú per queste prestantissime cose, commove e sé stessi incita a virtú, e proferiscesi ad opere faticose e degne

di immortalità; quali ottime cose forse non si truovano in villa fra' tronchi e fra le zolle.

GIANNOZZO
Con tutto questo, Lionardo mio, dubito io quale fusse piú utile, allevare la gioventú in villa o nella terra. Ma sia cosí, abbiasi ciascuna cosa le sue proprie utilità, siano nelle terre le fabriche di quelli grandissimi sogni, stati, reggimenti, e fama, e nella villa si truovi quiete, contentamento d'animo, libertà di vivere e fermezza di sanità, io per me cosí ti dico: se io avessi villa simile quale io narrava, io mi vi starei buoni dí dell'anno, dare'mi piacere e modo di pascere la famiglia mia copioso e bene.

LIONARDO
Non daresti voi anche modo, come diciavate bisognare, di vestire la famiglia?

GIANNOZZO
Fra' miei primi pensieri questo sarebbe, come sempre fu, il primo, d'avere la mia famiglia quanto a ciascuno si richiedesse onestamente bene vestita, però che, se io in questo fussi negligente, la brigata mi servirebbe con poca fede, e i miei mi porterebbono odio; sare'ne spregiato, quelli di fuori me ne biasimerebbono, sare'ne riputato avaro, e per tanto sarebbe non buona masserizia non vestirli bene.

LIONARDO
Come la terresti voi vestita?

GIANNOZZO
Pur bene: civili vestimenti, sopratutto puliti, atti e bene fatti; colori lieti, aperti quali piú s'afacesse loro; buoni panni. Questi frastagli, questi ricami a me piacquono mai vedeli, se non solo a' buffoni e trombetti. In dí solenni la vesta nuova, gli altri dí la vesta usata, in casa la vesta piú logora. Le veste, Lionardo mio, onorano te. Vero? Onora tu adunque, onora le veste. E soglio io porre mente, e parmi qui non s'abbia quanto merita riguardo; e benché potrebbe parere ai larghi e spendenti uomini cosa da non ne fare troppa stima, pure egli è cosí: il cignere la vesta fa due mali, l'uno che il vestire pare meno ampio e meno onorevole, l'altro si vede che il cinto lima il panno e bene subito arà stirpato il pelo, tale che tu arai la vesta per tutto nuova, solo nel cingere sarà consumata e vecchia. Non si vogliono adunque cingere le belle veste, e voglionsi avere le belle veste, perché ove elle onorano te molto, tu il simile riguardi loro.

LIONARDO
Vestiresti voi cosí tutta la famiglia ornata di belle veste?

GIANNOZZO
Vedi tu, sí, bene, a ciascuno secondo se gli richiedesse.

LIONARDO
E a quelli i quali si riducessono con voi in casa, donaresti voi il vestire quasi in premio?

GIANNOZZO
Sarei sí bene con questi ancora liberale, ove io gli vedessi amorevoli e diligenti verso di me e verso de' miei.
LIONARDO
Per premiarli, stimo, cosí faresti.
GIANNOZZO
E anche per incitare gli altri e meritare da me quanto quelli buoni avessino ricevuto. Niuna cosa sarà tanto molto atta e utile a rendere bene modesta, costumata e officiosa tutta la famiglia, quanto onorando e premiando e' buoni, però che le virtú lodate crescono negli animi de' buoni, e nelle menti de' non cosí buoni incendono gli altrui premii e lode voluntà di meritare con simili opere e virtú.
LIONARDO
Piacemi, e dite bellissimo. Cosí certo confesso essere. Ma a vestire la famiglia onde soppliresti voi? Venderesti voi e' frutti della possessione?
GIANNOZZO
Se quelli m'avanzassino, perché non mi dovessi io farne danari, e in altro spenderli quando bisognasse? Sempre fu utile al padre della famiglia piú essere vendereccio che compraiuolo. Ma sappi che alla famiglia tutto l'anno accaggiono minute spese per masserizie e aconcimi e manifatture; e cosí non raro ti sopravengono dell'altre maggiori spese, delle quali tutte quasi le prime sono il vestire. Cresce la gioventú, apparecchiansi le nozze, anoveransi le dote, e chi a tutte volesse colla sola possessione satisfarvi, credo io, non li basterebbe. Però farei d'avere qualche essercizio civile utile alla famiglia, commodo a me, atto a me e a' miei, e con questo essercizio guadagnando di dí in dí quanto bisognasse sopplirei; quello che avanzasse mi serberei per quando accadessino maggiori spese: o servirne la patria, o aiutarne l'amico, o donarne al parente, o simili, quali tutto il dí possono intervenire, spese non piccole, non da nolle fare, sí perché sono dovute, sí perché sono piatose, sí anche perché acquistano amistà, nome e lodo. E a me molto piacerebbe a quello modo avere ove ridurmi, e dove contenessi e' miei giovani non scioperati e non oziosi.
LIONARDO
Quale essercizio prenderesti voi?
GIANNOZZO
Quanto potessi onestissimo, e quanto piú potessi a molti utilissimo.
LIONARDO
Forse questo sarebbe la mercantia?
GIANNOZZO
Troppo, ma, per piú mio riposo, io m'eleggerei cosa certa, quale di dí mi vedessi migliorare tra le mani. Forse farei lavorare le lane, o la seta, o simili, che sono essercizii di meno travaglio e di molto minore molestia, e volentieri mi darei a tali essercizii a' quali s'adoperano molte mani, perché

ivi in piú persone il danaio si sparge, e cosí a molti poveri utilità ne viene.
LIONARDO
Questo sarebbe officio di grandissima pietà, giovare a molti.
GIANNOZZO
E chi ne dubita? Massime faccendo come vorrei io si facesse, ché arei fattori e garzoni miei, né io porrei mano piú oltre se non a provedere e ordinare che ciascuno facesse il debito suo, e a tutti cosí comanderei: siate con qualunque si venga onesti, giusti e amichevoli, con gli strani non meno che con gli amici, con tutti veridici e netti, e molto vi guardate che per vostra durezza o malizia mai alcuno si parta dalla nostra bottega ingannato, o male contento; ché, figliuoli miei, cosí a me pare perdita piú tosto che guadagno, avanzando moneta, perdere grazia e benivolenza. Uno benevoluto venditore sempre arà copia di comperatori, e piú vale la buona fama e amore tra' cittadini che quale si sia grandissima ricchezza. E anche comanderei nulla sopravendessino superchio, e che, con qualunque o creditore o debitore si contraesse, sempre loro ricorderei con tutti stessino chiari e netti, non fossoro superbi, non maledicenti, non negligenti, non litigiosi, e sopratutto alle scritture fussono diligentissimi. E in questo modo spererei Dio me ne prosperasse, e aspetterei acrescermi non poco concorso alla bottega mia, e fra' cittadini stendermi buono nome, le quali cose non si può di leggieri giudicarne quanto col favore di Dio e colla grazia degli uomini di dí in dí faccino e' guadagni essere maggiori.
LIONARDO
E' fattori, Giannozzo, spesso sono poco solliciti, e raro cercano fare prima l'utile vostro che il suo proprio.
GIANNOZZO
E io per questo sarei diligente in tôrre fattori onesti e buoni, e apresso vorrei molto spesso conoscere e rivedere persino alle minime cose, e qualche volta, benché io sapessi ogni cosa, di nuovo ne ridomanderei per parere piú sollecito. Non farei cosí per monstrarmi suspizioso troppo o sfidato, ma per tôrre licenza a' fattori d'errare. Se 'l fattore vederà niuna cosa a me essere occulta, stima che vorrà meco essere sollicito e veritiero; e volendo essere il contrario non poterebbe, però che, io spesso riconoscendo le cose, non potrebbono gli errori invecchiarmi tra le mani, e dove fosse cadutovi errore alcuno, se non oggi, domani subito si rinverrebbe, e non fuori di tempo si gli rimedierebbe. E se cosa fosse ascosa sotto qualche malizia, credi che spesso razzolandovi e ricercandovi di leggieri si scoprirebbe. Dicea messer Benedetto Alberti, uomo non solo in maggiori cose della terra, in reggere la republica prudentissimo, ma in ogni uso civile e privato savissimo, ch'egli stava cosí bene al mercatante sempre avere le mani tinte d'inchiostro.
LIONARDO
Non so se io questo m'intendo.

GIANNOZZO

Dimonstrava essere officio del mercatante e d'ogni mestiere, quale abbia a tramare con piú persone, sempre scrivere ogni cosa, ogni contratto, ogni entrata e uscita fuori di bottega, e cosí spesso tutto rivedendo quasi sempre avere la penna in mano. E quanto a me questo precetto pare troppo utilissimo, imperoché, se tu indugi d'oggi in domane, le cose t'invecchiano pelle mani, vengonsi dimenticando, e cosí il fattore piglia argomento e stagione di diventare o vizioso, o come il padrone suo negligente. Né stimare alle cose tue altri sia piú che tu stesso sollicito, e cosí alla fine te n'hai il danno, o vero ti perdi il fattore. Né dubitare, Lionardo mio, ch'egli è peggio avere male fattore che in tutto nollo avere. La diligenza del maestro può d'uno fattore non molto buono farlo migliore, ma la negligenza di chi debba avere principale cura delle cose sempre suole di qualunque buono lasciarlo piggiorare.

LIONARDO

E quanto! Uno fattore vizioso ti ruba e inganna per suo maligno ingegno, benché tu sia sollicito, e molto piú ti nocerà ove vedrà alle cose tue in te stessi essere negligenza. E bene questo spesso provorono e' nostri, e bene spesso hanno avuto chi per suo vizio molto piú che per nostra negligenza ci è stato dannoso. Ma da' viziosi raro si può senza danno ritrarsi.

GIANNOZZO

A me, quando io riduco a memoria quelli danni e perdite di molti mercatanti, e ove io veggo che de' sei infortunii e' cinque sono occorsi per difetto di chi governa le cose, pare veramente possa cosí affermare che niuna cosa tanto fa buono fattore quanto la diligenza del maestro. La pigrizia, tralasciare e non spesso rivedere e' fatti suoi troppo, figliuoli miei, troppo nuoce. E stolto colui, il quale non saprà favellare de' fatti suoi se non per bocca altrui. Cieco per certo sarà colui, il quale non vedrà se non con gli occhi altrui. Vuolsi adunque stare sollicito, desto, diligente, rivedere spesso ogni nostra cosa, perché cosí nulla si può facilmente perdere, e ismarrita piú tosto si truova. Agiugni che sendo negligente ti si fa una somma di faccende quale a scioglierle non vi basta il dí, né ivi puoi quanto bisogna fatica, e truovi quel che tu ne' tempi suoi aresti fatto bene e con diletto, ora, volendo quello quanto bisogna doppo allo indugio, t'è impossibile o farlo a compimento, o delle molte parti farne alcuna bene quanto certo prima aresti nelle stagioni loro fatto. Cosí adunque io sarei sempre in ogni cosa diligente, e in questa quanto a me s'apartenesse molto sarei sollicito, prima in scegliere quanto piú potessi buono fattore, poi sarei diligente in nollo lasciare piggiorare rivedendo spesso e riconoscendo ogni mia cosa. E acciò ch'e' miei avessino cagione d'essere migliori, io gli onorerei e largamente bene gli tratterei, e studiare'mi farli amorevoli a me e alle cose mie.

LIONARDO

Cosí mi pare certo necessario avere grande diligenza in scegliere e' fattori bene buoni, e ancora avere non minore diligenza in non gli lasciare piggiorare, e ancora quanto dite molto bisogna essere diligente in farli di dí in dí amorevoli e studiosi delle cose vostre.
GIANNOZZO
Molto, e sai come? Conviensi prima da piú persone domandarne, avisarsi delle condizioni loro, informarsi de' costumi, porre bene mente che usanze, che maniere siano le loro.
LIONARDO
E per fattori quali a voi piacerebbono piú, o gli strani o pure e' vostri della casa? Perché spesso vidi fra mercatanti farne non piccolo dubio. Eravi chi diceva potersi meglio vendicare e valersi con piú facilità da uno strano che da uno della sua propria famiglia. Altri stimava gli strani piú essere ubbidienti a' maestri e piú suggetti. Altri parea non volesse ch'e' suoi fossero in tempo per venire in tale fortuna che potessino tôrsi il primo grado e occupare l'autorità e luogo di chi governa. E cosí erano varie le loro opinioni.
GIANNOZZO
Quanto io, Lionardo mio, mai chiamerei fattore, ma piú tosto nimico mio, e non vorrei tra' miei domestici quello uomo da cui aspettassi vendicarmi; né apresso comprendo per che cagione io dagli strani dovessi piú essere riverito che da' miei, quantunque da' miei a me piú parrebbe onesto accettarne benivolenza e amore che obedienza e servitú; né io stimo meno essere utile alle faccende la fede e diligenza di quelli quali ci portino amore, che sia la subiezione di chi noi tema; e non reputo degno di buona fortuna, né meritare autorità, né doversi grado alcuno a colui al quale sia molesto l'onore e felicità de' suoi; e a me potrà parere stultissimo colui, il quale stimerà senza favore e aiuto de' suoi mantenersi in dignità o in felice alcuno stato. Credete a me, figliuoli miei, che di questo mi ramenta infiniti essempli, quali per piú brevità non riferisco; credete a me, niuno può durare in alcuna buona fortuna senza spalle e mano degli altri uomini; e chi sarà in disgrazia a' suoi, costui stolto s'egli stima mai essere bene agli strani accetto. Ma per diffinire la questione tua, presupponi tu, Lionardo, ch'e' tuoi sieno buoni o mali?
LIONARDO
Buoni.
GIANNOZZO
Se fiano buoni, mi rendo io certissimo molto saranno migliori meco i miei che gli strani. E cosí ragionevole a me pare stimare ne' miei essere piú fede e amore che in qualunque sia strano, e a me piú debba essere caro fare bene a' miei che agli altrui.
LIONARDO
O se fossoro mali?

GIANNOZZO
Come, Lionardo? Che non sapessino procurare bene? Non sarebbe qui a me, Lionardo, maggiore debito insegnare a' miei che agli strani?
LIONARDO
Certo. Ma se, come alcuna volta accade, e' v'ingannassino?
GIANNOZZO
Dimmi, Lionardo, a te saprebbe egli peggio se uno tuo avesse de' beni tuoi, che se uno strano se gli rapisse?
LIONARDO
Meno a me dorrebbe se a uno de' miei le mie fortune fussono utili, ma piú mi sdegnerei se di chi piú mi fido piú m'ingannasse.
GIANNOZZO
Lievati dall'animo, Lionardo, questa falsa opinione. Non credete che de' tuoi alcuno mai t'inganni, ove tu lo tratti come tuo. Quale de' tuoi non volesse piú tosto avere a fare teco che con gli strani? Pensa tu in te stessi: a chi saresti tu piú volentieri utile, a' tuoi pure o agli altrui? E stima questo, che lo strano si riduce teco solo per valersi di meglio; e ricòrdati (spesso lo dico perché sempre ci vuole essere a mente) ch'egli è piú lodo e piú utile fare bene a' suoi che agli strani. Quello poco o quello assai, quale lo strano se ne porta, non torna piú in casa tua, né in modo alcuno in tempo sarà a' nipoti tuoi utile. Se lo strano teco diventa ricco, perché cosí stima meritare da te, poco te ne sa grado; ma, se da te il parente tuo arà bene, e' confesserà esserti obligato, e cosí arà volunterosa memoria fare il simile a' tuoi. E quando bene e' non te ne sapesse né grado, né merito, se tu sarai buono e giusto, tu prima dovrai volere in buona fortuna e' tuoi che quale si sia strano. Ma pensa che di questo mai a te bisognerà temere, se tu cosí sarai diligente a eleggere buono, e desto a non lasciare peggiorare el fattore. E dimmi ancora: scegliendo il fattore ove arà' tu manco indizii a bene conoscere de' costumi? Pigliando de' tuoi, e' quali a te sono cresciuti nelle mani, e' quali tu hai pratichi tutto il dí, o pure togliendo degli strani, co' quali avesti molto manco conoscenza e molto minori esperienze? Cosí credo io, Lionardo mio, molto piú sia difficile conoscere lo 'ngegno degli strani che de' tuoi. E se cosí è, se a noi per bene scegliere molto si conviene conoscere ed essaminare e' costumi, chi mai credesse piú tosto investigalli in uno strano che ne' suoi proprii? Chi mai volesse piú tosto uno strano non bene conosciuto che uno suo bene conosciuto? Voglionsi aiutare e' nostri quando e' sono buoni e atti, e se da sé non sono, con ogni nostra industria e aiuto voglionsi e' nostri di dí in dí rendere migliori. Segno di poca carità sdegnare e' suoi per beneficare agli altri, segno di grande perfidia non si fidare de' suoi per confidarsi degli altri. Ma io dico forse troppo in questa materia. A te, Lionardo, che ne pare?
LIONARDO
A me pare, questa vostra, amorevole, iusta e verissima sentenza, e tale che

s'ella fusse da tutti, come da me, creduta e gustata, forse la famiglia nostra arebbe manco da dolersi di molte ingiurie, quali già piú volte ricevette dagli strani. E certo la vostra cosí confesso essere giusta sentenza: non sa amare chi non ama e' suoi.

GIANNOZZO
E quanto giustissima! Mai, se tu puoi avere de' tuoi, non mai tôrre gli altrui. E' ti giova sollicitarli, pigli piacere a insegnarli, godi ove te vedi riputar padre, puoi ascriverti a felicità averti con tuoi beneficii addutta in luogo di figliuoli molta gioventú, la quale speri e disponga teco tutta la sua età. Quale cose non cosí farà lo strano. Anzi, quando egli arà cominciato a piú qualcosa sapere o avere, e' vorrà essere compagno, diratti volersi partire, moveratti doppo questo una, e doppo quella un'altra lite per migliorare sua condizione, e del danno tuo, della infamia tua poco stimerà ove a sé ne risulti bene. Ma lasciamo passare. Io potrei monstrarti infinite ragioni pelle quali vederesti che lo strano sempre sta teco come nimico, dove e' tuoi sempre sono amici. Procurono e' tuoi il bene e l'onore tuo, fuggono il danno e la infamia tua, perché d'ogni tuo onore a loro ne risulta lodo, e d'ogni disonore sentono parte di biasimo. E cosí occorrerebbono doppo queste infinite altre ragioni, pelle quali manifesto vederresti ch'egli è piú dovuto, piú onesto, piú utile, piú lodato, piú sicuro tôrre de' suoi che degli strani. E quando a te questo bene paresse il contrario, io ti consiglierei sempre piú verso e' tuoi avessi carità che verso gli strani, e ricordere'ti quanto a noi stia debito avere cura della gioventú, trarla in virtú, condurla in lode. E stima tu certo che a noi padri di famiglia non è se non gran biasimo, possendo onorare e grandire e' nostri, se noi li terremo adrieto quasi spregiati e aviliti.

LIONARDO
A me non bisogna udirne piú ragioni. Io stimo in parte di grandissimo biasimo non sapere gratificarsi a' suoi, e confesserei io sempre che chi non sa vivere co' suoi molto meno saprà vivere con gli strani. E di questi vostri ricordi, in la masserizia troppo utilissimi, molto vi siamo questi giovani e io obligatissimi, e anche ci sarà molto piú dono e debito da voi aver sentito il resto quanto aspettiamo seguitiate. Poiché detto avete della casa, della possessione e degli essercizii accommodati alla masserizia, ora c'insegnate quanto abbiamo a seguire in queste spese, le quali tutto il dí accaggiono, oltre al vestire e al pascere la famiglia, e ancora ricevere amici, onorarli con doni e liberalità. E accade tale ora a fare qualche spesa la quale apartenga allo onore e fama di casa, come alla famiglia nostra delle altre assai e fra molte quella una de' padri nostri in edificare nel tempio di Santa Croce, nel tempio del Carmine, nel tempio degli Agnoli e in molti luoghi dentro e fuori della terra, a Santo Miniato, al Paradiso, a Santa Caterina, e simili nostri publici e privati edificii. Adunque a queste spese che regola o che modo daresti voi? So in questo come nell'altre forse dovete avere perfetti

documenti.
GIANNOZZO
E hogli tali che nulla meglio.
LIONARDO
E quali?
GIANNOZZO
Uditemi. Io soglio porre mente, e pènsavi ancora tu s'io tengo buona opinione; vedi, a me pare le spese tutte siano o necessarie o non necessarie, e chiamo io necessarie quelle spese, senza le quali non si può onesto mantenere la famiglia, quali spese chi non le fa nuoce allo onore suo e al commodo de' suoi; e quanto non le faccendo piú nuociono, tanto piú sono necessarie. E sono queste numero a raccontarle grandissimo; ma insomma possiamo dire siano quelle fatte per averne e conservarne la casa, la possessione e la bottega, tre membri onde alla famiglia s'aministra ogni utilità e frutto quanto bisogna. Vero, le spese non necessarie sono o con qualche ragione fatte, o senza alcuna pazzamente gittate via. Ma le spese non necessarie con qualche ragione fatte piacciono, non fatte non nuociono. E sono queste come dipignere la loggia, comperare gli arienti, volersi magnificare con pompa, con vestire e con liberalità. Sono anche poco necessarie, ma non senza qualche ragione, le spese fatte per asseguire piaceri, sollazzi civili, senza quali ancora potevi onesto e bene viverti.
LIONARDO
Intendovi: come d'avere bellissimi libri, nobilissimi corsieri, e simile voglie d'animo generoso e magnifico.
GIANNOZZO
Proprio questo medesimo.
LIONARDO
Adunque si chiamino queste spese voluntarie, perché satisfanno piú tosto alla voluntà che alla necessità.
GIANNOZZO
Piacemi. Di poi le spese pazze sono quelle quali fatte meritano biasimo, come sarebbe pascere in casa draconi o altri animali piú che questi terribili, crudeli e venenosi.
LIONARDO
Tigri forse?
GIANNOZZO
Anzi, Lionardo mio, pascere scelerati e viziosi uomini, imperoch'e' mali uomini sono piú che le tigre e che qualunque si sia pestifero animale molto piggiori. Uno solo vizioso mette in ruina tutta una universa famiglia. Niuno si truova veneno maggiore, né sí pestilenzioso quanto sono le parole d'una mala lingua; niuna rabbia tanto sarà rabbiosa quanto quella d'uno invidioso raportatore. E chi pasce simili scelerati, costui certo fa spese pazze, bestialissime, e molto merita biasimo. Vuolsi fuggire quanto una pestilenza

ogni uso e dimestichezza di simili maledici, raportatori e ghiottonacci quali s'inframettono fra gli amici e conoscenti delle case. Né mai si vuole essere amico di chi racolga volentieri simili viziosi, imperoché a chi ama e' viziosi piace il vizio: a chi piace il vizio costui non è buono, e a' mali uomini mai e' buoni furono amici. Pertanto sarà né utile, né facile acquistarsi amistà di questi tali, de' quali non stia l'uscio e l'orecchie molto serrato a tutti e' viziosi.
LIONARDO
Sí certo, Giannozzo, sí dite il vero, e sono spese non solo pazze ma anche troppo dannose, ché sogliono e' viziosi con loro raportamenti e false accusazioni, godendo in usare la sua malvagità, addurti in suspizione e odio a tutti e' tuoi, solo perché tu non abbia a credere a chi te veramente ami, quando e' t'avisasse del vizio e malignità di quelli.
GIANNOZZO
Però né queste, né simili spese pazze mai si vogliono fare. Voglionsi fuggire, non udire, né riputare amico chi le domandi, né chi te ne consigli.
LIONARDO
E quelle altre due, Giannozzo, le necessarie e le volontarie spese, con che ragione abbiamo noi ad essequille?
GIANNOZZO
Come ti pensi? Sai come fo io le necessarie spese? Quanto piú posso le fo presto.
LIONARDO
Non vi pensate voi prima quale modo sia il migliore?
GIANNOZZO
Certo sí. Né stimare che in cosa alcuna a me mai piaccia correre a furia, ma bene studio fare le cose maturamente presto.
LIONARDO
Perché?
GIANNOZZO
Perché quello che era necessario fare mi giova subito avello fatto, non fusse per altro se none per avermi scarico di quello pensiero. Cosí adunque fo le necessarie subito, ma le voluntarie spese traduco io in altro modo buono, utile.
LIONARDO
E quale?
GIANNOZZO
Ottimo, utilissimo. Dicotelo. Indugio, Lionardo mio, indugio parecchi termini, indugio quanto posso.
LIONARDO
E questo perché?
GIANNOZZO
Pur per bene.

LIONARDO
Desidero sapere che buona cagione vi muova, ché so nulla fate senza ottima ragione.
GIANNOZZO
Dicotelo. Per vedere se quella voglia m'uscisse in quello mezzo; e non m'uscendo, io pure mi truovo avere spazio da pensare in che modo ivi si spenda manco, e piú a pieno mi satisfaccia.
LIONARDO
Ringraziovi, Giannozzo. Voi testé m'avete insegnato schifare molte spese, alle quali io, come gli altri giovani, raro mi sapeva rafrenare.
GIANNOZZO
Però non è se non dovuto che a noi vecchi si renda molta riverenza, e cosí a voi giovani pare sia utile in ogni vostra faccenda addimandiate e riceviate da noi padri consiglio. Molte cose di questo mondo meglio per pruova si conoscono che per giudicio e prudenza, e noi uomini non gastigati dalle lettere, ma fatti eruditi dall'uso e dagli anni, e' quali a tutto l'ordine del vivere abbiamo e pensato e distinto quale sia il meglio, non dubitare, possiamo in bene molte cose con la nostra pratica forse piú che a voi altri litterati non è licito colle vostre sottigliezze e regole di malizia. E dicovi, sempre a me parse via brevissima a, come voi dite, bene filosofare, conversare e assiduo trovarsi apresso de' vecchi, domandarli, udirli e ubidilli, imperoché il tempo, ottimo maestro delle cose, rende e' vecchi buoni conoscitori e operatori di tutte quelle cose, quali a noi mortali sono nel vivere nostro utili e buone a tradurre l'età nostra in quiete, tranquillità e onestissimo ozio.
LIONARDO
Bene aspettavamo da voi apreendere molte e perfette cose, ma voi e in questo e negli altri vostri singularissimi e perfettissimi ditti superasti ogni nostra espettazione. Tante cose c'insegnate quante io mai arei pensato si potessoro adattare alla masserizia. Ma non so se io mi giudico il vero. Dico, Giannozzo, che volere essere padre di famiglia come voi ce l'avete distinto, mi pare forse sarebbe opera molto faticosa: prima essere massaio delle sue proprie cose, reggere e moderare l'affezioni dell'animo, frenare e contenere gli appetiti del corpo, adattarsi e usufruttare il tempo, osservare e governare la famiglia, mantenere la roba, conservare la casa, cultivare la possessione, guidare la bottega, le quali cose da per sé ciascuna sarà non piccolissima a chi voglia in quella essere diligentissimo, e in tutte insieme credo io, perché sono difficili, sarà quasi impossibile adoperarsi in modo che la nostra sollecitudine in qualche una non manchi.
GIANNOZZO
Non essere in questa opinione. Elle non sono, come a te forse paiono, Lionardo mio; queste non sono difficili quanto credevi, però che elle sono tutte collegate insieme e incatenate per modo, che a chi vuole essere buono

padre di famiglia, a costui conviene, guidandone bene una, tutte l'altre seguano pur bene. Chi sa non perdere tempo sa fare quasi ogni cosa, e chi sa adoperare il tempo, costui sarà signore di qualunque cosa e' voglia. E quando queste bene fussino difficili, elle porgono tanta utilità e tanto piacere a chi in esse si diletti, e con tuo tanto biasimo ti stanno adosso ove tu nolle molto procuri, ch'elle debbono non attediare, né straccare, anzi parere giocundissime a chi sia in sé buono, e non in tutto pigro e negligente, e a noi debba piacere farci e' fatti nostri. Niuna cosa tanto si truova piacevole quanto contentare sé stesso, e assai si contenta chi fa quello che gli piace, e dobbiamo riputarci a lode fare e' fatti nostri pur bene, ove faccendoli male sentiamo per pruova quanto ci sia non meno biasimo che danno. E quando pure ti piacesse più alleggerirti, piglia di tutti una certa parte quale più all'ingegno, età, costumi e autorità tua s'aconfaccia, ma sempre statuisci te sopra tutti, in modo che non tu per le mani e indizio d'altri, ma gli altri tuoi tutti per la volontà e sentenza tua ne' fatti tuoi seguano quanto sia onesto e devuto, e così sempre provedi che ciascuno de' tuoi faccia il debito suo. Terrai e' tuoi fattori distribuiti pelle faccende, quello alla villa, questo alla terra, gli altri ove bisogna, e così ciascuno in quale meglio si gli aconfaccia.

Voi litterati (quanto spesso, ora mi ramenta, fu costume di messer Benedetto Alberti, uomo in casa studioso e assiduo alle lettere, e fuori fra' cittadini e amici umanissimo, il quale con una sua letizia piena di gravità sempre ragionava di cose onestissime e bellissime, grate e utili a chi l'ascoltava, soleva ragionando seguire questi vostri litterati), e' quali trattando della prudenza e vivere umano solete adurre essemplo dalle formiche, e dite che da loro si debba prendere amonimento provedendo oggi a' bisogni di domane; e così constituendo il principe solete prendere argomento dall'api, le quali tutte a uno solo obediscono, e pella publica salute tutte con fortissimo animo e ardentissima opera s'essercitano, queste a mietere quella suprema calugine de' fiori, queste altre a suportare e condurre il peso, quelle a distribuirlo in opera, quelle altre a fabricare lo edificio, e tutte insieme a difendere le loro riposte ricchezze e delizie; e così avete molte vostre piacevolissime similitudini atte a quello che voi intendete dimonstrare e molto dilettose a udirle: e sia testé ancora licito a me con qualche mia similitudine non tanto apropriatissima quanto le vostre, ma certo non in tutto inetta, per meglio e più aperto narrarvi, e quasi dipignere, e qui in mezzo porvi inanzi agli occhi quello che a me pare in uno padre di famiglia sia necessario, sia, dico, testé a me licito seguire ne' miei ragionamenti la vostra lodata e nobile consuetudine. Voi vedete el ragno quanto egli nella sua rete abbia le cordicine tutte per modo sparse in razzi che ciascuna di quelle, benché sia in lungo spazio stesa, pure suo principio e quasi radice e nascimento si vede cominciato e uscito dal mezzo, in quale luogo lo industrissimo animale osserva sua sedia e abitacolo; e ivi, poiché cosí dimora, tessuto e ordinato il suo lavoro, sta desto e diligente, tale che, per minima ed estremissima cordicina quale si fosse tocca, subito la sente, subito s'apresenta e a tutto subito provede. Cosí faccia il padre della famiglia. Distingua le cose sue, pongale in modo che a lui solo tutte facciano capo, e da lui s'adirizzino e ferminsi ai piú sicuri luoghi; e stia il padre della famiglia in mezzo intento e presto a sentire e vedere il tutto, e dove bisogni provedere subito provegga. Non so, Lionardo mio, quanto questa mia similitudine ti dispiaccia.

LIONARDO
In che modo potrebbe alcuno vostro detto dispiacermi? Giurovi, Giannozzo, mai a me parse vedere piú atta, né piú utile similitudine, e bene certo comprendo, certo cosí essere quanto voi diciavate, che il modo e diligenza di chi governa le cose rende ogni grande e grieve fatto facile e trattabile. Ma non so io come tale ora pare che le faccende di fuori impaccino le domestiche, e le domestiche necessità spesso non lasciano bene di servire alle cose publiche. Però dubito la diligenza nostra a tutte le cose in tempo fusse non quanto si richiede sufficiente.

GIANNOZZO
Non stimare costí ancora non sia presto e ottimo rimedio.

LIONARDO
Quale?

GIANNOZZO
Dicotelo. Faccia il padre della famiglia come feci io. Perché a me parea non piccolo incarco provedere alle necessità entro in casa, bisognando a me non raro avermi fuori tra gli uomini in maggiori faccende, però mi parse di partire questa somma, a me tenermi l'usare tra gli uomini, guadagnare e acquistare di fuori, poi del resto entro in casa quelle tutte cose minori lascialle a cura della donna mia. Cosí feci, ché a dirti il vero, sí come sarebbe poco onore se la donna traficasse fra gli uomini nelle piazze, in publico, cosí a me parrebbe ancora biasimo tenermi chiuso in casa tra le femine, quando a me stia nelle cose virili tra gli uomini, co' cittadini, ancora e con buoni e onesti forestieri convivere e conversare. Non so se tu in questo mi lodi, già che io veggo alcuni, e' quali vanno rovistando e disgruzzolando per casa ogni cantuccio, nulla sofferano rimanere ascoso, nulla può tanto essere occulto che questi ivi non pongano gli occhi e le mani, tutto essaminano, persino se le lucerne avessino i lucignoli troppo doppi, e dicono essere vergogna niuna, né fare ingiuria ad alcuno se procurano e' fatti suoi, o se danno sue legge e suoi costumi in casa sua, e allegano quello detto solea dire messer Niccolaio Alberti uomo diligentissimo, che la cura e diligenza delle cose sempre fu madre delle ricchezze. Molto mi piace e lodo questa sentenza, ché essere diligente in ogni cosa giova; ma pure io non posso darmi a credere che agli uomini occupati in cose non feminili stia bene essere o monstrarsi tanto curiosi circa queste tali infime masseriziuole

domestiche. Non so se io erro qui. Tu, Lionardo, che ne di', che te ne pare?
LIONARDO
Aconsentisco, ché proprio sete della opinione degli antichi ove dicevano che gli uomini hanno da natura l'animo rilevato e piú che le femine atto con arme e consiglio a propulsare ogni avversità quale premesse la patria, le cose sacre, o e' nati suoi. Ed è l'animo dell'uomo assai piú che quello della femmina robusto e fermo a sostenere ogni impeto de' nimici, e sono piú forti alle fatiche, piú constanti negli affanni, e hanno gli uomini ancora piú onesta licenza uscire pe' paesi altrui acquistando e coadunando de' beni della fortuna. Contrario le femmine quasi tutte si veggono timide da natura, molle, tarde, e per questo piú utili sedendo a custodire le cose, quasi come la natura cosí provedesse al vivere nostro, volendo che l'uomo rechi a casa, la donna lo serbi. Difenda la donna serrata in casa le cose e sé stessi con ozio, timore e suspizione. L'uomo difenda la donna, la casa, e' suoi e la patria sua, non sedendo ma essercitando l'animo, le mani con molta virtú per sino a spandere il sudore e il sangue. Però non è da dubitare, Giannozzo, questi scioperati, i quali si stanno il dí tutto tra le femminelle, o che si pigliano ad animo tali simili penseruzzi femminili, certo non hanno il cuore maschio né magnifico, e tanto sono da biasimare costoro quanto e' dimonstrano piú piacerli sé essere femina che uomo. A chi piace l'opere virtuose dimostra piacerli sé essere virtuoso; a chi non ha in odio queste minime cose femminili facilmente dimonstra non fuggire d'essere riputato femminile. E per questo molto mi pare siate da essere lodato, poiché alla donna vostra lasciasti il governo delle cose minori, e per voi, quanto vidi sempre, vi tenesti ogni faccenda virile e lodatissima.
GIANNOZZO
Or sí ben sai cosí sempre mi parse debito a' padri della famiglia non solo fare le cose degne all'uomo, ma ancora fuggire ogni atto e fatto quale s'apartenga alle femmine. Vuolsi lasciare le faccenduzze di casa tutte alle donne come feci io.
LIONARDO
Voi potete lodarvi che aveste la donna forse piú che l'altre virtuosissima. Non so quanto si trovasse altrove donna tanto faccente e tanto nel reggere la famiglia prudente quanto fu la vostra.
GIANNOZZO
Fu certo la mia e per suo ingegno e costumi, ma molto piú per miei ammonimenti ottima madre di famiglia.
LIONARDO
Voi adunque gl'insegnasti?
GIANNOZZO
In buona parte.
LIONARDO
E come facesti voi?

GIANNOZZO
Dicotelo. Quando la donna mia fra pochi giorni fu rasicurata in casa mia, e già il desiderio della madre e de' suoi gli cominciava essere meno grave, io la presi per mano e andai monstrandoli tutta la casa, e insegna'li suso alto essere luogo pelle biave, giú a basso essere stanza per vino e legne. Monstra'li ove si serba ciò che bisognasse alla mensa, e cosí per tutta la casa rimase niuna masserizia quale la donna non vedesse ove stesse assettata, e conoscesse a che utilità s'adoperasse. Poi rivenimmo in camera mia, e ivi serrato l'uscio le monstrai le cose di pregio, gli arienti, gli arazzi, le veste, le gemme, e dove queste tutte s'avessono ne' luoghi loro a riposare.
LIONARDO
A tutte queste cose preziose adunque era consegnato luogo in camera vostra, credo perché ivi stavano piú sicure, e piú rimote e serrate.
GIANNOZZO
Anzi ancora, Lionardo mio, per potelle rivedere quando a me paresse senza altri testimoni; ché, siate certi, figliuoli miei, non è prudenza vivere sí che tutta la famiglia sappia ogni nostra cosa, e stimate minore fatica guardarvi da pochi che da tutti. Quello el quale saputo da pochi piú sarà sicuro a serballo, ancora perduto piú sarà facile a riavello da pochi che da molti, e io per questo e per molti altri rispetti sempre riputai meno pericolo tenere ogni mia cosa preziosa quanto si può occulta e serrata in luogo remoto dalle mani e occhi della moltitudine; sempre volli quelle essere riposte in luogo ove elle si serbino salve e libere da fuoco e da ogni sinistro caso, e dove spessissimo e per mio diletto e per riconoscere le cose io possa solo e con chi mi pare rinchiudermi, senza lasciare di fuori a chi m'aspetta cagione di cercare di sapere e' fatti miei piú che io mi voglia. Né a me pare a questo piú atto luogo che la propria camera mia ove io dormo, in quale, come io diceva, volsi niuna delle preziose mie cose fosse alla donna mia occulta. Tutte le mie fortune domestiche gli apersi, spiegai e monstrai. Solo e' libri e le scritture mie e de' miei passati a me piacque e allora e poi sempre avere in modo rinchiuse che mai la donna le potesse non tanto leggere, ma né vedere. Sempre tenni le scritture non per le maniche de' vestiri, ma serrate e in suo ordine allogate nel mio studio quasi come cosa sacrata e religiosa, in quale luogo mai diedi licenza alla donna mia né meco né sola v'intrasse, e piú gli comandai, se mai s'abattesse a mia alcuna scrittura, subito me la consegnasse. E per levarli ogni appetito se mai desiderasse vedere o mie scritture o mie secrete faccende, io spesso molto gli biasimava quelle femmine ardite e baldanzose, le quali danno troppo opera in sapere e' fatti fuori di casa o del marito o degli altri uomini; ramentavagli che sempre si vide questo essere verissimo quale mi ricorda messer Cipriano Alberti, uomo interissimo e prudentissimo, disse alla moglie d'uno suo amicissimo, che pur vedendola troppo curiosa in domandare e investigare dove e con cui il marito fusse albergato, per amonilla quanto poteva e per rispetto della

amicizia forse dovea, cosí gli disse: «Io ti consiglio per tuo bene, amica mia, che tu sia molto piú nelle cose di casa sollecita che in quelle di fuori, e ramentoti come a sorella che' savi dicono che le donne quali spiano pure spesso degli uomini non sono senza sospetto che a loro troppo stiano nell'animo gli uomini, e forse si monstrano piú desiderose di sapere se altri conosce e' costumi suoi che cupide di conoscere e' fatti d'altrui, e di queste pensa tu quale alle oneste donne stia peggio». Cosí dicea messer Cipriano; cosí io con simili detti ammaestrai la donna mia, e sempre m'ingegnai ch'ella in prima non potesse, e apresso poi ch'ella non curasse sapere le mie secrete cose piú che io mi volessi; né vuolsi mai, per minimo secreto che io avessi, mai farne parte alla donna né a femina alcuna. E troppo mi spiaccino alcuni mariti, i quali si consigliano colle moglie, né sanno serbarsi dentro al petto secreto alcuno: pazzi che stimano in ingegno femminile stare alcuna vera prudenza o diritto consiglio, pazzi per certo se credono la moglie ne' fatti del marito piú essere che 'l marito stessi tenace e taciturna. O stolti mariti, quando cianciando con una femmina non vi ramentate che ogni cosa possono le femmine eccetto che tacere. Per questo adunque sempre curai che mio alcuno secreto mai venisse a notizia delle donne, non perché io non conoscessi la mia amorevolissima, discretissima e modestissima piú che qual si fusse altra, ma pure stimai piú sicuro s'ella non poteva nuocermi che s'ella non voleva.

LIONARDO
O ricordo ottimo! E voi non meno prudente che fortunato, se mai la donna vostra da voi trasse alcuno secreto.

GIANNOZZO
Mai, Lionardo mio, e dicoti perché: prima come ella era modestissima, cosí mai si curò piú sapere che a lei s'apartenesse, e io poi questo seco osservava, che mai ragionava se none della masserizia o de' costumi o de' figliuoli, e di queste molto spesso faceva seco parole assai, acciò che ella e dal dire mio imparasse fare, e per saperne meco ragionare e rispondermi studiasse conoscere e con opere bene asseguire tutto ciò che a quelle s'apartenesse; e anche, Lionardo mio, cosí faceva per tôlli via d'entrare meco in ragionamenti d'alcuna mia maggiore e propria cosa. Cosí adunque feci: e' secreti e le scritture mie sempre tenni occultissime; ogni altra cosa domestica in quella ora e dipoi sempre mi parse licito consegnalle alla donna mia, e lascialle non in tanto a custodia sua che io spesso non volessi e sapere e vedere ogni minuta cosa dove fosse e quanto stesse bene salva. E poiché la donna cosí ebbe veduto e bene compreso ove ciascuna cosa s'avesse a rassettare, io gli dissi: «Moglie mia, quello che doverà essere utile e grato a te come a me mentre che sarà salvo, e quello che a te sarebbe dannoso e arestine disagio se noi ne fossimo straccurati, di questo conviene ancora a te esserne sollicita non meno che a me. Tu hai vedute le nostre fortune, le quali, grazia d'Iddio, sono tante che noi doviamo bene

contentarcene: se noi sapremo conservalle, queste saranno utili a te, a me e a' figliuoli nostri. Però, moglie mia, a te s'apartiene essere diligente e averne cura non meno che a me».

LIONARDO
E qui che vi rispuose la donna?

GIANNOZZO
Rispuose e disse che aveva imparato ubidire il padre e la madre sua, e che da loro avea comandamento sempre obedire me, e pertanto era disposta fare ciò che io gli comandassi. Adunque dissi io: «Moglie mia, chi sa obedire il padre e la madre sua tosto impara satisfare al marito. Ma, - dissi, - sa' tu quel che noi faremo? Come chi fa la guardia la notte in sulle mura per la patria sua, se forse di loro qualcuno s'adormenta, costui non ha per male se 'l compagno lo desta a fare il debito suo quanto sia utile alla patria, io, donna mia, molto arò per bene, se tu mai vedrai in me mancamento alcuno, me n'avisi, imperoché a quello modo conoscerò quanto l'onore nostro, l'utilità nostra e il bene de' figliuoli nostri ti sia a mente; cosí a te non spiacerà se io te desterò dove bisogni. In quello che io mancassi supplisci tu, e cosí insieme cercheremo vincere l'uno l'altro d'amore e diligenza. Questa roba, questa famiglia, e i figliuoli che nasceranno sono nostri, cosí tuoi come miei, cosí miei come tuoi. Però qui a noi sta debito pensare non quanto ciascuno di noi ci portò, ma in che modo noi possiamo bene mantenere quello che sia dell'uno e dell'altro. Io procurerò di fuori che tu qui abbia in casa ciò che bisogni; tu provedi nulla s'adoperi male».

LIONARDO
Come vi parse ella udirvi? Volentieri?

GIANNOZZO
Molto, e disse gli piacerà fare con diligenza quanto saprà e potrà quello che mi sia a grado. Però dissi io: «Donna mia, odimi: sopra tutto a me sarà gratissimo faccia tre cose: la prima, qui in questo letto fa', moglie mia, mai vi desideri altro uomo che me solo, sai». Ella arrossí e abassò gli occhi. Ancora glielo ridissi che in quella camera mia ricevesse solo me, e questa fu la prima. La seconda, dissi, avesse buona cura della famiglia, contenessela e reggessela con modestia in riposo, tranquillità e pace; e questa fu la seconda. La terza cosa, dissi, provedesse che delle cose domestiche niuna andasse a male.

LIONARDO
Monstrastile voi come ella dovesse fare quanto li comandavate, o pure essa da sé in queste tutte era maestra e dotta?

GIANNOZZO
Non credere, Lionardo mio, che una giovinetta possa essere in le cose bene dotta. Né si richiede dalle fanciulle tutta quella astuzia e malizia quale bisogna in una madre di famiglia, ma molto piú modestia e onestà, quali virtú furono in la donna mia sopra tutte l'altre, e non potrei dirti con quanta

I LIBRI DELLA FAMIGLIA

riverenza ella mi rispondesse. Dissemi la madre gli avea insegnato filare, cucire solo, ed essere onesta ancora e obediente, che testé da me imparerebbe volentieri in reggere la famiglia e in quello che io gli comandassi quanto a me paresse d'insegnarli.

LIONARDO
E voi come, Giannozzo, insegnastili voi queste cose?

GIANNOZZO
Che? Forse adormentarsi senza uomo altri che me appresso?

LIONARDO
Molto mi diletta, Giannozzo, che in questi vostri ricordi e ammonimenti santissimi e severissimi voi ancora siate giocoso e festivo.

GIANNOZZO
Certo sarebbe cosa da ridere se io gli avessi voluto insegnare dormir sola. Non so io se quelli tuoi antichi li seppero insegnare.

LIONARDO
Ogni altra cosa. Ma e' racontano bene come e' confortavano la donna che con suoi atti e portamenti ella non volesse parere piú disonesta che in verità non fusse. E racontasi come e' persuadevano alle donne per questo non si dipignessono il viso con cerusa, brasile e simile liscio alcuno.

GIANNOZZO
Dicoti che in questo io bene non mancai.

LIONARDO
Molto vorrei udire il modo per, quando anche io arò la donna, sappia fare quello quale poco sanno molti mariti. A ciascuno dispiace vedere la moglie lisciata, ma niuno pare sappia distornela.

GIANNOZZO
E in questo fu' io prudentissimo, né ti dispiacerà udire in quanto bello modo io gli ponessi in odio ogni liscio; e perché a voi sarà utilissimo avermi udito, ascoltatemi. Quando io ebbi alla donna mia consegnato tutta la casa, ridutti come racontai serrati in camera, e lei e io c'inginocchiammo e pregammo Iddio ci desse facultà di bene usufruttare quelli beni de' quali la pietà e beneficenza sua ci aveva fatti partefici, e ripregammo ancora con molta divotissima mente ci concedesse grazia di vivere insieme con tranquillità e concordia molti anni lieti e con molti figliuoli maschi, e a me desse ricchezza, amistà e onore, a lei donasse integrità e onestà e virtú d'essere buona massaia. Poi, levati diritti, dissi:

«Moglie mia, a noi non basta avere di queste ottime e santissime cose pregatone Iddio, se in esse noi non saremo diligenti e solleciti quanto piú ci sarà licito, per quanto pregammo essere e asseguirle. Io, donna mia, procurerò con ogni mia industria e opera d'acquistare quanto pregammo Iddio: tu il simile con ogni tua voluntà, con tutto lo ingegno, con quanta potrai modestia farai d'essere essaudita e accetta a Dio in tutte le cose delle quali pregasti; e sappi che di quelle niuna tanto sarà necessaria a te, accetta a

Dio e gratissima a me e utile a' figliuoli nostri quanto la onestà tua. La onestà della donna sempre fu ornamento della famiglia; la onestà della madre sempre fu parte di dote alle figliuole; la onestà in ciascuna sempre piú valse che ogni bellezza. Lodasi il bello viso, ma e' disonesti occhi lo fanno lordo di biasimo e spesso troppo acceso di vergogna o pallido di dolore e tristezza d'animo. Piace una signorile persona, ma uno disonesto cenno, uno atto di incontinenza subito la rende vilissima. La disonestà dispiace a Dio, e vedi che di niuna cosa tanto si truova Iddio essere severo punitore contro alle donne, quanto della loro poca onestà: rendele infame e in tutta la vita male contente. Vedi la disonestà essere in odio a chi veramente e di buono amore ama, e sente costei la disonestà sua solo essere grata a chi a lei sia inimico; e a chi solo piace ogni nostro male e ogni nostro danno, a costui solo può non dispiacere vederti disonesta. Però, moglie mia, se vuol fuggire ogni specie di disonestà e dare modo di parere a tutti onestissima, ché a quello modo faresti ingiuria a Dio, a me, a' figliuoli nostri e a te stessi, a questo modo acquisti lodo, pregio e grazia da tutti, e da Dio potrai sperare le preghiere e i voti tuoi essere non poco essauditi. Adunque, volendo essere lodata di tua onestà, tu fuggirai ogni atto non lodato, ogni parola non modesta, ogni indizio d'animo non molto pesato e continente. E in prima arai in odio tutte quelle leggerezze colle quali alcune femmine studiano piacere agli uomini, credendosi cosí lisciate, impiastrate e dipinte, in quelli loro abiti lascivi e inonesti, piú essere agli uomini grate che monstrandosi ornate di pura simplicità e vera onestà; ché bene sono stultissime e troppo vane femmine, ove porgendosi lisciate e disoneste credono essere da chi le guata lodate, e non s'aveggono del biasimo loro e del danno, non s'aveggono meschine che con quelli indizii di disonestà elle allettano le turme de' lascivi; e chi con improntitudine, chi con assiduità, chi con qualche inganno, tutti l'assediano e combàttolla per modo che la misera e isfortunatissima fanciulla cade in qualche errore, donde mai si lieva se non tutta brutta di molta e sempiterna infamia».

Cosí dissi alla donna mia; e ancora per rèndella bene certa quanto alle donne fosse non solo biasimo, ma molto ancora dannoso marcirsi il viso con quelle calcine e veneni quali le pazze femine appellano lisci, vedi, Lionardo mio, come bellamente io l'amaestrai. Ivi era il Santo, una ornatissima statua d'argento, solo a cui il capo e le mani erano d'avorio candidissimo: era pulita, lustrava, posta nel mezzo del tabernaculo come s'usa. Dissili: «Donna mia, se la mattina tu con gessi e calcina e simili impiastri imbiutassi el viso a questa imagine, sarebbe forse piú colorita e piú bianca sí, ma se poi fra dí il vento levasse alto la polvere la insusciderebbe pur sí, e tu la sera la lavassi, e poi e' dí seguenti in simili modo la rimpiastrassi e rilavassi, dimmi, doppo molti giorni volendola vendere cosí lisciata, quanti danari n'aresti tu? Piú che mai non avendola lisciata?» Rispuose ella: «Molti pochi». «E cosí sta», dissi io, «però che chi compera l'imagine non compera quello impiastro quale si può levare e porre, ma appregia la bontà della statua e la grazia del magisterio. Tu adunque aresti perduta la fatica e le spese di quelli impiastri. E dimmi, se tu seguissi pur lavandola e impiastrandola piú mesi o anni, farestila tu essere piú bella?». «Non credo», disse ella. «Anzi», dissi io, «da guasteresti, logorerestila, renderesti quello avorio incotto, riarso con quelle calcine, e livido, giallo e frollo. Certo sí. E se queste adunque pultiglie tanto possono in una cosa durissima, in uno avorio, ché vedi l'avorio per sé durare eterno, stima certo, moglie mia, quelle molto piú potranno nel fronte e nelle guance tue, quali senza imbrattalle sono tenere e delicate, e con qualunque liscio diventeranno aspre e vizze. E non dubitare che quelli veneni, se tu poni mente, tutte sono cose ne' vostri lisci venenose, e a te molto piú che a quello avorio noceranno, già che ogni poca polvere, ogni piccolo sudore ti farà il viso imbrattato. Né a quello modo sarai piú bella, anzi piú sozza, e a lungo andare ti troverresti fracide le guance».

LIONARDO
Monstrò ella assentirvi e stimare che voi le dicessi il vero?

GIANNOZZO
E quale pazza stimasse il contrario? Anzi ancora perché ella piú mi credesse, la domandai d'una mia vicina, la quale tenea pochi denti in bocca, e quelli pareano di busso tarmato, e avea gli occhi al continuo pesti, incavernati, il resto del viso vizzo e cennericcio, per tutta la carne morticcia e in ogni parte sozza; solo in lei poteano alquanto e' capelli argentini guardandola non dispiacere. Adunque domandai la donna mia s'ella volesse essere bionda e simile a costei. «Oimè no!», disse ella. «O perché?», dissi io, «ti pare ella cosí vecchia? Di quanta età la stimi tu?». Rispuosemi vergognosa dicendo che male ne sapeva giudicare, ma che li parea quella fosse di tanta età quanta era la balia della madre sua. E io allora li giurai il vero che quella sí fatta vicina mia non era due anni nata prima di me, né certo agiugneva ad anni trenta e due, ma cagione de' lisci cosí era rimasta pesta, e tanto parea oltre al suo tempo vecchia. Dipoi che io di questo la vidi assai maravigliarsi, io gli puosi a mente tutte le fanciulle nostre Alberte mie cugine e l'altre della casa. «Vedi tu, donna mia», dissi io, «come le nostre tutte sono frescozze e tutte vive, non per altro se none perché a loro solo basta lisciarsi col fiume. Cosí farai tu, donna mia», dissi io. «Tu non ti intonicherai né scialberai il viso per parermi piú bella, già che tu a me se' candida troppo e colorita, ma come le nostre Alberte solo coll'acqua, cosí tu terrai lavata te e netta. E, donna mia, tu non hai a piacere se non a me in questo, e stima non potere piacermi volendomi ingannare, monstrandoti lisciata quello che tu non fussi; benché me non potresti tu ingannare, perché io ti veggo ogni ora e bene mi stai in mente come tu se' fatta senza liscio. Di quelli di fuori, se tu amerai me, stima tu quale potrà esserti ad animo piú che il marito tuo. E sappi, moglie mia, che chi cerca piú piacere a quelli di fuori che a chi ella debba in casa, costei monstrerrà meno amare il marito che gli strani».

LIONARDO
Prudentissime parole. Ma fustine voi obedito?
GIANNOZZO
Pur tale ora alle nozze, o che ella si vergognasse tra le genti, o che ella fosse riscaldata pel danzare, la mi pareva alquanto piú che l'usato tinta; ma in casa non mai, salvo il vero una sola volta quando doveano venire gli amici e le loro donne la pasqua convitati a cena in casa mia. Allora la moglie mia col nome d'Iddio tutta impomiciata, troppa lieta s'afrontava a qualunque venia, e cosí a chi andava si porgeva, a tutti motteggiava. Io me n'avidi.
LIONARDO
Crucciastivi voi seco?
GIANNOZZO
Ah! Lionardo, colla donna mai mi crucciai.
LIONARDO
Mai?
GIANNOZZO
Perché dovessino tra noi durare crucci? Di noi niuno mai volse dall'altro cosa se non tutta onesta.
LIONARDO
Pur credo vi dovesti turbare se in questo la donna non quanto dovea voi ubidiva.
GIANNOZZO
Sí, questo sí bene. Ma non però mi li scopersi turbato.
LIONARDO
Non la riprendesti voi?
GIANNOZZO
Eh! Eh! pur con buono modo, ché a me sempre parse, figliuoli miei, correggendo cominciare con la dolcezza, acciò che il vizio si spenga e la benivolenza s'accenda. E apprendete questo da me. Le femmine troppo meglio si gastigano con modo e umanità che con quale si sia durezza e severità. El servo potrà patire le minaccia, le busse, e non forse sdegnerà se tu lo sgriderai; ma la moglie piú tosto te ubidirà amandoti che temendoti, e ciascuno libero animo piú sarà presto a compiacerti che a servirti. Però si vuole, come feci io, l'errore della moglie in tempo bellamente riprendere.
LIONARDO
E in che modo la riprendesti voi?
GIANNOZZO
Aspettai di riscontrarla sola, sorrisili e dissili: «Tristo a me, e come t'imbrattasti cosí il viso? Forse t'abattesti a qualche padella? Lavera'ti, che questi altri non ti dileggino. La donna madre della famiglia conviene stia netta e costumata, s'ella vuole che l'altra famiglia impari essere costumata e modesta». Ella me intese, lacrimò. Io gli die' luogo ch'ella si lavasse le lacrime e il liscio. Dipoi ebbi mai di questo che dirgliene.

LIONARDO
O moglie costumatissima! Di lei bene posso io credere che sendo a voi tanto ubbidiente e tanto in sé modesta, molto potesse rendere l'altra famiglia reverente e costumata.
GIANNOZZO
E cosí tutte le moglie sono a' mariti obedienti quanto questi sanno essere mariti. Ma veggo alcuni poco prudenti che stimano potere farsi ubidire e riverire dalle moglie alle quali essi manifesto e miseri servono, e dimonstrano con loro parole e gesti l'animo suo troppo lascivo ed effeminato, onde rendono la moglie non meno disonesta che contumace. A me mai piacque in luogo alcuno né con parole né con gesto in quale minima parte si fusse sottomettermi alla donna mia; né sarebbe paruto a me potermi fare ubidire da quella a chi io avessi confessato me essere servo. Adunque sempre mi li monstrai virile e uomo, sempre la confortai ad amare la onestà, sempre le ricordai fusse onestissima, sempre li ramentai qualunque cosa io conosceva degna sapere alle perfette madri di famiglia, e spesso gli dicea: «Donna mia, a volere vivere in buona tranquillità e quiete in casa, conviene che in prima sia la famiglia tutta costumata e molto modesta, la quale stima tu questo tanto sarà quanto saprai farla ubidiente e riverente. E quando tu in te non sarai molto modesta e molto costumata, sia certo quello quale tu in te non puoi, molto manco potrai in altri. E allora potrai essere conosciuta modestissima e bene costumatissima quando a te dispiaceranno le cose brutte; e gioverà questo ancora che quelli di casa se ne guarderanno per non dispiacerti. E se la famiglia da te non arà ottimo essemplo di continenza e costume interissimo, non dubitare ch'ella sarà poco a te ubidiente e manco riverente. La riverenza si rende alle persone degne. Solo e' costumi danno dignità, e chi sa osservare dignità sa farsi riverire, e chi sa fare sé riverire costui facilmente si fa ubidire, ma chi non serba in sé buoni costumi, costui subito perde ogni dignità e reverenza. Per questo, moglie mia, sarà tua opera in ogni atto, parole e fatti essere e volere parere modestissima e costumatissima. E ramentoti che una grandissima parte di modestia sta in sapere temperarsi con gravità e maturità in ogni gesto, e in temperarsi con ragione e consiglio in ogni parola sí in casa tra' suoi, sí molto piú fuori tra le genti. Per questo, molto a me sarà grato vedere a te sia in odio questi gesti leggieri, questo gittare le mani qua e là, questo gracchiare quale fanno alcune treccaiuole tutto il dí e in casa e all'uscio e altrove, con questa e con quella, dimandando e narrando quello ch'elle sanno e quel ch'elle non sanno, imperoché cosí saresti riputata leggiere e cervellina. Sempre fu ornamento di gravità e riverenza in una donna la taciturnità; sempre fu costume e indizio di pazzerella il troppo favellare. Adunque a te piacerà tacendo piú ascoltare che favellare, e favellando mai comunicare e' nostri segreti ad altri, né troppo mai investigare e' fatti altrui. Brutto costume e gran biasimo a una donna star tutto il dí cicalando e procurando piú le cose fuori di casa che

quelle di casa. Ma tu con diligenza quanto si richiede governerai la famiglia, e conserverai e adoperai le cose nostre domestiche bene».
LIONARDO
E voi credo, come l'altre cose, cosí ancora gl'insegnasti il governo della famiglia.
GIANNOZZO
Non dubitare che io m'ingegnai farla in ogni cosa ottima madre di famiglia. Dissili: «Moglie mia, reputa tuo officio porre modo e ordine in casa che niuno mai stia ozioso. A tutti distribuisci qualche a lui condegna faccenda, e quanto vedrai fede e industria, tu tanto a ciascuno commetterai; e dipoi spesso riconoscerai quello che ciascuno s'adopera, in modo che chi sé essercita in utile e bene di casa conosca averti testimone de' meriti suoi, e chi con piú diligenza e amore che gli altri farà il debito suo, costui, moglie mia, non t'esca di mente molto in presenza degli altri conmendarlo, acciò che per l'avenire a lui piaccia essere di dí in dí piú utile a chi e' senta sé essere grato, e cosí gli altri medesimi studino piacere fra' primi lodati. E noi poi insieme premiaremo ciascuno secondo e' meriti suoi, e a quello modo faremo che de' nostri ciascuno porti molta fede e molto amore a noi e alle cose nostre».
LIONARDO
Ma pur, Giannozzo, poiché cosí si vede non solo de' servi, ma de' famigli ancora la maggiore parte sono non in tutto discreti, ché, se fussero di piú industria e sentimento, non starebbono con noi, adatterebbonsi a qualche altro essercizio, per questo insegnasti voi alla donna come ella avesse a farsi ubidire e aversi con simile gente rozza e inetta?
GIANNOZZO
Sia certo ch'e' servi son quanto e' signori li sanno volere obedienti. Ma truovo alcuni, e' quali vogliono ch'e' servi sappiano ubidirli in quelle cose quali essi non sanno comandare, e altri sono che non sanno essere né farsi riputare signori. E stimate questo, figliuoli miei, che mai sarà servo sí ubidiente el qual v'ascolti se voi non saprete come signori loro comandare, né mai sarà servo sí contumace il quale non ubidisca, se voi saprete con modo e ragione essere signori. Vuolsi sapere da' servi essere riverito e amato non meno che ubidito, e truovo io che a farsi riputare molto giova quello che io dissi alla donna mia facesse, che quanto manco potea manco stesse a ragionare con la fante, ancora e manco con famigli, imperoché la troppa dimestichezza spegne la reverenza. E dissili che loro spesso comandasse non come fanno alcuni, quali comandano a tutti insieme e dicono: «Uno di voi cosí faccia», e poi, dove niuno l'ubidisce, tutti sono in colpa e niuno si può correggere; e comandasse alle fante e a' servi che di loro niuno uscisse di casa senza sua licenza, acciò che imparassino essere assidui e presti al bisogno; e mai desse a tutti licenza in modo che in casa non fusse al continuo qualcuno a guardia delle cose, a ciò che, se caso

avenisse, sempre vi sia qualcuno aparecchiato. E per questo sempre a me piacque cosí ordinare la famiglia, che, a qualunque ora il giorno e la notte, sempre in casa fusse chi vegghiasse per tutti e' casi quali alla famiglia potessono avenire. E sempre volsi in casa l'oca e il cane, animali destissimi e, come vedete, suspiziosissimi e amorevoli, acciò che l'uno destando l'altro e chiamando la brigata sempre la casa fusse piú sicura. Cosí adunque soglio. Ma torniamo a proposito. Dissi alla donna mia mai a tutti desse licenza, e, quando rivenissono tardi volesse con modo, facilità e maturità saperne la cagione. E piú li dissi:

«Perché spesso acade ch'e' servi, quantunque obedienti e reverenti, pur tale ora sono tra loro discordi e gareggionsi, per questo a te, donna mia, comando sia prudente, né mai te inframettere in rissa o gare d'alcuno, né debbasi mai a chi si sia in casa dare ardire che faccia o dica piú che a lui s'apartenga. E se tu, moglie mia, cosí vorrai provedere a questo, non porgere mai orecchie né favore ad alcuno raportamento o contendere di qualunque si sia, imperoché la famiglia gareggiosa mai può avere pensiero o voluntà ferma a bene servirti. Anzi chi reputa sé offeso o da quello rapportatore o da te ascoltatore, costui sempre sta con quello incendio in animo pronto a vendicarsi, e in molti modi cerca addurti a disgrazia quello altro, e cosí arà caro colui commetta in le cose nostre qualche grandissimo errore, per a quello modo cacciarlo; e se il pensiero gli riesce, esso piglia licenza e arte di fare il simile a chi altri e' volesse. E chi potrà cacciare di casa nostra quale a lui talenterà, costui, moglie mia, non vedi tu che sarà non servidore, ma signore nostro? E se costui non potrà vincere, sempre la casa per lui sarà in tempesta, e dall'altro lato penserà in che modo perdendo l'amistà tua possa di meglio valersi, né per satisfare a sé molto si curerà del danno nostro; e a costui medesimo, partitosi da te, mai per iscusare sé mancherà materia da incolpare noi. Cosí adunque tenere uomo rapportatore e gareggiatore in casa vedi quanto sia danno; mandarlo vedi quanto a noi sia danno e vergogna. Agiugni che tenendolo, di dí in dí sarà forza mutare nuova famiglia, la quale, per non servire a' nostri servi, cercherà nuovo padrone, onde quelli scusando sé infameranno te, e cosí tu resti pelle parole loro riputata superba e strana, o avara e misera».

E certo, figliuoli miei, delle gare de' suoi di casa niuno può averne se non biasimo. Non sarà la casa gareggiosa, se chi la governa non è imprudente. Il poco senno di chi governa fa l'altra famiglia essere poco modesta e poco regolata, e cosí sempre sta perturbata, serveti peggio, perdine utile e fama non poca. Per questo debbono a' padri della famiglia troppo dispiacere questi raportatori, e' quali sono principio e cagione d'ogni gara, d'ogni discordia e rissa, subito li doverebbono cacciare; e troppo debba piacere vedersi la casa vòta d'ogni tumulto, piena di pace e concordia, quali cose ottime se vorranno bene potere quanto si richiede, faranno quanto dissi io alla donna mia, non daranno orecchie o arbitrio a raportamento o gare di qualunque si sia. E piú dissi alla donna mia, se pure in casa fusse alcuno non ubidiente, quanto alla quiete e tranquillità della famiglia s'apartiene mansueto e fedele, con lui non contendesse né gridasse, imperoché in donna simile a te, dissi io, moglie mia, onestissima e degna di riverenza, troppo pare sozzo vederla con la bocca contorta, con gli occhi turbati, gittando le mani, gridando e minacciando, ed essere sentita, biasimata e dileggiata da tutta la vicinanza, dare di sé che dire a tutte le persone. Anzi, moglie mia, una donna d'autorità quale di dí in dí spero sarai tu, tanto quanto in te saprai servare modestia e dignità, sarebbe bruttissimo non dico solo amonendo, ma comandando ancora e ragionando mai alzare la voce, quale fanno alcune parlando per casa come se tutta la famiglia fusse sorda, o come volessero d'ogni sua parola tutta la vicinanza esserne testimone: segno d'arroganza e costume di trecca, usanza di queste fanciulle montanine, quali sogliono chiamare gridando per essere intese da questo monte a quello. Vuolsi adunque, dissi io, moglie mia, amonire con dolcezza in ogni atto e parole, essere non però vezzosa e leziosa, ma molto mansueta e continente, comandare con ragione e in modo che non solo sia fatto quanto comandi, ma usare comandando, quanto patisce la dignità tua, ogni facilità e modestia, e in modo che chi ubidisce faccia il debito suo volentieri con molto amore e con intera fede.

LIONARDO
Quali documenti piú si possono trovare altrove utilissimi a informare una ottima madre di famiglia quanti sono questi di Giannozzo, el quale prima insegna parere ed essere onestissima e continentissima, insegnali farsi ubidire, temere, amare e riverire? O noi beati mariti, se quando aremo moglie sapremo con questi vostri ricordi, Giannozzo, fare le nostre donne simili alla vostra in tante virtú lodatissima! Ma poiché voi cosí a lei monstrasti quanto si gli richiedea onestà e regola a contenere la famiglia, monstrastili voi ancora conservare e bene usare le cose?

GIANNOZZO
Apunto, io vi farò qui ridere.

LIONARDO
Come, Giannozzo?

GIANNOZZO
Lionardo mio, come quella la quale era di pura simplicità e d'ingegno non malizioso, stimandosi già essere prudente madre di famiglia pelle cose quali da me ella con sí grande attenzione avea comprese, dicendoli io che a una madre di famiglia non solo era sufficiente il volere fare il debito suo, se ella insieme ancora non sapea bene quanto bisognava essequire, e domandandola se in questo fusse esperta, quanto dalla madre sua avesse veduto in procurare le cose domestice che niuna andasse a male, disse la simplice che in questo credea assai da sé poterne essere quasi maestra. «Ben, moglie mia», dissi io, «piacemi ti proferisca a me molto esperta quanto

stimo in te sia proposito averti compiuta buona madre di famiglia in tutte le cose. Ma, che Dio a te sia favorevole a questa tua buona voluntà e conservi in te molta onestà, moglie mia, come faresti tu?».
LIONARDO
Che rispuose ella?
GIANNOZZO
Rispuosemi presto lieta lieta, ma pur col viso alquanto rosato con qualche fiammolina di verecundia. «Farò io bene», disse ella, «tenendo ogni cosa bene serrata?». «Mainò», dissi io. E vedi, Lionardo mio, quale essemplo mi occorresse a mente stimo ti piacerà. Dissili: «Donna mia, se tu nel tuo forziere nuziale insieme colle veste della seta e con tuoi ornamenti d'oro e gemme ponessi la chioma del lino, ancora v'asettassi il vasetto dello olio, ancora vi chiudessi entro e' pulcini e tutto serrassi a chiave, dimmi, ti parrebbe averne forse cosí buona cura perché sono bene serrate?» Ella fermò il guardare suo basso a terra, e tacendo parea dolersi troppo essere stata ratta e subita a rendermi risposta. Io allora non poco fui in me stessi lieto, vedendo in lei quello ornatissimo pentirsi, quale a me diede indizio a persuadermi che se lei pensava essere paruta troppo a rispondermi leggiere, ella pell'avenire curarebbe nelle parole e ne' fatti di dí in dí essere piú matura e piú grave. Pure doppo un poco questa con una tardità umile e molto onestissima su levò verso me gli occhi e tacendo sorrise. E io: «Come ti parrebbe dalle vicine tue esserne lodata, se quando elle venendo a salutarti in casa trovassino te avere sino alle predelle serrato? E ben sai, moglie mia, che collocare e' pulcini in mezzo il lino sarebbe dannoso, porre l'olio apresso delle veste sarebbe pericoloso, e serrare le cose le quali tutta ora s'adoperano in casa sarebbe poca prudenza. Però bisogna che non tutte le cose sempre stiano quanto dicevi serrate, ma sia quanto si richiede ciascuna a' luoghi suoi, e non solo ne' luoghi suoi, ma in modo ancora che l'una non possa essere nociva all'altra. E cosí tutte si rasettino in lato ove ciascuna per sé molto si salvi, molto sia presta e apparecchiata a' bisogni con quanto manco si possa ingombro della casa. E tu hai veduto, dissi io, donna mia, ove ciascuna per sé abbia a stare, e se a te parrà forse altrove stessono piú assettate, piú apparecchiate e piú serrate, pènsavi bene e rassettale meglio. E se tu vorrai che nulla vada a male, fa', subito che sarà la cosa adoperata, subito si riponga nel luogo suo, acciò che quando altra volta accaderà d'adoperalla, questa si possa subito rinvenire, e s'ella si smarrisse o fosse prestata a qualche amico, tu subito vedendo il luogo suo vacuo conosca in che modo ella manchi e subito studii di riaverla, che per negligenza non si perda, e poi riavutola tu la rasegnerai al luogo suo, ove, se sarà da tenerla serrata, comanderai si serri e rendasi le chiavi a te, però che tu, moglie mia, hai a custodire e mantenere ciò che sta in casa. E per bene potere questo, a te conviene non tutto il dí sedendo starti oziosa colle gomita in sulla finestra, quale fanno alcune mone lentose, quali per suo scusa tengono il

cucito in mano che mai viene meno. Ma pigliati questo piacevole essercizio di rivedere ogni dí piú volte da sommo a imo tutta la casa, rinumerare se le cose sono ne' luoghi loro, e conoscere ciascuno quanto s'adoperi, lodare piú chi meglio faccia il debito suo, e se quello che fa costui meglio si potesse in altro modo fare, informarlo: al tutto sempre fuggire l'ozio, sempre in qualche cosa essercitarti, imperoché questo essercizio molto gioverà alla masserizia, e molto anche a te sarà utilissimo, ché poi cenerai con migliore appetito, sara'ne piú sana, piú colorita, fresca e bella, e la famiglia ne sarà piú regolata, non potranno cosí scialacquare la roba».

LIONARDO
Certo dite il vero. Quando e' famigli non temono essere veduti, né hanno chi gli rasegni, quelli allora gettano via piú molto che non logorano.

GIANNOZZO
Ancora ivi surge maggiore danno, diventano ghiotti e lascivi, e dalla negligenza de' padri della famiglia pigliano licenza e ozio a maggiori vizii. Però dissi io alla donna mia, quanto potesse fusse diligente provedendo che in casa si distribuisse le cose con ragione e ordine, e che per casa non sofferisse essere alcuna cosa in uso la quale fusse piú che al bisogno s'apartenesse superflua, ma scemasse ogni superchio e quello facesse riporre in luogo salvo; se fusse disutile, lo desse a vendere, e sempre piú si dilettasse di vendere che di comperare, e de' danari comperasse solo cose necessarie alla famiglia.

LIONARDO
Insegnastili voi conoscere quando qualche cosa si dovesse giudicare superchia?

GIANNOZZO
Feci. Dissili: «Donna mia, ogni cosa senza la quale onestamente si può a' nostri bisogni supplire, quella si vuole stimare superchia, e vuolsi non lasciarla per casa alle mani di tutti, ma riporla: come gli arienti, quali in casa ogni dí non s'adoperano, ripo'gli, assettali ne' luoghi loro, e quando noi onoraremo gli amici, tu allora ne ornerai la mensa. E cosí quello che s'adopera solo il verno provederai non stia per casa la state, e quello che si adopera solo la state conviene stia riposto il verno; e quanto di qualunque cosa nell'uso nostro domestico potrai onestamente scemare, stima ivi tutto quello esservi troppo. Però scemalo, ripollo e serbalo».

LIONARDO
E per serballo desti voi alla donna regola alcuna?

GIANNOZZO
Sí, diedi questa. Dissili: «Bisogna per conservare le cose prima provedere che da sé a sé quelle non si guastino, poi guardalle che da altri non fussino magagnate o destrutte. Pertanto in prima bisogna riporre ciascuna in luogo atto a molto mantenerla, come il grano in luogo fresco, scoperto da tramontana, el vino in luogo dove né caldo né freddo superchio, né vento

né cattivo alcuno odore vi possa nuocere; e conviensi spesso rivedella, che se per caso alcuno incominciassi a corrompersi, subito si possa o risanarla o prima adoperarla che in tutto ella sia fatta disutile, o per modo medicarla ch'ella tutta non si perda; poi sarà necessario tenerle chiuse in parte che non a ogni persona sia licito aoperarla e logorarla». Adunque cosí li dissi; in questo non biasimerei se le cose da serbare, per non le lasciare in mano e uso della brigata, si serrassino ne' luoghi loro colle chiavi, e lodarei le chiavi tutte stessono apresso della madre di famiglia, la quale osservasse ch'elle non andassono per troppe mani, anzi le tenesse tutte apresso di sé; solo quelle chiavi quali s'adoperassino tutta ora, come della cella e della dispensa, queste consegnasse a uno de' piú assidui in casa e piú fidato, piú onesto, piú costumato, piú amorevole e massaio verso le cose nostre.

LIONARDO
E a questo desse quelle chiavi, che andasse in su in giú portando quanto bisogna?

GIANNOZZO
Sí, ancora perché sarebbe una ricadia alla donna dare e richiedere le chiavi sí spesso. Ma dissi: «Donna mia, ordina che le chiavi sempre siano in casa, per non aver cercando ad indugiare se forse bisognasse, e ordina che al tempo costui apparecchi in modo che la brigata tutto abbi ciò che bisogna a fuggire la sete e la fame, però che loro mancando questo, ci servirebbono male e non procurerebbono con diligenza le cose nostre. A' sani farai dare le cose buone, acciò che di loro niuno infermi; e' non sani farai molto governare, e con molta diligenza curerai che tornino a sanità, imperò che egli è masserizia presto guarirli; mentre che giacessoro, tu non saresti servita e arestine spesa. Quando e' saranno sani e liberi, e' ti serviranno con piú fede e con piú amore. Sí che, donna mia, cosí farai ciascuno in casa abbia quello che a lui bisogna». Cosí li dissi, e agiunsi ancora questo: «Moglie mia, acciò che a questo e agli altri domestici bisogni non manchi le cose, fa in casa come fo io nel resto fuori di casa. Pensa molto prima quale cosa possa bisognare, poni mente quanto di ciascuna sia in casa, quanto quella soglia bastare, quanto sia durata, e quanto ancora all'uso nostro possa supplire; e a quello modo bene comprenderai ove sia da provedere, e subito me lo dirai molto prima che quella a noi in casa scemi afatto, acciò che io possa di fuori trovare del migliore e con minore spesa. Sí, quello che si compera in fretta le piú volte sarà male stagionato, mal netto, guastasi presto, costa piú, e cosí se ne getta via altretanto piú che non se n'adopera».

LIONARDO
E la donna cosí faceva, prevedeva e avisava?

GIANNOZZO
Sí, e per questo sempre io avevo spazio a procacciarne del migliore.

LIONARDO
Trovate voi masserizia in comperare sempre del migliore?

GIANNOZZO

E quanto grande! Se tu manometti il vino forte, el salato guasto, o qualunque altra cosa non buona a pascere la famiglia, non so come veruno sappia farne riserbo. Gettasi, versasi, niuno se ne cura, ciascuno se ne duole, e per questo ti serve di peggio, ascrivonti questo ad avarizia, chiàmanti misero. Adunque ne ricevi danno e infamia, e cosí chi non ama le cose tue triste impara poco amare e riverire te. Ma se tu hai il vino buono, il pane migliore, l'altre cose competente, la famiglia sta contenta e lieta a servirti. Il dispensatore fa delle buone cose masserizia, e delle cattive insieme con gli altri si duole; e per ciascuno de' tuoi le cose buone si riguardano, e dagli strani molto ne se' onorato, e durano sempre le cose buone piú che le non buone. Eccoti questa mia cioppa quale io tengo in dosso. Qui già sotto ho io consumato piú e piú anni, poiché io me la feci persino quando maritai la prima mia figliuola, e fui di questa onorevole parecchi anni le feste; testé per ogni dí ancora vedi quanto ella sia non disdicevole. Se io allora non avessi scelto il migliore panno di Firenze, io dipoi n'arei fatte due altre, né però sarei stato di quelle onorevole come di questa.

LIONARDO

Ben si suole dire le cose buone meno costano che le non buone.

GIANNOZZO

Non dubitare, egli è verissimo. Le cose quanto sono migliori tanto piú durano, tanto piú ti onorano, tanto piú ti contentano, tanto piú si riguardano. E voglionsi avere in casa le cose buone, e averne in copia quanto basti. E quello detto d'alcuni e' quali dicono essere meglio carestia di piazza che dovizia di casa, mi pare solo vero in una famiglia disordinata e sanza regola. Ma chi per tempo e con ordine sa regolare sé e' suoi, a costui giova avere la casa doviziosa e abondante d'ogni bene. Né si potrebbe dire a mezzo quanto in ogni cosa sia nocivo il disordine, e per contrario utilissimo l'ordine, né so quale piú sia alle famiglie dannoso o la straccuraggine de' padri o il disordine della famiglia.

LIONARDO

Dicesti voi alla donna di questo ordine quanto bisognava?

GIANNOZZO

Nulla rimase adrieto. Piú e in piú modi lodai l'ordine e biasimai il disordine, quali modi testé sarebbe lungo recitarli. Monstra'li che l'ordine era necessario, come con l'ordine si facevano le cose leggiermente e bene, e doppo molte ragioni io diedi questa similitudine: dissi: «Eh! moglie mia, se il dí solenne della grande festa tu uscissi in publico e mandassiti inanzi le fanti e le serve, tu poi seguissi drieto cortese, e fussi vestita col broccato, e avessi il capo fasciato come quando tu vai a posarti, e portassi cinta la spada e in mano la rocca, come ti parrebbe esserne lodata? Quanto ne saresti tu onorata?».

LIONARDO

avervene grazia?
GIANNOZZO
La maggiore. Anzi solea dire spesso tutte le ricchezze sue, tutte le fortune sue essere in me, e con l'altre donne sempre dicea che io era e' suoi ornamenti. E io dicea: «Donna mia, gli ornamenti tuoi e le bellezze tue saranno la modestia, il costume, e le ricchezze tue staranno nella tua diligenza; però piú si loda in voi donne la diligenza che la bellezza. Mai fu la casa per vostra bellezza ricca, ma sí spesso diventa per diligenza ricchissima. Pertanto tu, donna mia, e sarai e desidererai parere piú diligente, modesta e costumata che bella, e a quello modo ogni tuo bene sarà in te».
LIONARDO
Queste parole la doverono incendere per modo che tutti e' suoi pensieri, tutto el suo ingegno mai dovea restare di fare ogni cosa quale vi piacesse, sempre studiarsi e sollicitarsi in procurare bene ogni cosa, mai dovea requiare di provedere a tutto per monstrare sé essere diligente e amorevole quanto ella dovea.
GIANNOZZO
Ella pure da prima era alquanto timidetta in comandare, come quella ch'era usata ubidire alla madre, e ancora la vedeva oziosetta, e pareva alquanto starsi malinconosa.
LIONARDO
E a questo non rimediasti voi?
GIANNOZZO
Rimediai. Quando io giugneva in casa, io la salutava con apertissimo fronte, acciò che ella vedendo me lieto ancora si rallegrasse, e vedendo me stare tristo non avesse cagione di contristarsi. Dipoi li dissi come el compar mio, uomo prudentissimo, solea subito tornando in casa avedersi se la moglie sua, la quale era ritrosissima, avesse conteso con alcuno, non ad altro segno se non quando e' vedea ch'ella fusse meno che l'usato lieta. E qui, molto biasimandoli el contendere in casa, io affermava che le donne sempre doverebbono in casa stare liete, e questo sí per non parere diverse come la comare e contenziose, sí ancora per piú piacere al marito. Una donna lieta sempre sarà piú bella che quando ella stia acciglitata. «E ponvi mente tu stessi, moglie mia», dissi io, «quando io torno in casa con qualche acerbo pensiero, che spesso accade a noi uomini perché conversiamo e abbattiànci a' malvagi maligni e a chi ci inimica, tu, cosí vedendomi turbato, tutta in te t'atristi e dispiaceti. Cosí stima interviene e molto piú a me, perché so tu non puoi avere in animo alcuna acerbità se non di cose quali vengono solo per tuo mancamento. A te non accade se non vivendo lieta farti ubidire e procurare l'utile della nostra famiglia. Per questo mi dispiacerebbe vederti non lieta, ove io comprenderei con quello tuo attristirti confesseresti avere in qualche cosa errato». Questo e molte simili cose atte alla materia piú volte li dissi, confortandola al tutto fuggisse ogni tristezza, sempre a me, a'

parenti e agli amici miei si porgesse con molta onestà, lieta, amorevole e graziosa.

LIONARDO

E' parenti assai credo essa potea conoscere quali fossino, ma non so quanto a una giovinetta di quella età sia facile discernere chi sia amico, ove troviamo in la vita quasi niuna cosa piú difficilissima che in tanta ombra di fizioni, in tanta oscurità di voluntà, e in tante tenebre d'errori e vizii, quanto da ogni parte abondano, scorgere quale ti sia vero amico. Per questo a me sarebbe caro sapere se voi alla donna vostra insegnasti conoscere chi vi fusse amico.

GIANNOZZO

Non l'insegnai conoscere, no, chi mi fosse amico, però che, come tu di', cosí questo a me pare cosa incertissima e molto fallace intendere l'animo d'uno se m'è vero amico o no. Ma io bene alla donna insegnai conoscere chi ci fosse inimico, e poi appresso l'insegnai chi ella dovesse riputare amico. Dissili: «Non stimare, moglie mia, uomo alcuno mai essere nostro amico el quale tu vegga cercare contro all'utile nostro; e stima colui essere inimicissimo il quale cerchi cosa alcuna contro al nostro onore, imperoché piú a noi debba essere caro molto l'onore che la roba, piú la onestà che l'utile. Manco ci farà danno chi a noi torrà qualche cosa, che chi ci darà infamia. E perché, moglie mia, in due modi si vive contro alli inimici, o superchiandoli con forza, o fuggendoli ove tu sia piú debole, agli uomini giova adoperare la forza vincendo, ma alle donne non resta se non il fuggire per salvarsi. Fuggi adunque, non mai porre occhio a niuno nostro inimico, ma riputa amico qualunque io in presenza onoro e in assenza lodo». Cosí li dissi. Dipoi ella cosí facea. Era onestissima, lieta, governava con modo, procurava con molta diligenza tutta la famiglia. Ma in questo peccava, che alcuna volta, per parere troppo diligente, si sarebbe data a fare una o una altra cosa infima, e io subito gliele vietava, dicealí questo comandasse ad altri, e comandando facesse valere sé apresso e' suoi, in qualunque modo avendosi per casa come si richiede patrona e maestra di tutti, e fuori di casa ancora cercasse acquistare in sé qualche dignità; e per questo qualche volta ancora, per prendere in sé qualche autorità e per imparare comparire tra la gente, si porgesse fuori aperto l'uscio con buona continenza, con modo grave, per quale e' vicini la conoscessoro prudente e pregiassoro, e cosí e' nostri di casa molto la riverissono.

LIONARDO

Cosí a me pare ragionevole la donna sia riverita.

GIANNOZZO

Anzi fu sempre necessario questo. Se la donna non si fa riverire, la famiglia non cura e' comandamenti suoi, e ciascuno fa le cose a sua voglia, sta la casa perturbata e male servita. Ma se la donna sarà desta e diligente alle cose, tutti e' suoi la ubidiranno. S'ella sarà costumata, tutti la riveriranno.

In questo ragionamento Adovardo discese verso noi. Giannozzo e Lionardo si levorono incóntroli a salutarlo. Carlo e io subito ascendemmo, se cosa fusse bisognata a nostro padre per vederlo. Trovammo e' famigli aveano in comandamento stare in sull'uscio fuori della camera che niuno là entro entrasse. Maravigliammoci e subito ritornammo giú ove Adovardo rispondeva a Giannozzo come Ricciardo era tutta questa mattina stato a rinvenire scritture e commentarii secreti, e che ora cosí era rimaso con Lorenzo per essere con lui solo insieme, e che Lorenzo molto gli parea migliorato. Allora disse cosí Giannozzo: - Se io avessi cosí stimato Ricciardo essere stamani infaccendato, non mi sarei qui tanto indugiato, anzi in questo mezzo sarei ito a riverire Iddio e adorare il sacrificio, come già molti anni sempre fu mia usanza fare ogni mattina.
ADOVARDO
Costume ottimo, e vuolsi prima cercare la grazia d'Iddio chi desidera essere quanto siete voi agli uomini grato e accetto.
GIANNOZZO
Cosí mi pare condegno rendere grazia a Dio de' doni quali la sua pietà sino a qui ci concede, e pregarlo ci dia quiete e verità d'animo e di intelletto, e pregarlo ci conceda lungo tempo sanità, vita, e buona fortuna, bella famiglia, oneste ricchezze, buona grazia e onore tra gli uomini.
ADOVARDO
Sono queste le preghiere quali porgete a Dio?
GIANNOZZO
E sono, e ogni mattina cosí soglio. Ma costoro stamani qui m'hanno tenuto. Fuggitosi il tempo ragionando, non ce ne siamo acorti.
LIONARDO
Stimate, Giannozzo, questo vostro officio di pietà essere gratissimo a Dio non meno che se fossi stato al sacrificio, avendoci insegnato tante buone e santissime cose.
ADOVARDO
Che ragionamenti sono stati e' vostri?
LIONARDO
E' piú nobili, Adovardo, e' piú utili; e quanto ti sarebbe piaciuto avere udito infiniti perfettissimi suoi ragionamenti!
ADOVARDO
Bene so io, dove tu sia, mai si ragiona di cose se non molto nobilissime, e conosco in tutti e' suoi ragionamenti Giannozzo essere da udirlo molto volentieri.
LIONARDO
In tutte l'altre cose sempre fu Giannozzo da essere ascoltato, ma in questa una piú che nell'altre ti sarebbe veduto e da 'scoltarlo e da maravigliartene, tante sono state le sue sentenze alla masserizia elegantissime e maturissime,

innumerabili, inaudite.
ADOVARDO
Quanto vorrei esserci stato!
LIONARDO
Gioverebbeti, ché aresti inteso come la masserizia non manco sta in usare le cose che in serballe, e come quelle delle quali si dee fare piú che dell'altre masserizia sono le cose piú che tutte l'altre proprie nostre; e aresti udito come la roba, la famiglia, l'onore e l'amicizie non in tutto sono nostre, e aresti impreso in che modo di queste si debba essere massaio; giudicaresti questo dí esserti felicissimo.
ADOVARDO
Duolmi altrove essere stato occupato, ché niuna cosa a me sarebbe piú cara che avermi trovato con questi vostro discipolo, Giannozzo, a imparare quel che oggimai m'accade, diventare buono massaio, ché cosí mi pare si convenga a noi, quanto prima diventiamo padri, crescendo in famiglia simile si cresca in masserizia.
GIANNOZZO
Non ti lasciare cosí leggiere persuadere, Adovardo, quello che non è. Lionardo qui sempre fu in me troppo affezionato, e forse gli sono piaciuto ragionando della masserizia, la quale cosa per ancora non gli accade interamente provare; piacegli udirne come di cosa nuova. E se io sono a lui in questi nostri passati ragionamenti piaciuto piú che le mie parole né meritavano, né cercavano, non lo imputate a me, ma giudicate che la troppa affezione di Lionardo in me fa che ogni mia parola gli pare sentenziosa. Di mie parole che grazia posso io porgere apresso di voi litterati e studiosi, i quali tutto il dí leggete e vedete divini ingegni, trassinate sentenze nobilissime, trovate detti prudentissimi apresso quelli vostri antichi, le quali cose in parte alcuna non sono in me? Ben mi sono certo ingegnato dire cose utili, quali dirle con eloquenza, con ordine, intesservi essempli, adducervi autorità, ornalle di parole, come solete dire voi che bisogna, arei né saputo né potuto; ché mi conoscete sono idiota. Quello che io volessi dire d'altra cosa in quale io sono meno pratico non sarebbe degno d'audienza, né anche quello della masserizia si potesse per me narrare sarebbe se non quanto per lunga pruova cosí truovo essere utile; sí che dicoti, Adovardo mio, non ti dolga non ci essere stato. Tu hai moglie e figliuoli; pruovi e conosci di dí in dí quello medesimo quale ho conosciuto io, e quanto tu hai piú ingegno di me insieme e piú dottrina, tanto piú e presto e meglio da te a te comprenderai e' bisogni, il modo, l'ordine e tutto quello si richiede alla masserizia.
ADOVARDO
Né Lionardo stima di voi piú che vi meritiate, né voi ragionando della masserizia potresti parlare se non utilissimo. E arei io caro per altre cagioni avervi udito, e per questa ancora, per riconoscere se l'opinione mia fusse

simile al giudicio vostro.
GIANNOZZO
Potrei io giudicare di cosa alcuna se non ben volgare e aperta? E potrei io, Adovardo, interpormi in causa alcuna ove il tuo sentimento, le tue lettere non ponessoro il giudicio tuo molto di sopra al mio? Io sempre sono stato contento non piú sapere che quanto mi bisogna, e a me basta intendere quello che io mi veggo e sento tra le mani. Voi litterati volete sapere quello che fu anni già cento, e quello che sarà di qui doppo a sessanta, e in ogni cosa desiderate ingegni, arte, dottrina ed eloquenza simile alle vostre. Chi mai potesse satisfarvi? Io certo no. Di quelli non sono io. E dicovi tanto, forse mi può essere caro tu, Adovardo, non ci sia stato presente, non perché io stimi da meno il giudicio di Lionardo che il tuo, Adovardo, ma perché cosí arei avuto a satisfare a due voi litterati; ove forse avessi voluto parervi quello che io non sono, io arei detta qualche sciocchezza, e molto piú mi sarei vergognato sentendomi non potervi satisfare.
LIONARDO
Siate certo, Giannozzo, che, ragionando voi della masserizia, in qualunque luogo e' litterati non fastidiosi vi udirebbono volentieri, né so chi desiderasse in voi altro stile né altra copia d'ingegno né altro ordine d'eloquenza.
ADOVARDO
Certo non che io avessi desideratovi altra copia, ma io mai arei stimato, e dicoti il vero, Lionardo, mai arei creduto la masserizia in sé avesse tanti membri quanti tu dicevi che Giannozzo la distinse.
LIONARDO
Non ne dissi a mezzo.
ADOVARDO
Come?
LIONARDO
Molte piú cose: in che modo alla famiglia bisogna la casa, la possessione, la bottega, per avere dove tutti insieme si riducano per pascere e vestire e' suoi, e come di queste si debba esserne massaio.
ADOVARDO
E della moneta dicesti vo' come o quale masserizia se n'abbia a fare?
GIANNOZZO
Che bisogna dirne, se non come dell'altre cose? Spendansi alle necessità, l'avanzo si serbi, se caso venisse servirne all'amico, al parente, alla patria.
ADOVARDO
E vedete, Giannozzo, diversa opinione quale io stimava, e forse poteva non senza ferma ragione cosí giudicare, che a uno massaio bisognasse non altro piú che fare buona masserizia del danaio. E potea me muovere questo, che pur si vede il danaio essere di tutte le cose o radice, o esca, o nutrimento. Il danaio niuno dubita quanto e' sia nervo di tutti e' mestieri, per modo che

chi possiede copia del danaio facilmente può fuggire ogni necessità e adempiere molta somma delle voglie sue. Puossi con danari avere e casa e villa; e tutti e' mestieri, e tutti gli artigiani quasi come servi s'afaticano per colui il quale abbia danari. A chi non ha danari manca quasi ogni cosa, e a tutte le cose bisogna danari; alla villa, alla casa, alla bottega sono necessarii i servi, fattori, strumenti, buoi, e simili altre, le quali cose non si posseggono e ottengono senza spendere danari. Se adunque il danaio supplisce a tutti i bisogni, che fa mestiere occupare l'animo in altra masserizia che in sola questa del danaio? E ponete mente, Giannozzo, in queste nostre fortune acerbissime, in questo nostro essilio ingiustissimo, ponete mente la famiglia nostra Alberta, quelli i quali si truovano avere danari quante sofferino manche necessitati che se fossino stati copiosi di terreni. Quanta ricchezza manca a' nostri Alberti qui fuori di casa nostra, per avere in casa speso il grande danaio in mura e terreni! Giudicate voi stessi quanto sarebbe maggiore il nostro avere, se noi cosí avessimo potuto portarne gli edificii e i molti nostri campi drietoci come fatto abbiamo il danaio. Stimerete voi forse a noi non fosse testé piú utile qui trovarci in danari anoverati quello che là oltre vagliono quelle nostre molte possessioni?

GIANNOZZO
Bene a me sogliono questi vostri litterati parere troppo litigiosi. Niuna cosa si truova tanto certa, niuna sí manifesta, niuna sí chiara, la quale voi con vostri argomenti non facciate essere dubia, incerta, e oscurissima. Ma testé meco o piacciavi come tra voi solete disputare, o piacciavi vedere in questo che opinione sia la mia, conosco a me essere debito risponderti piú per contentarne te, Adovardo, che per difendere alcuna opinione. Io non ti voglio negare, Adovardo, che per sopplire alle necessità e per satisfare alle nostre voglie il danaio non vaglia assai, ma io non ti confesserò però, benché io avessi danari, che ancora a me non manchino molte e molte cose, le quali non si truovano tutte ora apparecchiate a' bisogni, o sono non sí buone, o costano superchio. E quando le bene costassino vili, a me sarà piú grato pigliarmi fatica piacevole in governare le mie possessioni, la mia casa io stessi, e ricormi quello mi bisogna, che d'avere prima al continuo fatica in contenere e' danari, poi avere travaglio in trovare le cose di dí in dí, e in quelle spendere molto piú che se io me l'avessi stagionate in casa. E se non fusse in queste nostre avversità tu qui senti a te piú commodo il danaio che le possessioni altrove, stimo ne giudicaresti quello che io medesimo, e avendo quanto fusse assai per satisfare alle necessità e alle voglie tue e della famiglia tua, tu credo non troppo ti cureresti del danaio. Quanto io, mai seppi a che fusse utile il danaio altro che a satisfare a' bisogni e volontà nostre.

Ma vedi ora quanto io sia da te piú oltre in diversa opinione, se tu piú stimi utili i danari ch'e' terreni: ove tu truovi te manco avere perduto danari che possessioni, ti pare egli però ch'e' danari si possino meglio serbare che le cose stabili? Parti però piú stabile ricchezza quella del danaio che quella della villa? Parti piú utile frutto quello del danaio che quello de' terreni? Quale sarà cosa alcuna piú atta a perdersi, piú difficile a serbare, piú pericolosa a trassinalla, piú brigosa a riavella, piú facile a dileguarsi, spegnersi, irne in fummo? Quale a tutti quelli perdimenti tanto sarà atta quanto essere si vede il danaio? Niuna cosa manco si truova stabile, con manco fermezza che la moneta. Fatica incredibile serbar e' danari, fatica sopra tutte l'altre piena di sospetti, piena di pericoli, pienissima di infortunii. Né in modo alcuno si possono tenere rinchiusi e' danari; e se tu gli tieni serrati e ascosi, sono utili né a te né a' tuoi: niuna cosa ti si dice essere utile se non quanto tu l'adoperi. E potrei ancora racontarti a quanti pericoli sia sottoposto il danaio: male mani, mala fede, malo consiglio, mala fortuna, e infinite simili altre cose pessime in uno sorso divorano tutte le somme de' danari, tutto consumano, mai piú se ne vede né reliquie né cenere. E in questo, Lionardo e tu Adovardo, parvi forse che io erri?

LIONARDO
Quanto io, sono in cotesta medesima sentenza.

ADOVARDO
In chi diciavate voi, Giannozzo, tanto essere forza d'argomentazioni che ogni ferma sentenza dicendo pervertiva? In noi forse litterati? Quanto io, non però vorrei non sapere quali mi dilettano lettere. Ma se i litterati sono quelli e' quali sanno quanto voi dite con argomenti rivolgere ogni cosa e monstralla contraria, certo in me si può giudicare niuna lettera, tanto testé mi manca ogni ridutto da confutare e' vostri argomenti. Ma per non mi arendere cosí tosto, ché sapete, Giannozzo, sempre fu piú lodo vincere chi si difende che vincere chi subito s'abandoni, io, non per concertare ma piú tosto per perdere virilmente, dico ch'e' vostri argomenti non però in tutto mi satisfanno. Non saprei addurvi altra ragione, se non quanto mi pare che 'l corso e impeto della fortuna cosí se ne porta le possessioni come il danaio, e forse tale ora in luogo rimangono ascose e salve le pecunie, ove le possessioni e gli edificii in palese sono da guerre, da inimici, con fuoco e con ferro disfatte e perdute.

GIANNOZZO
Ancora mi piace, com'e' pratichi buoni combattenti adoperano per vincere non meno astuzia che forza, e tale ora monstrano fuggire per condurre il nimico in qualche disavantaggio, cosí tu meco qui mostri accedermi, e pur ti fortifichi piú tosto d'astuzia che di fermezza. Ma voglio di questo lasciarne il giudicio a te. Non temo da voi alcune insidie come forse dovrei. Considera, Adovardo, che né mani di furoni, né rapine, né fuoco, né ferro, né perfidia de' mortali, né, che ardirò io dire, non le saette, il tuono, non l'ira d'Iddio ti priva della possessione. Se questo anno vi cascò tempesta, se molte piove, se troppo gelo, se venti, o calure, o secco corruppero e riarsero le semente, a te poi seguita uno altro anno migliore fortuna, se non a te, a' figliuoli tuoi,

a' nipoti tuoi. A quanti pupilli, a quanti cittadini sono piú state utili le possessioni ch'e' denari! Per tutto se ne vede infiniti essempli. E quanti falliti, e quanti corsali, e quanti rapinatori hanno saziati e' danari de' nostri Alberti! Somme inestimabili, somme infinite, ricchezze da nolle credere tutte fatte con nostra perdita. E volesse Dio si fussero spesi in praterie, in boschi o grippe piú tosto, che almanco pur sarebbono dette nostre, almanco si potrebbe sperare a migliore nostra fortuna di riavelle. Stimate adunque il danaio non essere piú che le possessioni utile; stimate alla famiglia essere e utile e necessario la possessione. Né so conoscere io il danaio a che sia trovato se non per spendere, per a quello cambio riceverne cose. Tu, vero, avendo le cose, che ti bisogna il danaio? E hanno le cose questo in sé piú, che le truovano e' danari, suppliscono al bisogno. Ma non ci aviluppiamo in questo ragionamento; favelliamo come pratichi massai; lasciamo le disputazioni da parte. Cosí giudico: el buono padre di famiglia conosca tutte le fortune sue, né voglia avelle tutte in uno luogo, né tutte in una cosa poste, acciò che se gli inimici, se gli impeti ostili, s'e' casi avversi premono di qua, tu vaglia e possa di là; se danneggiano di là, tu salvi di qua; se la fortuna non ti giova in quello, né anche ti sia nociva in questo. Cosí adunque mi piace non tutti danari, né tutte possessioni, ma parte in questo, parte in altre cose poste e in diversi luoghi allogate. E di queste s'adoperi al bisogno, l'avanzo si serbi pell'avenire.

LIONARDO
Che pure miri tu, Adovardo, quasi come stupefatto a questi detti di Giannozzo? Se tu avessi udito e' suoi ragionamenti sopra, tu confesseresti e' suoi detti alle famiglie quasi oraculi divini essere, tutti necessarii a bene reggere ogni famiglia fuori e dentro in casa. Nulla v'è mancato, tutto v'è detto con suavità, chiaro, netto, puro. Lodarestilo.

ADOVARDO
Se Lionardo me ne consiglia, io sono contento consentirvi, Giannozzo, e come volete giudicherò che il buono massaio debba non ridursi in danari soli, né in sole possessioni, ma debba partire le fortune sue in piú cose e in piú luoghi. E sono contento accresce'gli fatica e porgli ad animo la custodia e conservazione piú che del danaio, sola una cosa della quale essere massaio stimava io che bastasse.

LIONARDO
Crederesti tu potere errare, Adovardo, nella masserizia consentendo al giudicio di Giannozzo?

ADOVARDO
Anzi sarebbe in grande errore chi credesse il giudicio e sentenze di Giannozzo non essere verissimo, ma in alcuna cosa, Lionardo, benché le siano vere, tale ora non mi pare biasimo dubitarne. E vedete, Giannozzo, in quello che io potrei dubitare. Voi testé mi isvilisti il danaio, Iddio buono, per modo che niuna cosa piú sarebbe, sendo come diciavate, vile; solo fatto

il danaio per comperare le cose. Parse a me volesti pur troppo rendere il danaio disutile; sotto tante sciagure, sotto tanti pericoli il ponesti, che, se altri vi credesse mai, nonché esserne massaio, ma e' no' gli vorrebbe vedere. E benché io vegga ne dite in molta parte el vero, pure stimo nel danaio esservi alcune altre commodità. Pare a me non fate stima in una piccola borsetta trovarvi pane, vino, e tutte le vittoaglie, veste, cavalli, e ogni cosa utile portarsi in seno. Ma chi negasse il danaio non essere ancora utile in prestallo agli amici quanto diciavate, e in traficarlo?
GIANNOZZO
Non dissi io che tu, Adovardo, tendevi qualche insidie? Ma vinca meco questo costume di voi altri litterati, né sia cosa alcuna sí bene detta quale voi non sappiate monstrare essere male detta; né io sarei sufficiente volella con voi vincere.
ADOVARDO
Certo non ad altro fine ve ne domando, se non per imparare da voi quanto per maturissima prudenza in questo come nell'altre cose conoscete.
LIONARDO
Del trafficare i danari risponderò io quanto compresi da Giannozzo. In ogni compera e vendita siavi simplicità, verità, fede e integrità tanto con lo strano quanto con l'amico, con tutti chiaro e netto.
ADOVARDO
Ottimo. Ma del prestargli, Giannozzo, se qualche signore, come tutto dí accade, vi richiedesse?
GIANNOZZO
Dare'gli piú tosto in dono venti che in presto cento, e per non fare né l'uno né l'altro, Adovardo mio, ché tutti gli fuggirei.
ADOVARDO
Che te ne pare, Lionardo?
LIONARDO
E io ancora il simile. Eleggerei perdere venti acquistandomi grazia, che arischiarne cento senza essere certo di riaverne grado.
GIANNOZZO
Taci. Non dire. Non sia chi speri mai da' signori né grado né grazia. Tanto ama il signore, tanto ti pregia, quanto tu gli se' utile. Non ama il signore per tua alcuna virtú, né si possono le virtú fare note a' signori. Sempre piú sono e' viziosi, ostentatori, assentatori e maligni in casa de' signori ch'e' buoni. E se tu consideri, quasi la maggiore parte di quelli stanno ivi perdendo tempo oziosi, ché non sanno guadagnare in altro modo il propio vivere. Pasconsi del pane altrui, fuggono la propria industria e onesta fatica. E se ivi sono e' buoni, stansi modesti, stimano piú venire in grazia per la virtú che per ostentazione, amano piú essere bene voluti per suo merito che con ingiuriare altrui. Ma la virtú non si conosce se non quando sia per opera manifestata, e poi ancora conosciuta pare assai s'ella è lodata; e forse raro si

truova virtú bene premiata, e tu virtuoso non potrai la conversazione di quelli scelerati, a' quali dispiacerà la continenza, severità e religione tua. Né tra i viziosi a te sarà luogo monstrare virtú, né arecherai a lode contendere qualche premio con alcuno scelerato, lascera'lo vincere e ottenere quello che tu appetivi per non perseverare in questa contenzione, della quale tu vegga esserti apparecchiata molta piú ingiuria da quelli audacissimi uomini che lode dagli altri buoni. Quelli adunque arditi e baldanzosi ti lasciano adrieto, e spesso piú nuoce uno raportamento di quelli assentatori in tuo biasimo, che non giova molta testimonianza in tua comendazione. Però sempre a me parse da fuggire questi signori. E credete a me, da loro si vuole chiedere e tôrre, dare o prestare non mai. Ciò che tu loro dai, si getta via. Hanno molti donatori, anzi comperatori delle grazie loro, anzi ricomperatori delle ingiurie. Se tu porgi poco, ne ricevi odio, e perdi il dono; se tu assai, non te ne rende premio; se tu troppo, non però satisfai alla grande loro cupidità. Non solo vogliono per loro, ma per tutti ancora e' suoi. Se tu dai a uno, apri necessità a te stessi di dare a tutti gli altri, e quanto piú dai, tanto piú in te stessi ricevi danno, tanto piú quelli aspettano, tanto piú loro pare dovere ricevere: quanto piú presti, tanto piú te ne arai a pentire. Apresso e' signori le promesse tue sono obligo, le prestanze sono doni, e' doni sono uno gittare via. E colui si stimi a felicità a chi non molto costano le conoscenze de' signori. Raro ti puoi fare grato a uno signore, se non ti costa. Soleva dire messer Antonio Alberti ch'e' signori si voleano salutare con parole dorate. E proverrai ch'e' signori debitori, per non renderti premio, adombreranno teco, strazierannoti, per farti rompere in qualche detto o risposta onde e' piglino loro scusa a nuocerti, e sempre cercheranno male finirti; e dove possano in molti modi nuocerti, ivi ti fanno peggio.

ADOVARDO
Adunque sarò per vostro consiglio prudente. Fuggirò ogni pratica de' signori, o, acadendomi con loro qualche traffico, sempre domanderò, o domandato cercarò dar loro quanto manco potrò.

GIANNOZZO
Cosí farete, figliuoli miei, e piú tosto fuggirete ogni lusinga e fronte d'ogni tiranno, e questo vi troverrete utilissimo.

ADOVARDO
Agli amici?

GIANNOZZO
Che domandi tu? Ben sai che con l'amico si vuole essere liberale.

LIONARDO
Prestare, donare loro?

GIANNOZZO
Questo bene sapete. Ove non bisogni, a che fine vorresti voi donare? Non perché e' t'amino, già che sono amici. Non perché e' conoscano la liberalità

Considerate voi, Battista e tu Carlo, quanto in sé abbino forza queste similitudini insieme e quanta grazia. Ma che vi rispuose ella, Giannozzo?

GIANNOZZO
«Certo», disse ella, «trista a me, in quello abito mi riputeresti pazza». «Però», li dissi io, «moglie mia, si vuole avere ordine e modo in tutte le cose. A te non sta portare la spada, né come gli uomini fare l'altre cose virili, né ancora alle donne sta bene in ogni luogo e a ogni tempo fare ogni cosa licita alle femmine, come tu vedi che tenere la rócca, portare el broccato, avere il capo fasciato non si conviene se non ciascuno a' tempi e a' luoghi suoi. Ma sia tuo officio, donna mia, essere la prima inanzi a tutto il resto della famiglia, non con superbia, ma con molta umanità, e con ogni diligenza avere a tutto buono ordine e buona cura, e provedere che le cose siano in uso a' tempi dovuti, per modo che quello el quale s'afaceva all'autunno non si consumi il maggio, e quello dovea bastare uno mese non si logori in uno dí».

LIONARDO
Come vi parse la donna bene animata a fare quante cose voi contavi?

GIANNOZZO
Ella pure stava non poco in sé sospesa. Per questo li dissi: «Moglie mia, queste cose quali io dico, se tu disporrai di farle, tutte verranno a te leggiermente fatte. Non ti paia grieve fare quello di che tu sarai lodata; piú tosto ti pesi lasciare adrieto quello quale non faccendo saresti biasimata. Credo io sino a qui tu, in ciò che io t'ho detto, abbia inteso me senza alcuna fatica, e piacemi. Dicoti, come queste a te sono state leggieri ad imparare, cosí molte saranno dilettose a farle, ove tu amando me, desiderando l'utile nostro, qui porrai l'animo a fare con ordine e diligenza quanto da me tutto il dí imparerai. E, moglie mia, quello che tu farai volentieri, per difficile che sia, ti verrà fatto bene. Sempre quello che si fa non volentieri, per facile che sia, non si fa bene. Non però voglio tu sia quella che facci ogni cosa, no. Molte cose a te sarebbono male a fare, sendovi altri che le facesse, ma a te sta nelle cose piú infime comandare, e in tutte, quanto spesso ti dico, conoscere in casa quello che ciascuno s'adoperi».

LIONARDO
O buoni e santissimi amaestramenti, quali desti alla donna vostra: fusse e volesse parere onesta, comandasse e facessesi riverire, curasse l'utile della famiglia e conservasse le cose domestice! E quanto li dovesti voi parere uomo da gloriarsi esservi moglie!

GIANNOZZO
Sia certo, ella conobbe che io li dissi il vero, comprese quanto io diceva per sua utilità, intese me essere piú savio di lei; però sempre mi portò grandissimo amore e molta riverenza.

LIONARDO
Quanto fa, quanto è il sapere ammaestrare e' suoi! Ma quanto vi parse ella

tua, già che non bisogna. Niuna donazione mi pare liberalità, se non quando il bisogno la richiede. E io sono di quelli el quale piú tosto voglio amici virtuosi che ricchi. Ma ancora io mi diletto piú d'avere amici fortunati che infortunati e poveri.

LIONARDO
Ma all'amico che posso io, domandandomi, negarli?

GIANNOZZO
Sai quanto? Tutto quello quale e' dimandasse disonesto.

ADOVARDO
Ne' bisogni, credo, non sarebbe disonesto domandare allo amico qualunque cosa.

GIANNOZZO
Se a me fosse troppo sconcio fare quanto chiedesse l'amico, perché devessi io piú avere caro l'utile suo che lui il mio? Ben voglio, a te non resultando troppo danno, presti all'amico, in modo però che, rivolendo il tuo, né tu entri in litigio, né lui ti diventi inimico.

LIONARDO
Non so quanto voi massari mi loderete, ma io all'amico sarei in ogni cosa largo, fidere'mi di lui, prestere'li, donare'li; nulla sarebbe tra lui e me diviso.

GIANNOZZO
E se lui non facesse a te il simile?

LIONARDO
Farebbelo sendo mio amico. Comunicarebbe cosí tutte le cose, tutte le voglie, tutti e' pensieri; e tutte le nostre fortune insieme sarebbono tra noi non piú sue che mie.

GIANNOZZO
Sapra'mi dire quanti tu arai trovati comunicare teco altro che parole e frasche; mostrera'mi a chi tu possa fidare uno minimo tuo secreto. Tutto il mondo si truova pieno di fizioni. E abbiate da me questo: chi con qualunque arte, con qualunque colore, con quale si sia astuzia cercherà tôrvi del vostro, costui non vi sarà vero amico.

ADOVARDO
Cosí sta. Salutatori, lodatori, assentatori si truovono assai, amici niuno, conoscenti quanti vuoi, fidati pochissimi. Quali adunque con questi saremo noi?

GIANNOZZO
Sapete voi quale uno mio amico, uomo in l'altre cose intero e severo, ma ne' fatti della masserizia forse troppo tegnente, suole porgersi a questi tali leggieri uomini e dimandatori, quando e' vengono a lui sotto colore d'amicizia racontando parentadi e antiche conoscenze? Se questi a lui donano salute, e lui contra infinite salute. Se questi li ridono in fronte, e lui molto piú ride a loro. Se questi lodano, e lui molto piú loda loro. In queste simili cose molto lo truovano liberale, sentonsi vincere di larghezza e

facilità. A tutte loro parole, a tutte loro moine presta fronte e orecchie, ma come quelli riescono narrandoli e' suoi bisogni, e lui subito finge e narra molti de' suoi; quando quelli cominciano a conchiudere pregandolo che presti loro, o che almanco entri fideiussore, e lui subito diventa sordo, frantende, e ad altra cosa risponde, e subito entra in qualche altro lungo ragionamento. Quelli, e' quali sono in quella arte dello ingannare altrui buoni maestri, subito framettono una novelletta, e dove doppo quello poco ridere di nuovo ripicchiano, e lui pure il simile. Quando alla fine con lunga importunità lo vincono, se domandano piccola somma, per levarsi quella ricadia, mancandoli ogni scusa, presta loro, ma il meno che può. Ove la somma gli pare grande, allora l'amico mio... Ma, tristo me, che fo io? Quando io doverrei insegnarvi essere cortesi e liberali, io v'insegno essere fingardi e troppo tegnenti. Non piú. Io non voglio mi riputiate maestro di malizie. Verso gli amici si vuole usare liberalità.

ADOVARDO
Anzi questo riputatelo virtú, Giannozzo, con malizia vincere uno malizioso.

LIONARDO
Sí certo, a me pare spesso necessario usare astuzia co' troppo astuti.

GIANNOZZO
Pur vorrete trovare da me via per onde possiate fuggire questi chieditori. S'e' ditti miei gioveranno a convincere astuzia con astuzia, sono contento. Se vi noceranno aiutandovi essere non liberali e larghi, ma tenaci e stretti, ancora potrò di questo esserne contento, perché almanco arete qualche colore a parere motteggiatori ove siate avari. Ma per mio consiglio piacciavi piú acquistandovi onore parere liberali che astuti. La liberalità fatta con ragione sempre fu lodata; l'astuzia spesso si biasima. E non lodo tanto la masserizia che io biasimi tale ora essere liberale, né tanto a me pare dovuta la liberalità fra gli amici che ancora qualche volta non sia utile usarla verso gli strani, o per farti conoscere non avaro, o per acquistarti nuovi amici.

ADOVARDO
Quanto a noi pare, Giannozzo, testé qui vogliate seguire l'uso di quello vostro amico, ché, per non rispondere a quanto da voi aspettiamo, voi rivolgete il ragionare vostro della molta masserizia e traducetelo proprio in contraria parte dicendo della liberalità. Noi desideriamo udire e imparare da quello vostro amico, per poterci valere contro a questi chieditori, e' quali tutto il dí ci seccano.

GIANNOZZO
Cosí al tutto volete? Dicovelo. Solea l'amico mio a questi trappolatori prima rispondere che per gli amici a lui era debito fare tutto, ma per ora non essere possibile fare come vorrebbe, e quanto era sua usanza fare agli amici non meno che si meritino. Poi si dava con molte parole a mostrare loro non fusse meglio, né per ora bisognasse fare quella spesa. Diceva quello non gli essere utile, meglio essere indugiare, piú giovare tenervi quella altra via, e

cosí di parole molto si dava largo e prodigo. Apresso confortava ne chiedessono qualche uno altro, e prometteva di parlarne e adoperarsi in ogni aiuto a trovarli da chi si sia degli altri amici. E se pur questi ripregando lo convinceano, allora l'amico per stracchezza dicea: «Io mi vi penserò, e troverrovvi buono rimedio; torna domani». Poi e' non era in casa, o egli era troppo infaccendato, e cosí a colui conveniva già stracco provedersi altronde.
LIONARDO
Forse sarebbe il meglio negare aperto e virile.
GIANNOZZO
Quanto io, prima era di questo animo, e spesso ne ripresi l'amico mio, ma lui mi rispondea e dicea la sua essere migliore via, imperoché a questi infrascatori pare saperci dire in modo che noi non possiamo loro dinegare cosa quale e' dimandino; però si vogliono contentare di quello che non ci costa. E dicea l'amico mio: «Se io da prima negassi aperto, io monstrerrei non curarli, sarei loro odioso. A questo modo quelli pur sperano ingannarmi, e io monstro stimarli, e cosí poi elli giudicano me da piú che loro ove e' si veggono avanzare d'astuzia, né a me ancora par poco piacere ove io dileggio chi me voglia ingannare».
ADOVARDO
Molto a me piace costui, il quale richiesto di fatti dava parole, e a chi domandava danari porgea consiglio.
LIONARDO
Ma se uno de' vostri di casa vi richiedesse, come tutto il dí accade, come li tratteresti voi?
GIANNOZZO
Ove io potessi senza grandissimo mio sconcio, ove io gliene facessi utile, prestere'gli danari e roba quanto e' volesse e quanto io potessi, però che a me sta debito aiutare e' miei con la roba, col sudore, col sangue, con quello che io posso persino a porvi la vita in onore della casa e de' miei.
ADOVARDO
O Giannozzo!
LIONARDO
Diritto, buono, prudente padre. Simili vogliono essere e' buoni parenti.
GIANNOZZO
La roba, e' danari si vogliono sapere spendere e adoperare. Chi non sa spendere le ricchezze se non in pascere e vestire, chi non sa usarle in utile de' suoi, in onore della casa, costui certo non le sa adoperare.
ADOVARDO
Ancora mi occorre qui dimandarvi, Giannozzo. Ecco in me di qui a uno pezzo e' miei figliuoli cresceranno. Usano e' padri in Firenze a ciascuno de' suoi figliuoli dare certa somma d'argento per minute loro spese, e loro pare ch'e' garzoni manco ne siano sviati, avendo in quello modo da satisfare alle

giovinili sue voglie, e dicono che il tenere la gioventú stretta del danaio la pinge in molti vizii e costumi scelerati. Che dite, Giannozzo? Parvi da cosí allargare la mano?
GIANNOZZO
Dimmi, Adovardo, se tu vedessi uno tuo fanciullo maneggiare rasoi arrotati, affilati, troppo taglienti, che faresti tu?
ADOVARDO
Torre'li di mano. Temerei non s'impiagasse.
GIANNOZZO
E adireresttii, so, con chi avesse cosí lasciatoli trassinare. Vero? E quale credi tu essere piú suo mestiere a uno fanciullo, trassinare rasoi o moneta?
ADOVARDO
Né l'uno né l'altro mi pare suo atto mestiere.
GIANNOZZO
E stimi tu senza pericolo a uno garzonetto trassinare danari? Certo a me, che sono omai vecchio, sono e' danari fatti cosí, che non senza pericolo ancora ben so maneggiarli. E credi tu che a uno giovane non pratico sia non pericolosissimo trassinare danari? Lasciamo da parte che gli sarano tolti da' ghiotti, da' lacciuoli, da' quali e' giovani sanno male schifarsi. Pensa tu, uno giovane che utilità potrà egli sapere trarre de' danari; che necessità saranno quelle d'uno garzonetto? La mensa gli apparecchia il padre, el quale sendo prudente non patirà che il figliuolo si satolli altrove. Se vorrà vestire, richieggane il padre, el quale, sendo facile e maturo, lo contenterà, ma non lascerà il figliuolo vestire isfoggiato, né con alcuna leggerezza. Quale adunque può in uno garzonetto venire necessità, o quale voglia, se non una sola di gittarli in lussurie, in dadi e in ghiottornie? Io piú tosto consiglierei e' padri che procurassino, Adovardo mio, ch'e' figliuoli suoi non scorrino in voglie lascive e disoneste. A chi non arà volontà di spendere, a costui non bisogneranno danari. S'e' tuoi figliuoli aranno voglie oneste, molto sarà loro caro tu le sappia; dirannotele, e tu in quelle abbiati con loro facile e liberale.
LIONARDO
Quelli nostri prudenti cittadini, stimo io, Giannozzo, se non conoscessono essere ivi qualche utilità, forse non servarebbono quella larghezza co' giovani loro.
GIANNOZZO
Se io vedessi che le volontà e il corso della gioventú in tutto si potesse restringere, io grandemente biasimerei quelli padri e' quali non cercassino distorre e' suoi figliuoli dalle voglie prima che darli aiuto a seguirle. E io quanto piú penso tanto meno conosco ove surga piú vizio nella gioventú, o per essere troppo bisognosi del danaio, o per esserne copiosi.
LIONARDO
A me pare comprendere che Giannozzo vorrebbe prima e' padri stogliessono da' giovani le voglie quanto e' potessono, poi mi pare essere

certo non gli vorrebbe diventare piggiori per mancamento alcuno di danari.
GIANNOZZO
Proprio.
ADOVARDO
O Lionardo, quanto m'è Giannozzo utile stamani!
LIONARDO
Molto piú fu utile con noi dicendo tutto ciò che della masserizia si possa udire, e piú ancora in che modo si sia massaio della roba, e in che modo si regga la famiglia. E pare a me di tutte le cose necessarie al vivere, di tutte Giannozzo ci abbia insegnato essere massaio.
ADOVARDO
Non riputate voi, Giannozzo, utile al vivere l'amicizia, fama e onore?
GIANNOZZO
Utilissimo.
ADOVARDO
E di queste dicesti voi in che modo si debba esserne massaio?
LIONARDO
Quello no.
ADOVARDO
Forse non gli parse da darne precetti.
GIANNOZZO
Anzi sí, pare.
ADOVARDO
Che adunque ne dite voi?
GIANNOZZO
Quanto io, della amistà, che so io? Forse potrebbesi dire che chi è ricco truova piú amici che non vuole.
ADOVARDO
Io pur veggo e' ricchi essere molto invidiati dagli altri, e dicesi che tutti e' poveri sono inimici de' ricchi, e forse dicono il vero. Volete voi vedere perché?
GIANNOZZO
Voglio. Dí.
ADOVARDO
Perché ogni povero cerca d'aricchire.
GIANNOZZO
Vero.
ADOVARDO
E niuno povero, se già non gli nascessono sotto terra le ricchezze, niuno povero arricchisce se a qualche altro non scemano le sue ricchezze.
GIANNOZZO
Vero.
ADOVARDO

E' poveri sono quasi infiniti.
GIANNOZZO
Vero. Molto piú ch'e' ricchi.
ADOVARDO
Tutti s'argomentano d'avere piú roba, ciascuno con sua arte, con inganni, fraude, rapine, non meno che con industria.
GIANNOZZO
Vero.
ADOVARDO
Le ricchezze adunque assediate da tanti piluccatori v'arrecano elle amistà pure o nimistà?
GIANNOZZO
E io pur sono uno di quelli el quale vorrei piú tosto potere da me con mie ricchezze, mai avere a richiedere alcuno amico. Manco mi nocerebbe negare a chi mi chiedesse che prestare a tutti chi mi domandasse.
ADOVARDO
Puossi egli questo forse, vivere sanza amici e' quali vi sostenghino in pacifica fortuna, difendinvi dagli ingiusti, aiutinvi ne' casi?
GIANNOZZO
Non ti nego che nella vita degli uomini sono gli amici accommodatissimi. Ma io sono uno di quelli el quale richiederei l'amico quanto rarissimo potessi, e se grandissimo bisogno non mi premesse, mai addurrei allo amico gravezza alcuna.
ADOVARDO
Dite ora voi a me, Giannozzo, se voi avessi l'arco, non vorresti voi tendello e saettare una e un'altra volta in tempo di pace, per vedere quanto nella battaglia contro e' nimici e' valesse?
GIANNOZZO
Sí.
ADOVARDO
E se voi avessi la bella vesta, non la vorresti voi provare in casa qualche volta, per vedere come voi ne fossi onorato ne' dí e ne' luoghi solenni?
GIANNOZZO
Sí.
ADOVARDO
E se voi avessi il cavallo, non lo vorresti voi avere fatto correre e saltare, per sapere come bisognando e' vi potesse cavare della via difficile e portarvi in luogo salvo?
GIANNOZZO
Sí. Ma che intendi tu dire?
ADOVARDO
Voglio dire pertanto, cosí credo si conviene fare degli amici: provarli in cose pacifiche e quiete, per sapere quant'e' possino alle turbate, provarli in cose

private e piccole in casa, per sapere com'e' valessino nelle publice e grandi, provarli quanto corrano a fare l'utile e l'onore tuo, quanto siano atti a portarti e sofferirti nelle fortune, e cavarti delle avversità.

GIANNOZZO
Non biasimo queste tue ragioni. Meglio è avere gli amici provati che averli a provare. Ma quanto io pruovo in me, che mai offesi alcuno, che sempre cercai piacere a tutti, dispiacere a niuno, che sempre curai e' fatti miei io stessi attesomi alla mia masserizia, per questo mi truovo delle conoscenze assai, non mi bisogna richiedere, né afaticare gli amici, truovomi oneste ricchezze, e tra gli altri, grazia d'Iddio, sono posto non adrieto; cosí voglio confortare voi. Seguite come fate, vivete onesti, e in ditti e in fatti mai vi piaccia nuocere ad alcuno. Se voi non vorrete l'altrui, se saprete del vostro esserne massai, a voi molto raro, molto poco bisognerà provare gli amici.

Io sarei qui con voi quanto vi piacesse, ma io veggo l'amico mio per cui bisogna m'adoperi in palagio; cosí ordinammo stamane per tempo; testé sarà ora di comparire; non voglio abandonare l'amico mio: sempre a me piacque piú tosto servire altri che richiedere, piú tosto farmi altri obligato che obligarmi; e piacemi questa opera di pietà, sollevarlo e aiutarlo con fatti e con parole quanto io posso, e questo non tanto perché conosco lui ama me, quanto perché conosco lui essere buono e giusto. E voglionsi e' buoni tutti riputare amici, e benché a te non siano conoscenti, e' buoni e virtuosi voglionsi sempre amare e aiutare. Voi adunque vi rimarrete. Altre volte saremo insieme, e una cosa qui non voglio dimenticarmi. Terrete questo a mente, figliuoli miei: siano le spese vostre piú che l'entrate non mai maggiori; anzi, ove tu puoi tenere tre cavalli, piacciati vederti piú tosto due ben grassi e ben in punto che quattro affamati e male forniti, imperoché, come voi litterati solete dire l'occhio del signore ingrassa el cavallo, questo intendo io, che non manco si nutrisce la famiglia con diligenza che con ispesa. Pare a voi cosí da interpretar quel detto antico?

ADOVARDO
Parci.

GIANNOZZO
Se adunque cosí vi pare, a chi di voi, sendo quanto sete prudenti, non piú piacerà produrre in publico due lodatori della diligenza vostra che quattro testimonii, e' quali a tutti gli occhi a chi gli miri accusino la vostra negligenza? Vero? Adunque cosí fate: sian le spese pari o minori che la intrata, e in tutte le cose, atti, parole, pensieri e fatti vostri siate giusti, veritieri e massai. Cosí sarete fortunati, amati e onorati.

LIBRO IV.LIBER QUARTUS FAMILIE, DE AMICITIA

Era già quasi da riporre gli argenti e ridurre in mensa l'ultima collazione al convito, quando Buto, antico domestico della famiglia nostra Alberta, udendo che per vedere nostro padre, quale ne' libri di sopra dicemmo iacea infermo e grave, fussero que' nostri vecchi venuti: Giannozzo, Ricciardo, Piero, e gli altri a lui persino dai primi suoi anni molto familiari; sopragiunse a visitarli e presentò loro poche ma fuori di stagione scelte e rare, e di sapore e odore suavissime frutte. Onde, doppo a' primi saluti, fu commendata la fede e constanza di Buto, che cosí ne' nostri casi avesse conservata la ottima persino dallo avolo suo co' nostri Alberti nata e ben nutrita amicizia: essere adunque vero amico costui a chi qual sia commutazion di fortuna può mai distorre o minuire la impresa benevolenza, e sopra gli altri meritar lode chi come Buto di sua affezione e animo nelle cose avverse ancora non resti dare di dí in dí aperti e grati di sé stessi indizii e beneficio. Seguirono questi ragionamenti oltre sino che gli affermorono cosí, in vita de' mortali piú quasi trovarsi nulla sopra alla amicizia da tanto essere pregiata e osservata.

Buto, uomo di natura lieto, e uomo quale forse ancora la sua perpetua povertà e insieme el convenirli assentando e ridendo piacere apresso chi e' discorreva per pascersi in varie e diverse altrui case, cosí l'avea fatto ridicolo e buono artefice di mottegiare: - E che? Tanto lodate voi questa amicizia, - disse, - e tanto ponete in alto grado di prudenza chi sappi darsi e servarsi a ferma benivolenza e molta grazia? Non sia chi stimi in vita potersi trovare uomo qual vero possa dirsi bene amato. Piú volte intesi messer Benedetto, messer Niccolaio, messer Cipriano, cavalieri Alberti, uomini quanto ciascuno dicea litteratissimi, in queste simili disputazioni molto e alto fra loro contrastare, che non mi duole essere com'io sono ignorante, se a chi sa lettera conviene come a loro sempre bisticciare e insieme gridare; né pare possano sanza gittare le dita e le mani, e le ciglia e il viso, e il capo e tutta la persona, farsi bene intendere, tanto non basta a questi litterati colla lingua e con molta voce tutti in un sieme garrire. Molte diceano dell'amicizia cose belle a udirle, ma cose quale a chi poi le pruova favole. Diceano che a ben fermare l'amicizia convenia che due in uno si congiungessero, e bisognarvi non so io che moggio di sale. Giurovi, me la donna mia piú molto amava prima vergine che poi sposata e coniunta; e in ora non buona per noi coniunti che noi fummo, persino che ella fu meco in vita, mai m'occorse una sola mezza ora in quale mi fosse lecito sederli presso sanza udirla gridarmi e accanirmi garrendo. Forse que' vostri savii, quali scrissero quelle belle cose dell'amicizia, poco si curavano in quella parte amicarsi femmine, o forse cosí a tutti stimorono essere noto che con femmina si può non mai contrarre certa amicizia. E quanto io, oggidí piú che allora savio, non ne gli biasimerei, ché certo quel fastidio loro, hau! pur troppo è grande, che mai si possano atutare. E non che un moggio di sale, ma e venti, cosí m'aiuti Dio, ivi non punto sarebbero assai. So io, la donna mia quanto piú mangiava sale piú era da ogni parte sciocca. Pertanto vi consiglio, credete meno a questi vostri che sanno dire bello, ma cose inutili. Credete a me, e proverrete cosí essere verissimo: cosa niuna tanto nuoce a farsi amare quanto trovarsi povero; porgetevi ricchi, e ivi piú arete amici che voi non vorrete.

A Ricciardo, Adovardo e Lionardo, uomini litteratissimi, questi e molti altri ridiculi, quali con assai risi di tutti e con gesti accommodatissimi Buto avea dolce recitati, furono grati. - Né mi par questo, - disse Lionardo, - dissimile da quelli conviti filosofici, quali Platone, Senofonte, Plutarco descrissero, pieni di giuoco e riso, e non vacui di prudenza e sapienza, con molta grazia e dignità.

- Quanto, - allora disse Piero Alberti, - io lodo l'ingegno di Buto! E confermo il detto suo essere verissimo, quanto provai, che ad acquistare amicizia con molte iniurie vi si oppone la povertà e interrompe ogni nostro instituto e impresa. Come sapete, ogni mio sussidio e fortuna familiare era, quando sedavamo in la patria nostra, quasi tutta in possessioni e ville. In questo poi nostro grave essilio, a difendermi dagli odii e nimicizia quali noi spogliorono de' publici ornamenti e troppo ci persequitavano, a me parse utile agiugnermi a qualche principe, apresso di chi io vivessi con piú autorità che escluso, e con men sospetto che nudo, e con piú riguardo della salute mia. Cosí feci adunque; con molta industria e sollecitudine a me acquistai la grazia di tre, come sapesti, in Italia ottimi, e in tutte le genti famosissimi principi. Questi furono Gian Galeazzo duca di Melano, Ladislao re di Napoli, e Giovanni summo pontefice, a quale ciascuna impresa provai quanto il non essere piú ch'io mi fussi ricco a me noceva e disturbava.

Qui disse Lionardo: - Credo, Piero, le ricchezze assai giovino a piú facile farsi grato, come agli altri, cosí massime a' principi, quali quasi, non so se natura sua o consuetudine, tutti solo pregiano chi a sue voglie e bisogni loro in tempo essere possa accomodato. E in principe (perché sono i principi quanto vogliono d'ogni onesto essercizio vacui, oziosi, e in tempo non poco dati alle voluttà, e acerchiati non da amici ma da simulatori e assentatori) raro nascon voglie se non lascive e brutte, e spesso loro bisogna adoperare le ricchezze de' suoi cittadini e di ciascuno a lui amico pecunioso e ricco. E perché prima certi segni delle ricchezze piú si veggono palese che della virtú, però apresso de' principi, dove per poca qual di sé fanno copia meno possono conoscere le virtú che la fortuna, sono i ricchi piú forse che i buoni in prima accetti. E perché non dubitano che chi sia buono poco li seconderebbe alle sue non lodate volontà e appetiti, però pregiano quanto loro acade i viziosi, e preferiscono la amicizia di chi a' suoi errori in proposito cauto e con astuta malizia sovenga. Benché in voi però comprenda la vostra virtú, Piero, tanto sempre valse apresso di ciascuno ch'ella per merito suo era non poco scorta, grata e amata da tutti; e poi la probità e integrità vostra sempre giovò piú che non fu impedimento el non essere quanto meritavate ricchissimo e fortunatissimo.

- Come? Concederott'io qui forse, - disse Adovardo, - che a giugnerti a benivolenza ad un principe, non molto piú vaglia la virtú che le ricchezze? Puoe forse in sí oscuro luogo giacere la virtú, ch'ella da chi stia in alta fortuna poco sia scorta e al tutto non conosciuta? E tanto piú si porge la virtú maravigliosa a' principi, quanto piú vede numero di ricchi un principe che di virtuosi. E sempre fu la virtú in sé da tutti tenuta tale, ch'ella merita in qualunque ben povero essere amata; e assai forse troverrai copia di ricchi malvoluti perché non sono ornati di virtú e onestà, che poveri virtuosi e onesti non da molti accetti e pregiati. E tanto in qualsisia animo non in tutto bestiale e perduto può certo la onestà, che prencipe per intemperante e poco modesto che sia, mai alcuno userà ogni sua licenza in seguire ciascuna sua volontà, che 'l santissimo nome della onestà nollo rafreni e contenghi. E parmi talora miracolo, che chi quanto e' vuole puote, costui pur per non essere tenuto e detto vizioso, vinca e moderi sé stessi. Cosí intendiamo che da natura niuno quasi non giudica cosa brutta l'essere e parere non virtuoso, e fugge per questo sé male essere per suo vizio accetto. Adunque e' degna la virtú in altrui, quale egli stima in sé. E forse questi segni e applaudimenti d'amicizia, co' quali i principi allettano e ablandiscono e' suoi ricchi e fortunati, sono solo per adoperarli, come scrive Suetonio di Vespasiano Cesare, quale disponea in luogo d'amici, a' suoi credo porti e doane e in simili magistrati, uomini rapaci e industriosi al guadagno, e nati quasi solo per congregare pecunia; ché dove questi poi erano come la spongia bene inzuppata e pregna, ben gravi di rapina, lui eccitatoli contra, e uditone piú e piú accuse e doglienze delli offesi, gli premea, e rendeali arridi e poveri con tôrli e' beni loro paterni e questi cosí sopra accumulati. E solea per questo adunque Vespasiano chiamarli sue per spungie. Cosí ultimo sentiano sé essere non amici, dove rimanevano vacui e arridi d'ogni copia e sugo di sue fortune, pieni d'odio e malivolenza. E stimo Piero cosí trovò in uso piú esserli assai la virtú stata in aiuto, che cosa qual altra potesse la fortuna averli donato e agiunto. E questa fie sua, credo, sentenza: cosa niuna trovarsi a farsi amare quanto la virtú commoda e utilissima.

PIERO
Non sapre' io qui certo averarvi qual piú sia, o la virtú, o pure le ricchezze, utile a farsi amare. Voi litterati fra voi meglio el discernerete, che solete d'ogni difficile e oscurissima cosa con vostre suttilissime disputazioni trovare ed esporne el certo. Ma in me el non essere piú che allora mi fussi abiente e fortunato a potere suplire alle molte che forse bisognavano spese e liberalità, certo m'era pure incommodo: e non vi nego però che la industria e diligenza mia a me giovò non poco ad acquistarmi la grazia e benivolenza, quale io desiderava, di que' principi, ché credo, se la fortuna mia fusse stata piú copiosa e abundante, a me gran parte bisognava meno usare quanta usai arte e sollecitudine.

RICCIARDO
Chi credesse potere arrivare e giugnere a buona grazia e nome sanza splendore di qualche virtú e via di simplice gentilezza e interi costumi, o credessi ch'e' doni della fortuna soli assai per sé valessero a farsi amare, stimo io costui certo errarebbe. Raro ch'e' viziosi siano se non odiati. E a chi la fortuna poco seconda, non a costui sarà facile acquistar buon nome e fama di sue virtú. La povertà, quanto chi che sia pruova, non affermo io al tutto impedisca, ma ottenebra e sottotiene in miseria ascosa e sconosciuta spesso la virtú; come pure veggiamo in panni, quanto dicono, sordidi e abietti, qualch'ora latitare la virtú. Conviensi adunque sí, ch'e' beni della fortuna sieno giunti alla virtú, e che la virtú prenda que' suoi decenti ornamenti, quali difficile possono asseguirsi sanza copia e affluenza di que' beni, quali altri chiamano fragili e caduchi, altri gli apella commodi e utili a virtú. Ma guardate non in prima forse sia necessaria non tanto virtú e ricchezza, quanto certa non so come la nominare cosa, quale alletta e vince ad amare piú questo che quello, posta non so dove, nel fronte, occhi e modi e presenza, con una certa leggiadria e venustà piena di modestia. Nollo posso con parole esprimere; ché vedrete saranno due pari virtuosi, pari studiosi, pari in ogni altra fortuna, nobili e pecuniosi, e di loro questo verrà iocondo e amato, quello ritarderà quasi odiato. E forse chi persuadeva le amicizie avere occulti e quasi divini principii e radici era da udirlo. Sono in le cose prodotte dalla natura maravigliose e occultissime forze d'inimicizia e di amore, delle quali ancora non seppi comprendere causa o aperta ragione alcuna. Scrive Columella tanta essere inimicizia tra l'olivo e il quercio, che ancora tagliata la quercia, le sole sue sotto terra radici estinguono qualunque ivi presso fusse piantato olivo. Pomponio Mela racconta alle fini di Egitto presso quella gente detta Esfoge, come da innata e naturale inimicizia convenirvi numero d'uccegli chiamati ibides ad inimicare e combattere

contra la moltitudine de' serpenti quale ivi inabita. El cavallo, dice Erodoto, naturale sua inimicizia, tanto teme el cammello, che non tanto vederlo fugge, ma odorarlo el perturba. E cosí contrario racconta Plinio troppo la ruta essere amicissima al fico, poiché insieme curano el veneno, e sotto el fico piantata escresce lietissima, e piú che in qual sia altrove luogo si fa ampla e verzosa. E Cicerone scrisse trovarsi animali, quali insieme vivono amicissimi, come fra l'ostree quello chiamato pinea, pesce amplo, quale apre e quasi come pareti tende que' due suoi scorzi, dove convenuta copia di pisciculi, la squilla, piccino animale, la eccita ch'ella inchiuda la congregata preda, onde cosí ambedue si pascano. Noto animale è 'l coccodrillo, altrove feroce, quale pasciuto iace facile e trattabile, e porge sue fauce a certi uccegli, quali accorrono a svègliargli e mundarli ciò che superfluo era fra' denti suoi rimaso. E quanto non so a voi se cosí forse intervenga, dirovvi cosa che non piú mi ramenta altrove averla detta, e holla in me molto osservata: raro el primo aspetto di chi si sia ignotissimo a me dispiacque e turbommi, da cui io non in tempo abbi poi ricevuta onta alcuna e sconcio da odiarlo; quasi come la natura, in quel primo offendermi la effigie di colui, mi presagisse e indicasse essere tra lui e me naturale, come da' cieli data, malivolenza. E alcuni, celeste beneficio e divino dono, a qualunque li miri prestano di sé buono aspetto e grazia.

PIERO
O bisognivi virtú, o sianvi necessarie le ricchezze, o convengali in prima quel dono celeste tuo, Ricciardo, quale se in persona a' dí nostri fu, certo in messer Benedetto Alberto vostro padre troppo fu maraviglioso e singolare, - niuno potea vedendolo fare che nollo amasse, e di lui in sé pigliasse affezione a desiderarli seconda fortuna, tanta era in lui modestia, facilità e gentilezza insieme, e non potrei dire che altro non so che in lui splendea, quale si monstrava in lui dolce gravità e infinita prudenza, piena d'uno animo virilissimo e mansuetissimo, - pur lo studio però nostro e modo troverete ad aplicarvi a benivolenza non meno che qualsisia altra cosa molto giovarvi.

LIONARDO
E quale trovasti voi studio e modo, Piero in farvi familiare e domestico a que' prestantissimi principi, per uso ed esperienza a voi essere in prima accommodatissimo?

PIERO
Costí arei io da recitarvi una mia istoria e quasi progresso della mia vita e costumi, qual sarebbe lungo e forse non in tutto adattato a questi vostri ragionamenti. Ma in piú parte a questi giovani qui, Battista e Carlo, accaderebbono in uso cosí avere quasi come domestico essemplo me a sapere simile trarsi persino entro alla secreta camera e non reietto da qual forse cosí bisognasse loro o atagliasse avere a sé principe benivolo e amico.

GIANNOZZO

Anzi e a noi tutti fie grato, e a me in prima, che tu qui testé, come io stamane, prenda a te questa fatica, Piero, e certo onesta e degna opera in referire come io della masserizia, cosí tu ogni tuo argomento e pensiero per fare noi altri, quali ancora in questa età di dí in dí cerchiamo essere, in farci amare piú dotti, onde alla famiglia nostra quanto in noi sia accresciamo da ogni parte presidio e molto favore. E sarà certo utilissimo e a questo ragionamento accommodatissimo udire ogni tuo gesto, per quale aremo in pronto da imitare la tua prudenza e diligenza.

PIERO

In qualunque modo mi convinciate ch'io non possa, quello che né debbo né voglio, non ubidirvi, a me basta vedere che cosí volete udirmi favellare. Racconterovvi adunque che artificio fu il mio in adurmi familiare e domestico prima a Gian Galeazzo duca di Milano: appresso racconterò quale studio tenni in farmi benvoluto da Ladislao re di Napoli: poi ultimo reciteremo con che maniere osservai la grazia e benivolenza di Giovanni summo pontefice. E credo vi dilletterà udire mie varie e diverse vie, mie caute e poco usate forse e raro udite astuzie, molto utilissime a conversare con buona grazia in mezzo el numero de' cittadini. Uditemi.

A me, per conscendere all'amicizia del principe Duca, compresi era necessario adattarmi de' suoi antichi e presso di lui pratichi amici qualche uno, quasi come grado e mezzo per cui in atto modo e tempo potessi presentarmi, quando qualche ora fusse el Duca meno che l'usato occupatissimo alle pubblice sue certo grandissime faccende, ché vedesti quanta copia e forza d'arme esso contenea, infestando qualunque impedisse el suo corso a immortal gloria con suoi triunfi, fra' quali la nostra repubblica fiorentina sentí quanto fusson grandissime sue forze a fermo imperio. Ed era suo essercizio in amministrare a' popoli suoi quanto in lui fusse iustizia interissima, e mantenere a' suoi domestica pace; ed era studio suo contraere publica società e amicizia con tutti e' suoi finittimi, né era ozioso in iungere benivolenza con qualunque degna fusse e nobile republica e principe in Italia e fuori di Italia. Ancora di dí in dí si estendea con ogni arte e industria fare a tutti noto e 'l nome e la magnificenza sua. E quello che in lui non ultimo a me parea di pregiare, era cupidissimo de' virtuosi e amantissimo de' buoni, e padre della nobilità. Presi adunque di tutti e' suoi chi piú che gli altri a me parea e cosí da molti udiva col principe era assiduo in secreti spesso e solo, e di quale io quanto si convenia sanza esserli tedioso, potessi avere copia a farmeli ben familiare, e quale di sua natura fusse servente, e a cui el nome della famiglia nostra Alberta fusse non molesto, e quale fusse posto in grado dalla fortuna che, per serbare sé a sé stessi, sperando qualche utile occasione non mi si desse tardo e rattenuto ad interporsi per farmi nota e utile la liberalità di chi lo amava; ché sapete, alcuni porgono sí caro la presenza e parole del principe in cui e' possono, che apena ti danno addito a vederlo sanza gravi premii, e alcuni fuggono spendere la grazia del prencipe

in utilità d'altri che di sé stessi. Questo uno adunque, chiamato Francesco Barbavara, uomo d'ingegno e di costumi nobilissimo, assiduo col prencipe, facile, liberale e nulla contumace a concedermisi ad amicizia, fu quello al quale me assiduo diedi con visitarlo e salutarlo. E perché lo dilettavano e' poeti, però in tempo li recitava quanto avea io mandatomi a memoria piú altri e in prima poemi del nostro messer Antonio Alberti. A costui omo studiosissimo molto piaceano, ché certo, quanto e' dicea sono pieni di soave maturità e aspersi di molta gentilezza e leggiadria, e, a pari degli altri nostri toscani poeti, degni d'essere letti e molto lodati. E cosí a me el feci domestico di giorno in giorno, tanto ch'e' desiderava in qualche mia laude e felice fortuna essermi in aiuto e utile. Quinci adunque seco apersi il mio animo e consiglio, e quanto el pregai, per lui ebbi addito e lieta fronte e umanissimo ricetto e non poca audienza apresso del prencipe Duca, quale, inteso el nome della famiglia e patria mia, piú cose con molta gravità e signorile modestia disse con piú parole a questa sentenza: sé essere a' Fiorentini non d'animo in quella parte infesto che non preponga la amicizia loro a ogni contenzione: né parerli però che 'l contendere suo sia meno onesto che virile, dove con laude bellica e forza delle armi, quali cose sempre furono proprii essercizi de' principi, cosí cercava essere non inferiore a chi esso sempre desiderò esser pari di autorità e degnità: ben dispiacerli che di tanta virtú, quanta è conosciuta ne' nostri cittadini, per altri a questo che per sua opera avenisse, che la fortuna avesse quasi ad iudicarne: solere per indiligenza e temerità degli inesperti prefetti in arme facile avvenire contendendo con mano e col ferro, ch'e' superiori altrove e prepotenti cadeno e succumbeno; ma diligenza niuna e prudenza niuna, a finire con salute e vittoria la guerra mai quasi tanto valere quanto la fortuna: sé essere adunque cosí animato e dare opera, che per sé non manchi che come gli strani abbiano piú da lodare la sua virtú che la fortuna, cosí chi disturbasse el corso della sua espettata gloria el pruovi da piú amarlo in pace che da temerlo armato: ben però desiderare alla famiglia nostra da' nostri cittadini altra umanità. Cosí disse el Duca.
Io quel che mi parse per allora rispuosi: i cittadini nostri quanto meno che gli altri liberi popoli temerarii e inconsulti, tanto, loro natura, piú essere che gli altri molto cupidi d'ozio più che di contenzione: né in chi gusti libertà meno dirsi onesto difenderla, che virile in altri oppriemerla e perturballa: pertanto me essere di questa sentenza, che nulla dubitava tutte le genti o loderàno l'amore e officio si rende alla patria, s'e' nostri cittadini per sua virtú col Duca otterranno onesta e ferma pace, o non biasimeranno il nostro instituto, se la fortuna forse piú verso di noi sarà iniqua che non meriti a chi molto, quanto debbia, ami la sua libertà: del resto essere officio mio, come degli altri cittadini, consigliare la patria mia con fede, amore e diligenza, quando mi voglia udire: non a me, né a privato cittadino alcuno mai essere licito iudicare quanto sia iusto o iniusto fatto cosa che la

republica sua constituisca, e convenirli non con ostentare la prudenza sua preferirsi, ma ubidendo e satisfacendo alle leggi sue colla osservanza sua, e con ogni virtú e lodato costume, nulla patire sé a degli altri cittadini suoi essere inferiore; ché se per imprudenza o vizio forse di chi amministra le cose publice questa a noi Alberti calamità avviene, dovermi piú tosto condolere dello loro errore e dello incommodo porta la republica per male essere amministrata, che per odio di pochi tentare, né mai pensare cosa alcuna in danno e detrimento della patria mia, se cosí affermano sia in pari grado impietà iniuriarla, quanto fare violenza al proprio padre.
Al Duca questa mia risposta piacque, e parsegli degna del nome e fama della famiglia nostra, quali sempre preponemmo la salute e tranquillità della patria a ogni nostro commodo e volontà. Partimmi con grazia tale, ch'e' da quel dí provide che a me nulla mancasse quanto bastasse per onesto mio vivere e vestirmi; e non raro me accettò a' suoi simili ragionamenti magnanimi certo e degni di tal prencipe, onde sempre mi riducea in casa con piú grazia sua e con piú autorità e buona oppinione de' miei costumi apresso di tutti e' suoi. Vidi cosí potere, però me interpuosi che gli altri miei, quali sé ivi trovorono Alberti, sentissero quale io in sé pari dal Duca liberalità e munificenza. Ché ben sapete a noi sta debito in qualunque possiamo cose essere utili l'uno allo onore e fortuna dell'altro. E le amicizie de' principi massime si voglion acquistare e aoperare per accrescere e amplificare a' suoi e alla famiglia sua nome e buona fama e degna autorità e laude.

LIONARDO
Prudente consiglio, Piero, fu el vostro e da lodarlo. Sentenza de' dotti, quanto afermano che a coniungere e contenere insieme due, bisogna ivi mezzo sia qualche terzo. Cosí voi interponesti quasi interpretre e, come dicono, personeta dell'amicizia colui, quale uomo al prencipe Duca fusse assiduo domestico, e non però continuo ivi sí occupato che non potessi di sé prestarvi onesta copia, insieme e fusse facile, liberale e proclive ad amarvi. Ma se non questo uno a voi conseguiva quanto lo sperasti amico, sarestivi credo con simile ragione e arte che al primo, dato ossequente ad altri alcuno.

PIERO
Non però a me sarebbe paruto utile, molto spendere tempo provando ciascuno quanto e' li piacesse per suo beneficio obligarmisi. Anzi, vero, forse mi sarei, quanto feci, dato ostinato ad acquistarmi grazia con questo uno al mio proposito accommodatissimo, piú che a tentare instabile or questa or quest'altra fortuna. E cosí istimo ragionevole instituto quasi niuno trovarsi, quale con fermezza e modo perseguito non quando che sia a nostra voglia succeda e assecondi; e l'essere instabile a perseguitare sempre fu nimico a finire la espettazione. E già ivi col nostro Barbavaro, non meno e col principe Duca, a me molto bisognò pazienza e fermezza incredibile. Dicovi, non rarissimo mi trovai intero il dí ieiuno, dissimulando altre

faccende mie, solo aspettare di mostrarmi loro e salutarli, tanto volea non per mia indiligenza perdere qualunque apparesse occasione utile a trarmi piú oltre accetto, e piú d'ora in ora per uso ben familiare. E per non apportarli di me mai tedio alcuno, da loro partendomi sempre di me lasciava qualche espettazione; sempre a loro con cose nuove me li rendea lieto, con ogni reverenza e modestia grato. Questi nostri Alberti d'Inghilterra, di Fiandra, di Spagna, di Francia, di Catalogna, da Rodi, di Soria, di Barberia, e di que' tutti luoghi ove oggidí ancora reggono e adirizzano mercantia, quanto i' gli avea per mie lettere pregati, cosí o tumulti, armate, esserciti o legge nuove, affinità fra prencipi, publice amicizie, armi o incendii, naufragii, o qualunque cosa acadesse per le province nuova e degna di memoria, subito me ne faceano certo.

Erano in que' tempi gli animi de' dotti astronomi solliciti e pieni di varia espettazione, quanto el cielo porgea loro manifesti indizii di permutazioni ed eversioni di republiche, stati e summi magistrati; e quasi comune sentenza, statuivano non poter lungi essere che quella stella crinita, quale a mezzo il cielo splendidissima e diurna continuati i dí appariva in que' mesi, per sua notata consuetudine predicesse fine e morte di qualche simile al Duca famosissimo e supremo principe. E già era chi di questa promulgata opinione forse fatto avea el Duca certo; a cui, magnifica risposta, dicono, e degna di principe, rispose el Duca: sé non acerbo cadere dai mortali, ove cosí resti persuaso sé essere stato al cielo tanto a cura, e parerli morte gloriosa questa, ove doppo a sé poi viva diuturna fama; ché quelle intelligenze celeste cosí per sé esposero raro e maraviglioso segno e indizio, onde manifesto ciascuno compreenda che que' lasuso divini animi immortali di sua vita e morte stati erano curiosi. Ma pur credo per questo tenea qualche ad altri poco manifesta, ma dentro in sé non piccola agitazion d'animo, quale io bello gli stolsi, come accadde che i nostri di Rodi prestissimo me avisorono in que' dí Temir Scita, principe vittoriosissimo, duttore d'uomini in arme numero piú che trecento mila, conditore di quella amplissima città ivi chiamata Ezitercani, era uscito di vita. Onde el Duca, come io m'avidi, facile stimò indi fusse al pronostico del cielo pel caso di tanto principe satisfatto. Con simili adunque novelle raro ch'io non avessi ottimo e quanto domandava prestissimo introito al prencipe, qual cosa m'acrescea buona grazia e manteneami benivolenza.

Morto el Duca, mi trasferetti a Ladislao re de' Napolitani, omo ch'era di natura, piú alquanto che aperto di costumi, vita ed eloquenza, piú atto all'imperio d'arme che alla gravità e maturità de' consigli. E costui giuns'io a farmegli noto e amico senza altro alcuno che me solo interpetre. Cosí avea fra me deliberato, cosí mi fu luogo e occasione troppo atta concessa. Era Ladislao in quel dí uscito a caccia, quando il trovai disceso seguendo le fiere arditissimo, solo, in luogo ond'e' né facile fuggire, né senza pericolo sostenere potea l'impeto di quello orso grandissimo quale verso di lui irato ivi sé stessi concitava. Ond'e', poiché solo avea non altro che dardi due sardi in mano, improviso assalito, stupido che in un tratto poco gli era luogo coll'animo vacare a consigliarsi e discernere qual meglio in quell'ora fusse o cedere alla bestia o contrastare, timido stette; ché ben volendo, non in quel loco assai valea fidarsi di sue armi e virtú, e per questo in qual parte si volgesse non avea. Io con due quali presso meco avea ottimi e ubidentissimi cani acorsi, e con parole eccitai il Re a men temere. Era de' cani uno leggiere, destro, animoso a perturbare ogni impeto della fiera, e da ogni parte nulla cessava infestarla. Era l'altro fermo, robustissimo, fortissimo a contenere e a rompere ogni averso impeto. Questi a me cani nobilissimi avea el nostro Aliso, omo fortissimo tuo fratello, Adovardo, mandati in dono; e a lui stati erano dal re di Granata, apresso di cui forse e' mercatava, in premio donati alle sue virtú, segno della benivolenza e amore quale quel re ad Aliso puose, perché ivi a fortissimo uomo nullo in certa loro celebrità e publica festa, né a lanciare, né a saltare, né lottare, né cavalcare, né simile alcuna destrezza e prodezza di membra e animo era stato licito superarlo. Chiamavasi quel piú veloce Tigri, ed era nome all'altro piú robusto cane Megastomo. Tigri adunque cauto e ardito svolse la rabbia della fiera in contraria parte tutta verso di sé. Megastomo, quell'altro d'ogni forza e fermezza armatissimo cane, in tempo ove la fera invano ardea, e in aria perdea suoi ferimenti, ivi con gravissimo e tenacissimo morso la prese su proprio alla cervice, e atterrolla sí subito che certo vidi verissimo quello dicono, animale quasi niuno piú che l'orso trovarsi, a cui sia quella parte debole e fragile; tale che orso tommando, dicono, si trovò rompersi el collo; benché simile affermino dell'oca, che per troppa ingluvie e gullosità si vide non raro ch'ella stirpando un caule a sé stessi disnodò il collo. Adunque subito il Re co' dardi trafisse e spacciò quel cosí atterrato orso, e verso me ridendo disse, latino loro vocabolo: «Te am'io, commiliton mio, che della salute nostra nelle voluttà non meno avesti che in arme cura». «Hovvi», diss'io, «grazia che quanto desiderava, cosí me ascrivete fra i vostri, e godone non alla virtú mia, ma tanto alla fortuna, quale oggi me fece essere vostro, come dite, commilitone, ché assai sempre fu pari riputata questa milizia delle cacce simile alla milizia delle armi contra a' nimici». E a questo proposito già recitava io piú cose, quando intanto sopragiunse il volgo de' cacciatori, a' quali io molto lodai la virtú del Re, che con sue mani e solo avesse aterrata sí grandissima e ferocissima bestia. Piacque adunque al Re io poi la sera seco fussi in cena, dove molto proseguimmo ragionando come alla caccia, e a quella delli uccegli, e a quella delle fere, e quella de' pesci era necessario avere chi le fiere trovasse per non ivi indarno affaticarsi; e bisognavavi chi interpellasse e arrestasse la fera, se forse o timida fuggisse, o troppo ferocissima insultasse; e convenirvi chi la ritenga e prosterna e sottenga, e simile cose assai, per qual si dimostrava essere le cacce non solo simili allo essercizio delle armi, ma necessario e lodato essercizio a' principi,

non meno e a' privati nobili cittadini.
GIANNOZZO
E che lode fie questa, darsi o intendersi di cacce? Seguendo bestie, atorniato da bestie, comandare e gridare a bestie, sedere sulla bestia? E chi cosí troppo si diletta, ancor lui bestia! E sono spese quelle grandi e inutilissime; poi tutto l'anno la casa mal netta, tutto l'anno pascer bestie per solo dí quindici trastullarsi e, trastullo certo da discioperati e da putti, vedere correre e volare; ché se questo vi diletta, un gattuccio in casa farà seguendo un parpaglione tarpato, o volgendo uno uovo infiniti mille piú bellissimi e strani attucci; e fuori un nibbio vederete e con maggiore astuzia volteggiare la preda, e con animo non raro piú che lo sparbiere, con l'altro nibbiaccio combattere suso alto a mezzo il cielo. E se forse la preda vi diletta, con molte e molte minor spese e minor fatica, e piú salvezza della sanità vostra, altrove arete da saziarvi. Non a' caldi mezza alla estate, non a' freddi e neve, non alla polvere, non a' venti aspri vi sarà opera agitarvi e tanta sofferir stracchezza per poi averne sí piccolo e brieve piacere e inutile sollazzo. In cose piú degne e piú alla famiglia nostra accommodate vorrò vedere la nostra gioventú essercitarsi.
PIERO
E la preda non dispiace, e il giuoco di vederli volare a predare agrada. Ma in prima lo essercizio troppo contenta; el pigliar aria e lassar l'animo dalle cure publice assidue e grave ci diletta. Agiugni che le cacce sono preludii e quasi scuola a bene essercitare in arme. Ivi s'impara meglio usare la saetta, il dardo, lo spedo, e imparasi giugnere correndo, e aspettare fermo l'inimico. Non dico quanto l'imperio in arme e lo essercizio qui alla caccia sia conforme e simile; sarebbe lungo e fuori del mio proposito.
LIONARDO
Anzi, assai credo caderebbe in proposito, ché se veggiamo l'uso dell'arme quanto necessario a difendere e servare l'autorità e dignità della patria, e conosciamo la vittoria suole fermare tranquillità e pace e dolce amicizia, chi negasse che qualunque cosí noi renda piú dotti a repellere e gastigare chi disturbi tanto frutto dell'ozio e tanto emolumento, costui insegna bene in questa parte e onesto vivere?
PIERO
Siano, come tu di', l'arti da superare e vincere l'inimico atte a' ragionamenti nostri della amicizia, e sieno le cacce, come dissi, utile a' principi tanto quanto di queste cose altrove si racconterà, qui a me ora pare da preterirle. In quella cena adunque piacque a Ladislao re dipoi avermi assiduo fra' suoi domestici familiari in casa; e piacqueli ch'io apresso di lui tanto potessi, quanto i' volea. Non però mai commissi che persona suspicasse me usar la grazia e favore di Ladislao in cosa non tutta iustissima e lodatissima. E delle cose ben giuste però non sempre quanto m'era licito volsi, e prima con studio fuggii adoperare la benivolenza del Re in cosa alcuna donde per chi si

fusse errore o vizio a me potessi essere impinto alcuno mal grado. E per questo ricusava che per me alcun pigliasse magistrato a quale e' non fusse e per uso e per costumi molto attissimo. E al tutto mai assentiva che, per amicissimo che mi fusse, alcuno isse in custodia alcuna, per fortissima e munitissima ch'ella fusse e lungi da ogni suspizione; ché non era io ignorante quanto in quelle simili pericolosissime amministrazioni la fede e diligenza sia raro e poco premiata, e la imprudenza, inerzia e ogni caso sparge troppo danno e vulgatissima infamia, non di chi erra solo, ma di tutti e' suoi. E come in questo cosí adunque ancora altrove fuggiva io ogni odio e ogni invidia, escludendo a me tutte le ostentazioni e fastidiose pompe, quali nei pochi prudenti subito sogliono insieme colla prospera fortuna escrescere. Io cosí, contra, me declinava: davami facile, affabile, umano a qualunque a me in casa e fuor di casa si presentava, e cosí studiava essere grato e iocundo agli occhi e oricchi persino de' plebei e infimi uomini. E perché cosí al Re dilettava vedere e' suoi motteggiosi, festivi, desti, nulla pigri, nulla desidiosi, io non raro in sua presenza me essercitava, e con dolcezza eccitava gli altri a pari far prova di sua virtú, a cavallo in giostra, a piè schermendo, saltando, lanciando, e dava opera a tutti essere di costume e gentilezza non meno che in queste simili prodezze superiore; e bastavami non essere inferiore di forza quando potea superarli di cortesia e lode d'animo, benché a quelle destrezze e gagliardie, se a voi ramenta, vedesti me giovane non debole, e fra gli altri non disadatto. Ma come era apresso el Duca a me prima suto incommodo molestissimo el convenirmi con infinito studio di diligenza osservare e accorrere, ch'io non tardassi o perdessi quella e quell'altra ora utile a presentarmi, cosí con Ladislao qui m'era molestia gravissima né ozio, né certo spazio d'ora a mia privata alcuna volontà o faccenda quasi mai restarmi; tanto mi convenia cosí non altrove essere che pressoli, ché bene intendea io quanto chi disse la benivolenza de' signori essere simile alla dimestichezza dello sparviere, disse el vero. Una volata el rende soro e foresto; uno minimo errore, una parola, come voi litterati di ciò avete infiniti scritti essempli, anzi e un sol guardo s'è trovato stato cagione che 'l signore prese odio capitale contro chi e' molto prima amava.
LIONARDO
E abbiànne essempli non pochi, né vulgari. Scrive Cicerone che Dionisio re di Siragusa studioso di giucare a palla, giucando avea dato a serbare la vesta sua a uno garzonetto da sé amato, e de' suoi amici uno giucando disse: «E sí, Dionisio, a costui che racomandasti? La vita tua?» Vide Dionisio a quelle parole el fanciullo surridere, e per questo comandò ambo que' due fussero uccisi, quali l'uno, quanto e' giudicava, diede via a poterlo venenare, e l'altro ridendo parse assentirli.
PIERO
Però io con molta vigilanza, assiduità e osservanza, con onestissimi e iocundissimi essercizii, con ogni riguardo in favellare e degna moderazion

d'ogni mio gesto, curava mantenermi la grazia e benivolenza di Ladislao re. Quale morto, Ioanni papa in Bologna, instigato da' nostri inimici, chiese che fra dí non piú che otto, e' nostri Alberti ivi in corte a lui facessero presti per danari depositi a' nostri in Londra, quella somma grandissima, quale tu Ricciardo, prima che né egli chiedea, né uomo altro stimava si potessi, subito in gran parte da Vinegia rimessati per Lorenzo tuo fratello, gli anoverasti; somma incredibile e non prima a' dí nostri in uno solo monte apresso di privato alcuno cittadino veduta, ché furono piú che mille volte ottanta monete d'oro. Io quale el quarto dí doppo che furono chiesti, era con molta larghezza ito a profererli e sollecitarlo se le prendesse, l'altro dí poi doppo che furono a chi e' comandò consegnati, tornai a visitarlo, e raccontai piú e piú beneficii dalla famiglia nostra a lui e a piú altri pontefici stati contribuiti: che mai quasi niuno entrò a' dí de' nostri in pontificato, quale non abbia da lodarsi della liberalità e sussidio nostro: creder bene che qualche bisogno e occulta cagione l'avea indutto a darci quello sconcio, quale a' mercatanti si truova pericoloso, trarli tanta e sí presta somma di danari, che vero si dice sono come sangue di chi se dia alla mercatantia: ma meno esserci stato il nostro incommodo grave, se lui per tanto si contentava quanto desideravamo; onde el pregava conoscesse l'animo nostro non meno esserli affezionato, che qualunque altro forse desiderava noi da lui meno essere amati. Furono l'ultime mie parole con fronte, in ogni mio dire, aperto, e con gesti quanto questi prelati ricercano, quasi adorandolo, ch'io gli profferia la famiglia nostra Alberta, in quale e' volesse parte, ubidientissima e fidelissima. Guardommi fiso, e poi, fermato el guardo a terra, raccolse insieme le mani, e per allora disse non acadea darmi lunga risposta: amarci assai, e che io a lui tornassi. Fecilo.

Erano in lui alcuni vizii, e in prima quello uno quasi in tutti e' preti commune e notissimo: era cupidissimo del danaio tanto, che ogni cosa apresso di lui era da vendere; molti discorreano infami simoniaci, barattieri e artefici d'ogni falsità e fraude. Cominciommi ad amare, credo per tanta ricchezza quanta e' vedea in la famiglia nostra, ond'e' a sé stessi persuadea fussi omo, quanto io me gli mostrai, largo e aperto potere valersene utile e molto emolumento. Era ancora fra tutti e' suoi domestici una incredibile, continua dissensione e d'ora in ora volubilità di tutti gli animi della sua famiglia. Oggi questo potea el tutto; domani era costui da tutti escluso; e cosí d'ora in ora ciascuno procurava rendere odiato e dismesso chi sopra sé apresso del Papa fusse acetto. E per questo molti, vedendo quanto mi fusse dal pontefice prestato orecchie e mostrata fronte, per prepormi a' suoi aversari, studiavano ch'io stessi primo a tutti in grazia apresso del maggiore. E come sapete, non la diligenza e virtú nostra solo noi fa grandi, ma la cupidità e opinioni di chi ci si sottomette a noi acresce autorità, degnità e possanza. Costoro cosí, o per altrui invidia preponendo me agli altri, o per concetta in sé opinione di mia alcuna virtú, facile me aveano collocato in

suprema licenza e grado. Io a cui que' vizii e suoi e di tutta la famiglia dispiaceano, e non poco intendea el Papa non amarmi se non per quanto egli aspettava da noi qualche utilità, e per non coinquinarmi e ricevere qualche nuota d'infamia conversando con quelli scelerati e da tutti e' buoni odiati e vituperati, volentieri sí mi stava da loro segregato e lontano; ché sapete l'uso co' viziosi sempre diede infamia e danno. Ma per usare la benivolenza sua, come si dice convenirsi fruttare l'amicizia de' preti, sempre e per me e per miei gli domandava cose quale era suo debito dare, se non a me ad altri: officii, beneficii, grazie; e avute piú repulse, non però me tirava adrieto, anzi di nuovo entrava a ripregarlo. Voglionsi vincere di stracchezza e importunità, insieme e vincere e' competitori, non come molti fanno raportando e traendoli in invidia e malagrazia, - però che cosí aviene, a' principi e' raportatori tacendo sono sospetti, e referendo odiosi, - ma di virtú e merito vorremo essere primi; ché a chi chiede, solo basta fra molte una volta trovarlo facile e prono a darti, e le cose de' principi negate non però sono a voi sí vietate che in tempo non si possino conseguire. Rendettilo adunque meco in questo liberale, molto pregandolo, molto ringraziandolo, molto lodandolo presso de' suoi. E quello che tutto vincea, io d'ogni ricevuta beneficenza el premiava con doni, sicché mai de' suoi niuno si partisse da me senza mia liberalità, quale parte tenesse a sé, parte presentasse al Papa.
GIANNOZZO
O questa una ultima, Piero mio, di quante usasti buone astuzie, sempre a me la trovai ottima! E quale oggi sarà che in miglior fortuna non sé stessi contenga, e quasi fugga qualunque amicizia di chi meno si sia fortunato, e da cui e' s'aspetti no' altro essere per averne che gravezza e spesa? E chi non tutto sé dia a felici e abundanti uomini, sperando da loro aiuto e favore alle sue necessità e desiderii? Tanto siamo quasi da natura tutti proclivi e inclinati all'utile, che per trarre da altrui e per conservare a noi, dotti credo dalla natura, sappiamo e simulare benivolenza, e fuggire amicizia quanto ci attaglia. Né mi maraviglio se, come tu dicevi, e' preti ancora sono cupidissimi, quali insieme l'uno coll'altro gareggiano, non chi piú abbia quale e' debbia virtú e lettera, - pochi sono preti litterati e meno onesti, - ma vogliono tutti soprastare agli altri di pompa e ostentazione; vogliono molto numero di grassissime e ornatissime cavalcature; vogliono uscire in publico con molto essercito di mangiatori; e insieme hanno di dí in dí voglie per troppo ozio e per poca virtú lascivissime, temerarie, inconsulte. A' quali, perché pur gli soppedita e sominstra la fortuna, sono incontinentissimi, e, senza risparmio o masserizia, solo curano satisfare a' suoi incitati apetiti. Onde avviene che loro conviene eleggere non e' buoni, quali non sarebbono pronti ad essequire le cose brutte, ma solo volere chi sia testé atto a questa sua libidine e vizio, quale adempiuto segue in lui altra scelerata volontà; e per asseguirla si sottomette e come servo prega; e cosí di dí in dí

muta nuovi mezzani e interpetri a' nuovi suoi sporcissimi appetiti, onde fra chi fuori si vede escluso da quella ieri tanto intrinseca domestichezza e consuetudine, e costui quale ora possiede l'animo e guida le cose, nasce e arde maravigliosa malivolenza, e sempiterne gare e sètte arrabbiate in casa. E ciascuno, per essere in grazia, trama qualche nutrimento al vizio di colui cosí assuefatto a questa oscenissima e inonestissima vita, assediato da perditissimi e sceleratissimi assentatori, e quasi al continuo inceso e infiammato a nuova libidine e vizio, al quale sempre l'entrata manca e piú sono le spese che l'ordinarie sue ricchezze. Cosí loro conviene altronde essere rapaci; e alle onestissime spese, ad aitare e' suoi, a sovvenire agli amici, a levare la famiglia sua in onorato stato e degno grado, sono inumani, tenacissimi, tardi, miserrimi.

Qui Buto, quel ridiculo del quale sopra feci menzione: - Tutte queste vostre ragioni s'affanno, - disse, - alla mia brevissima, ma certo verissima e chiarissima. E troverrete cosí essere el vero: la natura ce 'l dimostra, che di cucuzzolo raso non bene si cava pelo. E sono questi preti fatti come la lucerna, quale posta in terra a tutti fa lume, e in alto elevata, quanto piú sale, tanto di sé piú rende inutile ombra.

Adunque sorrisono e levoronsi da tavola. Io indi e Carlo mio fratello entrammo a salutare nostro padre. Partitosi gli altri da Lorenzo nostro padre, sopragiunse Ricciardo. Piacqueli rimanere fra piú scritture ivi solo in camera con Lorenzo, credo a determinare e constituire fra loro qualche utile cosa alla nostra famiglia Alberta. Tornammo adunque in sala dove cosí trovai Adovardo rispondea a Lionardo:

ADOVARDO
Parmi certo sí, quanto dicevi, Lionardo, tutto el ragionare di Piero stato maturo, grave, e pieno di prudenza; e bene vi scorsi la sua astuzia e arte non poca; e non ti nego, comprese quelle tre oneste, voluttuose e utile amicizie. Ma parmi in questa materia già fra me non so che piú desiderarvi altro filo e testura, in quale né degli antichi ancora scrittori alcuno apieno mi satisfece.

LIONARDO
Sarebbeti forse Piero piaciuto piú, s'egli non in modo d'istoria, ma come sogliono e' litterati, avesse prima diffinita che cosa sia l'amicizia, poi diviso le sue spezie, e con quello ordine proseguito sue argumentazioni e sentenze, scegliendo di tutte quale e' piú approvasse.

ADOVARDO
Anzi a me piace la sentenza di Cornelio Celso, quale piú loda quel medico per cui opera si restituisca la buona sanità, e restituita si conservi, che di colui per cui sapienza sia noto se 'l cibo, come dicea Ippocrate, nello stomaco si consumi da innato alcuno in noi quasi ardore naturale, o se, come Plistonico discipulo di Parassagora affermava, si putrefà, o se, come ad Asclepiade parea, cosí si traduce indigesto e crudo. Cosí qui, se come el

medico cerca sanità, cosí el filosofo e chi disputa di queste cose cerca felicità, e la felicità non si può avere senza virtú; e se la virtú consiste in operarla, e se l'amicizia si dice officio di virtú, costoro udirò io piú molto attento e loderolli, se m'insegneranno quanto m'è certo necessario prima acquistarmi numero d'amici, già che niuno come di roba, cosí nasce ricco d'amici. Ma chi non se gli acquista, certo non si truova quanta li conviene copia d'amici. Poi quando nulla può in vita da mortali a noi in una ora essere e principiata e perfetta, costoro vorre'io a me dessono via a condurre la principiata amicizia in quello stato, quale egli stimano essere buono e onesto e da ogni parte perfetto: e se in questa opera qualche non prima a me noto e nocivo vizio in cu' io amava si scoprisse, rendano me dotto qual sia utile arte a quanto e' vogliono ch'io discucia la amicizia e non la stracci. E se tempo acadessi che io potessi revocarlo emendato ad onesto amarmi, vorrei non essere ignorante e poco saputo a ritrarlo e raggiugnermelo di vera amicizia, quale, poiché vediamo quanta sia ne' mortali instabilità e volubilità d'ogni pensiero e instituto, ancora non meno desidero sapermelo in perpetua benivolenza e fede molto conservare. Nam e che utile porge in vita sapere disputando persuadere che la sola qual sia amicizia onesta persevera durabile e perpetua piú che l'utile o la voluttuosa? che ancora troverrò io forse piú numero d'amici, quando Pitagora filosofo m'arà persuaso che degli amici tutte le cose debbano fra chi insieme s'ama essere comuni? che credo quelli me ameranno con piú fede e piú constanza, quando Zenone, quell'altro, o Arestotele filosofo m'arà persuaso che l'amico, come domandato Zenone rispuose, sia quasi un altro sé stessi, o sia, come rispuose Aristotele, l'amicizia ha due corpi, una anima? Né Platone ancora mi satisfa dicendo che alcune amicizie sono da essa natura quasi constituite, alcune unite con semplice e aperta coniunzione ed equalità d'animo, alcune con minor vinculo collegate e solo con domestichezza, conversazione e convivere, uso d'amicizia, contenute; quali tre e' nomina la prima naturale, l'altra equale, l'ultima ditta da quella antica consuetudine ch'e' cittadini di qui divertivano a casa quelli là, e' quali si riducono simili qui ospiti apresso di costoro, e per questo s'appella ospitale.

Queste adunque simili scolastice e diffinizioni e descrizioni in ozio e in ombra fra' litterati non nego sono pure ioconde, e quasi preludio come all'uso dell'arme lo schermire: ma a travagliarsi in publico fra l'uso e costume degli uomini, se null'altro aducessero che sapere se la madre piú che 'l padre ama e' nati suoi, o se l'amor del padre verso e' figliuoli sia maggior che quello de' figliuoli verso el padre, e qual cagion faccia e' fratelli insieme amarsi, temo loro interverrebbe come a quel Formio peripatetico filosofo, al quale Annibal, udita la sua lunghissima orazione dove e' disputava de re militari, rispose avere veduti assai, ma non alcuno pazzo maggior che costui, el quale dicendo forse stimasse potere in campo e contro all'inimici quanto in scuola ozioso disputando. E ben sai, in tanta diversità di ingegni, in tanta dissimilitudine d'oppinioni, in tanta incertitudine di volontà, in tanta perversità di costumi, in tanta ambiguità, varietà, oscurità di sentenze, in tanta copia di fraudolenti, fallaci, perfidi, temerarii, audaci e rapaci uomini, in tanta instabilità di tutte le cose, chi mai si credesse colla sola simplicità e bontà potersi agiugnere amicizia, o pur conoscenze alcune non dannose e alfine tediose? Conviensi contro alla fraude, fallacie e perfidia essere preveduto, desto, cauto; contro alla temerità, audacia e rapina de' viziosi, opporvi constanza, modo e virtú d'animo; a qual cose i' desidero pratico alcuno uomo, da cui io sia piú in fabricarmi e usufruttarmi l'amicizie, che in descriverne e quasi disegnarle fatto ben dotto. Cosí adunque vorrei dell'amicizia m'insegnassero acquistarla, accrescerla, descinderla, recuperarla, e perpetuo conservalla.

LIONARDO
Questo ordine tuo apresso e' dotti credo, Adovardo, non poco sarebbe approvato, ché cosí la natura el conduce. Né quelli scrittori antiqui però stimo a te meno per questo satisfacciano, se per altri loro principii e processi dimostrano prima la vera amicizia nulla essere altro che coniunzione di tutte nostre divine cose e umane, consentendosi insieme e amandosi con aperta e somma benivolenza e carità. Né se non solo tra e' buoni consisterà questa vera amicizia, poich'e' viziosi sempre a sé stessi sono odiosi e gravi, pieni sempre o di tedio o di sfrenata libidine, adunque e meno atti con altri ad amicizia. Onde quinci descrissero le differenze di varie amicizie, e di quelle qual sia stabile e vera, e in quella ottima quali sieno ottime e santissime regole a ben fruttarla: ché sai loro essere precetto, che prima si giudichi quanto quello sia atto ad amicizia, né cominci ad amare chi tu non bene conosca fido e diritto; e siamo ad amarlo non troppo da principio inclinati e quasi ruinosi, ma sostegniamo l'impeto della benivolenza; e ogni cosí nostro affetto, dicono, con prudenza e modestia si fermi e temperi; e poi ivi datosi ad amare, sia fra noi nulla fitto, nulla simulato, nulla non onesto, sempre vero e volontario officio e pronto beneficio retto e contenuto non da ambizione o cupidità, ma da vera, constante e ferma virtú. E se pur forse quello ordine tuo te piú dilettasse, troverai credo apresso e' scrittori antiqui da copioso in qual vogli parte satisfarti.

ADOVARDO
Né io a te negherei, Lionardo, e' precetti antiqui assai essere utilissimi, né però ti concederò che in questo artificio siano quanto vi desidero scrittori molto copiosi; già che oggi, come tu sai, troviamo in questa materia de' nostri scrittori non molti piú che solo Cicerone, e in qualche epistola Seneca; e de' Greci hanno Aristotele, Luciano. E questi non li biasimo, ma né molto in questa parte credo altri che io gli lodassi, a cui sempre qualunque scrittore fu in reverenza e ammirazione. E dicono che la virtú è vinculo e ottima conciliatrice della amicizia, e che l'amicizia fiorisce a buon

frutto, poiché fra loro el beneficio sia ricevuto, lo studio conosciuto, adiuntovi consuetudine. E dicono starvi la virtú ad onestà, la consuetudine a iocondità, ed esservi una quasi necessitudine creata dai benefici, quale induca ad amare. Simile né molto suttili, né assai al vivere utilissimi detti sí certo sapevi tu non inesperto prima che mai gli leggessi altrove scritti. E quale sí sciocco in tutto e nulla intendente non conosce che e' beneficii, l'essere studioso e assiduo in cose quale sieno grate, fanno averci cari e amati? Ma non ciascuno dotto in lettere saprà porgere la sua virtú con modo e dignità a farsi valere a benivolenza e amicizia, né saprà quello scolastico dove e quanto l'asiduità, lo studio, el beneficio, in questo piú che in quello ingegno, luogo e tempo giovi e bene s'asetti; quale cognizione dico, e tu non credo neghi, essere necessaria. Né puossi bene averne dottrina solo dai libri muti e oziosi. Conviensi in mezzo alle piazze, entro a' teatri e fra e' privati ridutti averne altra essercitazione e manifesta esperienza. Non truovo io sí facile conoscere que' buoni a chi solo piaccia la virtú, né a tutti con mio officio e beneficio, quanto desidero, tanto m'è licito far noto l'animo mio verso di lui; né per nostra assiduità e frequente uso a noi sempre fie luogo a ricevere frutto della amicizia. Quanto si truova raro che quella parità ed equalità d'animo fra gli amici risponda a quel antico detto del nostro poeta latino Ennio: l'amico certo si possa conoscere ne' casi incerti! Dicoti, Lionardo, non fia forse come gl'indotti si stimano facile, no, acquistarsi gli amici; che industria non vi bisogni altra che pur solo sapere se la amicizia fu trovata per sovenire alle necessità, o se doviamo essere di quel medesimo animo verso gli amici di quale e' sono verso di noi, o se la amicizia si debba ad altro alcun fine che solo a frutto di vero e onesto amore.

LIONARDO
Quasi, Adovardo, come se tu poco avessi in questa parte apresso ciascuno scrittore veduto piú e piú ammonimenti ed essempli utilissimi; ché non solo e' filosofi, ma e ancora ciascuno istorico a me pare pieno di documenti perfettissimi a ogni uso di qual si sia amicizia, quali credo non posponi ad alcuno essemplo tratto di mezzo il volgo e moltitudine. Né credo truovi posta apresso della istoria meno che apresso di qualunque espertissimo plebeo, prudenza e ragione del vivere. Se la età lunga presta conoscimento di varie cose, la istoria vedi comprende piú d'una non solo età, ma secoli. Se l'avere udito, veduto, provato molte cose porge cognizione e cauta astuzia, la istoria e vide e conobbe e cagioni ed effetti, e piú a numero e piú maravigliosi, con maggiore autorità e dignità, che qual si sia mai diligente padre di famiglia in vita. Della istoria adunque e degli altri ancora litterati potremo facile trovare e coadunare questa industria e artificio tuo, quando da' filosofi arai compreso che ogni tuo studio e opera sarà con piccolo profitto, se non osserverai loro precetti e amonimenti in eleggere virtuosi e studiosi amici; quali precetti se poco valessero ad amicizia, nulla ti

nocerebbono no' gli osservando, dove ti noceranno poco osservati.
ADOVARDO
Maravigliomi che tu della istoria, quale solo sempre recita perturbazioni di stati, eversioni di republiche, inconstanza e volubilità della fortuna, preponga dedurmi precetti a conseguire quanto voglio amicizia. Son certo della dissensione quale venne fra' Cartaginesi e' Latini per ottenere ciascuno l'isola di Cicilia, tu estrarrai e' vincoli della amicizia, e dalle insidie e prede fra loro seguite, tu comporrai arte da condurmi in tranquilla e dolce coniunzione e unione d'animo. Riderei se tu meco facessi professione monstrarmi con quelle occasioni e ruine delle terre in che modo io potessi godere con felice amicizia.
LIONARDO
E' sono apresso gli storici e apresso e' filosofi essempli e detti infiniti ad acquistarsi amici accomodatissimi, dolcissimi a leggerli, degnissimi a mandarseli a memoria, pieni d'autorità, e da nulla parte da poco udirli e stimarli. Olimpia, madre d'Allessandro macedone, solea scriverli fusse studioso d'acquistarsi amicizia con doni, beneficio, e con quelle cose donde egli ampliasse e di sé promulgasse laude e gloria. Ed era in prima sentenza di tutti gli stoici filosofi, nulla più trovarsi attissima a farsi amare che la virtú e la onestà. Cosí Teseo, quello che superò el tauro maratonio, fu dalla fama e lode di Ercule mosso ad amarlo. Temistocle, dice Plutarco, acquistò fra' suoi gran benivolenza, perché in magistrato rendendo ragione era iustissimo e severissimo. Aulo Vitellio, quello quale doppo la morte di Silvio otenne il principato in Roma, scrive Suetonio, perché era in augurii perito, fu a Gaio imperadore amicissimo; e non meno a Claudio fu costui medesimo accettissimo, perché e' bello giucava a tavole. A Ottaviano piacque Mecenas, perché lo provava taciturno; piacqueli Agrippa, quale vedea pazientissimo in ogni fatica. A Catone, vedendo Valerio Flacco suo vicino in villa molto assiduo dare opera alla agricultura, di quale Catone troppo si dilettava, el prese in amicizia. In questi adunque valse la virtú e similitudine di studio alle cose oneste e lodate.
L'utilità, e' benefici, e' doni, quanto e' giovino chi nollo sa? Tito Quinzio Flamminio, dicono, perché co' suoi decreti rendette libera la provincia Asia dalle molte false iscritte usure in quali ella iacea oppressa, acquistò apresso di tutti que' provinciali maravigliosa benivolenza, e tanta gli fu in teatro renduta festa e gratulazione, che per le grandissime in alto voce messe dal popolo lieto, uccegli non pochi storditi e stupefatti cadderon in mezzo della moltitudine. E che non possono e' doni? Non solo conciliarsi nuovi amici, ma e reconciliare a grazia e' già incesi animi di grave malivolenza e indurato odio. La famiglia de' Fabii in Roma, non in quel tempo assai grata al popolo, quando ricevette in casa e governò a sanità gran moltitudine di feriti in quella battaglia in que' dí fatta contro gli Etruschi popoli, ove Fabio consule fu morto, per questo recuperò l'antica e buona grazia. E prima

sendo el Senato in grande odio e dissension col popolo, fece decreto che si distribuisse stipendio a' cittadini romani quali ivi erano in essercito; e a questo uso si coniorono e' primi in Italia danari. Cosí quelli prima alienati, ora per questo dono ritornorono in grazia e pacifica amicizia.

Né solo si domestica co' doni l'uomo, ma e le bestie. Scrive Aulo Gellio che Androdoro servo d'un romano uomo nobile e consulare in Africa, fuggitosi dal suo padrone in luogo deserto, curò in quella spelonca ove e' latitava, uno lione ferito da un stecco nel piè, e per questo beneficio fra loro tanta nacque coniunzione che poi insieme vissero anni tre in summa concordia. E in merito del ricevuto beneficio el leone qualunque dí all'uomo portava parte delle prede sue, quale Androdoro a mezzo dí alla vampa del sole incocea, e cosí sé pascea e sostentava. Acadde che preso el lione e tradutto a Roma, all'uomo convenne altronde procacciarsi; e uscito della spelonca fu ripreso dallo essercito di colui a cui egli era fuggitivo servo; e dipoi, per punire la sua contumacia, fu adiudicato alle bestie, a qual morte gli sceleratissimi ivano condennati. Cosa miracolosa! ché subito veduto dal suo amico lione Androdoro, da lui fu quasi in grembo ricevuto e dall'altre fere salvato. Per quale spettaculo mosso gli animi della moltitudine, fu el servo e il lione donati a libertà, e usciti in publico, dicono, tanta era consuetudine fra la fera e l'uomo, che con sottilissimo freno Androdoro servo menava quasi al lascio el suo leone per tutti gli artefici di Roma, e diceasi: «Ecco l'uomo amico del lione, e il lione hospes dell'uomo». E Seneca simile scrive avere veduto tale spettaculo maraviglioso certo e incredibile. E ancora e' buoni scrittori e Plinio mandorono a memoria come quella serpe in Egitto, usa pascersi alla tavola di quello uomo a cui uno de' suoi serpentelli morse e uccise el figliuolo, conosciuto che per colpa del suo era viziata l'amicizia, in vendicarli la ingiuria lo uccise, e sé stessi cosí privò del caro suo figliuolo. Né contenta a questo, poi piú ebbe audacia di ritornare sotto que' tetti, dove tanto era vivuta familiare, e dove tanta per e' suoi fusse stata commessa ingratitudine. Adunque ben conoscea divo Tito, quanto Suetonio e anche Eutropio affermano, se molto valessero e' doni ad amicizia, poiché la sera ridutto solo, si dolea quando in quel dí nulla avea o promesso o donato a chi che sia.

E simile vedrai nascere grande benivolenza fra coloro quali insieme aranno ioconda e voluttuosa conversazione. E dicea Platone gl'uomini quasi com'e' pesci con l'amo, cosí colla voluttà pigliarsi. Scriveno che a Perseo tanto dilettò el generoso aspetto di Teseo, e a Teseo tanto fu gratissimo la presenza e bellezza di Peritou, che sola quasi questa fu prima cagione a insieme coniungergli d'amicizia. Fu Pisistrato a Solone e a Socrate, dicono alcuni, fu el suo Alcibiade amicissimo, perché erano di forma bellissimi. Marco Antonio acquistò amicizia non pochissima protraendo colla gioventú ragionamenti amatorii, e servendo alle passioni degli innamorati. Silla, referisce Sallustio, fu meglio voluto dal suo essercito, poiché lo lasciava in

Asia oltr'al severo costume antiquo romano essere lascivo. E potrei simile infinite istorie e detti raccontarti, per e' quali arai ottime imitazioni a estraere precetti utilissimi ad acquistarti amici; qual cosa chi sappia e chi certo sa rendersi per simili occasioni e ragion di vivere amato, costui con quello artificio saprà e in tempo rinnovare, e quanto basti in loro accrescere molta benivolenza e ferma grazia; quale, a mantenerla, nulla stimo piú ivi ben sia accommodato che l'uso frequente, lieto, onesto e nutrito non senza qualche utile. E contro, a discinderla chi negasse che 'l disuso piú che cosa altra alcuna molto giova? Cosa niuna tanto cancella dell'animo qualunque ferma inscritta si sia memoria, quanto fa la dissuetudine.

ADOVARDO

Eh! quanti precetti qui necessari mancherebbono, Lionardo, a chi volesse lato e diffuso disputarne! come se chi forse avesse dagli astronomi udito che Marte disponga impeto di esserciti e furore d'arme, Mercurio instituisca varie scienze e suttilità d'ingegno e maravigliose arte, Iove moderi le cerimonie e animi religiosi, el Sole conceda dignità e principati, la Luna conciti viaggi e movimenti feminili e plebei, Saturno aggravi e ritardi nostri pensieri e incetti; e tenesse di tutti cosí loro natura e forza, dove nolli fusse noto in qual parte del cielo e in quanta elevazione ciascuno per sé molto o meno vaglia, e con che razzi l'uno all'altro porga amicizia o inimicizia, e quanto coniunti possano in buona o mala fortuna, certo sarebbe non costui astrologo. Ma quella semplice cognizione di que' nudi principii, a volere bene in quella arte venire erudito, sarà tale che senza esse nulla potrà; con esse non però arà che introito ad aprendere l'altre quasi infinite ragioni a prevedere e discernere le cose, a quale el cielo tende per produrle. Cosí qui ora que' tutti essempli e sentenze, quali affermo sono apresso gli ottimi scrittori utilissimi e copiosissimi, non però prestano quanto aiuto ci bisogna. E ramentami in questo pensiero e investigazione qualche volta meco iscorsi non le cagioni solo onde nascessero le amicizie, ma e ancora el modo e quasi legge d'intrarvi. E vidi nascere l'amicizia, o per nostra industria, o per opera di chi noi quasi invitati coniugniamo a darceli benivoli e cupidi dello onore e utile suo. Intesi quanto conferia a cosí farsi chiedere, el sapere porgersi onesto, modesto, facile, affabile, iocondo, astinente, officioso, mansueto, e animoso ancora e constante, e chiaro di buona fama e nome. Vidi quanto allettava darci a qualunque lodati e buoni, quasi come refuggio e porto, dove truovino fedel consiglio, pronta opera, presto aiuto, e in ogni loro cosa diligente cura, molto e assiduo officio. Conobbi la liberalità, osservanza, munificenza, gratitudine, fede, religione, e in tutti buona speranza di noi e buona espettazione, queste essere ottimi interpetri della amicizia. E meco compresi bisognarci varie arti, vario ingegno, e non poca prudenza, e molto uso a legarsi gli animi degli uomini, quali sono, quanto nulla piú, volubili, leggieri, facili a ogni impeto a quale e' sieno incitati; minima favilla in loro incende grandissimo odio, minimo lustro di virtú gli

abbaglia ad amarci. E come chi prima piglia la somma foglia del ramo, poi prende la vetta piú ferma, appresso abbranca el tronco e piegalo, e carpisce el frutto, cosí conviensi a trattare le menti e ingegni umani, non in un tempo volerli avere irretati, ma prima tendere e con maturità procedere: ieri salutarli, e bastò darli di te buona presenza e dolce aria, per quale e' ti giudicasse non incivile né imperito; oggi inseminarli qualche espettazione, qualche desiderio d'essere teco domani. E quasi sarà niuno a cui non paia lungo aspettare quel dí quale arai predettoli, nonché di dirli o darli cosa gli piaccia, ma e di chiederli e aoperarlo in tuo alcuno non ancora dettoli bisogno, tanto, non so come, siamo da natura cupidi e frettolosi a conoscere ogni cosa. E sarà quasi niuno quale non desideri trovarsi spesso con chi gli renda onore e prestili iocondità e onesto riso.
Ma constituiva io meco non però sempre da condursi a quel certame con qualunque in mezzo si presentasse. E sono io però, sí, non nego, di quelli che vorrei da' buoni e da' non buoni essere amato, già che qualunque odio può nuocermi, e l'amore di chi si sia conduce in tempo a' nostri bisogni; né si biasima chi col pericolo de' non ottimi cittadini propulsa e vendica l'iniurie ricevute da' viziosi e perduti uomini. Pur sempre, quanto in me fusse, fuggirei la consuetudine e familiarità de' mali e scellerati, de' quali assentisco a que' filosofi che affermano mai potere se non tra' buoni essere amicizia. A chi può essere caro altri piú ch'a sé stessi? Non amano sé stessi e' mali. Sempre sono seco gravi e molesti, ora ricordandosi de' suoi passati delitti, ora pendendo coll'animo a qualche nuova scellerata impresa, e ora essaminando e giudicando quanto e' siano vacui di virtú. Compiuti di vizio, in odio agli uomini, mal grati a Dio viveno miserrimi. Agiugni che l'amicizia de' viziosi sta piena d'incommodi, danni, difficultà e gravissima sollecitudine; alla fine convienti o insieme col vizioso amico cadere in infamia, o partirti inimico. Adunque fuggo e' non buoni, e contro, apparecchio me a prendere tutto el numero di chi a me paian buoni.
Discerno e' buoni da' non buoni per molti segni, fra' quali el nome e fama vulgata assai mi testifica e persuade quanto ciascuno sia degno d'essere amato. E sempre conobbi ottimo segno di vera probità in colui, quale vidi astenersi dalle voluttà, darsi con studio e opera e diligenza alle cose in prima lodate e non poco faticose. E per meglio potere conoscere e agiugnersi molti buoni, chi dubita bisogna non tenersi in solitudine, ma conversare in mezzo alla moltitudine? Dove non lodo chi a tutti sé dia pur a un modo facile, e biasimo chi, non servata ogni dignità, usa o gravità o umanità dove e come e quanto non bene sia assettata. Alcuni dispiaceno perché poco degnano; alcuni men piaccono quando quasi publici abracciatori salutano questo, baciano quell'altro, arrideno a un altro, e con troppa blandizia, assentatori e servili, se gettano a gratificare a qualunque se gli presenti. Ameremo adunque in ogni cosa accomodarvi modestia. Né per allettarci grazia faremo che noi perdiamo dignità e autorità, quali due cose sempre ad

amicizia utilissime, non sanza fatica s'acquistano, e facile si perdono. Uno atto di levità, una parola inconsiderata cancella di noi spesso buona oppinione. Adunque in ogni nostro processo serviremo agli occhi della moltitudine, poiché nostro officio fie piacerli quando indi instituimo sceglier copia d'amici a noi.

Ma chi può dire qual sia varietà maggiore ne' visi degli uomini, o pur ne' loro animi? Vedrai alcuni gravi d'aspetto, moderati nelle parole, duri a rispondere, severi al giudicare, iracundi al disputare, superbi al contendere, quali vizii sono comuni alle ricchezze e prosperità della fortuna; alcuni motteggiosi, festivi, lieti, ridiculi; alcuni pacifici, remissi, taciturni, umili, vergognosi; alcuni petulanti, audaci, inconsiderati, iattabundi, subiti, volenterosi; e alcuni, come Callicles dicea presso a Plauto poeta, staranno doppi e moltiplici, non d'ingegno solo e animo, ma in ogni risposta e atti e parole, che mal potrai conoscere a qual parte e' pervengano ad amicizia o ad inimicizia. Cosí, tanto si truova diversità e corrotta natura in fra e' mortali! Né iniuria, Teofrasto, quello antiquo filosofo, in età sino anni novanta, si maravigliava che cagion cosí facesse e' Greci, tutti nati sotto un cielo e con ordine d'una equale disciplina e costume educati e instrutti, tanto fra loro l'uno essere all'altro dissimile. E onde questo, che alcuni, quando molto mostrano lodarti, v'agiugnono cose che piú siano a biasimo e vituperazione che a lode, in modo sí escusato che tu non hai aperto da dirti offeso. Altri in ogni vita ambiguo; altri ostinato, arrogante; altri perfidi, fallaci, quali aperto lodando e applaudendo e cedendo studiano locar sé superiori, e da te molto essere ubiditi e beneficati. E cosí quasi vederai trovarsi niuno in cui non sia qualche segnato mancamento in suoi costumi, e certo in la ragione del vivere, rari che sappino in sue oppinion e voglie, instituti e opere tenere quella mediocrità qual tanto piace a' peripatetici filosofi, che nulla da noi sia superchio, né si pecchi verso el troppo, né verso el poco.

Ma, né io a te negherò che la virtú molto vale darci a qual si sia uomo benivoli e accetti, poiché sí da natura tutti siamo affetti a' virtuosi, e tanto ci muovono le loro lodi a pregiarli e reverirli. E niuno sarà che neghi ciascuno dato a virtú molto meritar lode, e pertanto grazia e buona affezione verso di sé. E appresso confesserotti che ogni dissimilitudine di vita, di costumi, d'uso, d'età, di studii disturba e non permette quello qual dica Empedocles, che simile a quello che aquaglia el latte, cosí con amore si concreino insieme gli animi e couniscono; e qualunque similitudine sia, dico, molto alletta e invita gli animi a comunicare amore. Quello famoso in istorie Timone ateniense, uomo acerbissimo e duro, volle in familiare amico, quale e' dicea piacerli, Alcibiade, giovine ardito e concitato, perché a lui parea costui, quando che sia, sarebbe a molti cittadini pestifero e calamitoso. Amò ancora Apemanto, uomo bizzarro e simile a sé. E leggesi che, per acquistarsi la benivolenza de' popoli barbari, Alessandro vestí stola e abito barbaro. E Marco Catone mi ramenta che, per molto darsi caro a' suoi uomini d'arme, volle in cosa niuna da loro aversi dissimile. Per quali tutte cose ben conosco quello testé che giovanetto e in queste lettere non tanto erudito, ma dotto dalla natura discerneva, ogni ancora forse dislodata similitudine conciliare fra' mortali pari amicizia. E provai ne' miei primi anni in Genova molto a me giovò questa astuzia, che giunto ivi e solo di conoscenze, finsi amare una quale fra l'altre stava in bellezza e gentilezza celebratissima fanciulla; e con questa licenza me tragittai fra gli altri nobili giovani dati in quella età all'ozio amatorio, appresso de' quali principai notizia e familiarità a me e a' miei fino in questa età utilissime.

Ma tanto t'afermo essere alcuni sí da natura proni e proclivi ad amicizia, che piccola ombra di virtú e qualunque segno di simili studii li eccita e conduce a benivolenza. Alcuni, contro, sono ad amare tardi e rattenuti, in qual numero e' vecchi, benché d'animo e studii a te simili, pur costoro piú sono che i giovani tardi e pesati a contraere nuove amicizie. Né forse gli biasimerei, poiché provorono in molta età alcuni tanto tramare quasi pattuita amicizia per solo valersene, e collo altrui sudore e fortune pascersi. E quasi niuno correrà a congiunger nuova teco benivolenza senza suo qualche utile proposito e sperata commodità. I giovani quasi tutti godono acumularsi nuove grazie, né pochi sono que' poveri e in le sue fortune male constanti, quali, suo artificio, sottomettono sé, e con industria profferendosi e quasi adescando rendono sé amati. Quali cose poiché cosí sono, varie adunque arte, vario ingegno ci bisogna. Né pur solo, come dicea Zenone filosofo, sono ottima presa gli orecchi, quale interpreto io con eloquenza, o forse in prima con buona fama di noi e commendazion, molto ad acappiarsi gli animi umani: ma sono lacci ancora non pochissimo atti in noi l'indole e la presenza e 'l modo del vivere civile, e' gesti degni e aspersi di umanità e parati a grazia. Né sarà che tu possi se non piacere, se in ogni tuo atto, detto, fatto, abito e portamento te presenterai modesto, costumato, ornato di virtú. E raro acaderà che di dí in dí non succedano nuove coppie a iniziar teco nuova conoscenza e assiduità, se, come dicea Cicerone al fratello suo, el volto e fronte, quali sono quasi porte dell'animo nostro e addito, mai saranno a persona non aperte, e quasi publice e liberali. Verranno gli studiosi di lettere e dati a cognizione delle suttilissime cose e difficillime arti; costoro desiderano te testimone e promulgatore della fama e lode sue. Quelli operosi a' traffichi e a mercantia ancora teco proccurranno e adatteranno qualche utile. A' fortunati possenti giovani e splendidi manca in prima al loro appetito tradursi a sera con qualche volutà; e questi non saranno ultimi a usufruttare quella sí loro grata quale in te vedranno umanità e gentilezza. Tu con ciascuno di questi ramenterei immitassi Alcibiade, quale in Sparta, terra data alla parsimonia, essercitata in fatiche, cupidissima di gloria, era massaro, ruvido, inculto; in Ionia era delicato, vezzoso; in Tracia con quelli s'adattava a bevazzare ed empiersi di diletto; e tanto sapea sé stessi fingere a quello acadea in taglio, che sendo in Persia,

I LIBRI DELLA FAMIGLIA

altrui patria, pomposa, curiosa d'ostentazioni, vinse el re Tisaferne de elazione d'animo e di magnificenza.

Ma per in tempo accommodarsi e accrescere amicizia, fia luogo comprendere ne' gesti, parole, uso e conversazioni altrui, di che ciascuno si diletti, di che s'atristi, qual cosa el muova a cruccio, ad ilarità, a favellare, a tacere. E per piú certificarsi quali in loro siano affetti e proclinazioni d'animo e volontà, non manca certa ottima astuzia da non molti conosciuta: due e piú volte recitare vera o fitta alcuna istoria, con che arte e modo quello amatore condusse e' suoi amori, con che diligenza, callidità e solerzia quello conseguisse el guadagno, con quanto studio, assiduità e ardore quell'altro sé tutto desse alla dottrina e cognizione delle lettere, allo essercizio militare, o a qual altra opera e cosa teco facci conietura secondi chi t'ascolta; e in quella narrazione, nulla con ostentare tuo o ingegno o esquisita eloquenza, ma con puro e semplice modo di ragionare, notare ogni suo movimento di volto, di gesti, e in ogni risposta quanto appruovi e quanto biasimi. Bruto e Cassio, coniurati a vendicare la libertà della patria sua, quale Gaio Cesare avea con arme occupata, proponendo in mezzo forse simili disputazioni, se per beneficare el popolo sia lodato porre in pericolo el senato, o se la discordia civile fusse a' cittadini meno che 'l tiranno grave, argomentando compresero quanto a Statilio epicurro e con Favonio imitatore di Catone potessero poco communicare, o commettersi a loro constanza e fede.

Né meno fu prudenza in messer Benedetto Alberto vostro avolo, Battista, uomo civilissimo, quale in Ponente alle compagnie e a que' grandissimi loro traffichi mandava uno in vista modesto, alle faccende assiduo, ne' costumi assai moderato giovane, in cui non conoscevi scoperto biasimo alcuno. Qual cosa fece che messer Benedetto dubitava in costui essere pur qualche vizio, ma sí grande e sí bruttissimo che però molto s'afaticasse occultarlo. Né dubitava in qualunque uomo, per ottimo che sia e santissimo, poiché siamo terreni e quasi sforzati con piú stimolo seguire la volontà e appetito che con vero iudicio e integrità ubidire alla ragione, però sempre in noi sedere qualche menda e difetto. Adunque con molta diligenza molto notando e pesandolo, solo una prima volta a tavola el vide, cenato, maneggiare que' minuzzoli rimasi del pane, quale chi getta e' dadi. Subito per questo poi a messer Andrea suo primo figliuolo, cavaliere giovane, quale, se ora fusse in questa età in vita, non dissimile allora di costumi e di studii, oggi sarebbe d'autorità e fama al padre non inferiore, commisseli tentasse el giovane prima a scacchi, tavole, e simili non inonesti, onde poi seguisse tentando quale esso sé avesse agli altri piú dislodati e brutti giuochi. Cosí el trovò non utile a chi e' fidasse suoi danari e traffichi. Simile adunque astuzie non poco aitano a discernere la vita e costumi in altri, benché occulti.

Onde poi conosciuta la natura e modi di quelli quali tu proponi accoglierti e accrescerti ad amicizia, sta luogo usare la industria di Catelina, uomo in questo certo prudentissimo e ottimo artefice, quale a questo donava lo sparviere, a quello l'arme, a quest'altro el ragazzo, e a tutti quello di che in prima si dilettasse. E vidi io inseminare e farsi molto maggiore la benivolenza, non raro ancora fra chi te mai non vide, quando fummo lodatori e quasi promulgatori delle virtú sue; quando difendemmo la dignità, autorità e nome suo appresso de' maledici e detrattori; quando fummo a' suoi amici e procuratori con nostra opera, consiglio e suffragio utili, e in aiuto a conservarli e accrescerli utilità e pregio; quando sovvenimmo alle loro espettazioni e desiderii. E seguirò io pur qui teco essere inetto, Lionardo, quasi come instituendo te in amicizia, omo quale piú che altro alcuno sempre conobbi da tutti molto amato. Né so come entrai, e forse temerario seguitai questi ragionamenti, degni, quanto ora m'aveggio, di piú premeditata e piú erudita ragione di dire, che confesso non è in me. E che dirai, Lionardo? che siano ampli questi luoghi, e dove per adempier a ciascuno, bisogni copia di precetti maggiore assai, che tu non dicevi bastare a tutta la materia? Tu solo affermavi, quel che né io nego, l'utile, la onestà, la voluttà dare principio ed essordio alle amicizie; e chi fusse artefice buono di creare nuove a sé benivolenze, costui assai era dotto a innovarle e raccenderle già spente, e farle maggiori.

LIONARDO

Non te con questi sotterfugii, Adovardo, sottrarrai, che tu oggi non dia questa intera e ottima opera qui a Battista e Carlo, quali desiderano molto essere a te simili bene amati, el quale in questo tuo ragionare fusti nonché non inetto, ma in prima non poco facundo e copioso; e adducestimi in questa sentenza, che io affermo cosí trovarsi artificio ad amicizia in mezzo l'uso e conversazione degli uomini piú molto, che ne' nostri, quali io troppo approvava, libri e discipline scolastiche. Onde tu, el quale sempre studiasti in acquistarti grazia e benivolenza, se contro a' tuoi precetti forse, qual non credo, vorrai darti a noi difficile e duro a satisfare a' desideri, alle petizioni, alla utilità nostra, sia certo nulla ti crederemo sia quanto recitasti. Se già non giudicassi forse, o poco essere a noi grati e utili e' tuoi ricordi in questa materia, o forse piú cureresti altrove essere dagli strani per tuo beneficio che da' tuoi amato, dorremoci se verso di noi, qual usasti verso di tutti gli altri, non userai la tua natura e costumi facili, umani e liberalissimi.

ADOVARDO

E appresso degli altri m'è grato locarmi con benivolenza, e sempre mi fu a cuore quello che mi sarebbe vituperio se appresso de' miei ricusassi ogni dí piú essere carissimo. Ma ritiemmi ch'io vorrei averti premeditato, che pur sino a qui dicendo da me stessi desiderava ordine piú di cosa in cosa dedutto e meglio composto.

LIONARDO

E a chi sí delicatissimo sarebbe quello ordine tuo, Adovardo, stato ingrato?

dove prima ponesti l'amicizia e per nostra e per altrui opera principiarsi; subiungesti qual noi cose facciano chiedere, e quali rendano accetto a grazia e benivolenza; recitasti el modo a principiare familiarità; discernesti con chi fusse facile o difficile adattarsi e aggiugnersi a consuetudine e domestichezza, e ivi desti segni in prima patenti e noti; poi ci rendesti sagaci a investigare le occulte latebre degli animi umani; ultimo cominciasti fabricare e crescere su' primi congittati fondamenti maggiore e piú ferma amicizia: ordine nobilissimo. Tu tanto adunque seguita, e fa sí che per tua dottrina, quale dico utilissima e ne' nostri libri da me non prima intesa, noi e del tuo insegnarci multiplicare amicizia, e del nostro avere imparato, a te rendiamo, quanto ci fie debito renderti, premio se perseveri; e se non perseveri, non sapendo adattarci a questo officio di amarti, non potremo. Niuna scusa ammettiamo cupidissimi udir te, qual dicesti come si principii amicizia; ora udiremo quella in che modo si faccia maggiore e rendasi perfetta. Séguita.

ADOVARDO

In non pochissimi de' nostri e piú altrove cittadini studiosi d'avere molti benivoli, col cui favore e suffragio salgano in amplitudine e fra' suoi stiano temuti conobbi io questa fraude, che chi e' non poterono a sé forse quanto voleano allettarli e farseli domestici, curavano per altri fussero tratti in qualche litigio, o indutti in qualche nimicizia grave e capitale, o alfine intrigati in qualche aspera difficultà; onde ivi subito apparecchiati e' sollecitatori e promettitori, quasi vinti dalla necessità e proposita occasione, dove prima ricusorono chiamati darsi liberi amici, testé per uscire d'incommodo non restan pregare e obligare sua fede e opera a molto meritare da chi poi e' confessano sé essere servi. Non farò io cosí; né sarò di quelli che, per rendere piú caro el beneficio, sostenga voi in alcuno desiderio di cose ch'io possa; ché sarebbe contro a' primi vulgatissimi precetti d'amicizia, se cosí recusando ubbidirvi diservissi a fine di piú essere amato. Ché pur stimo tanto l'ordine mio non vi dispiace, che non qui a me bisogna cosí fare come chi preserva pregio alle gemme con essere avaro e duro a dimostrarle. Ma divolgarete voi in publico ch'io uomo ingegnosissimo trovai nuove e non prima scritte amicizie? Chi potrà tenersi che di voi non rida, quali sí attenti me ascoltasti? Niuno sarà ancora tinto di lettere, che me non riprenda arrogante e non contento della dottrina e scritti de' maggiori, tanta età da tutti approvati.

LIONARDO

Riderebbe certo Battista qui e Carlo, se, dove a te qui protestai volerti udire e accettare da te scusa niuna, tu qui ora con questa insinuazione fuggissi satisfare al desiderio ed espettazion nostra. E in questi nostri ragionamenti familiari assai sarà averci, quanto chiediamo, giovatoci. Quando altrove acaderà, satisfarai al volgo e a' litterati. Ora sappi a te s'appartiene dar qui opera che noi conosciamo te, quanto affermi, nulla volere che noi lungo desideriamo la tua facilità.

ADOVARDO

Vincetemi. Uditemi. Seguita vedere qual cosa, e in che modo accresca e rendasi perfetta la amicizia; poi seguita, se cosa disturbasse el corso dello amore, quali io ivi stimi ricordi necessarii. Diremo poi del ricuperare, e ultimo narrerò cose non vulgari né poche necessarie a conversare fra' vostri cittadini e fra gli strani; e vedretele accommodatissime a lungo conservare la inviata e cresciuta grazia e benivolenza. Udirete adunque del conducere gli animi accesi di benivolenza a perfetto e ardentissimo amore, degnissimi e sapientissimi detti, se prima, di que' tutti, quali dicemmo trovarsi varii e multiplici ingegni, quanto resta esplicheremo chi di loro piú sia degnissimo in cui pogniamo ogni nostro studio, arte e opera per molto iungercelo a noi benivolo e amicissimo. Sarebbe chi forse in questo luogo sé estenderebbe, e ostentarebbe l'ingegno suo multiplicando a questa materia questioni: se forse ad amicizia piú siano atti i ricchi uomini che i poco fortunati; e quali sia piú in amore constante, o chi da te bisognoso domanda, o tu che libero el ricevi; e se i prudenti piú sono ch'e' non prudenti tardi a farsi familiari e domestici; e s'e' virtuosi piú altri amano, che da altri siano amati. E simili potre' io ancora qui addur non pochi, ma non forse molto qui accomodati dubii, quali altrove fra chi si diletta in scuole gloriarsi disputando piú saranno grati. Ma basti qui a noi tanto asseguire quanto Valerio Marziale antiquo poeta ne ammonisce, suo epigramma:

S'ancora forse dai te a farti amare,
poich'io te vedo atorniato d'amici,
cedimi, Ruffo, se t'avanza, un luogo;
e non mi recusar perch'io sia nuovo,
ché sí fur tutti i tuoi antiqui amici.
Tu tanto guarda chi ti s'apparecchia,
se potrà farsi a te buon vecchio amico.

Adunque per brevissimo assolvere questo luogo, cosí statuisco: e' fortunati e ben possenti uomini sono ad averli amici utilissimi; non tanto che possano beneficarti con sue ricchezze e amplitudine, ma ancora, quanto io provai per uso, che sempre diedi opera avermi familiare a' primarii cittadini in qualunque terra soprastetti, questi molto apreno via al concorso poi de' minori e plebei abitatori, quali tutti studiano con benivolenza e osservanza onorare e applaudere a chi el suo maggiore monstri fronte lieta, e presti non dure orecchie. E sono gli studiosi di lettere come cupidi di acquistare fama e nome, cosí certo prontissimi porgersi a qualunque degno, facile e liberale ad amicizia; ché iudicano la molta e con molti benivolenza essere non aliena da quale e' desiderano onore, e iudicano el promulgarsi noto fra le genti cosa essere molto coniunta a quale e' cercano fama e nome. Ma sopra tutti a vera amicizia e semplice amore attissimi sono quelli e' quali bene sino a qui ressero le già piú tempo principiate amicizie, e' quali per l'amico non ricusorono fatica, sé stessi profferirono a ricevere incommodi, spese e grave danno, e mai in pericolo e caso alcuno si dimenticaron la fede e officio della amicizia, e furono diligenti, cupidi e curiosi, servando e accrescendo utilità, laude, dignità, autorità e fama a chi e' già presono ad amarlo. Sono questi certo non molti, e rari. Ma chi non piú tosto diletti due o pure un solo vero, che molti fitti e lievi volgari amici? E forse come nell'altre communicazioni di essercizii, roba, officii e studii, el troppo numero de' collegati sempre fu grave all'onesto e senza sconcio sostenerlo, cosí forse in questo colligare gli animi non si loderà coniugarsi a molti. E quelli antiqui populi di Scizia in quelle loro col sangue suo iurate amicizie, che, come ti ramenta, uomini bellicosissimi per piú essere in battaglia forti contra a' nemici quasi necessitati a fermarsi ottima amicizia, a sé intaccavano el dito; e que' due o tre al piú, quali in quel sangue intinta la punta della spada e insieme beútone, prometteano mai l'uno in pericolo o fortuna alcuna all'altro venir meno, sai appresso delli antiqui scrittori s'appruovano, dove e' biasimavano e riputavano simile alle publice meretrici chi con piú coppie di simili coniurati sé patteggiassi. E ancora piace Aristotele e sua sentenza: come non atto la nostra casa riceverebbe mille e mille uomini, e altrove dieci o venti uomini non adempirebbono populo a una città, cosí in amicizia dicono bisognarvi certo e determinato numero d'amici. Parvi da investigare qual numero sia non grave né debole?

LIONARDO
E chi ricusasse non da tutti essere amato? Chi non molto dilettasse trovarsi amici numero quasi infinito? Sempre a me piacque quella nostra appresso de' nostri sacerdoti sacra e divina sentenza, quale comanda tanto ami el prossimo quanto te stessi: processo di carità con quale puoi avere a te commendatissimi tutti gli uomini.

ADOVARDO
Lodo la sentenza tua, per quale me induci a non preterire cose qui degnissime. Adunque, non per monstrarmi qui teco erudito, Lionardo, ma per esplicare me stessi solo quanto mi vedo essere necessario, breve repeterò questa materia da' suoi principii; onde insieme apriremo via e addito a quanto proposi dire dello escrescere e rendere perfetta l'amicizia, quale se cosí si chiama perché in lei solo in prima vi si pregia quella affezione d'animo chiamata amore, per cui forza ti diletta ogni onestà, utilità, contentamento e laude di chi tu ami, conviensi investigare donde e come esso amore nasca, e quale e' sia. A me non raro intervenne ch'io desiderai lieta fortuna e felice vita a chi io mai vidi, ma sentiva era dotto, buono e studioso di virtú. Questa affezione in me tu, credo, chiami non amicizia, ma benivolenza. E tu simile non raro t'abattesti a chi familiare e domestico teco sí usava assiduo e con tanta verso te osservanza, che facile potevi iudicarlo amico, quando in lui fusse stata fede e intera benivolenza. Ma come non si dirà tempio né basilica perfetta quella struttura a quale

tetto, che cuopra chi entro al sacrificio fusse dal sole e dalle piove, e sponde mancasse, quali parte difendano da' venti, parte la tengano segregata dagli altri siti publici e profani, e forse ancora mancandoli e' dovuti a sé ornamenti sarebbe edificio non perfetto né assoluto, cosí la amicizia mai si dirà perfetta e compiuta, a quale manchi delle sue parti alcuna. Né sarà vera amicizia se fra gli amici non sarà una comune fede e ferma e semplice affezione d'animo sí fatta, ch'ella escluda e fuori tenga ogni suspizione e odio, quale da parte alcuna potesse disturbare la dolce fra loro pace e unione. Né io reputerò perfetta amicizia quella quale non sia piena d'ornamenti di virtú e costume; a qual certo cose chi dubita la sola per sé benivolenza non valervi, se non quanto sia e conosciuta e ricambiata? Questo perché? Perché, bench'io sia, come i' sono, cupido di benificarti, e tu studiosissimo d'essermi ad utile e onore, non però fra noi sarebbe ch'io potessi riputarti amico, né tu di me potessi, come di chi vero te ami, confidarti, se non prima a te fusse noto quanto insieme possiamo l'uno dall'altro e sperare e aspettare; qual cognizione si tiene non altronde se non dall'uso e conversazione e quasi esperimento della benivolenza. E questo uso familiare e domestico, ha egli in sé vera forza e nervi d'amicizia? Certo no. Perché? Perché, come puoi vedere tutto il dí, molti ci salutano, proferiscono, non rari ci sono in aiuto, alcuni ancora donano e usano officii di amicizia, pur conosciamo in loro meno essere benivolenza che non fingono. Adunque non la benivolenza per sé, né per sé stesso ancora l'uso familiare constituisce la intera amicizia, ma inseminasi l'amicizia da benivolenza. E come el pavoncino per essere covato esce in vita fuori donde era nell'uovo inchiuso, cosí l'amore già nell'animo conceputo piglia spirito ed esce in luce e comune notizia fra chi ama, quando per uso e domestichezza sie bene osservato; e dove la assiduità mancasse, li segue che quello già forse impreso caldo e fervore vitale perisce o esce abortivo, cosí in amicizia la benivolenza non con assiduo officio servata perisce. E se alla loro conversazione e insieme in amicizia fedele comunicazione manca l'ardore della benivolenza, come se covasse corrotte uova o vacue, cosí qui ogni opera e studio sarà non utile consumato.

Che diremo? Adunque cosí? - che la benivolenza adiunta alla familiarità constituisce vera e perfetta amicizia? Diremo no. Perché? O non sai tu che non ogni uso domestico, né ogni cosí accesa affezion d'animo però dona perfetto essere alla amicizia? Aspetto piú aperto intendere qual sia questa perfetta amicizia, e qual uso e qual benivolenza la produca. Ponete qui animo, Battista e tu Carlo: a voi, non a Lionardo, uomo dottissimo, repeto questi principii di mezzo le fonti de' filosofi. Dico che degli uomini quali vediamo a noi monstrano benivolenza e prestano fedele e pronta opera, alcuni cosí fanno perché forse iudicano in noi essere virtú, prudenza e sapienza, tale che sia merito a noi, e a loro dovuto renderci reverenza e desiderarci seconda fortuna e intera prosperità. Alcuni a noi cosí sé danno, perché ricevono, aspettano e sperano per nostra benignità e grazia a' suoi casi e bisogni sussidio, aíto e favore. Alcuni cosí in noi sono affezionati, perché non poco gli muove per nostra presenza, facundia e festività molto poter escludere dell'animo ogni tristezza, e sedare le gravi cure e i duri pensieri con dolce facezie e iocunde cose nostre e ridiculi detti. Né truovasi vinculi, credo, quali tengano gli animi a noi adiunti e dedicati se non solo questi tre, quali vedesti sono o iocundi e voluttuosi, o utili e con emolumento, o lodati, onesti e pieni di virtú. Questi a noi tutti desiderano e parte cercano prospera e affluente fortuna. Ma in loro tutti non però sarà uno medesimo fine e cagion del suo desiderarti felice però che i voluttuosi amanti non per benificare altri, ma per satisfare a sé sumministrano e porgeno di sé ogni opera e cosa, per quale chi egli amano se gli presenti lieto molto e iocundo. E quelli che tratti dai doni e utilità ricevute ed espettate amano, simile in prima a te desiderano buona e abundante fortuna per avere onde beneficare a sé, non per solo vederti felice. Ma sarà amore niuno maggiore che di colui, non el quale per gratissima e accettissima da te cosa ricevuta e desiderata, né per beneficio, quale per tua liberalità egli da te ottenga o aspetti, te osserverà e onorerà, ma quale solo pregiarà e dilletteralli la tua virtú e i tuoi lodati costumi. Né questi ancora saranno teco beni uniti di ferma e stabile amicizia, se grandissima fra voi benivolenza non prima fia quasi nutrita e allevata con molta, assidua, lieta e onestissima familiarità. Amici sí troveremo iocundi e voluttuosi numero molti, e amici quali pendano a qualche loro commodo non pochi ti si offeriranno. Amici vero cosí in noi affetti, che d'ogni nostra buona fortuna e felicità non ivi solo sieno studiosi e cupidi, ove a sé cerchino frutto e premio del suo verso di te servigio e officio, ma quali solo del nostro bene molto in prima che del suo contentamento godano, saranno certo non molti, ma ben molto sopra gli altri constantissimi in benivolenza e ottimi.

Né riputare amico chi già quanto in lui sia, per uso teco non sia coniuntissimo e quasi unito. Co' voluttuosi e co' cupidi amici né benivolenza si truova intera, né uso diuturno, però che ricchezze, bellezze, potenze, prosperità e simili ornamenti e copie della fortuna, quanto ciascuno tuttora pruova e in luce vede, sono caduche e fragili; onde segue che la benivolenza colligata da simili deboli e poco durevoli vincoli, serba constanza in sé e fermezza niuna. E come chi susterne alle radici profondo e fresco letto all'uliveto, e con diligenza alle viti giugne suo marito l'olmo, non costui cura essere amato, ma procura di sue opere e spese trarre utile quanto possa maggiore, cosí in uso e vita de' mortali, colpa de' costumi corrotti e viziati, questa arte divulgatissima quanto sé essercita, che con parole, fronte e opera dotti fingere benivolenza, seguiamo commutando insieme officio, utile, diletto, quasi come premio a opera e servigio a doni! E raro che mensa lauta e bene apparecchiata stia vacua di questi, non amici, ma fitti e simulati domestichi e familiari assentatori, quali vi consiglio da voi gli vogliate quanto in voi sia molto essere lungi. E quelli quali vedrete, a quanto la virtú e costumi vostri gli alletti, rispondano piú con benivolenza che con parole, e piú con aumentarvi onore, virtú e lode che con porgervi riso e giuoco, questi accetterete, questi darete opera continuo sieno con voi molto assidui familiari e sempre domestichi. E non dubitate che la virtú, cosa divina e santissima quale perpetuo sta illustre con molto lume e splendore di lode e fama in chi la sia, certo adornerà quella ottima vostra amicizia, qual per sé nata e con constanza affermata, tra voi sarà poi eterna e molto iocundissima. Direte voi: questi veri virtuosi, ai quali la nostra virtú diletti, sono rari; e a chi non sia virtuoso la virtú non molto gusta. Vero. Pertanto cosí a voi resti persuaso che certo e non molto numero d'amici sono quelli, a' quali noi dobbiamo adirizzare ogni nostro animo, consiglio e industria, ed esporre ogni nostra opera, studio e diligenza, per molto averli a noi benivoli; poiché non se non pochi quali sieno virtuosi, a noi ben possono veri essere e perpetui durare amici.

Dicemmo adunque quali sieno attissimi ad amarli, e qual sia numero ad amicizia condegno. Resta adunque quanto proponemmo esplicare, in che modo fra questi scelti e noi molto cresca amicizia. Ma non qui vorre' io, Lionardo, piú essere stato che tu me aspettassi prolisso quanto alla materia s'apartenea. Parsemi da esplicare quel luogo a questi non come tu dottissimi. Sarò pertanto di qui oltre breve. Ma che qui te preme testé all'animo, Lionardo, onde sospiri, quasi come a te fosse in mente occorso qualche tristezza?

LIONARDO

Anzi, Adovardo mio, quanto da te qui ora eccitato mi pare prevedere, tanto mi duole che de' nostri Alberti alcuno sia forse a chi queste quali molto a proposito recitasti ottime sentenze, poco stiano note e poco stimate: quali uomini se fussono meno inconsiderati, meno creduli, e meno in ogni sua voglia precipitosi e ostinati, forse non qualunque gli faccia ridere sarebbe in numero di quelli quali li inducono a piú pregiare gli strani prosuntuosi che i suoi modestissimi e onestissimi, da chi essi troppo si vedeno amati e reveriti. Né dubito chi te udirà, costui meno con chi non meriti sarà profuso e prodigo. E quanto mi pare, quanto Adovardo, costui el quale anovera gli amici suoi a turme, vederlo ancora vivere solo, vecchio, abandonato da quelli e' quali esso con inumanità sua e impietà sempre da sé gli volle essere luntani, e perseverando in questi costumi, iniuriando a' suoi, amando e' lascivi, aspetto ancora sé vederà come accusato da' buoni, cosí insieme e da questi tutti applauditori spregiato e troppo avuto a vile! E certo qual altri che costui stoltissimo non conosce quanto in ogni fortuna gli amici non vertuosi né onesti siano gravi e dannosi? Essi avari, lascivi, temerarii, in aversità nulla ti sovengono; e tu in alto grado posto dalla fortuna molto soffri da loro infamia e odio. Ma seguita, Adovardo. Dio proibisca alla famiglia nostra tanto infortunio e calamità!

ADOVARDO
Aimè! Felice chi nella copia e affluenza della fortuna sappia preporre in benivolenza la fede, constanza e onestà alla lieve assentazione e fitta subiezione degl'importuni e impuri ciarlatori. Ma speriamo qui ora meglio alla famiglia nostra, quanto a Lorenzo e a noi sarà licito essere in vita. Sarà, dico adunque, amicizia quella grandissima, a quale tu piú nulla vi desideri; ché non si direbbe perfetta, se cose ivi necessarie potessi agiungerli. E sono quanto discorremmo cose all'amicizia necessarie, intera simplice e aperta benivolenza, dolce uso e conversazione con oneste comunicazioni di studii, opinioni e fortune, e con ogni officio insieme colligata e nutrita. Cosí resta che chi vorrà dare augmento alla amicizia, a costui sarà sua opera dirizzarla a essere perfetta. Sarà perfetta dove non utilità, non voluttà in prima, ma solo onestà la contenga. Parti?
LIONARDO
Parmi.
ADOVARDO
Fia pertanto prima officio mio volere che chi io proposi ad amarlo molto in me conosca essere animo e volontà iunto a sola onestà. Poi apresso a me sarà debito non soffrire che chi mi sia dato ad amicizia, non al tutto sia ben vacuo d'ogni vizio e biasimo, e quanto io possa, volerlo ornato d'ogni virtú e costumi, accioché fra noi la benivolenza di dí in dí eccitata dalla virtú cresca, e l'uso mantenuto da' buoni costumi la renda robustissima, e contro ogni suspizione e oblivione fermissima.
LIONARDO
E quale si truova sí modesto e facile, a cui diletti essere da chi si sia altri fatto migliore? Né so quanto fusse grato allo amico suo chi gli palesassi quanto e' forse lo conosca non buono; tanto a ciascuno poco dispiace el vizio proprio.
ADOVARDO
Tu confessi un vizioso nulla potersi vero riputare amico?
LIONARDO
Che poi?
ADOVARDO
Diroloti, quando m'arai risposto qual tu piú lodi, o rescindere l'amicizia, o fare chi tu ami migliore.
LIONARDO
Non mi sendo luogo senza eccitar odio renderlo men vizioso, a me piú graderebbe serbarmi quanto da lui potessi benivolenza, quando sia, come si dice, che 'l servire acquista amici, e la verità genera odio.
ADOVARDO
Quasi come pochissimi ti si avengano in ogni ragionamento attissime vie con parole emendarli. Chi in te prima conosca intera fede essere e vera affezione, niuno tanto stimo sarà intemperato e pieno di licenza in sé stessi

e petulante, quale vedendo a te, omo grave e constante, i lascivi tutti essere odiosi molto, ed e' bestiali starti a stomaco, non medesimo curi pareti dissimile da quelli quali tu con severità e fronte molto biasimi e riprenda. E se pur cosí accade correggerli, qual mai buono schifasse con maturità e modo, sanza acerbità, quanto in sé sia, che chi gli è caro costui alla patria sia per sé fatto migliore cittadino? Ma non dubito io che chi con prudenza e carità sé in tempo darà a vendicare l'amico suo da biasimo e mala voce, molto per questo piú da lui sarà che per tacere amato. E quando al tutto cosí dubitassi di suo duro ingegno, non però nulla, quanto dissi, gioverà renderlo in qualunque possi altra virtú piú da te degno d'essere amato, unde poi tra voi seguirà, quanto io dicea, ben cresciuta e interissima amicizia. E se, né con tuo studio rendendo chi tu ami di lode ornato, né con tua diligenza traendolo di turpitudine, sarà tale che meriti da te essere amato, tu prudente credo piú tosto vorrai discindere seco ogni amicizia, che averlo alla fama e nome tuo infesto e quasi inimico. Ché se chi a noi perturba e diminuisce le fortune nostre sarà forse da nollo volere amico, certo chi a noi torrà le cose preziosissime, el nome, fama e autorità, qual cosa fanno e' viziosi a noi amici e familiari piú forse ancora sarà da odiarlo che chi a te porgesse altrove aperta inimicizia. E quanto la amicizia e uso teco de' viziosi sia dannosa altrove piú sarà luogo ampio a referirne.

Seguita vedere in che modo con simili immodesti abbiamo a disiungere l'amicizia. E perché raro si discinderà con loro familiarità che non si incenda in loro odio, per questo investigheremo che ragione sia da reggersi contro all'odio; qual cosa era sopra da me a dirne luogo terzo proposto. Tale che, ora detto come s'acquisti amicizia, detto in che modo e qual cagioni, e con quali attissimi e ad amicizia utilissimi uomini ben s'acresca vera e perfetta amicizia, ora diremo del dividere l'amicizia, e del sostenere la inimicizia. Cosí a voi pare che io faccia?

LIONARDO
Parci.

ADOVARDO
Ascoltatemi. Apresso di me chi ora monstri odio a chi e' prima amava sarà mai non da nollo vituperare. Inconstanza troppo grandissima e costume certo feminile, e levità odiosa, non sapere perseverare amando chi tu riputasti degno da te essere amato. Adunque, e chi non biasimasse costui el quale o prima troppo fu imprudente e molto inconsiderato eleggendo e dandosi ad amar persona indegna, o poi fu volubile e poco fermo in serbare con virile officio la ben principiata amicizia? Quale stolto non fra' primi suoi beni reputa l'amico suprema e a sé carissima cosa? E qual cagione picciola e lieve tanto potrà apresso di noi, che a noi in qualunque modo non dolga perdere uno amico? Per questo che diremo? Non convenirsi che molto sia maggiore cagione quella quale induca te a privarne te stessi, che quella per quale altri te inciti a perdere la principiata amicizia? E voglio sia

appresso di noi qui persuaso che in chi sia perfetta sapienza, costui mai resterà di perseverare amando chi già egli principiò riputarlo amico. Confesserò qui però pure tutti e' mortali non meritare essere ascritti nel numero de' perfetti savii, e tutti quasi da natura desiderare amici, ed essere proni ad amicizia. E affermerotti quanto dirai, che non rarissimo possono avvenire piú cose, per le quali chi sia buono e onestissimo, chi pregi fama e lode, chi sia affezionato alla virtú e alla patria, s'indurrà a preeleggere che chi egli ama ora meno a sé sia che l'usato coniuntissimo. Se cosí acadesse, non sarà biasimo con modo e ragione dividere l'amicizia.

Vuolsi adunque investigare per qual cagioni sia licito avere in luogo di strano chi sino a testé a noi fu coniuntissimo. E qui accade ridurre a memoria quanto di sopra dicemmo, l'amicizia surgere da benivolenza, quale nata da cose oneste accende gli animi a desiderar bene a chi gli par che 'l meriti; e quasi niuno in cui sia ragion può non odiare uno disonesto e vizioso; né chi desidera bene ad altri per fine e cagione non onesta ama, ma desiderando vederlo piú lieto e piú fortunato appetisce utile a sé piú che ad altri. Per quali tutte brevissime raconte cagioni possiamo averare la vera benivolenza esser pur cosa certo onesta e mai disiunta dalla onestà. Onde varii igniculi e faville d'amore cosí inserti ne' nostri animi, ben desiderando a chi ben meriti, di dí in dí tanto s'accendono in maggior fiamme, quanto l'uso e familiarità gli nutrisce con assiduo e pronto officio e aperta commutazione di amorevolezza. E qui ancora, se la onestà, cosa quanto niuno debba dubitare santississima e religiosissima, fu onde s'apprese la benivolenza, non mi dispiace crediamo la benivolenza una essere simile alla onestà religiosa e sacra. Mai sarà che la religione sia non onestissima, né mai fu religioso quale in prima non amasse la onestà, né troverrai onesto quale non molto sia religioso. Cosí, non iniuria, statuiremo la iusta benivolenza fra le cose religiose e sante. Poi a me qui parrà similitudine attissima, quanto si scrive appresso de' pontefici, che 'l matrimonio sta legato di due in prima notissimi vinculi: l'uno fu primo vinculo di que' due animi, quali in uno cosí insieme volersi con onestà convenirono, e questa unione aperto monstrano essere cosa divina, qual disputazione qui sarebbe lungo e non molto a proposito raccontarla; onde negano a noi mortali essere licito dividerla. Ma quell'altra coadiunzione insieme ad una opera per procreare figliuoli, in questa se cosa vi sopra fusse grave sí che qualunque prudente ben consigliandosi la fugisse, sarà licito separarsi. Cosí in amicizia niuno stimi essere non quasi religione servare in sé la benivolenza quanto si può etterna. Officio di umanità richiesto da essa incorrutta e ben servata natura, che tu ami qualunque teco sia uomo in vita. Confessoti che in cui siano vizii e costumi di bestia, costui sarà quasi non uomo ma monstro piuttosto. Restaci adunque necessità non odiare chi a te piú era che per esser uomo in vita, coniunto di religioso quale dicemmo vincolo di benivolenza. Ma per l'uso familiare se cosa alcuna a te starà gravissima, e quale uomo niuno

prudente e buono non a forza soffrisse, a te qui non leverò io licenza, quanto la ragione ti consigli, tanto in quella parte interlassi quanto, disiunta l'assiduità e conversazione, per te sempre la benivolenza sia con onestà e religione osservata. E dirò sia contro alla religione e oltra che allo officio per qualunque offesa mai rompere in ira o vendetta alcuna, per la quale la fede tra voi antiqua e ciascuno secreto quasi deposto appresso di te dalla santissima benivolenza, in tempo alcuno sia non molto per te osservato e occulto; però che quella fede e que' secreti furono di quella a te cara amicizia, la quale testé piú non è tra voi. Puossi sperare ritornerà; e darvi opera sarà utile e lodo; e mai non tornando, tanto simile biasimerò chi sia qui perfido nocendo allo antico amico, quanto chi altrove, per noiare a uno inimico, fusse inimico a chi l'amasse. Gobria assirio presso Senofonte, narrando a Ciro re de' Persi che cagion sé tenesse fuori della sua patria, espose non potere soffrire in regno chi gli avea ucciso el suo carissimo figliuolo; poter sí, ma non volere esserli in altro grave, sendo amicissimo stato del padre. Cicerone molto accusava in senatu M. Antonio che contro ogni officio di civilità, ora inimico avesse monstro lettere familiari a sé da Cicerone scritte, né convenirsi, ricevuto alcuna offensione, divulgare e' passati colloquii di chi t'era amico. Pertanto que' che dicono molte cose doversi alla antica amicizia, a me può parere vogliano affermare siano quelle alla onestà e alla dolce passata benivolenza dovute. Qual cose, da me forse troppo breve e pertanto forse dette oscure, se cosí vi si persuadono, Lionardo, aremo a vedere quale a noi e donde resti licenza a privare, o diminuire alla sino testé lieta amicizia e dolce e gratissimo uso amatorio.
LIONARDO
E chi desiderasse qui persuasione maggiore a quanto uomo niuno civile dubita, che la benivolenza iunta alla onestà sia da riputarla fra le cose ottime e religiose? E chi non, come tu di', alla antica e quasi spenta ora amicizia renderà suo officio, se ancora verso e' medesimi inimici dicono essere debito a noi serbare fede e ogni officio di onestà? E chi negasse che rompere la fede tanto piú nuoce a chi cosí iace in vizio, che a chi per altrui perfidia cadesse in calamità, quanto e' provano che 'l vizio piú sia dannoso in chi e' viva, che la povertà e qual vuoi dolore? Ma forse era quivi luogo non inetto ad esplicare quali incommodi e qual gravezze appresso de' buoni fussero quelle, onde a noi fusse prestata licenza a cosí discindere l'amicizia; che, se cosí approvassi comune oppinione, che 'l danaio nelle cose umane tra e' mortali sia quasi primo commodissimo e da pregiarlo, onde non pochi astuti, subito che veggiono de' suoi amici alcuno addutto in necessità, sospettando, per non essere richiesti, preoccupano e interrumpono ogni addito a chi sperava in lui, e accusano e' tempi, narrano sé essere oppressi da molte difficultà insperate, fingono debiti. E che piú biasimerai, ancora vidi chi per piú espedito liberarsi diede opera con qualche offesa render da sé alienato e indegnato el suo antiquo amico.

ADOVARDO
Odiosi! e quanto vero! Nulla tanto stimerò alieno da chi sia omo iusto e buono, quanto non odiar molto simile astuzie, certo villane e brutte, e al tutto contrarie a chi meriti e cerchi amici. E quella antiqua notissima oppinion di que' filosofi, quali affermavano l'amicizia solo essere nata per sovenire l'uno all'altro ne' nostri quasi assidui d'ora in ora varii bisogni e necessità, potrà ella nulla a persuaderci che a' bisogni dello amico sia officio dell'amicizia sovvenirli? E se, come tutto el dí presso de' ben costumati e gentili animi, si loda chi non aspettò essere pregato né prima richiesto, ma liberale, volentieri e pronto offerse e donò allo amico quanto e piú ancora non bisognava; e se niuno umano e moderato uomo si troverrà a cui non dispiaccia quello discortese, el quale per servarsi intero un gruzzolo di pecunia s'accrebbe vizio e biasimo; e se chi fia vero virtuoso e in prima liberale, riputerà in parte di buona fortuna avere dove e' ben collochi el dono suo, dove stimeremo noi con piú lode e pari voluttà altrove che appresso de' nostri amici esser liberali? E dove sarà piú da biasimare l'avarizia, che verso di coloro, a' quali dicono ogni tua cosa debba essere comune? Adunque, come ascrivere' io qui fra' gravi incommodi questo vero e lodatissimo uso di liberalità, sovvenendo alla necessità di chi in me sperava e me amava? E lodansi alcuni quali esposero persino la propria vita per serbare integro officio alla amicizia, e affermano che chi vero sia amico, costui perdonerà né a roba, né a fatica, né a sé stessi per benificare chi egli ami.
LIONARDO
Que' gravi adunque incommodi da deporli, quali seranno?
ADOVARDO
Parrà grave perder la roba per benificare l'amico?
LIONARDO
A molti.
ADOVARDO
Parrà grave el dolore, la miseria per mantenere l'amico lieto e contento?
LIONARDO
Certo, e a molti.
ADOVARDO
Parrà grave travagliarsi in ultimo pericolo della vita sua per salvare l'amico?
LIONARDO
E quanto gravissimo!
ADOVARDO
E quanti si troverranno molto travagliarsi in mare in mezzo alle tempestati, e in terra fra l'arme ad ultimi pericoli per accumularsi roba?
LIONARDO
Assai.
ADOVARDO

Non so degli altri, ma io certo per acquistar lode esporrei molte ricchezze.
LIONARDO
E noi, stima, siamo nel numero de' simili a te cupidissimi di meritar lode.
ADOVARDO
Che credi tu degli altri?
LIONARDO
Credo quasi si troverrà niuno non in tutto incivile, el quale per aversi onorato e lodato non molto fusse prodigo.
ADOVARDO
Se cosí stimiamo, diremo che per conservare lode e fama di noi, ancora non molto cureremo le ricchezze.
LIONARDO
Certo sí.
ADOVARDO
E riputaremo ogn'altra cosa minor che la infamia.
LIONARDO
Persuadesi.
ADOVARDO
Grave adunque stimeremo l'infamia.
LIONARDO
Siamo in cotesta sentenza.
ADOVARDO
E per non cadere in infamia, faremo simile a quello testé narravi. Preoccuperemo ogni addito, statuendo ivi come alla guardia, prudenza e onestà.
LIONARDO
Lodoti. E parmi cosí vuoi: se dallo amico per suo vizio a te impendesse infamia, conosciutola gravissima, per deporre ogni sinistro nome sarà permesso segregarselo e da sé volerlo lungi.
ADOVARDO
Cosí voglio m'intendiate. Ma non però ogni vizio mi par meriti in amicizia discidio. Antico proverbio: «el vizio dello amico chi nol soffre el rende suo».
LIONARDO
E a me può parer detto prudente: «chi soffra el vizio durar nell'amico, quasi tacendo fa quel vizio suo».
ADOVARDO
Vedi quanto m'industrio, dicendo, essere breve, e argumentando, forse troppo stretto in questa materia; però non mi stenderò approvando o essaminando qual sia de' due me' detto. Ma cosí mi par qui modo e regola, ch'e' vizii in quali facile ciascuno pecca, e quali a piú altri non nuoceno che a chi in sé gli riceva, bere, amare e simili voluttà, se per tua ammonizione non sentissi giovarli a rendelo piú moderatissimo, dicono apo el volgo, «amico tuo col vizio suo»; ma que' vizii gravi onde a te ne venisse infamia,

accettare un ladro, favoreggiare a un proditore della patria, sostenere un pirrata e simili cose gravi, vorremmo da noi essere luntani. Parvi?
LIONARDO
Massime.
ADOVARDO
Adunque vedute le cagioni per quali abbiamo e non abbiamo da discindere l'amicizia, e veduto ancora che solo l'uso, serbata la benivolenza, era dove avàmo licenza a separarla, séguita vedere el modo a discinderla. Assai el nome dimonstra che vi si appruovi, quanto e' dicono, non stracciarla, ma discucire la amicizia e a punto a punto dislegarla. E certo in questo separare l'assidua conversazione insieme e familiarità, loderò chi imiterà il buon padre di famiglia aggravato dalle spese, el quale non in un dí rende la famiglia e le spese minori, per non dare di sé ammirazione alla moltitudine, ma ne' dí passati ne mandò el maestro de' cavagli e serbossi una sola necessaria cavalcatura, oggi licenzia quelli senza cui opera la famiglia ben si può governare, e di tempo in tempo ne manderà persino de' suoi a quello essercizio e a quell'altro altrove. Molti in essercito di Gaio Marzio Rutiliano, scrive Livio, aveano consigliatosi insieme surripere Capua, terra fruttifera e abundantissima. Adunque con modo Rutilio dissimulando nulla di ciò esserli sospizione, scelto or uno ora doppo un altro de' principi di tanta turbazione, in diverse parti a varii simulati bisogni gli trasse da sé e transmisse altrove, quali non, dubito, in un sieme senza grave discidio e pericolo arebbe esterminatoli. Né chi volesse spegnere in sala in molte legne acceso el fuoco a me parrà pigli el miglior modo, non, in un tratto su versandovi un fiume d'acqua per amorzarlo; anzi, levando l'uno doppo l'altro e' tizzi e tuffandoli in acqua, con meno fatica, con meno acqua e con men fummo e piú presto le spegnerà, e senza lordare el pavimento. Agiugni che quanto vorrà tanto vi rimarrà fiamma e braci. Cosí in amicizia, se ieri alienasti da te quelli strumenti e cavalli e uccegli e cani e simili, per e' quali costui era teco assiduo, e oggi in quella e quell'altra cosa comincerai a nollo secondare e men servirlo che l'usato, e di dí in dí addirizzerai tuoi essercizii in altre parti, quasi da sé stessi piglierà teco disuso non molesto. Ché puoi comprendere una accesa amorevolezza non senza nebule di perturbazioni d'animo e macula d'odio subito si potrebbe per disuso ben spegnere. E loderò chi spegnendola saprà serbarsi fiamma e brace, dove entro viva la benivolenza, la quale non so come non mantenuta con qualche uso, ben per sé lungo durasse. Adunque cosí di cosa in cosa dismettendola, procederemo con quelle ragioni quali fanno gli architetti edificando la torre: prima lasciorono assodare e' fondamenti, ora soprastanno che questi sino a qui levati muri piglino, come e' dicono, dente, poi sicuro sopra edificheranno e renderannola finita, dove, se tutto in un continuato tempo e ininterrutta opera avessero proseguito, non dubito e' primi a terra muramenti fra sé poco insieme tenaci, pel soprapeso si scommetteano, e tutto el lavoro in un

tratto avallava. Cosí noi lasceremo radurarlo in quel primo disuso; poi simile negli altri con questa moderazione intermettendo, asseguiremo che non ruinerà a noi in inimicizia e in premerci di maggiore alcuno incommodo. E vidi io chi cosí repente e subito escluso, tanto si riputò offeso, che nulla gli parse non licito a vendicarsi.
LIONARDO
Ragione vòle che non senza grande vizio sí subito odio nasca, ch'io serri l'uscio testé a chi poco fa era libero additto a me perfino ai piú segreti luoghi. Ma e alcuni ancora tanto sono di natura lievi a indegnarsi, e maligni in serbare l'onte, che per ogni minima offesa ti si oppongono capitali inimici, de' quali merito si dice che picciola onta volge un leggier fronte.
ADOVARDO
Vero, e adunque, quanto cosí gli conosceremo importuni, tanto con piú modo e prudenza gli tratteremo, e quando pur ci volessero inimici. Non però vitupero chi con animo virile piú tosto voglia lungi da sé tenere uno insolente, che presso di sé soffrirlo vizioso e quasi nutrire a sé stessi infamia.
LIONARDO
Non posso non approvar ogni tua ragione, benché forse troverrei non pochi quali piú tosto vorranno soffrire un temulento, dicace ottrettatore, perfido, fallace, che volerlo altrove publico suo diffamatore. E dicono non meno essere da non tenere una fera legata e pasciuta in casa, che lasciarla ire affamata per teatri; in qual sentenza scrivono fu Filippo macedon padre d'Allessandro, il quale da' suoi amici confortato mandasse da sé un de' suoi sparlatore e maledico, negò esser el meglio cosí darli cagione di scorrer maldicendo dove e' non fusse conosciuto.
ADOVARDO
Non credo uomo alcuno integro di costumi e d'animo erto, tanto stimi la vanità di chi si sia ch'e' vogli monstrarsi o troppo timido o non piú cupido d'essere che di parere buono, ché sai chi sia d'animo generoso, prima vorrà essere che ostentarsi virtuoso. E chi sarà virtuoso dubiterà, credo, nulla che le sue lode sieno sí oscure e sí deboli che le parole d'uno iniquo le ottenebri o rompa. Solo e' viziosi temono, quanto tu di', la lingua di chi e' credono sappi e ardisca palesare e' vizii suoi.
LIONARDO
Non potrà egli accadere che le false diffamazioni si credano?
ADOVARDO
Certo sí. E dicesi, chi ode non disode. Non cerca chi ode qual sia el vero, ma quanto sia verisimile, e questa ragion deducono dalla vita e da' costumi altrove conosciuti.
LIONARDO
Chi sia virtuoso uomo e civile, che farà ivi? Nulla forse curerà chi cosí gli sia infesto e grave? O pur come molti usano, darà opera nocendoli retundere e

raggroppare quella dicace e troppo disciolta lingua?
ADOVARDO
Tu m'induci ch'io entri in materia qual volentieri qui in pruova fuggiva trattarne, per quanto m'ingegnava, breve e succinto, transcorrendo presto, qui finire questa quale m'imponesti opera di recitarvi quello sento della amicizia; e tirimi in nuovo favellare della inimicizia, ché sai allo inimico sta avere modo e ragione in sostenere e vendicarsi delle iniurie. E delle iniurie, alcune sono alla persona nostra fatte, alcune sentiamo a noi con danno essere gravi in nostre cose; e fra le nostre cose s'ascrive e annumera la fama, la dignità, l'autorità e nome, e simili carissimi e ottimi amminiculi per confermarsi a felicità e gloria fra' mortali. Ma qui alcuni non bene interpretano, e reputando molesto e dannoso a sé chi era da nulla stimarlo, pigliano ad animo inimicizia non lodata. Qual prudente orando in conzione causa alcuna molto gravissima, e in mezzo monstrando suo ingegno ed eloquenza, riputasse inimico quell'asino, e preponesse vendicarsi, quale raghiando el disturbasse? O quale non stolto in quel giuoco lupercal antico, in quale, dice Plutarco, nobili giovani e posti in magistrato, nudi correndo faceano con ferze aprirsi via dalla moltitudine, restasse di certare correndo per acquietar quel cane quale el perseguita abbaiando? Cosí in vita chi con virtú e degne opere promulgando sue laudi molto stimasse le voce d'un bestiale uomo, o chi con ottimi studi e con tutto l'animo incitato a gloria interrompesse el principiato corso suo occupando sé stessi ad asentare uno abbaiatore e vilissimo detrattore? Mai sí nostro officio con opere lodatissime palesarli mendaci e fitti. Pirro, re Epirotarum, domandò alcuni giovani se cosí fusse che bevendo insieme avessero detrattoli molto e biasimatolo, com'egli udiva. Risposero: «E quanto assai; e se piú avessimo beuto, molto piú saremmo stati intemperanti». Credo rise. Filippo, padre d'Alessandro macedone, disse agli oratori ateniensi: «Arovvi grazia che per vostro dire male di me, rendete me di dí in dí migliore, però ch'io mi sforzerò con vita e con parole farvi bugiardi». E Alessandro suo figliuolo rispuose a chi gli acusava un maledico: «Questo è proprio a un re, che faccendo bene egli oda male». Se adunque i re, quali poteano vendicarsi e grave punire la insolenza di quelli suoi e impuri uomini, si lodano perché poco gli stimorono, credo io sarà da non biasimare qualunque buono simile non molto curerà coloro, quali senza sua molestia male potrà vendicandosi gastigarli.
LIONARDO
Cosí adunque qui teco potremo constituire: non da' levissimi uomini riceveremo loro cianciamenti e sparlamenti in luogo di tale iniuria, che da noi stimiamo meritino inimistà e vendetta. Scriveno che di que' due, e' quali aveano sparlato di lui, condennò quel severo e grave di natura, e quell'altro leggiere e uso a non contenere la lingua e temperare le parole, lasciò impunito. Cosí adunque se grave alcuno e maturo per minuirci fama e laude

cosí di noi promulgasse qualche calunnia e mala fama, non forse sarebbe da
nollo pesare ad inimicizia.

ADOVARDO

E qual grave uomo non arà in odio fingere cose non vere? Cosa al tutto
contraria alla gravità e maturità civile niuna tanto si truova quanto questa
una levità troppo brutta e indegna all'uomo virile. Stultizia da molto
fuggirla! E qual sarà pari pazzia quanto promulgar sé stessi iniquo,
pusillanimo e vilissimo? Nequizia troppo odiosa di costui, el quale senza
utilitate alcuna e con molto suo danno nuoce a chi nollo meriti! Qual altro
sia vizio simile abominevole? Furto, latrocinio, rapina, presta qualche utilità
e pertanto qualche scusa; solo el maledico riceve odio da tutti e biasimo,
fúggollo come uomo pestifero e venenoso. E certo viltà d'animo troppo da
vituperarla, non che con false diffamazioni, ma in modo alcuno con parole,
benché grave offeso, vendicarsi; officio di feminelle in ogni forza d'animo
deboli, solo darsi in cinguettare audaci. Ciro re de' Persi el giovane ferí a
morte con un dardo Menete suo condutto milite, perché molte parole
brutte dicea in Alessandro contro cui erano armati: «Io te», disse, «nutrisco
perché tu combatta col ferro contro Alessandro, non co' malediti». E qual
sarà a chi non dolga la turpitudine sua vedendo contro a' suoi detti palese e
chiara la virtú di chi e' biasima?

LIONARDO

E quanti troviamo qualunque dí molti, detti prudenti, quali fra le prime
gravi iniurie ascriveno qualunque parola sia di sé detta non onoratissima e
piena di lode, e in luogo di capitale inimico statuiscono chi cosí gli offende,
e nulla lasciano a vendicarsi. E dicono, qual sentenza e tu testé approvavi,
nulla essere da tanto pregiare quanto la fama, e in luogo volar le parole e
tanto portare contro la fama peste, che né saetta di Iove alcuna ivi tanto
nocerebbe. E adducono quella antiqua sentenza di Zenone filosofo: «S'io
non curo e' mal' detti di me, né io ancora sentirò le lode». E muoveli
Chilone antiquo filosofo, quello el quale per letizia, ché vide il suo figliuolo
in Olimpide vittore e coronato, finí sua vita; domandato, rispuose essere
difficilissimo tenere e' secreti, ben usare l'ozio e potere tolerare le iniurie.
Onde non biasimano Coriolano, el quale affermava la austerità e pertinacia,
soprastare a tutti, sottomettersi a niuno, proprio essere d'animo grande e
officio di fortitudine. E Alcibiade non riprendono, el quale dannato capitale
dalla patria, e per quello fuggendo ai Lacedemoni, disse fare, quanto poi con
armi fece, sentirli sé essere in vita. E confermono la sentenza di Publio
poeta: «Soffrendo l'antica iniuria s'invita a nuova iniuria». E certo iudicano
doversi contra l'iniurie fortitudine, e piacegli a suo proposito addurre
Eraclito, ove disse: «L'iniurie si debbano spegnere». E approvano chi dica:
«Se soffri l'iniuria, favoreggi l'iniusto». E lodano Agatocle, el quale, vinta
con arme e soggiogata a sé la terra di que' cittadini, vendé molti
vendicandosi delle villane parole aveano combattendo dettoli. E

domandatolo: «O orciolaio, - fu el padre d'Agatocle, come sai, maestro di vasi: si chiamavano figuli, - onde satisfara' tu a que' tuoi soldati?», rispuose: «vintovi». E cosí adunque vendendoli disse: «Se voi non sarete per l'avenire modesti, io v'acuserò a' vostri padroni». Isocrate, scrivendo a Demonico, affermava doversi né all'amico ceder di benivolenza, né al nemico d'odio. E cosí molti potrei addurre, quali pongono el vendicarsi fra le prime lode d'uno animo virile e grande, e aggiungono che una famiglia mai sarà molto pregiata, s'ella vendicandosi dalle iniurie non saprà farsi temere.

ADOVARDO

Se costoro non superbi e troppo subiti ben discernessero che cosa sia inimicizia, e quanto apresso de' buoni sia licito perseguir vendetta, conoscerebbono, credo, la inimicizia in prima essere cosa grave e da molto fuggirla. Diceano gli antiqui quella affezione amatoria chiamata amore essere tale, che chi lo voglia in sé lo pigli, ma non chi vuole el lascia. Cosí qui certo potremo dire la inimicizia facile si cominci, ma non senza grande difficultà e danno si finisce. Diffiniscono la inimicizia essere odio indurato e grave. L'odio forse diremo nasca da invidia, qual vizio, detto che gli pesi veder bene a chi poco gli par lo meriti, comune sorge per nostra ambizione e per nostro essere poco modesti; dove pur soprafaccendo a quello ci s'apartiene, e presentandoci altieri, e pertanto ingrati a chi ci mira, vogliamo in vista soprastare a chi poi doppo l'invidia in sé verso di noi prende grave odio. Cosí quasi concludeno per nostro difetto venire in inimicizia. Ma io pur veggo e' buoni essere odiati non raro. A Socrate, uomo ottimo e santissimo, fu inimico Aristofon poeta, el quale scrisse in lui sua commedia. Platone filosofo e Senofonte oratore, Eschines amico di Socrate e Aristippo molto insieme si inimicorono. Catone, ottimo cittadino e religiosissimo custode della Repubblica, fu da' suoi inimici non meno che in cinquanta iudiici capitali accusato: del quale si legge che in età d'anni ottanta in iudizio difendendosi disse cosa esser difficile a lui, ch'era vivuto fra altri, ora con nuovi cittadini convenirli disputare della vita sua. E non pochi appresso di Aulo Gellio e degli altri scrittori si raccontano subito tornati da inimicizia in non sperata amicizia; qual cose fanno che forse alcuni dubitano queste veementissime affezioni nascere non da nostra alcuna opera, ma quasi da qualche fato e forza de' cieli. Raccontono che da prima puerizia Aristide, quasi instigato da natura, prese odio capitale contro a Temistocle figliuolo di Nicocle. E Arato sicionio da natura con grande opera e studio inimicava ciascun tiranno, e quasi indutto da' fati, come el sacerdote, trovato in la vittima due insieme in una rete ravolti fieli, gli predisse ancora sarebbe con un suo capitale inimico molto coniunto in benivolenza, cosí poi fu ad Antigone tiranno tanto amico che, riduttosi a mente el pronostico del sacerdote, quando poi sotto un panno erano pel freddo lui e Antigono coperti sorridendo gli raccontò la istoria, e fulli gratissimo cosí piacesse agli dii. E legesi che sanza altri mezzano, quasi destinato, e ordine da' cieli,

Affricano e Gracco, Lepido e Flacco inimicissimi tornorono in grazia. Pertanto non disputiàn qui quale sieno le prime cause e, come appellano, e' primi elementi della inimicizia. Nasca l'inimicizia o per nostro difetto, o per altrui malignità, o per condizion de' cieli, tanto veggo che chi a me sia inimico, costui in tutte le cose farà el contrario che chi a me sarà amico. Desidererà chi me ami a me sia bene, e del male mio arà dolore, e studierà e goderà beneficarmi. L'inimico desidererà sia a me miseria e calamità, arà festa d'ogni mio infortunio, proccurerà e glorierassi noiarmi e perturbarmi ogni onesto incetto e laude. All'amico ancora piacerà vedermi e assiduo e lieto, saralli voluttà ragionarsi meco di cose a me utile, a noi iocunde, e donde a me ogni mio desiderio e onore s'acquisti e cresca. L'inimico, contra, quando me vederà, tutto si turberà, curerà e studierà solo dirmi e farmi cose con onta, piene di sdegno, donde a me resulti all'animo grave perturbazione e molestia, e vivane in tristezza e lutto. L'amico meco ogni suo secreto aprirà, miei terrà secretissimi, presente e assente arà in animo beneficarmi, e molto e molto servire alla salute mia. L'inimico e presente e assente arderà ad iniuriarmi, e saralli grave la salute e la vita mia, tale che, se cosí descriverremo l'amicizia essere una coniunzione d'animi, fra' quali ogni loro cosa e divina e umana sia comune, contrario diremo della inimicizia che sia contrarietà disiunta d'animi e voleri in qualunque cosa. Adunque contro a chi cosí fusse inimico, non biasimere' io chi piú tosto con ragione e modo occurra alle iniurie onde se senta offeso, che chi per negligenza e pusillanimità servile le soffra. Non però sarà ch'io non vituperi in vendicarsi ogni subitezza e acerbità di consiglio. E riputerò indegna d'animo virile e grande, ogni iracundia e contenzione sí fatta, che poi ne renda grave danno o biasimo: però che questo sarebbe non vendicarsi, ma gratificare e seguire a' desiderii ed espettazioni dello inimico cupido d'ogni nostro male. Alcuni dissono l'iracundia essere come quasi dove la fortezza s'aruota. Pitagora e gli altri assai filosofi però pur negavan prudente alcuno dover mai incendersi ad ira, né contro a libero, né contro a qual si sia servo. Potrei adur qui Archita tarentino, Platone e gli altri notissimi e nelle istorie lodati, che nulla volsero con ira perseguire. Solo qui tanto affermo essere non officio di uomo constante e grave, né segno di maturo e ben disputato consiglio per iracundia incorrere in subitezza alcuna. «Da ogni parte s'apre luogo a vendicarsi», disse Quinto Catulo a Gaio Pisone, «purché tu aspetti el tempo». E proverbio nostro in la nostra Etruria: «ogni arme passa un fuscel di paglia saettato in tempo». Onde non posso non biasimare coloro, e' quali benché iusto proseguitino sua vendetta, sono in parole minacciando concitati, e in fatti precipitosi e troppo inconsiderati, simili a quel proverbio antiquo de' Battriani, quale scriveno Corabes medo in convito a Dario disse: «El can timido piú che 'l mordace abaia», e dicono l'acqua in alto corso del fiume fa strepito meno che la bassa. Cosí gli animi erti e gravi di profondo consiglio piú a' suoi inimici tacendo che minacciando sono pericolosi. E veggo lo sdegno de' virili simile all'arco: quanto piú duro a gonfiarsi d'ira, e quanto per piú forza d'offesa piegano, tanto piú percuote vendicandosi.

E benché non pochi sieno d'oppinion lungi da me contraria, e riputino animosità, preso la gara, persino col sangue e ultimo spirito mantenerla, e dicano fortezza tenersi ultimi a deporre le 'niurie; e dicano come Coriolano, el quale ferito combattendo, e pregato dagli amici curasse la sua salute e tornasse al sicuro, rispuose: «chi vince non s'afatica»; e piú ancora piaccia la risposta de' Romani fatta agl'imbasciadori de' Volsci: «voi primi corresti in arme, noi pertanto staremo ultimi a deporle»; non però a me in uomo prudente non dispiacerà ogni contenzione, quando ella sia a chi cosí contenda dannosa. Pirrus, perduto in vittoria molti suoi amici, disse: «Se un'altra volta vinceremo e' Romani, certo tutti periremo». Grave adunque e da non volere quella vittoria qual sia con nostro danno. Onde e chi sarà che non biasimi quel Buten prefetto assediato da Cimone in Tracia, quale per mantenere sua durezza d'animo infiammò la terra, e fra le fiamme con molti nobilissimi príncipi di Persia perí? Non racconto que' Talani, quali, dice Sallustio, oppressi da Metello, sé e sue cose perderono ardendo. Simile e' Numantini da Scipione, e appresso le radici dell'Alpi que' famosi Galli da Mario superati; e altrove quelle femmine delli Ambroniti, quale percossero e' figliuoli suoi su' sassi, e sopra loro sé dierono a morte; e que' compagni di Iosuo Ierosolimitani rinchiusi in quella spilunca, quali assortiti l'uno uccise l'altro; e que' Litii vinti da Bruto, ancora contumaci perseguiti e ossessi apresso Sanzio, quali, poiché essi ebbero incese le macchine atorno de' Romani e videro le fiamme portate dal vento scorrer ardendo piú e piú tetti sino in mezzo alla terra loro, quasi lieti di tanta sua calamità, grandi e piccoli, maschi e femmine e ogni età, accorsero furiosi a repellere e' Romani, quali piatosi sé porgeano a spegnere tanto e sí diffuso incendio. E tanta fu, dicono, in que' Litii ostinazione e pervicacità, che con sue mani per tutto altrove trasferirono el fuoco, e piacque a tutti insieme colla patria sua cadere perdendo in cenere. E simili ostinati e immanissimi animi, quali prima volsero perder la vita che la gara, tutti qui sarebbe lungo perseguirli biasimando; quali sempre negarò io siano d'animo stati virili, se per paura che 'l suo no' gli fusse rapito, cosí acerbi e pervicaci delibereroron perderlo senza frutto alcuno. E quanto e' dicessero per non servire voler non essere in vita, tanto affermerei non sapessono che cosa sia fortitudine e nolli udirei se volessero persuadermi la vera virtú d'un animo fortissimo stare in non sapere soffrire ogni dolore e ogni sinistra fortuna.

Ma questa disputazion né qui molto, né alla nostra quale vi tesso brevità s'apartiene; cosí altanto voglio esservi esplicato: niuna contenzion piacermi dove presertim piú sia per vincer danno, che utilità vincendo; né mai riputerò non stolto chi pur voglia contrastare a chi di forza a lui sia superiore. Né in uomo ben consigliato mai sarà la speranza del vincere seiunta dalla cupidità del concertare. E stimo el toro, il cavallo e simili raro poter ferire sanza sentire in sé qual e' dia colpo. E sempre lodarò chi certando vorrà in prima essere sua fama e nome da ogni repreensione e biasimo libera e soluta. Né sempre, né con tutti statuisco esser licito essercitare suo odio grave e acerbo. Alessandro, figliuolo di Filippo re di Macedonia, quando el padre el confortava certasse in que' giuochi chiamati Olimpi, negò ubidirlo, però che non avea pari a sé con chi essercitarsi e contendere. Lodasi Catone, come in tutta la sua vita e gesti, cosí in questo prudente e virile, quale verso di Scipione a lui per età minore, da chi esso era non ben voluto, si portò non piú difficile che quanto si dovea verso un giovane e men maturo. E certo cosí a me pare, quanto dicea Cicerone, proprio officio del magnanimo esser placabile, e nulla duro né ostinato. E voglio che voi sappiate che 'l non sapere depor l'odio suol venire o da paura o da troppa intrattabile e villana natura. E interviene che alcuni ivi diventano tuoi capitali e crudeli inimici, dove stimano te non sapere deporre né dimenticarti la inimicizia. E chi troppo sia sollicito e arda d'odio vendicandosi, quasi da tutti sarà come rabbioso monstro odiato. E come dice Cicerone, quasi da natura tutti siamo procliví a occurrere e propulsare e' pericoli. E se saremo non aperti inimici, non so come ancora agli alienissimi in gravi pericoli loro siamo in luogo e con officio e studio d'amico. E chi non odiasse quelle gente crudelissime di là da' Nomadi, quali beono el sangue del suo ferito inimico, e que' ditti Zeloni, quali ne' teschi de' suoi morti inimici si pasceano, e quelli Scite, de' quali scrive Erodoto che de' dieci presi inimici immolavano uno in luogo di pecore, e solo chi portava el capo dell'inimico era participe della preda, faceano della pelle degl'inimici faretre da saette e simili? Veggio vi sono ragionandone odiosi. Pertanto ogni crudelità da voi sia sempre luntana. E se forse acade severo vendicarci co' fatti, chi sia prudente, sempre in sue parole sarà modestissimo, e monstrerà in ogni suo gesto non da voglia del vendicarsi, ma da iniuria dell'inimico sé esser stato a cosí fare sforzato. Marco Tullio, uccisi que' coniuratori di Catelina, rinunziandolo al popolo disse: «vissero». Fotion non volse per la morte di Filippo suo inimico dimonstrarsi lieto; e agli amici quali el confortavano cosí ne facesse agli dii sacrificio, rispuose nulla doversi a un re allegrarsi delle calamità de' mortali.

Non preterirò tre precetti, quali sempre desidero siano in mente a chi contende. Primo: ricordisi quanto e' nulla piú sia che mortale uomo sopposto a' casi della fortuna; l'altro: consideri che chi lo inimica, per vil che sia, pure è uomo. E non solo el toro e il leone, l'orso e il porco, quali tutti un infimo uomo può con sua industria aterrare, tengono corni, denti e artigli da noiarti, ma e, come disse Brassidas morso nel dito, ancora el topo e qualunque benché minimo sia animale sé difende. Terzo qui precetto: a noi sia sempre persuaso gli animi umani essere volubili; facile poter seguire che di loro inimici ciascuno si pentirà vivere in quelle cure, in quelle sollecitudine continue e troppo, quanto e' provano, gravi. E come solea dire quello Bias, uno de' sette antiqui detti Savi Filosofi (quale ancora dicono fu sentenza di Publio poeta), cosí ameremo come se quando che sia aremo essere non amici, cosí qui noi reggeremo le inimicizie, come se in tempo aremo da essere insieme non odiosi e infesti. Questo a me par della inimicizia, se già qui altro voi non richiedessi.

LIONARDO
Certo e ottimi precetti. E dilettommi in tanta copia di sentenze e di istorie la risecata orazion tua, né vi desiderai stile troppo piú dilatato e amplo. E abbiànti grazia, Adovardo, che c'insegnasti senza biasimo sostenere le inimicizie, qual cosa forse ben pochi seppono fare. E se come imparammo concertare, cosí ora fussimo dotti a vincere chi c'inimica, nulla piú sarebbe in questa materia da desiderarvi, se già chi che sia non racontasse quanti incommodi sogliono venire per non discoprire palese a sé inimico chi occulto l'offenda, dove conosciuto non amico, sarebbe men dato fede a sua ottrettazioni e infamazioni e simili coperti modi di nuocere e iniuriare, e pertanto inducesse costui essere meglio tanto perseguire le inimicizie, che da qual si sia sollicito, industrioso e animosissimo certatore nulla piú ivi si potesse agiugnere. Qual cosa chi cosí facesse, non costui reggerebbe forse qual tu dicevi le inimicizie, come se in tempo pensasse essere non infesto a chi l'odia. Ma io cosí interpeto el detto tuo: inimicando commetta mai cosa per quale, se in tempo cessino poi fra loro le vendette, rimanga odio verso l'usata nequizia e scellerata crudeltà.

ADOVARDO
Cosí era mia sentenza, Lionardo. E dico, chi sé dia a concertare vindicando, arà opera fare che l'inimico meno possa offenderlo, o che non voglia. Che non possa sarà in due modi: l'uno armar sé con vigilanza, con precauzione, con ottimo riguardo, molto piú che con ira, sdegno e ferro; ma né ancora manchi qualunque cosa bisogni a ottima difesa, poiché si dice nulla contro la forza può se non la forza. L'altro adunque sarà levarli ogni arme e forza da inimicarti. Queste come e quali siano, in sul fatto ti consiglierai. Sono armi dello inimico non solo el ferro e le saette, ma e' fautori e coadiutori, le occasioni, le astuzie, fraude e simile cose, per quale e' possano noiarci. Sarà adunque nostra opera tôrli, quanto in noi sia, queste armi di mano; e in questa opera chi sarà non perfido, non proditore, ma aperte e iusto concertatore, mai costui sarà chi del difendersi virile e animoso el biasimi, né sarà chi non assai lo scusi se renderà pari a pari, non odio per odio, ma forza per forza, e sdegno contro alle iniurie. Cosí adunque faremo: leveremo l'armi a lui, e noi prepararemo che né in la persona né in le nostre cose possa esserci dannoso. E in prima cureremo servare la fama nostra integrissima, qual cosa sempre appresso e' prudenti fu sopratutto carissima e preziosissima.

LIONARDO
Piacemi. Ma forse fia piú difficile fare che e' non voglia molestarci.

Pertanto, se aremo fatto che non possa nuocere a noi, che resta altro se non cercare di superarlo?
ADOVARDO
Non sa' tu che due furono sempre ottime e gloriosissime vittorie contro ogni inimicizia, l'una quanto Diogenes, domandato in che patto molto potesse essere grave al suo inimico, rispuose: «vivendo onestissimo e adoperandoti in cose lodatissime». Né dubitare che a chi dispiace vedere el campo tuo ben cultivato e molto seminato, e a chi duole vederti in leggiadri e splendidi ornamenti vestito, e frequentato da molti amici, sano e robusto, costui adolorerà vedendo te ben culto di costumi, molto ornato di virtú, celebrato con buona fama e molte laudi e in parte niuna vizioso. L'altro modo sarà se sapremo, quanto i' dicea, far che men voglia esserti non amico. E chi dubita questa sarà vittoria molto grandissima e di tutte nobilissima in una onesta, lieta e lodata opera uccidere l'odio e tutta la inimicizia insieme, e acquistarti nuovo amico?
LIONARDO
E chi stimi tu tanto sarà dotto e perito in queste arti che ben sappia quanto tu proponi? Credi tu forse, come i' dicea, cosí qui qualunque studioso arà mandato a memoria le cose sino a qui recitasti, e vorrà seguire e' buoni quali esponesti ammonimenti, costui sarà non imperito a farsi non odiare? Vedi, Adovardo, che a ridurti benivolo l'animo di chi già verso te sia inceso di grave odio, non bisogni altro maggiore studio che questo qual dimonstrasti bisognava ad allettarci nuovo alcuno benivolo? Dura cosa stimano sia, senza prima satisfarsi vendicando, deponere l'ira; e qualunque irato sia, costui iudica sé non iniusto difendere sua contesa; pertanto statuisce in lode contendere per la iustizia.
ADOVARDO
Non voglio dubiti, Lionardo, che la facilità, benignità, liberalità e simili virtú, come a iungere nova amicizia, cosí ancora molto muoveno gli animi, benché acerbi e duri, a repacificarsi in antiqua benivolenza con chi e' le senta essere né fitte né simulate. Già che, se 'l benificio ricevuto da chi nulla a noi poteva né doveva nuocere tanto ci fu grato, chi negherà non te dovere rendere a costui grazia, quale potendo e forse dovendo esserti grave e infesto, fu umano e teco benificientissimo? Credo prudente niuno iudicherà non essere questo doppio dono a te, e benificio di colui al quale stava noiarti, e propose teco non solo non essere difficile e grave, ma umanissimo e accomodatissimo. Né fu se non benificio e liberalità propria d'animo degno d'imperio e generoso, prima quanto a te nulla fu dannoso, poi quanto a te accrebbe utilità ed emolumento. E chi potrebbe non amare un tale simile nato a gloria e a meritare immortalità? In cui sarebbe sí prepostera e perfida natura ch'e' non commendasse a perpetua memoria costui, da cui benificenza e' sia uscito d'ogni suspizione e sollecitudine, quali sono gravissime in la inimicizia, e sia con dignissima liberalità revocato a

dolce e lieta amicizia? E qual inetto, cupido d'ozio e tranquillità, quale ciascuno ama in sé e loda, con odio e contumelia pur studii vendicando essere sicuro? Quale stolto non conosce quanto le iniurie nulla lievino le inimicizie, ma molto acrescano odio? Dara'mi tu savio qual dica per altro vendicarsi che per rendere a sé l'inimicizia men molesta? E sia quanto vogliono prudente sentenza quella di Tales milesio, quale, domandato qual cosa facesse essere lieve la gravezza delle cose in vita moleste, rispose: «se vedremo l'inimico peggio afflitto che noi»; sarà e' che uomo ben consigliato, dispiacendoli quanto debba a ciascuno non stolto dispiacere el vivere sollicito in inimicizia, non costui procurri levare la malivolenza piú tosto che accrescere gli odii, quali chi qui con piú ozio investigasse, troverebbe non poche ottime ragioni e modi a mitigare ogni crudo e aspro animo?
Dicono che de' malfatti sono medicina le buone parole. Scrivesi poi che pel tedio del navicare furono incese le navi de' profughi Troiani da quella femina chiamata Roma; onde la terra poi, dicono alcuni, fu da loro ivi non lungi edificata, detta Roma. Le donne con domandar perdonanza e con umili parole pacificorono e' loro mariti verso sé troppo di iusta ira accesi, e apparecchiati a gastigarle. Ciro, dice Senofonte, chiamato da parte Ciassare, e avuto colloquio, e discusso e purgato le cagioni dell'odio, indi uscirono amicissimi. Marco Marcello con facilità e benignità seppe reconciliarsi e' suoi accusatori e farseli fedeli amici. Alcibiades con lusinghe e blandizie aumiliò e rapacificò Tisaferne, quale per troppa avutoli invidia era partito da' Lacedemonesi inimico del nome de' Greci. E quanto racconta Iustino, bene intesero quelli Eracliensi, quali con benificio e doni seppero d'inimico a sé rendere amico Lammaco e suo essercito; estimorono ottimo satisfare a' ricevuti danni in guerra, se chi gli era grave, ora gli sia fatto amico. E affermo io certo, quando né per nostro vizio fu principiato l'odio, né con nostra alcuna durezza e acerbità villana perseguite furono le 'niurie, a noi fie facile, declinandoci e cedendo alla iracundia, mitigare qualunque in noi commosso inimico. E per uscire di sollecitudine e perdere ogni odio, e per acquistarti uno amico, mi sarà sanza dignità inclinarti ad umanità e a facilità. E voler pur perseverare in contenzione e rissa potendo finirla, sarà non superbia solo e caparbità, ma stultizia incomportabile. Dicea Zenone e' lupini essere durissimi e amarissimi, ma per stare in acqua si mollificano e adolciscono. Cosí gli animi umani, benché per fiamme d'iracundia e per sdegno sieno induriti e pregni d'amaritudine, non forse in un dí, ma certo con maturità secondandoli e aprendoli l'animo nostro cupido d'amicizia, e dimonstrandoli ragioni accomodate, el renderà molle e trattabile. E gioveratti essere primo quale te stessi purghi presso a chi ti sia familiare, però che te, quale con piú modo narrerai el fatto e onestera'lo di scuse, udirà egli con modestia piú che un delatore e rapportatore; e tu piú facile impetrerai perdonanza se forse errasti, sendo la indignazione fresca, che sendo invecchiata.

LIONARDO
Piacemi. Ma ramentami quanto scrive Plutarco: Dionisio simulò essere tornato in grazia con Dione, e cosí allettò Dione solo in la rocca, e monstrolli quella epistola sua scritta agli Ateniesi, e comandò a' nocchieri esponessero Dione in Italia. Onde non forse male dicono: «di inimico riconciliato non ti fidare»; quasi come affermino, chi sia una volta inimico piú possa mai vero essere amico. Ma parmi intenderti non rimanga per loro quanto possono lungi uscire dell'odio e molestie della nimistà, e tradursi a benivolenza.
ADOVARDO
Certo, però che l'odio si dice essere veneno della amicizia e sangue della inimicizia. E in essa inimicizia tanto si truova nulla molesto quanto l'odio, cosa pestilente e da ogni prudente molto da temerlo, quale in chi e' sia, mai resta morderli l'animo, e come preso veneno continuo persequita corrodendo e viziando ogni intimo suo ragionevol pensiero e iusto consiglio. In altrui vero, chi non conosce l'odio quanto e' sia rabbioso e infesto verso chi e' si dirizzi? Agiugni che l'odio concita e' tuoi necessarii e coniunti a nimicarti, e incende gli animi alieni da te a molto iniuriarti e a perseguitarti con ogni arte di nuocerti e dannegiarti. Per l'odio le rapine, le occisioni, le eversioni delle patrie e tradimenti, le coniurazioni e ogni male. E come ne' templi antiqui el caprifico fra le coniunture de' marmi tenero era da reciderlo con l'unghie, poi cresciuto e preso durezza, in tempo scommuove pietre grandissime, e dà in ruina lo edificio, cosí l'odio ne' primi suoi nascimenti facile era da stirparlo, poi per lunghi dí fatto maggiore e raddurato, scommuove ogni ordine a beato vivere e ogni composta ragion dell'animo, e dàllo sí in ruina che qualunque innumanità e crudelità gli par licita per vendicarsi e satisfarsi. Adunque molto saremo curiosi e solliciti e in noi e in altri schifare tanto veneno e peste, presertim volendo essere buoni artefici e conservatori delle amicizie. E chi dicesse a conservare l'amicizia doversi solerzia simile a' medici, quali descrivendo ragioni e arti da conservare la sanità, prima investigoron onde sogliono l'infermitate varie acadere, e conosciutole forse venire o da crudenza e indigestione, o da troppo freddo, o da lassitudine, o da dolore e simili contrarie cagioni, quali ammoniscono che evitando perpetueremo in sanità, cosí in amicizia credo non errarebbe chi per conservalla investigasse onde surga inimicizia, e ivi sé opponesse diligentissimo a non lasciarla intervenire. Che dite? Cosí vi pare?
LIONARDO
Affermiamo sarà utile investigarne; se già non seguissi, quanto poco fa sopra recitasti quasi per gradi dedurre che dalla invidia nasca l'odio, e dall'odio l'inimicizia.
ADOVARDO
Piacemi. Ma indi sarà nostro ordine a conservar l'amicizia, qual fu luogo quinto da noi proposto a dirne. Poiché vedemmo nascere, crescere,

rescindere e recuperare l'amicizia, e trovammo la inimicizia essere contraria alla amicizia, e conoscemmo e' primi principii ed elementi della amicizia essere in prima benivolenza scoperta e fatta maggiore con uso domestico e familiare pieno d'officio e benificio, forse adunque e malivolenza scoperta e fatta maggiore per uso pieno d'iniurie e onte saranno principii della inimicizia contrarii. Qual cosa se cosí m'asentite, racconterovvi a proibir la 'nvidia, donde poi nasce l'odio contrario alla benivolenza, cosa utilissima e forse non altrove udita.

LIONARDO
Né a ragione possiamo, né vogliamo non assentirti. Seguita.

ADOVARDO
Ubbidirotti, e sarò pur dicendo non prolisso. Veggo alcuni fortunati e abienti, quali piú che gli altri ostentano sue ricchezze e con superbia si gloriano de' doni della fortuna; e in vestire splendido e suntuoso, in copia di servi, in moltitudine di salutatori e simile pompe quanto sono immoderati, tanto molti desiderano vederli in fortuna meno prospera e men seconda. Alcuni veggo, perché vivono scellerati e libidinosi, nulla curando legge o iudizio de' buoni, e meno pregiando la grazia e benivolenza de' cittadini, per questo la presenza loro sta grave a tutti e' suoi cittadini. Alcuni non rarissimo ancora si troverano, a' quali o per cupidità d'essere e' primi onorati, o per qual sia cagione, loro sarà ingrato costui forse industrioso, studioso di buone arti, dato a cose difficili e lodatissime, per quale facea pregiarsi. E quasi sempre comune principio di malivolenza vidi sorgere da qualunque sia contenzione, ove ciascuno studia asseguire quanto e' desidera, e da chi lo disturba sé dice gravato.
Sí adunque trovammo tre quasi incitamenti a malivolenza: contro e' pomposi, contro e' scellerati, e contro coloro a cui desideriamo essere o superiori o pari. Non ti nego sono alcuni sí maligni e di natura sí acerbi, che ogni nostra buona fortuna gli è grave. Quale di queste sia da non biasimare, qui non abbiamo da disputarne; e forse a conservare amicizia tutte sono non lodevoli. Veggo apresso non sempre vizio d'altrui, quanto e da noi stare quello onde poi cresca odio e nimistà. Piú stimo facile bene instituire noi stessi che altrui. Adunque cosí noi appareremo che agli occhi e orecchie di niuno vorremo essere gravi in pompa alcuna, né in alterezza di nostri gesti o parole. Lodava Virgilio el suo Mecenate: «Te che sí grande ogni cosa puoi...»; mai uomo s'avide nuocere li potessi. Antiquo detto approbatissimo presso tutti e' filosofi: «Quanto piú puoi, tanto men vorrai»; quale chi bene in sé lo osservi, conoscerà per moderare sue voluntà nulla scemarsi fortuna, insieme e acrescersi laude e buona grazia, cose molto piú gloriose che le ricchezze. Platone filosofo scrive a Dione siracusano: «E siati in mente adunque, o Dione, che molto la benivolenza alle cose arai da fare giova; superbia vero induce solitudine d'amici». E certo chi sia superbo, costui sarà non iocundo a' suoi con chi e' viva, e meno agli strani. E per questo quanto

dicea Aristotele: «Poiché noi raro amiamo chi a noi non è iocundo, sarà el superbo come iniocundo, cosí meno amato». E per piccolo atto di superbia proviamo quanto non raro in chi e' ci dispiace, da noi sia mal volentieri veduto. Cosí se in noi fussero atti alcuni immodesti, dobbiamo iudicare potrà sorgerne grave odio di noi a chi cosí impettorati ed elati ci appresenteremo. Sallustio scrive che Iensalo prese a sdegno gravissimo che 'l fratello suo Aterbal li si pose superbo in sedere a sé di sopra. Gracco, tornato da Cartagine, nuova tolse casa presso al mercato tra' poveri artigiani, per monstrarsi volere essere non superiore agli altri, né sé stessi estorsi in fasto e superbia. Cosí adunque noi conterremo e moderremo, e niuno indizio di superbia vorremo in noi essere palese. E molto piú ogni oscenità e incivilità di vita e di parole vorremo da noi molto essere lontana. E sarà nostro officio biasimare niuno, lodare chi 'l meriti, e darci quasi precones e promulgatori delle virtú de' nostri amici, proprio come quasi diamo opera che molti siano testimonii delle lode sue e della benivolenza nostra. Scrivea Isocrate a Demonico che l'inizio della benivolenza era lodare, della malivolenza biasimare. Fuggiremo adunque mai con atti né con parole biasimare alcuno, e daremo opera, servata la dignità, che persino a' minimi conoscano da noi essere lungi ogni fasto e vana pompa, e sentano nostra umanità e cortesia sempre essere pronta a farci amare. E quanto Lelio apresso di Cicerone dicea sé in cosa alcuna mai essere stato grave a Scipione, mai da lui avere ricevuto cosa ingrata, cosí noi molto fuggiremo essere non iocundissimi e accettissimi a chi vorremo esserci affetti di benivolenza. E dove in quelli quali riputiamo benivoli, quasi da natura forse saranno elevazioni d'animo inette, e arderanno d'immodesta e non molto comportabile cupidità d'essere piú ch'e' non meritano onorati e pregiati; e dove alcuni forse saranno di natura dura e solitaria, ivi esclusa ogni assentazione, qual sempre fu servile e indegna d'animo onesto, provederemo con dolcezza e iocundi ragionamenti contenerli a noi molto benivoli. E come diceano sapea Alcibiade, cosí noi imitaremo el cameleonte, animale quale dicono a ogni prossimo colore sé varia ad assimigliarlo. Cosí noi co' tristi saremo severi, co' iocundi festivi, co' liberali magnifici; e quanto dicea Cicerone al fratello, la fronte, el viso, le parole e tutti e' costumi acomodaremo a' loro appetiti. E troveremo quasi niuno, per severo e solitario che sia, a cui e' poemi e ogni musica e ogni istoria presertim ridicula non diletti. E dicea Laberio poeta che in via dove pel tedio del caminare quasi ciascun sta tristo e grave, un iocundo compagno era come veicolo e sollevamento del tedio. Catone solea dire la mensa e convito, dove piú s'apregiava e' ragionamenti e festività tra gli amici che le vivande, essere procreatrice della amicizia. E dicea Paulo Emilio el convito bene aparecchiato essere opera d'animo grande, non dissimile a chi bene ordini lo essercito, ma venirne frutto dissimile, però che indi stai temuto, qui t'acresci e conservi benivolenza. E niuna cosa tanto par propria agli

amici, dice Aristotele, quanto insieme vivere.
Ma vuolsi con tempo e modo darsi a qualunque sia cosa, e in prima a trattare gli animi degli uomini, quali di natura sono ignei, facili ad incendersi di sdegno e ira, e leggieri a levarsi da benivolenza. Gioverà pensare che come in noi non sempre l'animo sta lieto, né continuo persevera in una benché lodata volontà, cosí in altri sono varie mutazioni d'affezioni, e nuovi d'ora in ora instituti. In tutte le coniunzioni, dicea Tullio a Decio Bruto, molto fa quali siano e' primi additi, e per cui comendazioni quasi le porti della amicizia furono aperte. Come chi a noi viene non a tempo ci è grave e molesto, cosí le epistole e salutazioni offendono non in luogo porte. Ciro, quanto scrive Senofonte, solea per Sacca suo domestico sempre prima certificarsi se Astiage suo avolo forse fosse lieto o tristo, per sceglier tempo d'andarlo a salutare. Isocrate scrivendo a Demonico lo amoniva quanto d'ogni cosa era sazietà, e pertanto raro convenisse gli amici. Adunque non lodaremo questi quali ogni dí viveno in conviti e suntuosità disregolata; né sempre apruovo la parsimonia e tenacità. Scrive Suetonio che Cesar, invitato dall'amico, partendosi con troppa masserizia trattato in cena, disse: «Non mi credea tanto esserti amico». Non rarissimo ancora in chi a te sia coniunto di familiarità, per mutazion di fortuna o per altra qual sia cagion sorgono costumi e volontà nuove e varie e nocive alla benivolenza. E forse in loro saliti in grado elevato e pieno d'autorità, crescerà insolenza e fastidio verso e' meno possenti amici; o forse caduti in avversità, rotti da miseria iaceno abbandonando sé stessi e troppo diffidandosi, e per questo sé dànno ad essercizii sozzi, nulla lodati e vili. Qui credo sarà prudente niuno quale non confessi doversi reverenza a quello amico, quale se a te non fusse noto, onorresti e cederesti alla degnità. E niuno stimo uomo umano e civile vorrebbe non molto essere utile alle espettazioni e necessità di chi egli ami. E piatoso sarà, credo, niuno, quale non goda con suo fedel consiglio, con deditissimo studio, con lodata diligenza, con dovuta assiduità e con pronta opera sollevare l'animo di colui a sé benivolo, e trarlo d'ogni tristezza, renderlo lieto, quanto e piú ancora che sé stessi contento. Già che non si nega officio dell'amicizia servire a' comuni commodi, ove cosí sia che degli amici qualunque cosa debba essere comune, e appruovasi la sentenza dello Epicuro filosofo, l'amicizia essere lodato consorzio di volontà. Chi adunque non curerà levar della amicizia come parte de' suoi mali ogni tristezza? Né ci dimenticherà la sentenza di Demetrio figliuolo di Fanostrate, quale dicea: «El vero amico sarà quello che alla prospera tua fortuna non verrà se non chiamato, ma correrà sé stessi proferendo a ogni tua avversità». E cosí Chilon filosofo volea l'amico piú pronto a comportare teco l'onte della fortuna, che a godere in tua felicità. E se pure acade che da te chi tu ami chieggia cosa non onestissima, e dica quanto dicea Blosio amico a Gracco, per servire a' desiderii dello amico doversi in cosa niuna non ottemperarli, dicea Aristotele, confutando certe oppinioni di Platone suo maestro, sé

amare l'amico, ma prima la verità. Cosí noi serviremo a chi ci ami, ma prima riputeremo amica l'onestà. Né io ben comprendo come chi voglia vedermi non onesto a me sia amico. All'amico che domandò dicesse falso testimonio, rispuose Pericle: «Ubidirotti persino alla ara», luogo ove era da prestare el giuramento. E Chilone filosofo, quale per salute dello amico suo avea dato non giusto consiglio, persino all'ultimo suo dí condolendosi, dubitò quanto fusse da lodare o biasimare. Antigono, per sogno apparsoli vedere Mitridato mietere biave d'oro, per questo con Demetrio suo figliuolo, datogli giuramento comunicò volerlo uccidere. Demetrio chiamò Mitridato e ragionando d'altre cose, con una bacchetta scrisse in sul lito dove passeggiavano, «fuggi». Intèselo e consigliossi.

Adunque assai da voi potete comprendere quanto io iudichi in cosa utile e onesta mai doversi con nostro ancora pericolo aspettare siamo pregati, ma essere merito alla benivolenza presentarci non richiesti, e con prudenza e degna cauzione insieme provedere al nostro e allo altrui pericolo. E cose brutte, credo non dubitate essere nostro officio schifarle. Acaggiono ancora fra noi e chi dice amarci, che stimano quella e quell'altra dignità piú troppo che la nostra benivolenza, quali se cosí meritano, faremo come Pedareto lacedemoniese, quale, avuta repulsa domandando el magistrato, nulla atristito tornava, e disse troppo essere lieto poiché in la patria sua vedea essere tanto sopra sé numero di virtuosi cittadini a' quali si fidi la repubblica. E assentiremo a Crasso, quale dicea con animo non turbato soffrire altri a sé essere in quelle cose superiore quale la fortuna possa tôrli, ma in quelle quali per nostra industria s'acquistono, qual son virtú e cognizion di cose ottime, non poter non dolersi se fusse ad altri inferiore. E in queste competizioni delle cose, quale el favore e grazia del popolo a chi si sia attribuisce, credo sarà poco licito, sendo parte, volere la nostra sentenza di noi stessi piú sia che 'l iudizio d'altrui da nollo biasimare; e riputare che chi conferisce la degnità sia non indotto e con ragione e consiglio mosso, sarà lode d'animo ben costumato; e se forse lo reputi indotto, arai da incolparne te, che sí te sottomettesti al giudicio e sentenza di persone imperite.

E non raro interviene che degli amici tuoi insieme alcuni saranno non concordi, tale che favoreggiando a questo t'aduci inimico quell'altro, e talvolta ti segue che dall'una e dalla altra parte resti meno amato. Scrive Livio istorico che sendo la plebe romana, per molti debiti e usure gravata, discorde da' patrizii, implorò la fede e aussilio del consule Servilio, e molto el pregò avesse cara la salute loro, e da tanti e sí gravi incommodi li levasse. El consule contenendo sé mezzo e protraendo, nulla acquistò grazia dal Senato, molto da quella causa alieno, né sé tenne ben voluto dalla plebe, quale instava ne referisse al Senato. Ma seguígli che da' patrizii fu iudicato troppo molle e ambizioso populare, e dalla plebe fu stimato fallace e doppio; onde breve poi e da questi e da quelli ne fu odiato. Ma pure qui mi piacque Cesare, quale vedendo Crasso e Pompeio insieme non amici, per agiugnerli a sé ambodui e per lor grazia farsi maggiore, diede sé a compor fra loro unione e concordia. Cosí gli fu licito quivi e qui essere familiare e veduto assiduo. E Platone scrivendo a Dione: «Debbo io sí», disse, «fra voi essere mezzano, se forse cadesse discidio, e riconciliarvi e pacificarvi; ma se concerterete d'odio grave, qualunque di voi voglio cerchi a sé altro adiutore». Aristotele filosofo morendo in età d'anni sessanta e due, domandato da' discepoli pronunziasse qual de' suoi discepoli lasciasse in luogo suo come erede precettore degli altri (erano fra loro due Teofrasto lesbio e Menedemo rodio), tacque Aristotele alquanto; pur a questi che cosí instavano, ridomandato, comandò trovassero qualche piú atto vino alla sanità sua. Portorongli vini ottimi di Rodi e di Lesbo. Gustò l'uno e monstrò gli piacesse; gustato l'altro, «e questo», disse, «ancora mi piace». Onde intesero Teofrasto lesbio e Menedemo rodio gli piaceano. Cosí laudorono la sua sentenza come per altro, cosí ancora che tanto servasse modestia, e tanto volse ancora morto non essere da tutti non molto amato. Scriveno di Pomponio Attico, poiché vide la terra non poco per que' tumulti di Cinna essere perturbata, e non gli restare facultà vivere in dignità sua sanza darsi a qualche di quelle parti quali insieme contendeano, si segregò, e asettossi in Atene dando opera agli studii; e ivi con liberalità fe' grato sé al popolo ateniense, e accrebbela vivendo sí che volse parere comune agl'infimi e pari a' prìncipi ivi cittadini. Fece ancora a grazia che favellava sí netta la lingua greca, come se fusse nato e allevato proprio in Atene, per qual cosa forse fu detto Attico. Silla, uno de' principi della contenzione, molto lo amava e pregiava le sue virtú, e richiedevalo fusse in suoi esserciti. Rispuose Attico: «Pregoti non volere avermi avversario a coloro co' quali non volendo io esserti contro, abandonai Italia». Lodollo Silla. E simile poi nelle contenzioni di Cesare e Pompeo sé escusò vecchio e inutile alla milizia e a' campi; e per questo, benché aitasse gli amici di Pompeo con danari, non però fu da Cesare vittore male accetto. E scrisse Tiro litteratissimo servo di Cicerone che, edificando Pompeo el tempio della Dea Vittoria in Roma, e volendovi porre suoi onorati tituli, era dissensione fra' litterati se dovea scriversi TERTIUM CONSUL o TERTIO C. Fu delata la disputazione e iudizio a Marco Tullio, quale prudentissimo comandò, per satisfare a tutti, solo s'inscrivessero tre le prime lettere, TER. E Chilone filosofo, scrive Laerzio Diogenes, chiamato arbitro fra due amici, per non offendere di loro alcuno, persuase provocassero da sé el litigio. E Camillo dittatore, poiché e' sí ebbe condutta la ossidione che potea subito, per quella quale egli avea sotto terra fatto via, irrumpere in la rocca de' Vei e prendere la loro terra molto ricchissima, avendo in mano tanta vittoria volse né intrare in invidia del Senato se forse donava tanta preda a' suoi esserciti, né venire in disgrazia del popolo e moltitudine se forse tanta preda riponea in publico erario. Adonque scrisse al Senato comandassero quello iudicassero da seguirne. Cosí costoro evitorono offendere gli animi de' suoi. Vedesti quanto m'ingegnai esser brevissimo. Piú cose potea addurre non superflue, ma in quali troppo mi sarei steso. Uno ricordo non preterirò: cosa niuna voglio stimiate tanto valere a ogni stato e progresso d'amicizia quanto e' beneficii, de' quali, perché molto acaggiono a questa materia, poiché nulla piú, ch'io stimi, resta a dire della amicizia, racontarò qui a Battista e Carlo succinte alcune sentenze, quali in questa loro età studioso mandai a memoria.

LIONARDO
Non interruppi questa tua brevità pregna di maravigliose sentenze e ottimi essempli, donde a qualunque parola piú e piú cose sentiva degne d'essere notate e lodate. Troppo a me, Adovardo, troppo mi satisfacesti; ma non ti concedo essere a pieno fatto assai a quanto acadea dire della amicizia.

ADOVARDO
Dicemmo con che arte s'acquisti, come s'accresca, in che modi si rescinda, che cagion sia da racquistarla; e ora discurremmo qual industria s'apruovi a conservarla. Che piú avevi tu da desiderarvi?

LIONARDO
Nulla, se coteste tutte a pieno fossero come furono esplicate. Ma vedi quanto da te aspetti. Piero a noi insegnò acquistar benivolenza apresso de' signori; da te siamo fatti dotti in ogni altra ragione amatoria. Chi da te ottimo maestro delle amicizie, sendo in principato, chiedesse divenire erudito in quello quale quasi principe niuno par che sappia, dico ben farsi amare, stimo sarebbe da tua umanità troppo alieno negarli tanta utilità.

ADOVARDO
Oh! felicissimo quel principe quale cosí vorrà acquistarsi benivolenza, e meno essere temuto che amato, quanto con una sola facile e piena di voluttà cosa possono tutti, ma non curano in questa parte insieme acquistarsi benivolenza e lode immortali.

LIONARDO
Aspetto udire quale essa sia.

ADOVARDO
Che dice Carlo?

LIONARDO
Dice messere Antonio Alberti esser qui giunto per salutar Lorenzo.

ADOVARDO
Adunque, e domani vi satisfarò.

I LIBRI DELLA FAMIGLIA